Horst Jüssen

Ein Teufelskreis

D1722189

Originalausgabe
Erste Auflage

Copyright © 2002 by

Betzel Verlag GmbH
Postfach 1905
31569 Nienburg

Fax: 05021 914 868
www.betzelverlag.de

Alle Rechte vorbehalten.
Kein Teil dieses Buches darf ohne schriftliche
Erlaubnis des Verlags reproduziert werden.

ISBN 3-932069-08-0

Umschlaggestaltung: DESÍGNT. werbebüro
                        www.designt.de

Empfohlener Preis: € 14.80 / SFR 28.95

HORST JÜSSEN

EIN TEUFELSKREIS

Betzel Bluebook

Die in diesem Buch geschilderten Ereignisse sind frei erfunden. Personen, deren Handlungen und Äußerungen sind frei gestaltet und in keinem Fall als Abbilder lebender Personen gedacht; etwaige Ähnlichkeiten sind deshalb rein zufällig. Hoffentlich!

Einleitung

Es ist ein Drama, das sich zwischen den Jahren 1988 und 1994 in Deutschland abspielt. Kein weltbewegendes, das von China bis Südamerika, von den Vereinigten Staaten bis Russland zu Diskussionen oder Stellungnahmen Anlass gibt. Es ist eines dieser unzähligen kleinen Dramen, die sich täglich in allen Teilen dieser Welt ereignen.

Es gab im Leben des Otto- Ludwig Meier, den alle Olm nennen, einen Punkt, den Psychologen als den Beginn eines Traumas zu bezeichnen pflegen. Diesen Moment kann jeder erleben und viele haben ihn auch, in irgendeiner Form, schon erlebt: Geist und Seele belastet ein Problem, das darauf wartet, gelöst zu werden. Die Wege dorthin sind, wie bei fast allen Lösungen, vielfältig.

Es gibt Menschen, die versuchen zu vergessen, es gibt andere, denen hilft ihr Glaube und es gibt die, die gegen die Ursache eines Problems ankämpfen.

Die Menschheit hat seit ihrem Bestehen versucht, sich eine moralische Plattform zu schaffen, die das Gute und das Böse, das Recht und das Unrecht zu bestimmen versucht. Um die Urteile, gut und böse, Recht und Unrecht, nicht den

Göttern der verschiedenen Religionen zu überlassen, wurden Gesetze verfasst und Rechtsprechende bestimmt.

Jahrhunderte lang, ja, sogar vereinzelt noch bis in unsere heutige Zeit, wurde das Töten mit dem Tod des Täters bestraft. Eine, auf den ersten Blick hin, logische Maxime.

Erst seit kurzer Zeit bemüht sich die menschliche Gesellschaft, die Motive eines Täters zu ergründen, seine seelische Verfassung bei der Tat auszuloten, seine geistige Zurechnungsfähigkeit zu bestimmen und diese Faktoren in ein Urteil mit einfließen zu lassen.

Wenn Otto-Ludwig Meier der Prozess gemacht worden wäre, und auf der Geschworenenbank hätten seine Ehefrau Ursula, sein Freund Sebastian, Christine Beillant, Susanne Schneider, Sergej Rasgutschew und Karin Gross Platz genommen, das Urteil über Otto-Ludwig Meier wäre ein anderes gewesen, als jenes, das Staatsanwälte fordern und anonyme Geschworene fällen würden.

Die sieben Jahre im Leben des Otto-Ludwig Meier waren bestimmt von Höhen und Tiefen, von Freude und Schmerz, von Erfolgen und

Misserfolgen. Das ist bei vielen Menschen nicht anders, aber die meisten von ihnen haben nicht den Augenblick tiefster Erniedrigung erlebt, man hat ihren Stolz nicht gebrochen, ihr Selbstwertgefühl verletzt. Das alles ist keine Entschuldigung für die Reaktionen des Otto-Ludwig Meier. Es ist vielleicht nur der Schlüssel zum Verständnis für die sechs Personen, die ihm nahe standen, die eine Beziehung zu ihm hatten, die ihn in diesem Abschnitt seines Lebens begleiteten.

Die folgende Geschichte erzählt diesen siebenjährigen Abschnitt. Sie erzählt die realen Fakten, aber auch die inneren Kämpfe, die Auseinandersetzungen mit dem eigenen Gefühl, die kontroverse Beeinflussung durch den Verstand.

Viele Menschen haben sich ihre eigene, kleine Welt aufgebaut und reagieren unterschiedlich auf jede Störung, die ihren Mikrokosmos in andere Bahnen lenkt. Es gibt die Spezies, die auf eingespielte Verhaltensmuster verzichten kann und die, die an Veränderungen zerbricht.

Ein Liebender, der seine Liebe nur auf eine einzige Person konzentriert, wird den Verlust dieser Person nie verkraften können und zu den unkontrolliertesten Reaktionen fähig sein, wenn diese Situation eintritt. Ein Fanatiker, der einer Überzeugung hörig ist, ist bei der Durchsetzung ihrer Ziele zu allem fähig.

Olm, Otto-Ludwig Meier, hatte nur einen Schwerpunkt in seinem Leben gesetzt, hatte sich nur für eine Sache wirklich begeistern können und dadurch, bewusst oder unbewusst, eine lieblose Kindheit und seine Veranlagung zur Introvertiertheit aufzuarbeiten versucht.

Der Verlust der Selbstachtung trifft einen solchen Menschen hart und weder moralische Bedenken noch intellektuelle Überlegungen können sein Verhalten den Verursachern gegenüber neutralisieren.

Sieben Menschen hat das Schicksal in sieben Jahren zusammengeführt. Die unterschiedlichsten Charaktere haben sich aneinander gerieben, haben sich geliebt und haben sich gegenseitig benutzt.

Eine alltäglich sich wiederholende Geschichte vielleicht, aber in ihrer rücksichtslosen Konsequenz sicher ungewöhnlich und erschreckend.

1 Nach drei Jahren betrat Olm die kleine Kneipe zum ersten Mal wieder. Er hatte das Gefühl, dass er gestern Abend hier gewesen wäre.

Einen Laden wie das Bistro erkennt man am Geruch. Kalter Zigarettenrauch, Kohlrouladendüfte, die aus der immer offenen Küchentür kamen, der Geruch von Schweiß und abgestandenem Bier und der unangenehme Gestank, der bei jedem Türöffnen von der Toilette in den Raum zog. Ein fast unerträgliches Gemisch.

Der Raum lag im Halbdunkel. Nur über den Tischen sorgten stärkere Glühbirnen für besseres Licht. Der u-förmige Tresen füllte fast zwei Drittel des Lokals aus. Gabi, die Wirtin, stand rauchend hinter der Theke. Olm konnte sich nicht erinnern, sie je ohne Zigarette in der Hand gesehen zu haben. Sie hatte ihre Haare noch heller gefärbt. Ursprünglich war sie blond gewesen, dann hellblond. Jetzt sahen ihre modisch kurzgeschnittenen Haare fast weiß aus. Sie war, wie fast immer, die einzige Frau im Lokal.

Gabis Bistro hatte nur sieben Tische und an jedem wurde gespielt. Olm kannte fast alle Gäste.

Der fette Poldi, ein Taxiunternehmer, der sich stets mit den verschiedensten Duftwässerchen einparfümierte und trotzdem penetrant nach Schweiß roch, spielte mit Fuad Backgammon. Jedesmal, wenn er würfelte, stöhnte er auf als würde er ein Klavier alleine in den vierten Stock tragen.

Fuad war Türke. Seine Eltern waren vor vierzig Jahren eingewandert. Die Familie hatte sich mit viel Fleiß ein kleines Imperium geschaffen. Fünf Spezialitätenrestaurants und ein Obsthandel waren das Fundament ihres Wohlstands. Fuad war in erster Linie Sohn. Er gehörte zu den Gästen, die jeden Tag im Bistro zu finden waren. Beim Spielen durfte man ihn keine Sekunde aus den Augen lassen, denn seine Fingerfertigkeit war unschlagbar. Mit unglaublicher Geschwindigkeit setzte er seine Steine und wenn sein Gegenüber sich nur eine Zigarette anzündete oder einen Schluck aus seinem Glas nahm, nutzte er sofort die Gelegenheit, um bessere Positionen zu erreichen. Erwischte man ihn dabei, korrigierte er das angebliche Versehen unter tausend Entschuldigungen, demonstrierte sofort, warum ihm dieses Missgeschick passiert sei und verwirrte seinen Gegner dermaßen, dass dieser gar nicht merkte, dass Fuad sich trotzdem Vorteile verschafft hatte.

Am Nebentisch pokerten Hans, Meyerling und der Schwabe. Hans war Rechtsanwalt. Eine Woche vor seiner geplanten Hochzeit war seine langjährige Lebensgefährtin gestorben und kurze Zeit später sein bester Freund, der gleichzeitig sein Partner in der Anwaltskanzlei war. Hans spielte nicht aus Leidenschaft, sondern um die Zeit totzuschlagen. Er wusste mit seinen Abenden nichts anderes anzufangen. Wie sehr ihm diese beiden Schicksalsschläge zugesetzt hatten, merkte man am deutlichsten an den oft zynischen Kommentaren, die Hans zu allem abgab.

Meyerling hatte keinen Vornamen. Jedenfalls kannte den niemand. Er ließ ununterbrochen Sprüche los, über die er nur selbst lachte, weil er der einzige war, der sie komisch fand. ,Er ist der King, der Meyerling.' ,Als nichts mehr ging, kam Meyerling.' Es war wie eine besondere Art von Psychoterror, den er genüsslich ausübte. Meyerling arbeitete für ein österreichisches Wettbüro in Salzburg. Man konnte auf Pferderennen oder Fußballergebnisse bei ihm Wetten abschließen. Auf losen Zetteln notierte er den Betrag und den Namen des Wetters. Hatte man gewonnen, dann musste man sich bei ihm melden, denn freiwillig zahlte er Gewinne nie aus. Es ging das Gerücht um, dass er viele Wetten auf eigene Rechnung abgeschlossen hätte und dabei große Verluste einstecken musste. Aber so lange er niemandem im Bistro etwas schuldig blieb, interessierte das keinen der anderen Gäste wirklich.

Der Schwabe hieß eigentlich auch Hans, aber weil der Rechtsanwalt Hans schon länger Stammgast war, nannte man ihn nur den Schwaben. Er trank als einziger von den Spielern Alkohol und wenn er seinen fünften oder sechsten Schoppen Wein getrunken hatte, wurde er ordinär. Weil er Gabi einmal eine alte Fotze genannt hatte, gab sie ihm Hausverbot, das sie aber nach vier Wochen wieder aufhob, denn der Schwabe gehörte zu den wenigen, die Umsatz machten. Keiner wusste, welchen Beruf der Schwabe hatte.

Kaum einer der Gäste sprach über sein Privatleben. Es wurde sowieso wenig gesprochen im Bistro.

Die Wirtin hatte Olm gesehen.

»Otto-Ludwig, du lebst auch noch?«, fragte sie erstaunt.

Nur seine Mutter und Gabi nannten ihn Otto-Ludwig. Gabis

Lieblingsonkel hieß angeblich ebenfalls so und Gabi meinte sogar, Olm habe eine gewisse Ähnlichkeit mit ihm.

Als Olm seine Firma gründete, war ihm der Name ‚Otto-Ludwig Meier - Straßenbau' einfach zu lang und er hatte sich für seine Initialen als Firmenbezeichnung entschieden: ‚Olm GmbH'. Seit dieser Zeit war Olm sein Vor- und Nachname.

»Wo hast du die ganze Zeit gesteckt?«, fragte die Wirtin.

Gabi strahlte ihn mit ihren hellblauen Augen an.

»Nicht in Stadelheim«, sagte Olm lächelnd.

»Die Zweitwohnung aller Münchener Bauunternehmer«, sagte Gabi lachend.

Ganz München riss seine Witze über dieses Untersuchungsgefängnis, in dem tatsächlich viele Branchenkollegen Zwangsaufenthalte verbringen mussten, denn in keinem anderen Geschäft waren betrügerische Konkurse, Bestechungen örtlicher Baubehörden oder verbotene Preisabsprachen so an der Tagesordnung.

»Hans hat dich in Berlin gesehen«, sagte Gabi.

»Ja«, sagte Olm, »ich habe ihn zufällig getroffen. Ich lebe jetzt in Berlin.«

»Für immer?«, fragte Gabi.

»Ich weiß es noch nicht«, sagte Olm. »Vom Straßenbau habe ich jedenfalls die Nase voll.«

»Und vom Pokern sicher auch«, sagte Gabi. »Deine letzte Nacht hier im Laden hatte es ja auch in sich.«

Seine letzte Nacht im Bistro. Die Nacht vom 14. auf den 15. Mai vor drei Jahren. Die teuerste Nacht seines Lebens. Zweihundertvierzigtausend hatte ihn diese Nacht gekostet. Leicht verdientes Geld hatte er leichtsinnig wieder verloren.

Die öffentlichen Ausschreibungen für den Bau des neuen Münchener Flughafens, eines der größten Bauprojekte der Nachkriegszeit, hatten die Branche mobilisiert. Jeder wollte sich ein Stück vom Kuchen abschneiden. Auch Olm hatte ein Angebot für Straßenbauarbeiten abgegeben. Einige Zeit später erhielt er überraschenden Besuch in seinem Büro.

»Nennen Sie mich Schulz«, sagte der Mann. »Namen sind sowieso nur Schall und Rauch.«

»Was kann ich für Sie tun, Herr Schulz?«, fragte Olm.

»Ihre Kalkulation ist zu niedrig. Ziehen Sie ihr Angebot zurück«, sagte der unbekannte Besucher.

»Meine Kalkulation ist ausgezeichnet«, sagte Olm. »Überlassen wir die Beurteilung doch der Prüfungskommission.«

»Sie haben keine Chance, den Auftrag zu bekommen«, sagte der Mann und lächelte vielsagend.

»Da bin ich mir nicht so sicher«, sagte Olm.

»Aber wir sind es«, sagte Herr Schulz.

»Wer ist wir?«, fragte Olm neugierig.

Herr Schulz grinste bis über beide Ohren.

»Das spielt keine Rolle«, sagte er.

»Sind Sie nur gekommen, um mir das zu sagen?«, fragte Olm.

»Ich habe noch ein paar Neuigkeiten für Sie«, sagte der Mann. »Ihre Hausbank will ihren Überziehungskredit nicht verlängern und die Zinsaussetzung bei ihren langfristigen Verbindlichkeiten wird ebenfalls zurückgenommen.«

Herr Schulz erinnerte Olm an seinen ehemaligen Deutschlehrer, der mit der sanftesten Stimme die schlechtesten Noten verteilt hatte.

»Wenn Sie über meine Geschäftssituation so gut informiert sind«, sagte er, »dann wissen Sie auch, dass ich diesen Auftrag dringend benötige.«

»Wir bieten Ihnen eine Ausfallentschädigung an«, sagte Herr Schulz. »Zweihundertvierzigtausend. Wir zahlen bar und brauchen keine Quittung.«

»Sie gehen ein hohes Risiko ein«, sagte Olm.

»Risiko?«, fragte der Besucher und schien sichtlich erheitert zu sein.

»Ich könnte das Kreisverwaltungsreferat informieren«, sagte Olm.

»Was wollen Sie denen erzählen?«, fragte Herr Schulz spöttisch.

»Ihr Angebot ist nicht alltäglich«, sagte Olm.

»Angebot«? Herr Schulz und lächelte fast mitleidig. »Wir haben darüber gesprochen, ob es hygienischer ist, Papier- oder Stofftaschentücher zu benutzen. Glauben Sie, dass sich dafür das Kreisverwaltungsreferat interessiert?«

Olm wusste, dass er kaum eine andere Wahl hatte. Die großen Firmen teilten die fetten Brocken unter sich auf und wer sich ihnen in den Weg stellte, der hatte wenig Chancen. Das perfekte System zwischen Banken, Behörden und Großunternehmern funktionierte reibungslos, weil Prämienzahlungen, Schmiergelder, Gratisreisen oder andere Ver-

günstigungen ein dichtes Netz von Abhängigkeiten geknüpft hatten.
»Ich denke, dass ich Ihren Vorschlag annehmen werde«, sagte Olm.
»Gut«, war der einzige Kommentar des Herrn Schulz bevor er gruß-
los das Büro verließ.

Olm hatte längst die Nase voll vom Straßenbaugeschäft. Es war ein
ewiges Auf und Ab, ein ständiges Warten auf den nächsten Auftrag,
mit dessen Einnahmen die Löcher aus den vorherigen Geschäften ge-
stopft werden konnten und der neue hinterließ, wenn er abgeschlossen
war. Mit dem Geld konnte er seine Kontoüberziehung ausgleichen und
wenn er seinen Maschinenpark verkaufen würde, ließe sich auch der
größte Teil der langfristigen Kredite tilgen. Außerdem fühlte sich Olm
jung genug, um noch einmal etwas völlig Neues anzufangen.

Er hatte erst am letzten Sonntag mit Karin darüber gesprochen. Karin
Gross war Kinderärztin. Mit ihr verbrachte Olm seine Wochenenden.
Er hatte sie im Kino kennen gelernt. In einer Nachmittagsvorstellung.
Man hatte hinterher noch eine Tasse Kaffee getrunken und dann hatte
Karin ihn zu sich nach Hause eingeladen.

»Ich habe die Weinmarke zu Hause, die der Hauptdarsteller kurz
vor seinem Tod getrunken hat«, sagte sie.

Sie schliefen schon am ersten Abend miteinander. Karin Gross war
eine Frau, die schnelle Entscheidungen liebte. Sie hatte seit vielen Jahren ein festes Verhältnis mit einem verheirateten Zahnarzt, der das Wochenende bei seiner Familie verbringen musste. Aber Karin Gross war
nicht bereit, an diesen Tagen auf ihre sexuelle Befriedigung zu verzichten und deshalb kam ihr Olm gerade recht.

»Max betrügt mich mit seiner Frau, ich betrüge Max mit dir«, sagte
sie. »Damit ist das Gleichgewicht wieder hergestellt.«

Zweimal im Jahr nahm der Zahnarzt Karin für acht Tage zu Kon-
gressen mit. An diesen Wochenenden saß Olm stundenlang vor dem
Fernsehapparat, nur unterbrochen von kurzen Ausflügen in die Küche,
wo er sich Kaffee kochte oder Fertiggerichte in der Mikrowelle erhitzte.
Gabis Bistro hatte samstags und sonntags Ruhetag, sonst hätte Olm
sich anders ablenken können.

Von Montag bis Freitag verbrachte er seine Abende im Bistro. Hier
fanden sich Abend für Abend die Pokerspieler ein. Man traf keine festen Verabredungen. Wer kam, der kam. Mitspieler fand man immer.

Fast jeder Spieler behauptet von sich, dass er nur zur Entspannung, zur Zerstreuung spielen würde, aber die Gäste im Bistro waren längst Süchtige. Der Spielteufel hatte sie fest im Griff. Da sich meistens qualitativ gleichwertige Spieler in einer Runde trafen, hielten sich Gewinne und Verluste im erträglichen Rahmen. Hatte jemand mal eine längere Pechsträhne, dann stellte er seine Besuche im Bistro ein, bis er sich finanziell wieder erholt hatte. Gelang ihm das nicht, war er für die anderen Spieler so gut wie gestorben. Anteilnahme an seinem Schicksal nahm niemand, denn Anteilnahme war im Bistro ein Fremdwort.

Olm gefiel diese Umgebung. Er war nicht der Mensch, der Freundschaften pflegte. Er wollte nichts von sich erzählen und nichts über die Anderen erfahren. Im Bistro gab es nur ein Gesprächsthema: Full House, Paare oder Flash. Wer über seinen Urlaub oder seine Familie sprach, galt schon als Schwätzer. Mischen, abheben, geben, war die Devise. Ein sich ständig wiederholendes Ritual, das nur kurz durch einen Schluck Apfelsaftschorle oder alkoholfreies Bier und einen Zug aus der Zigarette unterbrochen wurde. Dann aber hieß es wieder: mischen, abheben, geben.

Es gab nur wenige, die sich an diese unausgesprochene Abmachung nicht hielten. Meyerling mit seinen krampfhaften Reimversuchen und Hans, der Rechtsanwalt, mit seinen zynischen Bemerkungen und seinem meckernden Lachen waren die Ausnahme. Karli, der Imbissbudenbesitzer, gehörte auch noch zu den Schwätzern, aber Karli kam selten in Gabis Bistro.

Olm gehörte zu den großen Schweigern. Vom ersten Blatt an war er hoch konzentriert. Er war ein guter Spieler. Er hatte die Fähigkeit, die Absichten seiner Mitspieler berechnen zu können. Wer kauft Karten für ein Full House, wer für eine Straße? Wie hoch kann das Paar sein, das der Mitspieler hat? Wer blufft, weil er nichts in der Hand hat, und wer versucht durch einen uninteressierten Gesichtsausdruck sein starkes Blatt nicht zu verraten? Pokern ist Nervensache und Olm hatte sehr starke Nerven. Es war nicht der Geldgewinn, der ihn am Spielen reizte, es war die Befriedigung, mehr und genauer beobachtet und kalkuliert zu haben, als die Gegenspieler.

»Was willst du trinken?«, fragte Gabi ungeduldig und riss ihn aus seinen Gedanken.. Sicher hatte sie ihn schon ein paar Mal gefragt.

»Einen Whiskey mit Eis und Leitungswasser«, sagte Olm.

»Daraus schließe ich, dass du heute nicht spielen wirst«, sagte die Wirtin.

»So ist es«, sagte Olm.

Olm war berühmt für seinen Kaffeekonsum, wenn er am Pokertisch saß. Er hatte seine eigene, große Kaffeetasse, ein Haferl, auf dem der Name Otto stand. In der Regel füllte Gabi die Tasse in einer Nacht mindestens zehnmal.

Am Tisch neben dem Eingang wurde ebenfalls gepokert. Olm erkannte Reimann, den Sportreporter, der immer nur bis zu einem bestimmten Limit spielte und deshalb mit den schwächeren Spielern zusammensaß. Die Kreisklasse, wie die anderen Gäste sie spöttisch nannten. Reimann spielte mit Günter, dem Fahrradhändler und einem Unbekannten.

»Zum Wohl«, sagte Gabi und stellte ihm den Whiskey auf den Tresen.

»Mit wem spielt Reimann?«, fragte Olm.

Gabi warf einen kurzen Blick zu dem Tisch.

»Mit Günter«, sagte sie dann, »siehst du nicht mehr so gut?«

»Und der Dritte?«, fragte Olm.

»Das ist Silvio«, sagte die Wirtin.

»Wer ist Silvio?«, fragte Olm.

»Der verkehrt doch schon ewig hier«, sagte Gabi fast vorwurfsvoll. »Mensch, Otto-Ludwig, warst du so lange nicht da?«

»Scheint so«, sagte Olm.

Von den Spielern hatte ihn noch keiner wahrgenommen. In dem kleinen Lokal hätte die Küche brennen können und keiner hätte es bemerkt. Spieler haben nur Augen für ihre Karten. Mischen, abheben und geben, bis Gabi mit lauter Stimme ihr ,Die letzte Runde, Leute' in den Raum rief.

Am unbeliebtesten Tisch, dem, der direkt neben der Tür zur Herrentoilette stand, saßen Franz, ein Schallplattenpromoter, Andy, ein in Bayern geborener Kroate und Rudi, der irgendeinen wichtigen Posten beim Finanzamt hatte. Rudi war besonders bei denen beliebt, die Schwierigkeiten mit seiner Behörde hatten. Olm nahm sein Glas und ging zu diesem Tisch.

»Servus, Olm«, sagte Andy, der gerade die Karten mischte.

Franz und Rudi nickten ihm nur kurz zu. Auch nach drei Jahren

Abwesenheit käme im Bistro nie jemand auf die Idee, sich nach dem Grund des Fernbleibens zu erkundigen. Man war da oder man war nicht da, das waren die Alternativen. Andy verteilte die Karten. Das war nicht nur das sichere Zeichen dafür, dass die Unterhaltung beendet war, sondern auch dafür, dass Olm jetzt den Mund zu halten hatte. Olm ging an den Nebentisch.

»Eine Apfelsaftschorle, Gabi«, sagte Hans, der Rechtsanwalt.

»Kommt sofort«, sagte Olm.

Erst als sie seine Stimme hörten, sahen die Spieler ihn an.

»Willst du mit einsteigen, Olm?«, fragte Meyerling. »Wir können auch zu viert weiterspielen.«

»Heute nicht«, sagte Olm. »Morgen oder übermorgen vielleicht.«

Er ging zur Theke zurück und bestellte sich einen zweiten Whiskey.

»Durch dich mache ich heute so viel Umsatz, dass ich das Geld mit der Schubkarre nach Hause fahren muss«, sagte Gabi lachend.

Als er am 14. Mai vor drei Jahren zum letzten Mal hier war, hatte er nur Kaffee getrunken. Unmengen von Kaffee. Er war etwas später gekommen, weil er im Büro noch einen Anruf von Karin Gross bekommen hatte. Max, der Zahnarzt, hatte am Freitag Geburtstag und musste mit Frau und Kindern feiern. Karin hätte deshalb Olm gerne ausnahmsweise am Freitagabend getroffen. Aber Olm hatte ihr von einer wichtigen Besprechung erzählt, die er nicht absagen konnte. Freitags war Bistrotag und daran konnte auch Karin Gross nichts ändern.

Am Tisch neben dem Eingang hatten Karli, der Imbissbudenbesitzer, Neuner, ein Produktionsleiter vom ZDF und ein Fremder, ein Spezi von Karli, gesessen. An den anderen Tischen waren die Runden schon komplett. Hatte er die Drei gefragt, ob man spielen wollte oder hatten sie ihn angesprochen? Olm wusste es nicht mehr so genau. Wichtig war in diesem Moment auch nur, dass überhaupt gespielt wurde. Und es fing gut an für Olm. Er war risikobereiter als sonst. Kein Wunder, denn er hatte eine beträchtliche Summe in der Tasche. Am Vormittag war ein Bote im Büro erschienen, der mit besten Grüßen von Herrn Schulz ein Päckchen abgegeben hatte. Keine Anschrift und kein Absender standen auf dem braunen Packpapier. Olm riss den Klebestreifen auf und vor ihm auf dem Tisch lagen zweihundertvierzig Tausender. Eine Summe, die er nie hätte verdienen können, selbst wenn er den Flughafenauftrag bekommen hätte. Ein Kapital, das ihm den Weg in ein neues berufliches Leben ebnen würde. Seine Tante Emma, eine Schwester seiner Mutter, hatte ihm nach ihrem Tod einen größeren Geldbetrag hinterlassen. Damit hatte er die Firma aufgebaut. Jetzt erhielt er von Unbekannten das Dreifache dieser Summe, um aus dem Geschäft wieder aussteigen zu können.

Man hatte gut eine halbe Stunde gespielt, da bekam Olm ein Full House in die Hand. Drei Könige und zwei Achten.

»Ich erhöhe um zweitausend«, sagte Neuner.

»Deine Zweitausend und noch einmal zweitausend«, sagte Olm.

Neuner brachte die Zweitausend und erhöhte erneut um dreitausend. Olm war etwas verunsichert.

Will er mich rausbluffen, dachte er, er kann sich diesen Tarif gar nicht leisten. Wer finanziert ihn? Karli? Ich habe genug Geld in der Tasche. Ich kann ihn hochtreiben, bis ihm die Luft ausgeht. Aber was ist, wenn er wirklich ein starkes Blatt hat? Im Topf lagen jetzt fünfzehntausend. Allein sechstausend von Olm. Wenn er die Dreitausend bringen würde, wäre er gerade mal mit tausend im Minus.

Olm warf drei Scheine auf den Tisch.

»Dreitausend und sehen«, sagte er.

Neuner hatte vier Damen.

Von diesem Augenblick an ging es bergab. Egal, wie gut Olms Blatt war, einer von den Mitspielern hatte ein besseres. Olm wurde nervös. Er spürte, dass er zu schwitzen begann. Ein unangenehmer Druck lag auf seinen Schläfen. Immer wenn Olm in Situationen kam, die er nicht richtig beurteilen konnte, bekam er diesen Druck auf die Schläfen. Olm hatte so einen Pokerabend noch nie erlebt. Gut, es gab Abende, an denen es nicht gut lief und er verlor. Aber trotz schlechter Karten war ihm der eine oder andere Bluff gelungen und er konnte seine Verluste in Grenzen halten. An diesem Abend konnte er sich nicht einmal über schlechte Karten beklagen, im Gegenteil, er bekam ausgezeichnete Blätter in die Hand. Doch beim Pokern gewinnt das bessere Blatt, und das hatte immer einer von den drei Anderen. Olm hätte aufhören müssen. Olm spielte auch mit dem Gedanken, aber dann dachte er wieder, dass sich das Blatt irgendwann wenden würde. Die Mitspieler hatten einen Lauf, aber der würde irgendwann aufhören. Er sah auf die Uhr. Noch zwei Stunden bis zum Feierabend. Es war Zeit genug, um alles wieder zurückzugewinnen. Olm trieb die Einsätze nach oben. Sie spielten ohne Limit.

Dann bekam Olm den Flash. Das musste die Wende sein. Neuner und der Mann, den Karli als Peter vorgestellt hatte, waren schon ausgestiegen. Nur Karli und er waren noch im Rennen.

Hoffentlich steigt er nicht vorzeitig aus, dachte Olm. Und Karli stieg nicht aus. Karli ging bei jeder Erhöhung mit. Olm hatte das Gefühl, als wäre er ein Torero, der in jedem Augenblick dem Stier den entscheidenden Stich versetzen konnte. Die Geldscheine stapelten sich auf dem Tisch. Dann wollte Karli sehen.

»Flash«, sagte Olm, »ich habe einen Flash.«

Karli grinste. Hatte er höhnisch gegrinst? Olm erinnerte sich nicht.

»Vater hat einen Royal Flash«, sagte Karli und legte seine Karten vom Kreuz Neuner bis zum Kreuz König auf den Tisch.

Olm hatte Mühe, die Karten richtig zu erkennen. Eine Nebelwand schien sich zwischen seine Augen und den Tisch geschoben zu haben. Ein Royal Flash gegen einen Flash, das gab es bei zehntausend Pokerpartien höchstens einmal. Und dieses eine Mal war eingetroffen. Karli hatte einen Royal Flash.

»Du hast keinen guten Abend, Olm«, sagte Karli, als er das Geld einsteckte. »Wir sollten aufhören.«

Erst jetzt sah Olm, dass ihr Tisch umringt war von den anderen Spielern, die ihre Partien abgebrochen haben mussten. Wie lange standen sie schon da, dachte Olm. Wir lange beobachteten sie schon seine Niederlage? Sah Meyerling ihn nicht triumphierend an? Wenn Olm gegen Meyerling gewonnen hatte, pflegte Meyerling immer zu sagen: »Du spielst nicht besser, du hast nur mehr Glück.«

Und die Kommentare von Hans, dem Rechtsanwalt, reichten von »Die dümmsten Bauern haben die dicksten Kartoffeln«, bis zu »Wenn ich schon gegen Straßenkehrer verliere, sollte ich eigentlich mit dem Pokern aufhören.«

Nun standen sie alle um den Tisch herum und erlebten die Bankrotterklärung eines Pokerspielers, der ihnen fast immer haushoch überlegen war.

Keiner von ihnen hat Mitleid mit mir, dachte Olm. Andy, der Kroate, war vielleicht der einzige von den Zuschauern, der ihn bedauerte.

Als Gabi ihr ‚Feierabend, Leute' rief, hatte Olm nichts mehr von dem Geld, das der Bote ihm erst vor ein paar Stunden ins Büro gebracht hatte.

Olm stand auf. Er hatte unerträgliche Gliederschmerzen. Ihm war schlecht von der Unmenge Kaffee, die er getrunken hatte und von den zahllosen Zigaretten die er geraucht hatte. Sein Kopf schien in einen Schraubstock eingeklemmt zu sein. Der Druck auf seine Schläfen war brutal. Er ekelte sich vor dem Geruch seines eigenen Schweißes, der ihm am Körper herunterlief.

Olm fühlte sich hundeelend, als er das Bistro verließ.

2 Olm saß stundenlang in seinem Wohnzimmersessel. Er rauchte eine Zigarette nach der anderen, obwohl er bei jedem Zug ein Ekelgefühl im Mund verspürte. Der Druck auf die Schläfen war kaum noch zu ertragen. Zweihundertvierzigtausend Mark hatte er verspielt. Er hatte mehrere Full House, Straßen, Vierständer und sogar einen Flash gehabt und kein Blatt hatte gewonnen.

Olm rief Karin Gross an.

»Ich komme nicht an diesem Wochenende«, sagte er.

»Was ist los«? fragte die Kinderärztin.

Karin bekam schnell einen herrischen Ton, wenn ihr etwas gegen den Strich ging.

»Ich habe Probleme«, sagte Olm.

»Gesundheitliche«? fragte Karin.

»Auch«, sagte Olm, »eine geschäftliche Transaktion macht mir Kopfschmerzen.«

»Dann nimm eine Aspirin«, sagte Karin Gross. »Ich habe mich schon genug darüber geärgert, dass du gestern Abend nicht gekommen bist.«

»Wenn ich bis vier Uhr nicht da bin, musst du nicht mehr mit mir rechnen«, sagte Olm und legte den Hörer auf.

Er hätte gerne mit jemandem über die letzte Nacht gesprochen. Nicht, um sich einen Rat zu holen oder sich trösten zu lassen, sondern weil er glaubte, es könnte die Gedanken aus seinem Kopf vertreiben, wenn er darüber reden würde. Aber Karin Gross war nicht der Mensch, mit dem man darüber reden konnte. Karin hasste Probleme. Es sei denn, es waren ihre eigenen. Sollte er seine Mutter anrufen? Er könnte es ihr erzählen und sie würde am Ende des Gesprächs nur fragen, ob er auch regelmäßig Vitamintabletten nehmen würde.

Olms Vater war Spieler. Berufsspieler. Er hatte die Familie verlassen, als Olm sieben Jahre alt war. Olms Mutter hatte sämtliche Kinderspiele in den Müll geworfen, als der Vater ausgezogen war. Keine Spielkarte, keinen Würfel gab es in der Wohnung.

»Im Spiel steckt der Teufel«, hatte sie immer wieder gesagt und den duldete die gläubige Christin nicht in ihren vier Wänden.

Olm zog sich aus und ging unter die Dusche. Fast eine Stunde stand er mit geschlossenen Augen unter dem Wasserstrahl. Er hatte mehr verloren in dieser Nacht, als dieses Geld. Er hatte seinen guten Ruf als Pokerspieler verloren. Seine Selbstachtung, sein Selbstwertgefühl. Man hatte ihm sein Lieblingsspielzeug weggenommen und das in aller Öffentlichkeit. Vor den Augen der Menschen, die ihn achteten, weil er ein guter Pokerspieler war, ein anerkannt starker Gegner. Sie hatten nicht höhnisch seine Niederlage beobachtet, sie hatten mitleidig zugesehen. Mitleid ist eine härtere Bestrafung als Anteilnahme.

Olm ließ sich den Wasserstrahl in den Mund laufen und spuckte das Wasser hustend wieder aus. Kalte, graue Augen. Er sah die Augen des dritten Spielers vor sich. Karlis Freund Peter. Karli hatte ihn vorgestellt, aber Olm konnte sich nur an seinen Vornamen erinnern und an die kalten, grauen Augen. Er hörte Neuner sagen: »Du hast keinen guten Abend, Olm.« Oder hatte Karli das gesagt? Den Neuner hatte Olm von Anfang an nie leiden können. Ein gestriegeltes Arschgesicht. Alles an ihm war schmierig, sein Lächeln, seine Haare, seine Anzüge. Er hatte immer feuchte Hände, die er einem lasch und kraftlos zur Begrüßung reichte. Und Karli? Keiner spielte gerne mit Karli. Karli gehörte zu den unerträglichen Schwätzern. »Vater geht mit«, sagte er oft, oder: »Vater legt noch einen drauf. Vater steigt aus.« Bevor das Spiel begann, erzählte er von seinen Puffbesuchen. Die geilsten Weiber hätten es immer auf ihn abgesehen und nie Geld von ihm angenommen, weil er es ihnen immer so gut besorgt hätte. Ein widerlicher Typ, dieser Karli. Aber Olm hatte mit ihnen gespielt. Mit Vater-geht-mit-Karli, mit dem Arschgesicht Neuner und mit dem Kalten-grauen-Augen-Peter.

Olm trocknete sich ab und zog sich an.

Sollte er nicht doch lieber zu Karin Gross fahren? Es würde ihn ablenken, ihn auf andere Gedanken bringen. Sie kannten sich jetzt schon über ein Jahr. In Olms privaten Telefonbuch standen nur drei Nummern: die von Sebastian, dem Studienfreund, die von seiner Mutter und die von Karin. Drei private Telefonnummern, drei Menschen, mit denen er in Verbindung stand. Das war nicht viel für einen Mann, der sich in der zweiten Hälfte seines Lebens befand.

War Karin Gross seine Geliebte? Oder war sie nur die Frau mit der er schlief, weil sich das zufällig so ergeben hatte? War Sebastian ein Freund? War das wirklich Freundschaft, was sie verband? Sie telefonierten ab und zu miteinander, das war alles.

Kinder, die Trost brauchen, rufen ihre Mütter an, dachte Olm. Trösten ist ein Privileg der Mütter. Aller Mütter - nur nicht meiner.

Seine Mutter hatte sich in eine eigene, kleine Welt zurückgezogen und die war für alle, auch für ihren Sohn, Tabuzone. Also doch Karin anrufen, überlegte er. Welche Rolle spiele ich eigentlich in ihrem Leben? Ich bin der unabhängige, potente Liebhaber, der ihr die Wochenenden abwechslungsreicher gestaltet. Das ist nicht mehr, als eine unbedeutende Nebenrolle. Haben wir je ein privates Wort über mich gesprochen? Hat sie überhaupt mal eine Frage gestellt, Interesse gezeigt? Mit Karin konnte man über erogene Zonen reden, aber nicht über eine Pokerniederlage, die für Olm mehr war, als der Verlust des verspielten Geldes.

Olm rief Sebastian in Berlin an.

»Du hast Glück, das du mich noch erwischt«, sagte Sebastian. »Ich war schon an der Tür, als das Telefon läutete.«

»Ich habe die Schnauze voll von München und dem Straßenbau«, sagte Olm.

»Erzähle mir nicht die Gründe«, sagte Sebastian. »Verkaufe den Laden und komme zu mir nach Berlin. Du kannst sofort bei mir einsteigen.«

Sebastian war Immobilienhändler.

»Ich rufe dich an, wenn ich hier alles erledigt habe«, sagte Olm, »und danke, Sebastian.«

Olm fuhr in sein Büro. Er hörte das Telefonklingeln schon, als er die Tür aufschloss. Es war Schuftner, sein Vorarbeiter.

»Was soll ich mit den Leuten machen«? fragte Schuftner.

Die polnischen Gastarbeiter wurden nicht mehr gebraucht.

»Entlassen«, sagte Olm. »Und Sie melden sich arbeitslos. Ich rufe Sie an, wenn ich Sie wieder brauche.«

In den nächsten Wochen ging alles sehr schnell. Olm verkaufte seine Fahrzeuge und die Baumaschinen. Er bekam mehr Geld, als er erwartet hatte. Es reichte, um die Kontoüberziehung auszugleichen. Mit seiner Bank vereinbarte er Tilgungsraten für die langfristigen Kredite. Er ließ die GmbH im Handelsregister löschen und löste sein Büro auf. Für seine Wohnung fand er einen Nachmieter, der ihm sogar noch eine geringe Ablösesumme für seine Möbel bezahlte. Olm räumte seine Vergangenheit weg wie überflüssigen Ballast, den man über Bord warf.

Er verbrachte ein letztes Wochenende mit Karin Gross.

»Willst du mich heiraten«? fragte er sie.

»Heiraten? Und was ist mit Max«? fragte Karin zurück.

»Max ist verheiratet«, sagte Olm.

»Eine umwerfende Neuigkeit! Ich weiß es, du weißt es und Max weiß es. Mit diesem Wissen leben wir seit längerer Zeit gemeinsam«, sagte Karin spöttisch.

Olm hatte keine andere Reaktion erwartet. Karin hatte ihr Leben geordnet, unumstößlich geordnet. Es gab die Abende mit dem Zahnarzt während der Woche, die Wochenenden mit Olm, tagsüber die Arbeit in der Praxis und zweimal im Jahr die Kongressreisen. Karin Gross dachte überhaupt nicht daran, ihre Lebensgewohnheiten auch nur im Geringsten zu verändern.

»Ich gehe nach Berlin«, sagte Olm.

»Gute Reise«, sagte sie. »Möchtest du vorher noch einmal mit mir schlafen?«

»Nein, vielen Dank«, sagte Olm.

Sie brachte ihn nicht, wie sonst üblich, zur Haustür, sondern verabschiedete sich im Flur. Nicht ein Wort des Bedauerns über die Trennung kam ihr über die Lippen.

Sie ist wütend, dachte Olm, nicht weil sie mich verliert, sondern weil sie noch nicht weiß, wie sie das entstehende Vakuum ausfüllen soll.

Zuhause schrieb er einen langen Brief an seine Mutter. Abgesehen von einer Weihnachtskarte, die er ihr während der Studienzeit aus Saarbrücken geschickt hatte, war es das erste Schriftliche, was sie von ihm erhielt. Sonst pflegte er sie nur in unregelmäßigen Abständen anzurufen. Es war ein optimistischer Brief. Den Pokerabend erwähnte er mit keinem Wort. Er schrieb, dass sich die Konjunkturerwartungen nicht erfüllen würden, dass er nicht mehr bereit wäre, das Risiko für andere zu tragen, dass er jetzt mehr an sich selbst denken wolle, und dass ihn in Berlin eine gesicherte Position erwarten würde.

Während seiner letzten Tage in München fuhr Olm noch zweimal an Gabis Bistro vorbei. An den parkenden Autos vor der Tür erkannte er, wer im Lokal war. Hans, Meyerling, Andy, Fuad, Reimann und der Schwabe mussten an den Spieltischen sitzen. Poldi, der Taxiunternehmer, parkte in der zweiten Reihe. Taxis bekamen selten ein Strafmandat. Reimann hatte seinen Wagen, wie immer, vor einer Einfahrt geparkt. Er musste an einem Abend drei- bis viermal vor die Tür, um die Anwohner in den Hof fahren zu lassen.

Nie wieder, schwor sich Olm, nie wieder werde ich diesen Laden betreten. Nie wieder werde ich pokern. Nicht einmal zum Spaß im privaten Kreis, wenn nur um Erdnüsse gespielt wird. Olm, der Pokerspieler ist gestorben. Er wurde gemeinsam mit seiner Straßenbaufirma beerdigt. An seinem Grab stand Karin Gross und fluchte. Karli, Peter und Neuner sangen:»So ein Tag, so wunderschön wie heute.« Meyerling, der Schwabe und Andy applaudierten euphorisch. Nur Gabi, die Bistrowirtin, hatte eine winzige Träne im Auge.

Olm fuhr nach Berlin, in eine neue Stadt, in ein neues Leben.

3 Otto-Ludwig Meier war genau das, was man einen Durchschnittsmenschen nennt. Er war in allem Mittelmaß. In der Körpergröße, im Aussehen, im Erfolg. Von Menschen wie Otto-Ludwig Meier sagt man, dass sie eine gute Allgemeinbildung haben. Sie können Kreuzworträtsel lösen, ohne dass sie Nachschlagebücher wälzen müssen, können Fremdwörter richtig einsetzen, verstehen in groben Zügen die politischen Zusammenhänge und haben, wenn auch nur oberflächlich, einige Kenntnisse auf dem Gebiet der Literatur und der klassischen Musik. Ihre Schwächen sind die Geographie, das Verständnis für moderne Kunst und die Beurteilung ihrer eigenen Intelligenz.

Otto-Ludwig Meier hatte sein Abitur mit dem Durchschnittswert von 3,2 gemacht. Das entsprach seinen Erwartungen. Es gab kein Schulfach, das sein besonderes Interesse wecken konnte. Weil es an der Universität Saarbrücken keine Beschränkungen für das Betriebswirtschaftsstudium gab, hatte er sich dort eingeschrieben. Ein weiterer Grund war die Tatsache, dass sein Klassenkamerad Sebastian ebenfalls nach Saarbrücken ging. Sebastian war der einzige Mitschüler, den Olm sympathisch fand. Er war in allem das Gegenteil von Olm. Sebastian war unterhaltsam, gesellig und immer bemüht, dem Leben die angenehmeren Seiten abzugewinnen. Otto-Ludwig Meier wünschte sich oft, dass er so wäre wie Sebastian. Aber er konnte sich dessen Lebensweise nicht einmal annähern. Sebastian ging auf die Menschen zu. Olm wartete, bis man sich um ihn bemühte. Sebastian trat seinen Mitmenschen mit einer offenen, freundlichen Art gegenüber. Olm zeigte ungern Gefühle und wurde schnell misstrauisch, wenn sich jemand zu herzlich ihm gegenüber verhielt.

Wäre Ehrgeiz eine Charaktereigenschaft von Otto-Ludwig Meier gewesen, und hätte er sportliche Ambitionen gehabt, er wäre ein guter Marathonläufer geworden. Einer, der nur gegen die Uhr läuft und gegen den inneren Schweinehund, der ihn mit Seitenstichen quält und ihm suggerieren will, dass er aufgeben soll. Ein Einzelkämpfer in einem Feld von hundert anderen Einzelgängern. Aber Otto-Ludwig Meier war nicht ehrgeizig.

Er war immer bemüht, alles was er anfing gut zu machen, ordentlich, korrekt. Er hatte keine konkreten, beruflichen Wünsche. Er arbeitete, weil man arbeiten musste, um Geld zu verdienen, um zu leben. Als Sebastian von Saarbrücken nach Berlin zog, hielt es auch Olm nicht mehr in der Saarmetropole. Er ging nach München. Er hatte von seiner Tante Emma etwas Geld geerbt und erwarb auf einer Zwangsversteigerung einen Straßenbaumaschinenpark. Wären Teppiche oder Autos versteigert worden, Olm hätte einen Teppichladen oder eine Autovermietung aufgemacht.

Es gab nur etwas, was Otto-Ludwig Meier wirklich interessierte, was eine gewisse Erregung in ihm aufkommen ließ. Otto-Ludwig Meier war leidenschaftlicher Pokerspieler. Am Pokertisch war er in seinem Element. Der große Einsame, der nur allein für sich und sein Spiel verantwortlich war. Der in der Niederlage nach den Fehlerquellen suchte und im Triumph des Sieges über weitere Verbesserungen seiner Spielqualität nachdachte. Der kühle Kalkulator, der mögliche Kombinationen der Mitspieler berechnete. Das schweigsame Pokerface, das sich keine Gefühlsregung anmerken ließ. Der kontrollierte Rechner, der seine Einsätze richtig zu dosieren wusste.

Wenn Otto-Ludwig Meier für etwas arbeitete, dann waren das keine Urlaubsreisen, keine Autos der Luxusklasse oder Möbelstücke für seine Wohnungseinrichtung. Otto-Ludwig Meier verdiente Geld, weil man beim Pokerspielen Geld in der Tasche haben musste. Er war ein guter Spieler. Er war es insbesondere deswegen, weil er sich nie unter dem Zwang gewinnen zu müssen an einen Spieltisch setzte. Es ging ihm nicht ums Geld. Er wollte gewinnen, um zu beweisen, dass er der Bessere war. Er wollte die Anerkennung der Mitspieler, den Respekt, den sie überlegenen Spielern schuldig waren. Oft saß er allein zu Hause und verteilte Karten an imaginäre Mitspieler und versucht an Hand seines Blattes die Karten der anderen zu bestimmen, obwohl er die Karten, die im Talon lagen nicht kannte. Oder er deckte jeweils zwei der ausgegebenen Karten auf und berechnete beim Studium des verbliebenen Kartenstapels die Spielmöglichkeiten. Stundenlang konnte er sich damit beschäftigen.

Wäre Otto-Ludwig Meier als Kind reicher Eltern zur Welt gekommen oder hätte er eine größere Erbschaft gemacht, er wäre Berufsspieler geworden. Olm war dem Schicksal dankbar, dass beides nicht der Fall war, denn so war das Pokern für ihn ein Hobby geworden, eine Freizeitbeschäftigung. Das glaubte er jedenfalls, denn er merkte selber nicht, dass es wesentlich mehr für ihn war. Pokern war für Otto-Ludwig Meier Lebensinhalt und Selbstbestätigung. Beim Spielen überkam ihn ein Selbstwertgefühl, das er in anderen Lebenssituationen nicht verspürte. Hier fand er seine Erfolgserlebnisse, seine Anerkennung. Am Pokertisch war er mehr, als Otto-Ludwig Meier, der Unternehmer. Er war ein Spieler, gegen den man nur schwer gewinnen konnte. Vor solchen Menschen haben die Mitspieler Respekt und diesen Respekt brauchte Otto-Ludwig Meier, der von allen nur Olm genannt wurde, wie die Luft zum Atmen.

4   *1988 verwüstet ein Erdbeben weite Teile der Sowjetrepublik Arme-*
nien. Über fünfzigtausend Menschen sterben. Über dem schottischen
Lockerbie explodiert in einer Boeing 747 eine Bombe. Zweihundertsiebzig
Menschen werden Opfer dieses terroristischen Anschlags. Eine Gasexplosion
zerfetzt die vierunddreißigtausend Tonnen schwere Stahlkonstruktion der
Ölplattform ‚Piper Alpha'. Bei der bisher größten Bohrinsel-Katastrophe
sterben einhundertsiebenundsechzig Menschen. Auf der Airbase Ramstein
krachen drei Flieger der italienischen Kunstflugstaffel ‚Frecce Tricolori' in-
einander. Siebzig Zuschauer werden getötet.   •

Christine Beillant wuchs in einem Einfamilienhaus im bürgerlichen
Stadtteil Mörsenbroich in Düsseldorf auf. In der Gerhart-Hauptmann-
Straße wohnten Oberstudienräte, städtische Beamte, Selbstständige und
Ärzte. Es war eine dieser Straßen, in denen die Anwohner wenig voneinander wussten. Man kannte die Namen der Nachbarn rechts und
links, weil man hin und wieder eine Paketsendung für sie angenommen hatte. Man grüßte sich, tauschte ein paar belanglose Sätze aus,
aber an intensiverem Kontakt war niemand interessiert. Und man erwartete von den anderen Anwohnern, dass sie auch kein besonderes
Interesse für die Nachbarschaft aufbrachten. Der einzige Treffpunkt
war der Supermarkt an der Ecke. Aber auch hier nutzte man die Wartezeit in der Schlange vor der Kasse nicht aus, um sich zu unterhalten,
wichtiger schien der Blick in den Einkaufswagen der anderen zu sein.
Ein Restaurant hätte in dieser Straße keine Chance gehabt, um zu exi-
stieren, denn die Bewohner der Gerhart-Hauptmann-Straße verbrachten die Abende in den eigenen vier Wänden.

Ihr Vater hatte das Haus gekauft, als Chrissi, wie sie erst von ihrem
Bruder und dann von allen gerufen wurde, zwei Jahre alt war. Anton
Beillant war Finanzbeamter, bevor er sich als Steuerberater selbstständig
machte. Niemand, der Anton Beillant kannte, hätte das je von ihm
erwartet, denn Anton war mit Leib und Seele Beamter. Die devote Art,
mit der ihn Steuerpflichtige bei den Betriebsprüfungen gegenübertra-
ten, genoss er genau so, wie den Gehorsam und Respekt, dem ihm die
Pimpfe als HJ-Führer entgegengebracht hatten. Dass Beillant trotzdem
das Finanzamt verließ, lag an einer Arbeitskollegin, mit der ihn mehr
verband als nur gemeinsame berufliche Interessen. Jeder im kleinen

Bekanntenkreis der Beillants - er bestand nur aus Antons Schwager und einem beinamputierten Kriegskameraden, mit dem Beillant jeden Mittwochabend über gemeinsame Volkssturmerinnerungen während der letzten Kriegstage sprach - wusste von Antons Verhältnis. Nur seine Frau Margarete schien ahnungslos zu sein. Jedenfalls gab Margarete Beillant nie zu erkennen, ob sie von der Nebenbuhlerin wusste. Die wenigen Besucher jedenfalls betrachteten Margarete Beillant stets mit einem Blick, der Mitleid und Bedauern ausdrückte.

Margarete Beillant war eine Dulderin. Eine Frau, die ihre individuelle Existenz aufgegeben hatte, als sie Anton Beillant das Jawort gab. Sie gebar ihm zwei Kinder. Erst den Sohn Christian und zwei Jahre später die Tochter Christine. Ihrem herrischen, keinen Widerspruch duldenden Mann hatte sie wenig entgegenzusetzen. Antons Tagesablauf wurde von einem Rhythmus bestimmt, den er nie änderte und er hasste jede Situation, die ihn zum Improvisieren zwang. Er stand um sechs Uhr in der Früh auf, trank eine Tasse Kaffee und aß eine Scheibe Vollkornbrot zum Frühstück, war pünktlich um sieben Uhr in seiner Kanzlei, kam auf die Minute genau um 18 Uhr 30 nach Hause, sah sich nach dem Abendbrot die Nachrichten im Fernsehgerät an und ging anschließend ins Bett. Anton Beillant legte Wert auf festgelegte Zeiteinteilungen: beim Frühstück, beim Einschalten des Fernsehapparats, beim Wechseln seiner Oberhemden und bei der Abrechnung des Haushaltgeldes an jedem Freitagabend.

»Disziplin ist das halbe Leben«, war eine seiner Maximen.

In die Erziehung der Kinder mischte er sich wenig ein, so lange sie keinen Anlass zum Tadel gaben. Sauber und ordentlich mussten sie morgens beim gemeinsamen Frühstück am Tisch sitzen und auf die Minute genau am Abend nach Hause kommen. Im Alter von achtzehn Jahren waren Christian noch Discothekenbesuche und Übernachtungen außerhalb des Hauses untersagt. Beillant ohrfeigte seine sechzehnjährige Tochter, als er sah, dass sie sich die Lippen geschminkt hatte.

»So lange ihr die Füße unter meinen Tisch stellt, werdet ihr das tun, was ich für richtig halte«, pflegte er mindestens dreimal in der Woche zu sagen.

Alles in allem waren die Beillants eine Familie wie es sie zu Tausenden in diesem Land gab. Abgesehen vielleicht von einer außergewöhnlicheren Variante. Am Samstagvormittag verließ Anton Beillant das Haus und kam am Sonntag um Punkt siebzehn Uhr zurück.

Wenn die Kinder fragten, wo denn der Papa immer am Wochenende wäre, sagte Margarete: »Papa, ist politisch aktiv.«

Zwar war Anton Beillant seit vielen Jahren Mitglied im CDU-Kreisverband, aber selbst die Kinder merkten, als sie älter wurden, dass es keine politischen Wochenendseminare waren, die ihr Vater mit dieser konstanten Regelmäßigkeit besuchte.

Hanna Ott, seine Partnerin in der Steuerkanzlei, übernahm in diesen sechsunddreißig Stunden die Rolle der Lebenspartnerin. Natürlich wusste das auch Margarete, aber sie akzeptierte es, weil sie es akzeptieren musste, denn sie war zu hilflos, um sich dagegen zu wehren.

Hanna Ott war eine große, starke Frau. Sie trug ihr blondes Haar als Pagenschnitt, Krawatten und Herrenanzüge. Sie war in allem das genaue Gegenteil von Margarete. Anton Beillant war dieser dominanten Frau hörig. Margarete konnte nicht ahnen, dass ihr tyrannischer Ehemann bei dieser Frau nichts weiter als ein folgsamer Schoßhund war.

Chrissi war vierzehn Jahre alt, als ihr Bruder Christian sie über das Doppelleben ihres Vaters aufklärte. Von diesem Tag an hatte sie nur noch Verachtung für Anton Beillant übrig. Ihre Mutter tat ihr leid, aber Chrissi wagte es nicht, mit ihr über diese Situation zu sprechen. Es war überhaupt schwer, sich mit der Mutter über irgendetwas zu unterhalten. Wenn Margarete Beillant mehr als drei Sätze am Tag sprach, war das viel. Sie kochte, kümmerte sich um die Wäsche, hielt das Haus sauber, pflegte den kleinen Garten und selbst beim abendlichen Fernsehen bügelte sie stumm im Hintergrund die Oberhemden ihres Ehemanns. Genau so sparsam wie mit Worten war Margarete auch mit ihren Gefühlen. Chrissi konnte sich nicht erinnern, auch nur einmal von ihrer Mutter in den Arm genommen worden zu sein. Auch kleinere Zärtlichkeiten gehörten nicht zum Repertoire dieser Frau, die an den Verletzungen, die man ihrer Seele beigebracht hatte, fast zerbrach. Der Vater verhielt sich stets so distanziert, dass Chrissi es nicht einmal gewagt hätte, ihm einen Kuss auf die Wange zu geben. Im Hause Beillant war kein Platz für öffentliche Liebesbeweise.

Chrissis ganze Liebe konzentrierte sich auf ihren Bruder. Christian war ihr ein und alles. Er war ihr Vorbild, ihr Held, ihr einziger wirklicher Ansprechpartner. Mit ihm konnte sie über alles reden. Immer wieder war es ein anderer amerikanischer Filmstar, dem er ähnelte und wenn er amateurhaft auf seiner Gitarre spielte, gab es für Chrissi keinen Popsänger, der sich mit ihm hätte messen können. Chrissi liebte Christian abgöttisch.

Wenn abends um Punkt elf Uhr im Hause Beillant die Lichter ausgemacht werden mussten, schlich Chrissi sich ins Zimmer ihres Bruders, schlüpfte zu ihm unter die Bettdecke und flüsternd unterhielten sich die Geschwister über die Schule, die Freunde, Tagesereignisse oder sie schmiedeten Zukunftspläne. Es war Chrissi, die bei diesen abendlichen Zusammenkünften damit begann, ihrem Verlangen nach Zärtlichkeit und körperlicher Berührung nachzugeben. Und es konnte nicht ausbleiben, dass aus dem Streicheln und den geschwisterlichen Küssen bald mehr wurde.

Es war zwei Tage nach ihrem sechzehnten Geburtstag, als sie zum ersten Mal miteinander schliefen. Unrechtsbewusstsein kam bei Chrissi nicht auf. Sie liebte Christian mit jeder Faser ihres Herzens und es war für sie fast selbstverständlich, dass sie ihm alles gab, was sie zu geben hatte. Ihr Bruder war ihr Ersatz für Vater und Mutter, ihr bester und einziger Freund, ihr Beichtvater. Warum also nicht auch ihr romantischer, zärtlicher Liebhaber? Chrissi war schon mit vierzehn Jahren reifer als ihre Altersgenossinnen und jetzt, mit sechzehn, eine bildhübsche, junge Frau mit langem pechschwarzem Haar und grünen Augen, die bei einem bestimmten Lichteinfall eine Bernsteinfarbe annahmen. Es gab keinen Jungen in ihrer Klasse, der nicht den Versuch unternahm, mit ihr anzubandeln. Und beim sonntäglichen Pflichtkirchgang waren die Augen der männlichen Besucher mehr auf sie, als auf die Kanzel gerichtet. Aber Chrissi registrierte diese Aufmerksamkeiten nicht. Für sie gab es nur Christian.

Margarete ahnte, was sich zwischen ihren Kindern abspielte, aber sie ließ sich nie etwas anmerken. Sie hatte im Bett ihres Sohnes die Spuren der ersten Liebesnacht entdeckt, aber für die strenggläubige Katholikin durfte nicht sein, was nicht sein durfte. Für Margarete Beillant stand fest, dass, wenn ihre Vermutungen zutreffen würden, es eine gottgewollte Strafe des Allmächtigen wäre, die sie für frühere Verfehlungen zu akzeptieren habe. Sie wusste zwar nicht, warum Gott einen Anlass hätte, um sie zu strafen, aber seine Unfehlbarkeit stand für sie über allen anderen Dingen.

Hätte Anton Beillant auch nur geahnt, was sich in einem der Kinderzimmer abspielte, er wäre in der Lage gewesen, seine Kinder totzuschlagen. Das wusste Margarete und das war auch der Grund dafür, dass sie ihre Beobachtungen und Feststellungen für sich behielt.

Chrissis schlimmste Leidenszeit begann, als Christian nach dem Abitur nach Saarbrücken ging, um Betriebswirtschaft zu studieren. Er hätte lieber Jura studiert, aber ein Wunsch, der von seinem Vater geäußert wurde, kam einem Befehl gleich. Anton Beillant wollte einen Betriebswirt in seiner Kanzlei haben und deshalb war es für ihn selbstverständlich, dass sein Sohn diesen Posten übernehmen würde. Er zahlte das Studium, er hatte zu bestimmen.

Margarete machte sich Sorgen um ihre Tochter. Chrissi aß fast nichts mehr, vernachlässigte ihr Äußeres, ging lustlos und widerwillig zu ihrem Modern-Dance-Tanzkurs, der ihr eigentlich neben der Schule das Wichtigste war und verließ nur zu den gemeinsamen Mahlzeiten ihr Zimmer. Es gab kein Telefon im Hause Beillant, weil Anton dies für überflüssig hielt, und da Chrissis knapp bemessenes Taschengeld nicht für die Anschaffung eines Handys reichte, blieb ihr nur übrig, ihrem Bruder zu schreiben. Das tat sie allerdings ausgiebig. Jeden Tag schrieb sie ihm einen Brief. Es waren Briefe voller Sehnsucht und Liebe.

Zehn Wochen nach Semesterbeginn kam Christian zum ersten Mal nach Hause. Er hielt sich nur ein paar Stunden auf und Chrissi brachte ihn anschließend zum Bahnhof.

»Musst du wirklich sofort zurück?«, fragte sie.

»Ja, Chrissi«, sagte ihr Bruder. »Und ich werde erst Weihnachten wieder nach Hause kommen. Ich mache in den Semesterferien ein Praktikum bei einer Bank.«

»Kann ich dich nicht besuchen kommen?«, fragte Chrissi schüchtern.

»Das wäre nicht gut, Chrissi, das wäre wirklich nicht gut«, sagte Christian.

»Warum nicht?«, fragte Chrissi.

»Wir können nicht so weitermachen, Chrissi«, sagte ihr Bruder. »Es war nicht richtig, was wir getan haben.«

»Du liebst mich nicht mehr«, sagte Chrissi und Tränen traten ihr in die Augen.

»Ich liebe dich, kleine Schwester«, sagte Christian, »aber ich liebe dich als kleine Schwester. Verstehst du das?«

»Was hat sich verändert, Christian?«, fragte Chrissi.

»Wir haben uns verändert, Chrissi«, sagte ihr Bruder. »Wir sind älter geworden. Es war nicht richtig, was wir getan haben. Es war wunderschön, aber nicht richtig. Ich habe mich strafbar gemacht. Mein ganzes Leben wäre verpfuscht, wenn die Sache herauskommen würde.«

Chrissi schwieg. Es hatte sie verletzt, dass ihr Bruder von einer Sache gesprochen hatte. Ihre große, ehrliche Liebe für ihn war keine Sache.

»Hast du eine Freundin gefunden?«, fragte sie nach einigen Minuten.

»Nein«, sagte Christian, »du bist und bleibst meine einzige, wahre Freundin.«

Sie sprachen kein Wort mehr miteinander. Chrissi weinte hemmungslos, als sie dem abfahrenden Zug hinterher winkte.

Es war genau eine Woche später, als ein Polizeibeamter bei den Beillants klingelte. In knapper, unpersönlicher Form teilte er Margarete mit, dass eine Dienststelle in Saarbrücken gemeldet hätte, dass ihr Sohn Christian bei einem Überfall auf ein Postamt als unbeteiligter Passant von einem Querschläger getroffen worden sei. Im Krankenhaus hätte man bedauerlicherweise nur noch seinen Tod feststellen können. Da er seine Ausweispapier bei sich getragen hätte, wäre die Identifizierung problemlos gewesen. Margarete Beillant war bei dieser Nachricht zusammengebrochen und ihr Mann musste einen Notarzt rufen. Chrissi hatte an diesem Nachmittag Leistungskurse in der Schule und kam erst gegen Abend zurück. Sie fand Vater und Mutter im Wohnzimmer sitzend vor. Mit versteinertem Gesicht teilte ihr Vater ihr die unfassbare Nachricht mit. Noch Jahre später erinnerte sich Chrissi daran, dass weder ihre Mutter noch ihr Vater Tränen in den Augen hatten.

Für Chrissi brach eine Welt zusammen. Sie hatte alles verloren in das sie ihre Gefühle, ihre Sehnsüchte, ihr Vertrauen und ihre Liebe investiert hatte. Sie hatte nicht nur ihren Bruder, sie hatte auch ihren Geliebten verloren, ihre einzige Bezugsperson.

Nie zuvor hatte sie sich so verlassen und allein gefühlt wie auf Christians Beerdigung an einem nasskalten Oktobertag, an der nur ihre Eltern, der Beinamputierte im Rollstuhl und sie teilnahmen. Auch auf dem Friedhof nahm keines der Elternteile die von Weinkrämpfen geschüttelte Christine in den Arm.

»Du wirst nach dem Abitur bei mir in der Firma anfangen«, sagte ihr Vater einige Wochen nach der Beerdigung.

»Ich möchte nicht Steuerberaterin werden«, wagte Chrissi zu widersprechen.

»Es geht nicht darum, was du möchtest«, sagte ihr Vater. »Ich habe diese Kanzlei nicht aufgebaut, damit sie nach meinem Ausscheiden in fremde Hände fällt. Nach allem, was ich für dich getan habe, ist es deine Pflicht, meine Nachfolge zu übernehmen.«

Chrissi wusste, dass jede Diskussion nutzlos sein würde. Es sind noch zwei Jahre bis zum Abitur, dachte sie. In den zwei Jahren kann noch sehr viel passieren.

Einige Zeit später führte ein Berufsberater auf einer Schulveranstaltung einen Lehrfilm über den Werdegang und die Berufsaussichten von Polizisten im gehobenen Dienst vor. Chrissi gefiel, was sie dort zu hören und zu sehen bekam. Schon als kleines Kind hatte sie eine besondere Vorliebe für Polizeibeamte. Sie strahlten für Chrissi Schutz und Sicherheit aus, waren der ruhende Pol in einer Welt, die voller Verbrechen und Unrecht war. Sie reagierte ärgerlich, wenn ihre Klassenkameraden abfällig von Bullen sprachen und wagte es sogar ihrem Vater, der einmal wegen des Überfahrens einer Ampel bei rot vier Wochen seinen Führerschein abgeben musste und deshalb vom Polizeistaat und von Wegelagermentalität sprach, zu widersprechen.

Jedenfalls stand für Chrissi nach diesem Vortrag in der Schule fest, dass sie in den Polizeidienst gehen wollte. Betreuen, helfen, beschützen, das waren für sie Vokabeln, mit denen sie sich identifizieren konnte. Sie gab das Modern Dancing auf und meldete sich bei einem Sportverein an, um ihre körperliche Fitness noch zu verbessern. Staatsbürgerkunde wurde eines ihrer Lieblingsfächer in der Schule. Sie studierte mit großem Interesse das Grundgesetz und schrieb sich aus dem Bürgerlichen Gesetzbuch alle Paragraphen heraus, die ihr besonders wichtig erschienen. Vom Arbeitsamt holte sie sich Material über die Ausbildungswege von Polizeibeamten. Ihre Hauptlektüre wurden Kriminalromane, bei denen sie nach gut einem Drittel schriftlich festhielt wie die Lösung eines Falles möglicherweise sein könnte. Oft notierte sie zwei oder drei Möglichkeiten und versuchte, diese logisch zu begründen. Bei vielen der, nach einem klischeehaften Strickmuster angefertigten, Romane lag sie weit daneben, aber es erheiterte sie, wenn sie feststellte, wie unlogisch die Autoren oft ihre Geschichten beendeten.

Chrissi wurde Mitglied in einem Schützenverein und war eine der Eifrigsten beim Schießtraining. Ihr Trainer war von ihrem Talent so begeistert, dass er sie schon nach zwei Monaten zu Vergleichskämpfen mit anderen Vereinen nominierte.

»Du hast das Zeug mal Olympiasiegerin zu werden, Chrissi«, sagte er. »Im Kleinkaliber oder mit der Luftpistole.«

Im Hause Beillant ahnte niemand etwas von den Aktivitäten der Tochter. Margarete Beillant war nach dem Tod ihres Sohnes endgültig in die Welt der Tiefreligiösen eingetaucht. Kein Tag verging ohne einen Kirchenbesuch und auch Zuhause betete sie in jeder Minute, in der sie nicht ihren häuslichen Verpflichtungen nachkommen musste.

Anton Beillant war kaum noch in dem kleinen Haus in Mörsenbroich. Am Freitagabend ließ er sich von seiner Frau die Haushaltsgeldabrechnung vorlegen, kontrollierte Kassenbons und Wäschereiquittungen und packte aus einer Tragetasche seine schmutzigen Oberhemden aus und legte frischgebügelte hinein. Dann gab er Margarete das Haushaltsgeld für die nächste Woche und ging grußlos. Antons Schwager ließ sich auch nicht mehr blicken und der Kriegskamerad verbrachte jetzt sicher seine Mittwochabende in der Wohnung, die Hanna Ott und Anton Beillant teilten.

Margarete Beillant war egal, was um sie herum geschah. Sie hatte nur den einen Wunsch, zu sterben. In jedem ihrer Gebete flehte sie den lieben Gott an, dass er sie endlich zu sich holen möge.

Chrissi hatte sich mit der Situation arrangiert. Die Verachtung für ihren Vater war in Hass umgeschlagen. Sie hasste diesen verlogenen, spießigen Mann, der nur seinem Egoismus lebte und sie war froh, dass sie ihn manchmal wochenlang nicht sah. Ja, sie vermied es, am Freitagabend im Haus zu sein, weil sie wusste, dass er anwesend war. Gespräche zwischen Tochter und Mutter fanden fast überhaupt nicht mehr statt. Mit einem ‚Gelobt sei die Muttergottes' oder ‚Der Herr segne dich' begrüßte Margarete ihre Tochter, wenn sie aus der Schule kam. Beim gemeinsamen Frühstück und Abendessen saß man sich schweigend gegenüber.

Sie weiß, was zwischen Christian und mir war, dachte Chrissi oft. Sie macht mich verantwortlich für seinen Tod. Der gütige Vater im Himmel hat uns bestraft, weil wir gegen seine Gebote verstoßen haben. Ich bin für Mutter die Verkörperung des Bösen.

Zweimal wöchentlich besuchte Chrissi das Grab ihres Bruders. Nicht ein einziges Mal konnte sie feststellen, dass noch jemand seine letzte Ruhestätte aufgesucht hatte. Es standen immer nur die Blumen in der Vase, die sie mitgebracht hatte. Nie war das Moos vom Grabstein abgekratzt worden und nie hatte jemand die Blätter und kleinen Äste, die der Wind von den umstehenden Bäumen geweht hatte, vom Grab entfernt. Es war, als hätten Anton und Margarete Beillant nie einen Sohn gehabt.

Es überraschte Chrissi nicht, dass ihr Vater eines Tages bekannt gab, dass er das Haus verkaufen wolle.

»Es ist wirtschaftlich sinnlos, so ein Haus für zwei Personen zu unterhalten«, sagte er. »Ich habe für euch eine Drei-Zimmer-Wohnung in der Hardtstraße im Stadtteil Grafenberg gemietet. Dadurch verkürzt sich der Schulweg für Christine um zehn Minuten. Und drei Zimmer sind für euch ja nun wirklich ausreichend.«

»Wie du meinst, Anton«, war der einzige Kommentar, den Margarete von sich gab und auch seine Mitteilung, dass er das Haushaltsgeld jetzt natürlich knapper bemessen würde, akzeptierte sie stillschweigend.

»Ich habe hier auf einer Liste alle Möbel aufgeführt, die ihr mitnehmen werdet«, sagte Beillant und legte einen Zettel auf den Tisch. »Ich muss wohl nicht ausdrücklich betonen, dass es nur diese Möbel sein werden! Bei der Wäsche und beim Geschirr lasse ich dir freie Hand, Margarete.«

Er wartet eine Antwort nicht ab, erhob sich und verließ, wie immer, grußlos das Haus.

Für Chrissi war die neue Wohnung wirklich praktischer. Nicht nur der Schulweg war kürzer geworden, auch die Sportanlagen befanden sich in unmittelbarer Nähe. Sie hatte ihr eigenes Zimmer, dessen Wände sie mit Fotos von Christian und Urkunden, die er für schulsportliche Leistungen bekommen hatte, dekoriert. Vielleicht war das der Grund, warum Margarete Beillant das Zimmer ihrer Tochter nicht einmal betrat, obwohl sie noch fast zwei Jahre gemeinsam in dieser Wohnung lebten.

Ein Jahr vor dem Abitur war ein neuer Mitschüler in die Klasse gekommen. Frederik kam aus Hamburg und war der Sohn eines Bankdirektors, der an die Landeszentralbank nach Düsseldorf berufen worden war. Frederik war fast zwei Meter groß, hatte hellblonde Haare und braune, immer verträumt schauende Augen. Da Chrissi spürte, dass Frederik sich sehr einsam fühlte - die Mitschüler waren zu sehr mit ihren eigenen Abiturvorbereitungen beschäftigt - begann sie sich um ihn zu kümmern. Er war ein guter Hochspringer und trat, auf Chrissis Bitte hin, ihrem Sportverein bei. Man ging gemeinsam ins Kino, auch einige Male ins Theater und in Ausstellungen. Chrissi fühlte sich wohl in Frederiks Nähe. Frederik war höflich, gut erzogen und nie aufdringlich. Trotz seiner Körpergröße wirkte er oft schutzlos und hilfsbedürftig. Chrissi spürte, dass sie anfing mehr als Sympathie für ihn zu empfinden.

Nach einem Theaterbesuch waren sie noch in ein kleines, italienisches Lokal gegangen und hatten einige Gläser Rotwein getrunken.

»Wir haben eigentlich nie Brüderschaft getrunken, Frederik«, sagte Chrissi scherzhaft.

»Das holen wir sofort nach«, sagte Frederik und bestellte noch zwei Gläser Wein.

Sie stießen mit ihren Gläsern an und Frederik gab ihr einen zarten Kuss auf die Wange.

»Das war kein Bruderschaftskuss«, sagte Chrissi lachend. »So begrüßt man höchstens seine Erbtante.«

Sie nahm seinen Kopf in beide Hände und küsste ihn auf den Mund. Frederik wurde rot und presste seine Lippen zusammen. Chrissi war die Situation peinlich, sie wusste nicht, wie sie reagieren sollte. Sie saßen einen Augenblick schweigend nebeneinander.

»Ich muss dir etwas sagen«, begann Frederik zögernd, »ich bin schwul.«

Chrissi erinnerte sich, dass einige Mitschüler bereits entsprechende Bemerkungen gemacht hatten, aber sie hatte diese Äußerungen nicht ernst genommen, sondern für die üblichen spöttischen Sprüche gehalten, die alle Neulinge in der Klasse zu ertragen hatten.

»Es tut mir leid, Frederik«; sagte sie.

»Es muss dir doch nicht leid tun, dass ich schwul bin«, sagte Frederik lächelnd.

Chrissi lachte.

»So habe ich das nicht gemeint«, sagte sie, »aber auch das ändert nichts an meinen Gefühlen für dich. Ich gebe zu, dass ich mich in dich verliebt habe, aber ich weiß, wie wertvoll auch eine Freundschaft sein kann.«

»Danke, Chrissi«, sagte Frederik, »und das verspreche ich dir, Freunde werden wir ein Leben lang bleiben.«

Sie saßen noch lange zusammen an diesem Abend. Chrissi erzählte und erzählte. Zum ersten Mal sprach sie mit jemandem über ihr Leben und ihre Erlebnisse. Es war wie eine besondere Art der Beichte. Frederik hörte geduldig zu. Er war sensibel genug, um keine Fragen zu stellen. Als Chrissi ihm von ihrem Bruder erzählte, wobei sie auch ihr Verhältnis zu ihm nicht verschwieg, drückte Frederik nur sanft ihre Hand.

»Liebe ist etwas so Reines, Wertvolles, Chrissi«, sagte er dann. »Liebe kann nichts Sündhaftes sein.«

Frederik brachte Chrissi nach Hause. Vor der Tür nahm er sie zärtlich in den Arm.

»Du hast vor zwei Jahren einen Bruder verloren, Chrissi«, sagte er, »aber heute hast du einen neuen geschenkt bekommen.«

In dieser Nacht wurde eine Freundschaft besiegelt, die mehr als zwei Jahrzehnte Bestand haben sollte.

5 Die Jahre in Berlin waren gute Jahre. Sebastian hatte Olm eine kleine, möblierte Wohnung in der Mommsenstraße besorgt. »Meine Höhle«, nannte Olm sie. Er bekam ein monatliches Fixum und ein Prozent von jeder verkauften Wohneinheit. Und Olm verkaufte gut. Seine ruhige Art kam bei den Kunden an. Er erweckte Vertrauen. Er war ein Mann, dem man glaubte, was er sagte. Olm war ein guter Beobachter. Er taxierte die Interessenten nach der Art ihrer Kleidung, ihrer Armbanduhr, ihrer Ausdrucksweise und nach dem Kraftfahrzeug, mit dem sie vorfuhren. Diese Einschätzungen bestimmten seine Verkaufsargumentationen.

Berlin war ein gutes Pflaster für Immobilien. Die Spekulanten hofften auf den Hauptstadteffekt. Tausende von Bundesbediensteten, von Lobbyisten und von Mitarbeitern der Verbände, für die Regierungsnähe wichtig war, würden nach Berlin umziehen müssen. Die Nachfrage nach Wohnungen war entsprechend groß. Die Quadratmeterpreise für Baugrund zogen drastisch an. Ein wahres Schlaraffenland war die Bausubstanz im Ostteil der Stadt. Viele Bürger aus den alten Bundesländern hatten nach dem Fall der Mauer Besitz- oder Erbansprüche gestellt. Oft fanden die Betroffenen allerdings halbverfallene Häuser vor und da die meisten die Renovierungskosten scheuten, wurden die neuen Besitztümer schnellstens verkauft. Sebastian arbeitete mit einigen Baufirmen zusammen, die in Windeseile neue Wohnblöcke aus dem Boden stampften. In erster Linie handelte es sich um Eigentumswohnungen. Bauen und verkaufen hieß die Devise, um sofort wieder Kapital für neue Grundstücke zu haben.

Obwohl Olm jeden Monat größere Summen an seine Bank in München überweisen musste, blieb ihm genug übrig, um ein sorgenfreies Leben zu führen. Er war nicht besonders anspruchsvoll und das Einkaufen, besser gesagt, das Anprobieren von Kleidungsstücken nervte ihn. Erst als Sebastian ihn mit sanfter Gewalt zwang, sich zwei modische Anzüge zu kaufen, besserte er seine Garderobe auf.

Olm verbrachte seine Tage im Büro oder auf den Baustellen und die Abende in seiner ‚Höhle'. Er hatte sich einen Schachcomputer gekauft und Fachbücher über die großen Partien der Schachgeschichte, über Eröffnungen und Verteidigungen. Olm spielte jeden Abend. Und er gewann jedes Spiel, egal, auf welche Schwierigkeitsstufe er den Computer gestellt hatte. Wenn er mit Weiß auf der Verliererstraße war, konnte er den Computer so umstellen, dass der mit seinen Figuren weiterspielen musste. Olm ließ dem Elektronengehirn nie eine Chance. Er wollte nie wieder ein Verlierer sein. Nie wieder.

Zweimal in der Woche kaufte Olm im Supermarkt Dosensuppen und andere Fertiggerichte, Kaffee und Toilettenartikel ein. Bei einem dieser Einkäufe sprach ihn Ursula von Rewentlow, die Supermarktsleiterin, an. Olm hatte sich gerade eine Auswahl seiner Lieblingssuppen in den Einkaufswagen gelegt, als sie mit einer Zeitschrift in der Hand zu ihm trat.

»Einige Spitzenköche haben eine Bewertung von Dosensuppen vorgenommen. Ihre Lieblingsmarke schneidet dabei nicht besonders gut ab«, sagte sie.

Sie hatte eine angenehme, dunkle Stimme. Irgendwann in dem Gespräch war man bei Königsberger Klopsen gelandet und Ursula von Rewentlow erwähnte, dass die eine ihrer Kochspezialitäten wären.

»Wenn Sie Samstagmittag Zeit und Lust haben«, sagte sie.

»Danke. Ich komme gerne«, sagte Olm.

Sie gab ihm ihre Adresse. Am nächsten Freitag ließ Olm seinen Einkaufsbesuch ausfallen.

Wenn sie mich nicht sieht, dachte er, kann sie auch die Einladung nicht rückgängig machen. Wie gut, dass ich ihr meine Adresse nicht gegeben habe.

Die Königsberger Klopse waren nicht locker genug und die Soße war zu wenig gewürzt. Ursula von Rewentlow hatte außerdem die Kapern vergessen, die zu Königsberger Klopsen gehörten wie der Eifelturm zu Paris.

Aber Uschi war reizend! Seit einem halben Jahr lebte sie allein. Ihr langjähriger Lebensgefährte hatte sich an den Bodensee abgesetzt. Erst hatte sie geglaubt, er hätte das Großstadtleben satt, dann erfuhr sie, dass in Konstanz eine Ehefrau und drei Kinder auf ihn gewartet hatten.

»Ehrlichkeit ist für mich die Basis des Zusammenlebens«, sagte sie.

Sie hatte schöne, schwarze Augen.

»Ich lüge nie«, antwortete Olm und wenn man von kleineren Notlügen einmal absah, war das die Wahrheit.

»Hat es Ihnen geschmeckt?«, fragte Uschi

»Ausgezeichnet«, antwortete Olm und empfand dieses Wort nicht als Lüge, sondern als einen Akt der Höflichkeit.

»Wie wäre es mit einem Glas Wein?«, fragte Uschi

»Gern, wenn Sie einen trockenen weißen haben«, sagte Olm.

»Ein kalifornischer Chardonnay?«, Uschi sah ihn fragend an.

»Wunderbar«, sage Olm.

Man trank Brüderschaft. Als ihre Lippen seine berührten, verspürte Olm ein unglaubliches Glücksgefühl. Noch Stunden später in seiner ‚Höhle‘ glaubte er den zarten Druck ihrer Lippen zu spüren.

Sie trafen sich regelmäßig, gingen Essen, ins Kino und zu Ballettabenden, die Olm zwar nicht interessierten, aber er wusste, dass er Uschi damit eine Freude machte. In seine ‚Höhle‘ kam Uschi nur am Samstagnachmittag.

Sie putzte das Bad und ging mit Staubsauger und Staubtuch durch die Wohnung. Dann fuhren sie in Uschis Appartement.

»Wir duschen bei mir«, sagte sie. »Dein Bad ist gerade so schön sauber.«

Sie aßen meistens in einem der Spezialitätenrestaurants, die es in den Nebenstraßen des Kurfürstendamms zahlreich gab. Eines Abends, sie waren ungefähr ein Vierteljahr zusammen, saßen sie bei ihrem Lieblingschinesen. Uschi fragte Olm nie nach seiner Vergangenheit und Olm wusste später nicht, warum er plötzlich anfing von München zu erzählen. Er sprach von seiner Baufirma, von Herrn Schulz, von dem Geld und dem deprimierenden Pokerabend, nur Karin Gross erwähnte er mit keinem Wort.

»Ich habe ein paar Ersparnisse«, sagte Uschi, »wenn sie dir helfen, um deine Schulden bei der Bank abzulösen, kannst du sie haben.«

»Vielen Dank«, sagte Olm dankbar lächelnd, »aber das ist nicht nötig.«

»Du musst nicht befürchten, dass du dadurch mir gegenüber Verpflichtungen hast«, sagte Uschi. »Das ist kein Versuch, um dich zu binden.«

Olm hätte sie gerne im Lokal geküsst, aber das entsprach nicht seiner Art.

In dieser Nacht schliefen sie zum ersten Mal miteinander. Uschi war gebremste Leidenschaft. Karin Gross wollte Sex, schnell und intensiv. Uschi wollte Zärtlichkeit. Ihre Lippen berührten fast jede Stelle seines Körpers. Es war, als würde sie ihn mit ihrem Mund massieren. Allein das Berühren ihrer Haut, ihrer kleinen, birnenförmigen Brüste erregte Olm mehr, als jeder Orgasmus, den er bisher hatte. Als er in sie eindrang, presste sie ihre Lippen auf seine und ließ seinen Mund erst frei, als sie zum Höhepunkt kam. Ineinander verschlungen lagen sie im Bett. Olm spürte ihren warmen Atem an seinem Ohr, ihre samtweiche Haut an seiner Brust und seinen Schenkeln. Sie sprachen nicht miteinander und erzählten sich doch so viel. So kann man nur miteinander schlafen, wenn man sich liebt, dachte Olm. Das ist keine sexuelle Befriedigung, das ist der zärtliche Austausch von Gefühlen, das Verschmelzen zu einer Person. Karin Gross' Erwartungen hatten immer einen gewissen Leistungsdruck in ihm erzeugt. Bei Uschi war alles anders. Ja, es war, als hätten sie schon viele Male miteinander geschlafen. Ihre

Körper schienen sich zu kennen, miteinander vertraut zu sein. Ich muss alles tun, dachte Olm, um diese Frau zu behalten. Uschi löste sich aus seinen Armen.

»Ich habe den Wein besorgt, den wir am ersten Abend getrunken haben«, sagte sie.

»Hast du gewusst, dass es heute passieren würde«? fragte Olm.

»Ich habe es gehofft«, antwortete Uschi.

Diese wunderbare, zärtliche Uschi.

6 *Am 15. März 1989 verlassen die letzten sowjetischen Truppen Afghanistan. Neun Jahre hatten sie vergeblich gegen die moslemischen Mudschahhedin gekämpft. Beim Pokalspiel FC Liverpool gegen Nottingham Forest werden sechsundneunzig Menschen im Gedränge getötet, weil viertausend Fans ohne Eintrittskarten ins Stadion strömen. Die rechtsradikalen Republikaner ziehen ins Berliner Abgeordnetenhaus ein. Am 9. November fällt die Berliner Mauer. Zehntausende aus Ost und West feiern am Brandenburger Tor den Zusammenbruch des ‚antifaschistischen Schutzwalls‘. Auf dem ‚Platz des Himmlischen Friedens‘ in Peking zerschlägt die chinesische Führung brutal eine Demonstration der Demokratiebewegung. Der Ayatollah Khomeini stirbt in Teheran.*

Ursula von Rewentlow war kein Sonntagskind. Weiß Gott nicht. Hinter dem adeligen Namen verbarg sich kein Gutshaus mit Ländereien, keine Privatbank und keine Forstwirtschaft. Die von Rewentlows waren Militärs. Seit Generationen dienten sie ihrem Vaterland als Soldaten. Selbstverständlich im Offiziersrang. Sie hatten ihren Eid auf Kaiser, Könige und Reichspräsidenten abgelegt. Uschis Vater hatte dem Führer ewigen Gehorsam geschworen. Zehn Jahre russische Kriegsgefangenschaft hatte ihm das eingebracht. Als er nach Herford zurückkam, hatte er gerade noch die Kraft, um Uschi zu zeugen, dann starb er.

Uschis Mutter machte eine Änderungsschneiderei auf. Erst arbeitete sie in der eigenen Wohnung, später hatte sie ein kleines Geschäft in guter Innenstadtlage. Sie verdiente, die Witwenrente mit einbezogen, ausreichend, um sich und die Kinder durchzubringen. Uschis Bruder

Friedrich war zwölf Jahre älter als sie. Ein typisches Fronturlaubskind. Frau von Rewentlow hätte es gerne gesehen, wenn ihre Kinder Lehrer geworden wären.

»Denkt an die vielen Ferien«, sagte sie wiederholt.

Aber Friedrich und Uschi hatten andere Pläne. Friedrich wollte Schauspieler werden und Uschi träumte von einer Karriere als Primaballerina. Es war schwer zu sagen, woher diese künstlerischen Ambitionen kamen, denn bisher war noch kein Rewentlow so aus der Art geschlagen.

Friedrich von Rewentlow ging nach Berlin. Angeblich, um Germanistik und Englisch zu studieren. Tatsächlich aber besuchte Friedrich eine private Schauspielschule. Zwei Jahre später wurde Uschi, die schon in Herford Ballettunterricht genommen hatte, in eine Förderklasse der Deutschen Oper Berlin aufgenommen. Ein halbes Jahr später, nachdem Uschi von Zuhause ausgezogen war, starb Frau von Rewentlow. Sie wusste schon seit längerem, dass sie Darmkrebs hatte, aber nicht einmal ihren Kindern gegenüber hatte sie dies je mit einem Wort erwähnt.

Ohne die finanzielle Unterstützung durch die Mutter konnte sich Friedrich den Besuch der Schauspielschule nicht mehr leisten und er begann damit, sich als Statist und Kleindarsteller durchzuschlagen.

Uschi hatte ein Stipendium bekommen. Sie wohnte zur Untermiete in einem möblierten Zimmer, nur zehn Fußminuten von den Proberäumen der Oper entfernt. Sie war eine gelehrige Schülerin, fleißig und ehrgeizig. Ihre Lehrer setzten große Erwartungen in sie.

An einem Wintermorgen, die Straßen in Berlin waren schneebedeckt, war Uschi auf dem Weg zum Training. Die Bürgersteige waren schon vom Schnee geräumt und es war gestreut worden, und das war sicher auch der Grund, warum der Radfahrer nicht die Fahrbahn benutzte. Irgendwo muss es aber auch auf dem Bürgersteig noch eine glatte Stelle gegeben haben, denn das Hinterrad des Fahrrads rutschte plötzlich weg und der Mann kam ins Straucheln. Fahrradfahrer und Rad stürzten gemeinsam auf Uschi, die keine Chance hatte, um auszuweichen. Sie spürte sofort einen stechenden Schmerz im rechten Knöchel. Im Krankenhaus stellte man einen komplizierten Bruch fest.

»Das Ballett können Sie vergessen«, sagte der Oberarzt einige Tage nach der Operation bei der morgendlichen Visite. »Sie können froh sein, wenn Sie wieder richtig laufen können.«

»Sie sind noch jung«, tröstete ihre Bettnachbarin die weinende Uschi. »Das ganze Leben liegt noch vor Ihnen.«

Was mitfühlend gemeint war, erschien Uschi wie der blanke Hohn.

Der Mann dieser Patientin war der Chef eines Supermarkts. Als seine Frau entlassen wurde, holte er sie ab und legte Uschi seine Visitenkarte auf den Nachttisch.

»Melden Sie sich bei mir, wenn Sie wieder gesund sind«, sagte er. »Vielleicht kann ich Ihnen weiterhelfen.«

Uschi lag drei Wochen in der Klinik. Als sie entlassen wurde, stand sie vor dem Nichts. Von ihrem Bruder Friedrich war kaum Hilfe zu erwarten und mit dem Tanzen war es für immer vorbei. Sie rief den Supermarktsleiter an und der stellte sie als Aushilfskraft im Geschäft ein.

»Um Sie als Auszubildende einzustellen sind Sie zu alt«, sagte er. »Außerdem verdienen Sie als Aushilfskraft wesentlich mehr und wenn einer der Kollegen ausfällt, sind Sie die nächste Festangestellte.«

Mit der antrainierten Disziplin der Balletteuse und ihrem natürlichen Charme schaffte Uschi es in kürzester Zeit, eine unverzichtbare Stütze des Geschäfts zu werden und als eine Kollegin schwanger wurde, erhielt Uschi ihren Posten.

Es gab Kunden, die nur nach Uschi Ausschau hielten, wenn sie einen besonderen Wunsch hatten oder eine spezielle Beratung wünschten.

Uschi war beliebt. Aber nicht nur bei den Kunden, auch die anderen Mitarbeiter mochten sie gern.

Uschi war schon stellvertretende Supermarktsleiterin, als sie Udo kennen lernte. Udo arbeitete bei einem großen Elektrokonzern. Er zog zu ihr. Uschi hatte inzwischen ein Zwei-Zimmer-Appartement in der Schaperstraße.

Udo sprach vom Heiraten, von gemeinsamen Kindern, die er sich wünschte und von einer Zukunft zu zweit. Sie gingen fast nie aus. Kein einziges Mal schaffte es Uschi, ihn dazu zu bewegen, mit ihr einen Ballettabend zu besuchen.

»Die Arbeit hat mich wieder völlig fertig gemacht«, sagte er, wenn er abends nach Hause kam, schaltet den Fernsehapparat ein und stand bis Mitternacht nicht aus seinem Sessel auf. Er aß Unmengen an Salzstangen und trank das Bier aus der Flasche, obwohl ihm Uschi jedes Mal ein Glas auf den Tisch stellte.

Nach vier Jahren verschwand Udo spurlos. Uschi war von der Arbeit nach Hause gekommen und Udo war nicht da. Er war sonst immer vor ihr Zuhause gewesen. Uschi wusste sofort, dass er sie verlassen hatte, obwohl es keinerlei Vorankündigungen gegeben hatte. Noch am Vorabend hatten sie gemeinsam von einem Häuschen auf dem Lande geschwärmt. Udo wollte zwei Hunde, Uschi zwei Katzen.

Sie hätte sich den Blick ins Badezimmer und in den Kleiderschrank sparen können, ihr Gefühl hatte sie nicht betrogen: Udos Kleidung und seine Toilettenartikel waren verschwunden. Ein paar Wochen später traf sie einen Arbeitskollegen von Udo, der manchmal bei Fußball-übertragungen bei ihnen zu Gast war.

»Hast du wirklich nicht gewusst, dass er verheiratet war«? fragte er erstaunt.

»Nein«, sagte Uschi.

»Ich glaube, er hat sogar zwei oder drei Kinder«, sagte der Kollege.

Uschi war wie vor den Kopf geschlagen.

»Ich kann dir seine Adresse in Konstanz geben«, sagte der Mann. »Eine Telefonnummer habe ich leider nicht.«

»Danke, aber das ist nicht nötig«, sagte Uschi und verabschiedete sich.

Von Männern hatte Ursula von Rewentlow erst einmal die Nase voll. Es fehlte nicht an Verehrern, denn sie war eine auffallend hübsche Frau Wenn sie eine Ballettaufführung besuchte, wurde sie regelmäßig in den Pausen angesprochen.

»Ein Abend von hoher künstlerischer Qualität, nicht wahr?«

»Hervorragend. Nicht nur die Solotänzer, sondern auch das Corps de ballet.«

»Hoffentlich wird der zweite Teil genau so gut.«

»Ich denke schon.«

»Wollen wir nach der Aufführung noch ein Glas Wein trinken? Dann könnten wir den Abend in seiner Gesamtheit beurteilen.«

»Vielen Dank, aber ich muss morgen früh aufstehen. Vielleicht ein andermal.«

So oder ähnlich liefen die Gespräche ab.

Der Mann, der sich hauptsächlich von Dosensuppen zu ernähren schien, war Uschi schon häufiger aufgefallen. Er grüßte sie, wenn er sie sah, mit einem freundlichen Lächeln und der Andeutung einer kleinen Verbeugung. Er sagte nie ein einziges Wort. Doch, einmal, als Uschi einen erkrankten Kollegen an der Kasse vertrat, sagte er danke, als sie ihm das Wechselgeld zurückgab. Uschi registrierte, dass er keinen Ehering trug, aber den hatte Udo auch nicht getragen. Einige Tage später, Uschi las gerade einen Artikel, in dem bekannte Köche Dosensuppen beurteilten, sah sie den Mann mit dem freundlichen Lächeln, der gerade dabei war, seinen Einkaufswagen mit Produkten zu füllen, die in dem Artikel aufgeführt wurden. Woher sie den Mut genommen hatte, ihn anzusprechen, wusste sie auch später nicht mehr. Aber im Nachhinein schien es ihr eine der besten Entscheidungen zu sein, die sie in ihrem bisherigen Leben getroffen hatte.

Sie wollte kein Häuschen auf dem Lande mehr, keine Katzen, nicht heiraten und keine Kinder bekommen, sie wollte nur Olm.

Uschi war glücklich, dass es Olm gab.

7 Christine Beillant hatte mit 1,3 die zweitbeste Durchschnittsnote aller Abiturienten ihrer Schule. Nur Frederik war eine Ziffer nach dem Komma besser. Er hatte sich entschlossen, in Münster Theologie zu studieren und deshalb hatte sich auch Chrissi an der Fachhochschule für öffentliche Verwaltung in der Westfalenmetropole eingeschrieben. Schon einige Monate vorher hatte sie sich einem Test unterziehen müssen, bei dem ihr logisch-analytisches Denken, ihre Urteilsfähigkeit und die Selbsteinschätzung ihrer emotionalen Kontrolle sowie ihre Reaktionen bei Stresssituationen überprüft wurden. In vier sportlichen Disziplinen wurden Schnelligkeit, Ausdauer und Kraft getestet. Am dritten Tag musste sie sich in Rollenspielen beweisen, bei denen ihre soziale und kommunikative Kompetenz überprüft wurde.

»Ich kann mich nicht erinnern, je ein so gutes Testergebnis in den Händen gehabt zu haben«, gratulierte ihr der Leiter des Auswahlverfahrens für den gehobenen Polizeidienst.

Das Studium machte Chrissi Spaß. Die Kommissaranwärterin Christine Beillant glänzte durch hervorragende Seminararbeiten.

Kriminal-, Rechts-, Human- und Sozialwissenschaften, es gab kein Gebiet, an dem sie nicht interessiert war. Beim Fahr- und Schießtraining, bei dem polizeitypische Situationen trainiert wurden, erntete die junge Kollegin aber nicht nur die Anerkennung der Mitstudenten. Unter den männlichen Kollegen machte sich auch Neid über die körperlichen und geistigen Leistungen der bildschönen Kommilitonin breit. Das lag zum Teil auch daran, dass Chrissi sich nicht an den vielen feuchtfröhlichen Kneipenabenden beteiligte und für Flirtversuche jeder Art nicht zu haben war.

Ihre Freizeit verbrachte Chrissi mit Frederik. Sie machten lange Radtouren um den Aasee, besuchten häufig den Münsteraner Zoo oder verbrachten ein Wochenende mit ausgedehnten Wanderungen im Teutoburger Wald. Sie führten intensive Gespräche über die großen Weltreligionen und Frederik brachte Chrissi dazu, die Bibel, den Koran und die Bücher des Dalai Lama zu lesen.

»Ich weiß nicht, ob ich ein guter katholischer Theologe werde«, sagte Frederik oft. »Ich kann mich einfach nicht damit abfinden, dass jede Religion von sich behauptet, sie wäre die einzig wahre.«

»Wir sind alle Kinder Abrahams«, sagte Chrissi, »nur in den unterschiedlichen Regionen unter unterschiedlichen Bedingungen aufgewachsen. Was uns letztendlich verbindet, ist der Glaube an ein höheres Wesen.«

»Aber wieso erlauben wir uns die Hybris, andere Gläubige als Ungläubige zu bezeichnen«, sagte Frederik. »Schon der Begriff Heide ist absurd. Ist nicht der Manitu der Indianer oder sind die Geister der Vorfahren irgendwelcher Buschmänner nicht auch höhere Wesen, die um Hilfe und Rat angefleht werden?«

»Mit dieser Einstellung wirst du es schwer haben einmal Kardinal zu werden«, sagte Chrissi lachend.

»Ich glaube nicht, dass ich Priester werden will«, antwortete Frederik ernst. »Ich denke meine Stärken liegen mehr auf dem wissenschaftlichen Gebiet.«

»Schade«, sagte Chrissi, »ich wäre gerne mit einem Kardinal befreundet, der mir genau erzählen könnte was bei einer Papstwahl vor sich geht bevor der Rauch aus dem Schornstein des Vatikans aufsteigt.«

Da Chrissi nur ein möbliertes Zimmer hatte, kochten sie oft gemeinsam in Frederiks Appartement. Frederik war ein Meister in der Erfindung neuer Soßen für jede Art von Nudelgerichten. Es war Chrissis

Aufgabe, Namen für die Kreationen zu finden, die möglichst italienisch klingen mussten.

Das dreijährige Studium verging wie im Flug. Chrissi wurde Polizeikommissarin zur Anstellung.

Schon bei ihren letzten Besuchen in Düsseldorf hatte Chrissi bemerkt, dass es um den Gesundheitszustand ihrer Mutter nicht gut bestellt war. Deshalb hatte sie schweren Herzens beschlossen, den vorgeschriebenen einjährigen Wach- und Wechseldienst auf einer Düsseldorfer Polizeiinspektion zu absolvieren. Nach drei gemeinsamen Jahren hieß das, sich von Frederik zu trennen.

»Düsseldorf ist nicht aus der Welt«, sagte Frederik. »Meine Eltern werden sich freuen, wenn ich sie jetzt häufiger besuchen komme. Sie haben herzlich wenig von mir gehabt in den letzten Jahren.«

»Wenn ich einen Überblick über meinen Dienstplan habe, kann ich sehen, wann ich ,Rosinante' satteln kann, um zu dir zu kommen«, sagte Chrissi. »Münster liegt ja auch nicht aus der Welt.«

Rosinante war ihr quittegelber Kleinwagen, den Chrissi bei einem Gebrauchtwagenhändler günstige erstanden hatte.

»Ich liebe dich, wie ich noch nie einen Menschen geliebt habe«, sagte Frederik beim Abschied. »Von meinen Eltern einmal abgesehen.«

Chrissi musste an Christian denken und Tränen traten ihr in die Augen.

Über die Personalabteilung des Düsseldorfer Polizeipräsidiums kam Chrissi an ein Ein-Zimmer-Appartement in der Wittelsbacherstraße. Die Zeit in Münster hatte sie gelehrt, dass sich ihre Gemütslage in anderen Bahnen bewegte, wenn ihr der Anblick der resignierenden, depressiven Mutter erspart blieb. Bis zur Wohnung ihrer Mutter waren es vier Minuten zu Fuß. Chrissi war bereit, sich um sie zu kümmern, aber nicht mehr bereit, ihr eigenes Leben von irgend jemanden auf der Welt mitbestimmen zu lassen.

Dem Dienststellenleiter der Polizeiinspektion Altstadtwache machte es sichtlich Vergnügen, die hübsche, neue Kollegin vorzustellen.

»Frischfleisch von der Fachhochschule«, sagte er. »Dies ist ihre neue Kollegin Christine Beillant, meine Herren.«

Die fünf anwesenden Polizisten erhoben sich und deuteten eine knappe Verbeugung an.

»Hauptwachtmeister Kröger zeigt Ihnen ihren Arbeitsplatz und macht Sie mit ihren ersten Aufgaben vertraut«, sagte der Dienststellenleiter Bruhnes und verließ den Raum.

Hauptwachtmeister Kröger, ein rothaariger, dicklicher Typ, ging um Chrissi herum und betrachtete sie wie ein Ausstellungsstück.

»Du hast den geilsten Arsch, den ich je bei einer Frau gesehen habe«, sagte er dann und grinste über das ganze Gesicht.

Die vier anderen Polizisten schüttelten sich vor Lachen.

»Kröger, du bist unmöglich«, brüllte einer und wischte sich die Tränen aus den Augen.

Chrissi war rot angelaufen, aber sie sagte kein Wort.

»Ich bin Peter Müller«, sagte ein breitschultriger, blonder Mann. »Die Seltenheit meines Namens macht es dir leicht, ihn dir zu merken. Du wirst am Montag mit mir auf Streife gehen.«

»Wir tauschen den Dienst, Peter«, sagte ein anderer. »Mit dieser Zuckerpuppe lasse ich mich auch gerne auf der Straße sehen.«

»Unser Hauscasanova, Frank Leiß«, stellte Kröger den Tauschwilligen vor. »Vor dem musst du dich in acht nehmen. Der ist hinter jedem Rock her. Die Frauen flüchten schon auf die Straßenlaternen, wenn Frank auftaucht.«

»Ich bin ja dafür, dass Polizistinnen Uniformröcke anziehen sollen«, unterbrach Reiner Hirsch das brüllende Gelächter, »aber du siehst auch in Hosen verdammt gut aus.«

»Ich würde eine Runde Cola ausgeben, wenn ich einmal deine Stimme hören dürfte«, sagte der fünfte Polizist und stellte sich als Hans Kortenbach vor.

»Wo sitze ich?«, fragte Chrissi und sah sich um.

»Oh Gott, eine Schwätzerin«, sagte Frank Leiß. »Sie wird uns stundenlang von ihrer Entjungferung erzählen oder wann sie zum ersten Mal ihre Tage hatte.«

Die Männer brachen wieder in schallendes Gelächter aus. Es ebbte erst ab, als das Telefon klingelte und Kröger den Hörer abnahm.

»Polizeiinspektion Altstadtwache«, meldete er sich. »Gut, ich schikke Ihnen zwei Beamte vorbei«.

Er legte den Hörer auf und sagte: »Reiner und Frank, Wall- Ecke Mittelstraße, eine Buchhandlung, ein Verrückter hat die Gesamtausgabe von Gerhart Hauptmann eingepackt und vergessen zu bezahlen.«

»Flüchtig?«, fragte Frank Leiß während er sich die Dienstmütze aufsetzte.

»Nein, zwei andere Kunden halten ihn fest. Er verhält sich friedlich«, sagte Kröger.

»Für jeden Scheiß müssen wir in den Regen raus«, knurrte Reiner Hirsch.

Während sie zur Tür gingen sagte Frank Leiß: »Benehmt Euch der Dame gegenüber anständig.«

Im Vorbeigehen gab er Chrissi einen Klaps auf den Hintern. Es war eine Reflexbewegung, aber Chrissi holte aus und gab ihm eine schallende Ohrfeige. Frank Leiß blieb wie versteinert stehen. Es war totenstill in der Wachstube. Man hätte eine Stecknadel zu Boden fallen hören.

»Macht Euch endlich auf den Weg«, unterbrach Kröger die Stille. Leiß und Hirsch verließen den Raum.

»Sie sitzen dort am Fenster, Frau Beillant«, sagte Kröger betont förmlich. »Wenn die Sonne Sie stört, dann können Sie die Jalousien herunterlassen.«

Chrissi ging zu ihrem Schreibtisch.

Ein wunderbarer Arbeitsanfang, dachte sie. Ich habe mich gerade außerordentlich beliebt gemacht.

Nachdem sie an Christians Grab ein paar Blumen in die Vase gestellt hatte, besuchte sie am Sonntagnachmittag ihre Mutter. Margarete Beillant sah erbärmlich aus. Ihre Mutter hatte körperlich stark abgebaut. Sie war spindeldürr und in dem Gesicht mit den eingefallenen Wangen wirkten ihre schwarzen Augen wie zwei flackernde, unruhige Punkte.

»Ich bete jeden Tag darum, dass ich endlich sterbe«, sagte Margarete Beillant zur Begrüßung, »aber der HERR hat kein Erbarmen mit mir.«

Chrissi begann damit, die verwahrloste Wohnung zu säubern und die Stapel an schmutzigem Geschirr in der Küche abzuwaschen. Ihre Mutter saß während dieser Zeit in einem Sessel im Wohnzimmer und betete halblaut vor sich hin. Auf Chrissis Fragen nach Spülmitteln, Putztüchern, Handfeger und Schaufel antwortete sie nicht. Nur als Chrissi ein Fenster öffnen wollte, um den penetranten, muffigen Gestank, der in der ganzen Wohnung herrschte, erträglicher zu machen, stoppte Margarete sie mit einem wütenden Nein.

Auf einem kleinen Tisch im Flur stapelte sich die Post der letzten Wochen. Alle Briefe waren ungeöffnet, auch die, die Chrissi ihrer Mutter aus Münster geschrieben hatte. Mehrere Schreiben waren von der Universitätsklinik Düsseldorf. Chrissi öffnete sie. In allen Briefen stand, dass man Margarete dringend zu weiteren Untersuchungen erwartete, da jede Verzögerung ihrer Behandlung schwerwiegende Folgen haben könnte. Chrissi steckte die Briefe ein und beschloss, den behandelnden Professor in den nächsten Tagen aufzusuchen.

Eisiges Schweigen begrüßte sie, als sie am Montagmorgen die Polizeiinspektion betrat. Peter Müller war bereits fertig für den Streifendienst und stand wartend an der Tür. Chrissi zog sich um und die beiden verließen das Haus.

»Ich heiße Peter«, sagte Müller, als sie auf der Straße waren und streckte ihr seine Hand hin.

Chrissi schlug ein und sagte: »Ich bin Christine.«

»Das war kein guter Auftritt am Freitag«, sagte Peter Müller.

»Meinst du mein Verhalten oder das von Frank Leiß?«, fragte Chrissi.

»Mein Gott«, sagte Müller, »das war doch mehr eine kameradschaftliche Geste. Da muss man doch nicht wie eine Furie reagieren.«

Sie gingen eine zeitlang schweigend nebeneinander her.

»Möchtest du ein Eis?«, fragte Müller, als sie an einer italienischen Eisdiele vorbeikamen.

»Gerne«, sagte Chrissi, »es ist ziemlich heiß heute.«

Sie betraten den Laden. Peter wurde von dem Besitzer, der selbst hinter der Verkaufstheke stand, freundlich begrüßt.

»Das ist aber ein Schmuckstück für die Polizei«, sagte der Eisverkäufer und musterte Chrissi lächelnd.

»Sie ist bei der Wahl zur Miss Universum nur Zweite geworden«, sagte Peter Müller, »und aus Enttäuschung darüber zur Polizei gegangen.«

Chrissi musste lachen. Während sie ihr Eis aßen, versuchte Müller einiges über Chrissi zu erfahren, doch Chrissi merkte schnell, dass die Fragen nach Elternhaus und den Studienjahren in Münster nur vorgeschoben waren. Es war ziemlich eindeutig, dass Müller in erster Linie interessierte, ob Chrissi in irgend einer Form gebunden wäre.

»Ich habe einen Freund«, sagte sie nach einiger Zeit, um das Thema abzuschließen. »Seit genau vier Jahren.«

Das ist nicht gelogen, dachte sie. Frederik ist ein wirklicher Freund.

»Bist du verheiratet?«, fragte Chrissi und zeigte auf Müllers Ehering.

»Mehr oder weniger«, antwortete Peter Müller grinsend.

»Was heißt mehr oder weniger?«, fragte Chrissi. »Entweder man ist es, oder man ist es nicht.«

Sie hatten ihr Eis gegessen und Chrissi griff in die Hosentasche ihrer Uniform, um ihr Geld herauszuholen.

»Lass dein Geld stecken«, sagte Müller und erhob sich.

»Oh«, sagte Chrissi, »ist das eine Einladung?«

»Klar«, sagte Müller, nahm ihren Arm und zog sie, nachdem er dem Eisverkäufer einen kurzen Gruß zugerufen hatte, aus dem Laden.

»Müssen wir nichts bezahlen?«, fragte Chrissi als sie draußen waren.

»Nein«, sagte Peter Müller lachend, »es ist ihm eine Ehre, uns bewirten zu dürfen. Die Leute wissen, wie schlecht Polizisten bezahlt werden.«

Es ereignete sich nichts Besonderes an diesem Tag ihres ersten Streifengangs. Sie verteilten ein paar Strafzettel an Autofahrer, die ihre Fahrzeuge auf dem Bürgersteig abgestellt hatten, ermahnten eine Gruppe Jugendlicher, die über die Straße lief, obwohl die Fußgängerampel rot zeigte und ließen sich von zwei Schwarzafrikanern die Ausweise zeigen.

»Die sind alle im Drogengeschäft«, sagte Müller. »Aber selbst wenn wir sie beim Dealen erwischen, passiert ihnen nicht viel. Ihre Personalien werden festgestellt und wenn sie einen festen Wohnsitz nachweisen können, sind sie nach zwei Stunden wieder auf freiem Fuß.«

»Nicht jeder Schwarze handelt mit Drogen«, sagte Chrissi. »Man darf die Menschen nicht alle in eine Schublade stecken, nur weil sie dunkelhäutig sind.«

»Wie vornehm du dich ausdrücken kannst«, sagte Müller spöttisch. »Aber du wirst noch eine Menge lernen müssen. Was wir eine liberale Gesellschaft nennen, ist nichts anderes, als ein Mangel an Recht und Ordnung. Das Problem in einer Demokratie ist, dass sich die Bürger Freiheiten herausnehmen, die ihnen nicht zustehen. Es geht ja noch, wenn es Deutsche sind, aber dieses Ausländerpack sollte man in Viehwaggons verladen und abschieben.«

»Das hatten wir schon mal«, sagte Chrissi und ging auf Müllers fragenden Gesichtsausdruck nicht ein, weil sie wusste, dass es sinnlos war, mit ihm über dieses Thema zu diskutieren.

Als sie sich später auf der Damentoilette der Altstadtwache frisch machte, hörte sie unfreiwillig ein Gespräch zwischen Müller und Frank Leiß mit, die sich auf der Herrentoilette unterhielten.

»Wie war es denn mit unserer kleinen Rührmichnichtan?«, fragte Leiß.

»Die ist gar nicht so unnahbar wie sie tut«, sagte Müller.

»Die Weiber sind alle gleich«, sagte Leiß, »die wollen doch alle nur, dass man sich um sie bemüht.«

»Gib mir noch zwei Tage«, sagte Müller großspurig, »und ich lege sie flach.«

»So wie die gebaut ist, verkraftet die auch ein paar Kavaliere«, sagte Frank Leiß. »Du hast doch nichts dagegen, wenn ich mich auch bemühe?«

»Die Kleine ist zum Abschuss freigegeben«, sagte Müller. »Wir werden ja sehen, wer den ersten Treffer landen kann.«

Was für ein widerliches Pack, dachte Chrissi. Aber ich muss da durch. Ich muss diese Leute ein Jahr ertragen.

Bei den Streifengängen während der nächsten Tage erfuhr sie einiges über Peter Müller. Er machte aus seiner politischen Einstellung kein Hehl und gab offen zu, dass er der NPD nahe stand. Was Chrissi aber besonders störte, war die dreiste Art, in welcher sich Müller von den Geschäftsleuten des Viertels bedienen ließ. Egal, ob er eine Currywurst an einer Bude aß, ob er ein Bier in einer Kneipe trank oder sich einen Apfel von einem Obststand nahm, ans Bezahlen dachte er nie. Chrissi lehnte seine Einladungen rigoros ab und schlug auch alle Angebote der Ladenbesitzer aus, die ihr das Eine oder Andere förmlich aufdrängen wollten.

»Die ist noch neu«, pflegte Müller dann zu den Leuten zu sagen, »die kommt direkt von der Schule und muss die Unterschiede zwischen Theorie und Praxis erst noch lernen.«

In den folgenden Wochen hatte Chrissi Dienst in der Wache. Es verging kaum ein Tag, an dem ihre Kollegen ihr nicht einen Zettel oder ein Bild auf den Schreibtisch gelegt hatten und verstohlen beobachteten, wie sie reagierte. Es waren Bilder von Männern mit erigiertem Glied, Zettel auf denen pornografische Witze standen und einmal sogar ein Kondom, an das eine Gebrauchsanweisung geheftet war. Chrissi warf die billigen Belege männlichen Humors ohne jede sichtbare Gemütsregung in den Papierkorb. Innerlich zersprang sie vor Wut, aber sie hütete sich, das zu zeigen. Wenn keine Besucher in der Wachstube waren, machte es besonders Leiß und Kortenbach großes Vergnügen, über ihre Erlebnisse der vergangenen Nächte zu berichten. Bis ins kleinste Detail sprachen sie über ihre sexuellen Praktiken, dabei immer Chrissi aus den Augenwinkeln beobachtend. Ihre Erzählungen lösten bei den übrigen Männern meistens stürmisches Gelächter aus. Manchmal kam der Dienststellenleiter Bruhnes herein und bat darum, mitlachen zu dürfen.

»Wenn die Männer zu feige sind, um den Witz zu wiederholen, müssen Sie ihn mir erzählen, Frau Beillant«, sagte er.

»Tut mir leid«, antwortete Chrissi dann regelmäßig, »aber ich habe gerade nicht zugehört.«

Sie freute sich schon auf den nächsten Streifendienst, denn Peter Müllers rechtsradikale Thesen waren erträglicher, als diese billigen, ordinären Erzählungen, die auf dem Revier zum Besten gegeben wurden. Aber ohne jede nähere Begründung wurde Chrissi einige Wochen lang nicht zum Streifendienst eingeteilt.

Federik kam sie besuchen und sie erzählte ihm von ihren Erlebnissen.

»Du musst mit dem Dienststellenleiter sprechen«, sagte Frederik. »Wenn die einen Anschiss von oben bekommen, werden die sich ganz schnell ändern.«

»Die werden sich nicht ändern«, sagte Chrissi. »Die werden wie eine Eins zusammenhalten und leugnen, je eine ordinäre Bemerkung fallen gelassen zu haben. Und außerdem gönne ich ihnen nicht den Triumph, mich kleingekriegt zu haben.«

»Dann musst du es durchstehen, Chrissi«, sagte Frederik. »Hoffentlich stehst du es unbeschadet durch.«

Chrissi wusste schon jetzt, dass sie es nicht unbeschadet durchstehen würde. Sie spürte, dass ihr Herz schneller zu schlagen begann, je mehr sie sich der Altstadtwache näherte. Sie schlief schlecht, hatte dunkle Ringe unter den Augen, was ihre Kollegen zu neuen, bösartigen Äußerungen animierte. In ihren Träumen tauchten immer häufiger die Gesichter von Leiß, Müller, Köhler, Kortenbach und Hirsch auf. Einmal träumte sie sogar, dass Leiß versuchte, sie unter der Dusche in ihrem Appartement zu vergewaltigen. Chrissi stellte fest, dass sie oft schweißnasse Hände hatte, etwas, was sie früher nie kannte.

Zu allem kam noch die Sorge um ihre Mutter, deren Zustand sich zusehends verschlechterte. Es war weniger töchterliche Liebe, die sie mit ihrer Mutter verband, sondern mehr ihr ureigenster Instinkt, anderen Menschen helfen zu wollen, der sie veranlasste, dieser unglücklichen Frau beizustehen. Sie hatte schon häufig versucht, bei dem zuständigen Professor einen Termin zu bekommen, war aber immer wieder vertröstet worden. Chrissi beschloss, unangemeldet in der Universitätsklinik zu erscheinen.

Sie spürte zum ersten Mal wie viel Respekt Uniformen in diesem Land entgegen gebracht wurde, denn in ihrer Dienstkleidung war es kein Problem, direkt in das Vorzimmer des Professors zu gelangen.

Die Vorzimmerdame, Chrissi erkannte an der Stimme, dass es die Frau sein musste, die am Telefon stets abweisend klang, behandelte sie übertrieben freundlich.

»Am kommenden Montag kommt der Professor von einer Vortragsreise aus Indien zurück«, sagte sie. »Der Terminkalender ist zwar voll, aber für Sie machen wir natürlich eine Ausnahme, Frau Beillant. Wäre Ihnen acht Uhr morgens recht?«

Chrissi bedankte sich.

»Ganz nebenbei«, sagte die korpulente Grauhaarige, »ich habe da einen Strafzettel bekommen, weil ich im absoluten Halteverbot stand. Glauben Sie mir, ich war nur zwei Minuten in der Apotheke, um mir ein leichtes Schlafmittel zu besorgen.«

Sie hielt Chrissi den Strafzettel auffordernd hin.

»Kein Problem«, sagte Chrissi, nahm ihr das Strafmandat aus der Hand und steckte es in ihre Tasche.

»Eine Hand wäscht die andere«, sagte die Vorzimmerdame lächelnd.

Du wirst deine Hände alleine waschen müssen, dachte Chrissi, als sie auf dem Flur war. Und du wirst auch noch die Mahngebühren bezahlen müssen.

Sie knüllte den Strafzettel zusammen und warf ihn in den nächsten Papierkorb.

8   Sebastian hatte Probleme und Berlin einen weiteren Skandal. Ein eifriger Lokalreporter hatte entdeckt, dass der Schwager des Bausenators öffentliche Aufträge an Großunternehmen vermittelte und Kopien geheimer Ausschreibungsunterlagen weitergegeben hatte. In einer ersten Stellungnahme im Regionalfernsehen schloss der Bausenator zwar jedes Mitverschulden aus und versprach eine strenge Untersuchung der Vorfälle ohne Rücksicht auf beteiligte Personen, aber seine Verunsicherung war ihm anzumerken. Auch eine Ehrenerklärung des Regierenden Bürgermeisters für seinen Senator konnte die Wogen nicht glätten. Die Zeitungen veröffentlichten immer neue Detailkenntnisse. Angeblich hatte der Bausenator das Grundstück, auf dem sein Ferienhaus in der Lüneburger Heide stand, von einer Wohnungsbaugenossenschaft geschenkt bekommen und mit seiner Frau auf Kosten eines Bauunternehmers einen Urlaub in der Karibik verbracht. Die Namen der Unternehmen, die in diese Affäre verwickelt waren, wurden noch nicht erwähnt, aber die Dementis aus dem Rathaus wurden immer schwächer. Für den kommenden Montag kündigte eine Zeitung die Veröffentlichung der entscheidenden Beweise an.

»Jetzt bekommt der Bausenator ernsthafte Schwierigkeiten«, sagte Sebastian.

»Du auch?«, fragte Olm.

Sebastian zuckte mit den Schultern: »Es ist besser, wenn du möglichst wenig von der Geschichte weißt.«

»Kann ich etwas für dich tun?«, fragte Olm.

»Ja«, sagte Sebastian, »du übernimmst die Firma in eigener Regie.«

»Und was machst du?«, fragte Olm erstaunt.

»Nach außen hin«, sagte Sebastian. »Verstehst du? Wir machen einen notariellen Vertrag. Offiziell habe ich mit dem Laden nichts mehr zu tun.«

»Kein Problem«, sagte Olm.

Er hätte alles für Sebastian getan. Sebastian hatte es ihm ermöglicht, ein neues, ein befriedigendes Leben anzufangen.

»Gut«, sagte Sebastian, »du bist ab sofort mit vierzig Prozent am Gewinn beteiligt.«

»Das ist nicht nötig«, sagte Olm, »mir reicht aus, was ich verdiene.«

»Keine Widerrede«, sagte Sebastian, »heute bin ich noch der Boss.«

Olm und Uschi feierten diese überraschende Entwicklung im ‚Florian', einem kleinen Nachtlokal in der Fasanenstraße. Als sie in der Früh die Bar verließen, boten Zeitungsverkäufer schon die Morgenblätter an. Die Schlagzeilen waren nicht zu übersehen. Die Staatsanwaltschaft ermittelt im größten Bauskandal der Nachkriegszeit, lautete eine. Es nieselte, aber Olm las den Bericht noch auf der Straße. Von einer Bau- und Spekulantenmafia war die Rede, von einem durchorganisiertem Netzwerk von höchsten Senatsstellen bis zu kleinsten Baufirmen. Einige Namen von Beschuldigten waren vollständig ausgeschrieben. Bei anderen stand nur der Vorname und der Anfangsbuchstabe des Nachnamens. Auch ein Sebastian P. wurde aufgeführt.

Olm traf ihn am nächsten Tag beim Notar. Die Papiere waren schon vorbereitet.

»Hier müssen Sie unterschreiben«, sagte der Notar und schob Olm ein Dokument hin.

Olm warf nur einen flüchtigen Blick auf das Papier.

»Das Datum stimmt nicht«, sagte er, als er zum Unterschreiben ansetzte.

»Olm, das Datum ist doch scheißegal«, sagte Sebastian ungeduldig.

Natürlich, dachte Olm, das Datum ist eigentlich scheißegal. Er unterschrieb.

»Die Papiere bleiben bei mir«, sagte der Notar und fügte grinsend hinzu: »Damit sie nicht in falsche Hände fallen.«

Olm erinnerte sich daran, dass in den amerikanischen Filmen die Mafia immer ihre eigenen Rechtsbeistände hatte.

Die Geschäfte der Firma liefen weiterhin ausgezeichnet. Olm überwies monatlich einen Betrag auf ein Konto bei der Hamburger Commerzbank, das auf den Namen Hildegard Schnell lautete. So war es mit Sebastian verabredet.

Olm verdiente jetzt so gut, dass er seine Verbindlichkeiten bei den Münchener Banken fast schon getilgt hatte. Mit Uschi verbrachte er harmonische Stunden, zärtliche, diskussionsfreudige und lukullische.

Es war noch hell an diesem wunderschönen Herbstabend. Die zahlreichen Bäume in den Straßen von Berlin trugen Blätter in den vielfältigsten Farbschattierungen. Olm war mit Uschi in einem Café verabredet, das einige Tische auf dem Bürgersteig vor dem Eingang aufgestellt hatte. Olm setzte sich an einen freien Tisch und beobachtete die vorbeispazierenden Leute. Er dachte an Uschi und freute sich, dass er sie gleich sehen würde. Er freute sich jeden Abend auf Uschi.

»Mensch, Olm«, riss ihn eine Stimme, die ihm bekannt vorkam, aus seinen Gedanken.

Es war Hans, der Rechtsanwalt. Hans, der Spieler aus Gabis Bistro.

»Hans, was treibst du in Berlin?«, fragte Olm.

Seine Wiedersehensfreude hielt sich in Grenzen. Er hatte Hans nie besonders gemocht.

»Ich habe einen Mandanten hier, der einigen Ärger hat«, sagte Hans. Hans setzte sich unaufgefordert an den Tisch.

Wo, zum Teufel, bleibt Uschi, dachte Olm.

»Wir vermissen dich im Bistro«, sagte der Rechtsanwalt.

Er lügt, dachte Olm. Kein Mensch vermisst mich im Bistro. Die meisten kennen nicht einmal mehr meinen Namen.

»Spielt immer noch die alte Clique?«, fragte er, nicht weil es ihn interessierte, sondern weil er einfach irgendetwas sagen wollte.

»Ja«, sagte Hans, »bis auf die drei Lumpen, die dich damals ausgenommen haben. Karli und seine Kumpane haben sich nach dieser Nacht nie wieder blicken lassen.«

»Ich habe Pech gehabt an diesem Abend«, sagte Olm.

»Pech?«, wieherte Hans.

Er hatte schon immer ein unangenehmes Lachen.

»Die haben dich nach Strich und Faden betrogen«, sagte Hans.

»Betrogen?«, fragte Olm und merkte, dass seine Stimme heiser klang.

»Die haben zusammengespielt«, sagte Hans, der Triumph dieses Wissen zu haben, war ihm anzumerken. »Die haben sich ganz deutlich Zeichen gegeben. Jeder hat das gesehen, nur du nicht. An der Nase reiben, Augenbrauen hochziehen, zwinkern oder durchs Haar streichen. Alle Bauernfängertricks haben sie bei dir ausprobiert. Und du hast nichts gemerkt.«

»Das glaube ich nicht«, sagte Olm. »Wenn einer von euch es gesehen hätte, er hätte mir Bescheid gesagt.«

»Kiebitze haben die Schnauze zu halten«, sagte Hans. »Und so beliebt war deine arrogante Art im Bistro auch nicht.«

Die haben mich tatsächlich betrogen, dachte Olm. Es muss so gewesen sein. So viel Pech an einem Abend konnte man nicht haben. Die haben mich ausgenommen wie eine Weihnachtsgans. Die haben zu dritt gegen mich gespielt. Sie haben falschgespielt und ich, der große Pokerspieler Otto-Ludwig Meier, habe nichts davon bemerkt. Die haben mir vor höhnisch grinsenden Zuschauern zweihundertvierzigtausend Mark aus der Tasche gezogen.

»Du träumst, Olm«, sagte Hans.

Warum verschwand er nicht endlich, dachte Olm.

»Was treiben die Drei in München?«, fragte er.

»Keine Ahnung«, sagte der Rechtsanwalt, »man sieht sie nicht mehr in der Stadt. Karli hat seine Imbissbude verkauft und dieser fette Typ, sagen die Leute, arbeitet nicht mehr beim ZDF. Den Dritten kannte ja sowieso keiner näher.«

Endlich kam Uschi. Olm machte sie mit Hans bekannt.

»Ich muss weiter«, sagte Hans, »ich habe noch einen wichtigen Termin. Wenn ich nicht pünktlich bin, landet mein Mandant im Knast.«

Man hörte sein unangenehmes Lachen noch, als er schon zehn Meter vom Tisch entfernt war.

Olm bestellte Kaffee und Kuchen für Uschi und sich. Schweigsam und unlustig stocherte er an seinem Stück Schwarzwälderkirsch herum.

»Hast du Ärger?«, fragte Uschi.

»Nein, nein«, sagte Olm und fand, dass auch ein Nein genügt hätte. »Ich habe ein bisschen Kopfschmerzen. Ich hatte einen anstrengenden Tag.«

Er fuhr Uschi nach Hause und dann gleich weiter in seine ‚Höhle'. Er trank selten Alkohol, wenn er allein Zuhause war. Jetzt schenkte er sich einen doppelten Whiskey ein.

Sie haben mich betrogen! Seine Gedanken kreisten nur um diesen einen Satz. Wie ein Anfänger habe ich mich übertölpeln lassen. Selbst Günter, dem Kreisklassenspieler, wäre das nicht passiert. Vielleicht war es ein Wink des Schicksals? Eine Bestimmung? Ging es ihm heute nicht viel besser als damals? Er war fast schuldenfrei, verdiente gutes Geld und er hatte Uschi, seine verarmte Gräfin wie er sie oft neckend nannte. Zum Teufel mit München und der Vergangenheit!

Aber sie haben mich betrogen! Nicht Reimann oder diesen Optiker - wie hieß er denn bloß? Egal! Sie haben den besten, oder wenigstens einen der besten, Pokerspieler in Gabis Bistro betrogen. Sie haben falschgespielt und er, Olm, der kühle Kombinierer, der Rechner, das Pokerface hatte nichts bemerkt.

Olm goss sich einen zweiten Whiskey ein. Seit er in Berlin war hatte er ganz selten an seine Münchener Zeit gedacht, an seine Firma, an Gabis Bistro, an diese Pokernacht. An Karin Gross überhaupt nicht mehr. Karin war ein Nichts gegen Uschi. Warum musste Hans ausgerechnet heute hier auftauchen? Aber wenn es nicht Hans gewesen wäre, irgendwann wäre ihm Andy oder Reimann oder irgend ein anderer über der Weg gelaufen. Sie hatten ja alle zugesehen, sie waren Zeugen seiner Niederlage geworden, seines Absturzes in die Niederungen der Amateurspieler.

Warum bin ich so früh in dieses Café gegangen, dachte er. Ich wollte meine Anzüge aus der Reinigung holen. Warum habe ich das auf morgen verschoben? Hans war es eine innere Befriedigung, mir diese Geschichte zu erzählen. Wie oft hatte ich mich geweigert, mit ihm zu spielen, weil er keine Herausforderung für mich war. Heute hat er sich dafür gerächt. Wie oft werden sie im Bistro über diese Nacht gesprochen haben? Jeden Tag? Ein Jahr lang bestimmt.

Erinnert ihr euch noch an Olm? Diesen Trottel, der immer so tat, als hätte er das Pokern erfunden. Was ihm passiert ist, wäre keinem von uns passiert. So dämlich spielt in diesem Laden keiner.

Das Telefon läutete. Es war Uschi.

»Hast du Aspirin im Haus?«, fragte sie.

»Warum?«, fragte Olm zurück.

»Wenn die Kopfschmerzen nicht nachlassen, solltest du eine Tablette nehmen«, sagte Uschi.

»Es geht mir schon besser«, sagte Olm.

»Gott sei Dank«, sagte Uschi.

Die besorgte, sorgende Uschi.

»Ich liebe dich«, sagte Olm.

Schweigen am anderen Ende der Leitung.

»Bist du noch dran?«, fragte er.

»Ja«, sagte Uschi, »und ich liebe dich auch. Sehr!«

Uschis warme, dunkle Stimme.

»Bis morgen«, sagte Olm und legte den Hörer auf die Gabel zurück.

Ich habe zum ersten Mal jemandem gesagt, dass ich ihn liebe, dachte er. Ich habe fünfzig Jahre gebraucht, um diesen Satz auszusprechen. Karin Gross fand, dass solche Sätze Floskeln wären.

»Wenn du das zu mir sagst, ist es aus zwischen uns«, hatte sie einmal gesagt. »Beweise mir im Bett, dass du mich sexy findest. Das reicht mir.«

Uschi ist ganz anders. Uschi ist wertvoller. Vielleicht das Wertvollste, das ich in meinem bisherigen Leben besessen habe. Und sie liebt mich. Sie liebt den Olm, den ein Imbissbudenbesitzer, ein Produktionsleiter und ein Mensch mit kalten, grauen Augen betrogen haben. Die Summe war bedeutungslos. Dreitausend oder vier Millionen - irrationale Zahlen. Fuad mogelt beim Backgammon. Jeder wusste das aber es war kein Betrug. So war Fuad nun mal. Manchmal spielten sie auch Rommé im Bistro und Otto, der Sparkassenleiter, schummelte oft bei der Anzahl der Karten, die ihm als minus angeschrieben werden mussten. Aber man spielte trotzdem mit Otto.

Karlis Spezi Peter hatte kalte, graue Augen. Neuner war ein gestriegeltes Arschgesicht und wenn Karli mit seinem ,Vater geht mit' anfing, konnte man das Kotzen kriegen.

Wann war ich das letzte Mal im Bistro? Gestern Abend? Nein, hundert Jahre muss das zurückliegen. Wie viele Wohnungen habe ich inzwischen verkauft? Wie alt war ich, als ich Uschi kennen lernte?

Olm sah in den Spiegel.

Er fand, dass er besser aussah, als vor drei Jahren. Er hatte etwas zugenommen und durch die Wochenendspaziergänge mit Uschi nicht mehr diese blasse Gesichtsfarbe.

Zum Teufel mit der Vergangenheit! Uschi und Berlin, das sind Gegenwart und Zukunft!

Olm schlief sehr unruhig in dieser Nacht.

9 Karl Schaffelhuber war jemand in Rosenheim. Keine Persönlichkeit, die man zu offiziellen Anlässen einlud, aber jemand, den man achtete, vor dem man Respekt hatte. Die Schülermannschaft des örtlichen Fußballvereins verdankte ihm einen Satz neuer Trikots, für die Tombola des vorweihnachtlichen Polizeiballs stiftete er regelmäßig zwei Damen- und zwei Herrenfahrräder und das Waisenheim bedachte er jährlich mit einer größeren Geldspende. Der Schaffelhuber Karli hatte es zu etwas gebracht und das imponierte seinen Mitbürgern, jedenfalls den meisten. Sicher, es gab einige, die den Umgang mit einem Bordellbetreiber nicht pflegten, aber nicht, weil sie etwas gegen den Karli gehabt hätten, nein, ihre gesellschaftliche Position ließ es einfach nicht zu.

Karlis Bruder, der das Haus - in ganz Rosenheim hieß der Mon Amour Club nur ‚das Haus' - vorher geleitet hatte, lebte sehr zurückgezogen. Das hatte Gerüchten Tür und Tor geöffnet. Orgien sollen in dem Haus stattgefunden haben, prominente, bayerische Politiker ein- und ausgegangen sein. Angeblich wurde dort Opium geraucht und die Mädchen würden mit den Gästen in Champagner baden. Den Sepp Schaffelhuber hatte man nur ganz selten zu Gesicht bekommen und wenn, dann sah er immer sehr blass aus und hustete.

»Natürlich«, sagten die Rosenheimer. »Bei dem Umgang ist es doch kein Wunder, dass er Aids hat.«

Alles hatte sich geändert, seit Karli das Haus übernommen hatte. Karli war überall dabei: beim Schützenfest, beim Salvatoranstich, bei den Heimspielen des Eishockeyclubs und bei den Premieren des Volkstheaters, wo er immer an den falschen Stellen lachte.

»A Hund is er scho, der Karli«, sagten die Rosenheimer.

Seinen endgültigen Durchbruch in der Stadt schaffte er, als ein Artikel in der örtlichen Zeitung die Frage aufwarf, ob Rosenheim ein Freudenhaus brauchen würde.

Karli lud die Presse in den Club ein. Er referierte eine Stunde lang über die Prostitution wie ein Professor der Sittengeschichte. Es durften sogar Fotos geschossen werden. Selbstverständlich wurden die Gesichter der Mitarbeiterinnen mit schwarzen Balken vor den Augen unkenntlich gemacht. Nach dieser Pressekonferenz war den Rosenheimern klar, dass die Anstrengungen des Schaffelhuber Karlis dafür sorgten, dass sexuelle Nötigungen und Vergewaltigungen in ihrer Stadt so gut wie überhaupt nicht vorkamen. Es gab sogar Mitbürger, die gesehen haben wollten, dass der zweite Bürgermeister dem Karli einmal die Hand gegeben hätte.

Karli war lebenslustig, großzügig und für jede Gaudi zu haben. Er war halt ein richtiges, bayerisches Mannsbild. Karli war unverheiratet.

»Wenn Vater ein Glas Milch will«, pflegte er immer zu sagen, »dann muss er sich nicht gleich eine Kuh auf dem Balkon halten.«

Solche Sprüche kamen in Rosenheim an.

Eigentlich war er nach der Pokernacht im Bistro nur nach Rosenheim gekommen, weil er es für besser hielt, sich für einige Zeit abzusetzen. In München war ihm das Pflaster zu heiß geworden.

»Das Wetter hier bringt mich noch ins Grab«, hatte sein Bruder Sepp gesagt. »Der Arzt meint, dass ich regelmäßig warmes Klima brauche, sonst werde ich diesen verdammten Husten nie los.«

»Dann ziehe doch in den Süden«, hatte Karli geantwortet.

»Und was ist mit dem Geschäft?«, hatte Sepp gefragt.

»Den Laden übernehme ich«, hatte Karli geantwortet.

»Und wovon soll ich leben?«, hatte der Bruder gefragt.

»Ich verkaufe die Imbissbude und lege noch etwas von meinem Ersparten dazu«, hatte Karli gesagt, »dann hast du schon mal ein Startkapital.«

»Wie viel?«, hatte Sepp gefragt.

»Hunderttausend«, hatte Karli geantwortet.

Die Brüder wurden sich einig. Drei Wochen später war Sepp mit Elfi, seiner Frau, nach Mallorca geflogen. Allein für das Übergepäck hatte er ein kleines Vermögen bezahlen müssen.

Karli hatte den Mon Amour Club schnell unter Kontrolle.

»Vater bestimmt die Richtung und ihr zieht mit«, sagte er zu den Angestellten, »dann kommen wir prima miteinander aus.«

Rosi, die blonde Barfrau und Hugo, der Rausschmeißer, durften bleiben. Sie kannten sich aus und waren die Garantie dafür, dass der Laden wunschgemäß lief, auch wenn Karli nicht anwesend war. Rosi wirtschaftete beim Alkoholverkauf ein wenig in die eigene Tasche, aber das hielt sich in Grenzen. Das war in der Gastronomie üblich und Karli reichte es, dass er es bemerkt hatte. Im Ausgleich zu Rosis Mehreinnahmen durfte Hugo zweimal wöchentlich die Dienste der Mädchen, die für das Horizontale zuständig waren, kostenlos in Anspruch nehmen.

Karli brauchte Leute, auf die er sich verlassen konnte, denn Karli hatte keine Lust, während der gesamten Öffnungszeit im Club anwesend sein zu müssen. Karli war Spieler und seine große Leidenschaft war das Schafkopfen. Früher hatte er sich auch beim Pokern versucht, war aber ziemlich erfolglos geblieben. Dann hatte er mit zwei Spezln eine Zweckgemeinschaft gegründet. Wenn sich drei Mann mit verabredeten Zeichen darüber informieren, welche Karten sie in der Hand haben, ist das Pokern ein Kinderspiel. In die Hinterzimmer der Spielhöllen, wo die echten Profis arbeiteten, wagten sie sich allerdings nicht.

Die hätten nach wenigen Minuten den Braten gerochen und dafür gesorgt, dass Karli und seine Freunde einen längeren Krankenhausaufenthalt vor sich gehabt hätten. Unkalkulierbare Risiken mochte Karli nicht. Karli zog mit seinen Begleitern durch die Münchener Kneipen in denen gezockt wurde und davon gab es in der Stadt mehr als genug. Zwar waren da in der Regel die Einsätze nicht so hoch, aber Kleinvieh macht auch Mist, pflegte Karli immer zu sagen.

In Gabis Bistro war es schwer, in die Spielerclique hineinzukommen. Dort verkehrten fast nur Stammgäste. Aber dann kam dieser 14. Mai. Karli, Peter und Neuner waren schon in drei Spielerkneipen gewesen, aber nirgends lief etwas zusammen. Auch im Bistro sah es trübe aus. An fast allen Tischen wurde schon gespielt und die drei Neuankömmlinge waren nicht gerade die Spieler, die man freundschaftlich in eine Runde aufnahm. Sie hatten sich an den einzigen freien Tisch neben der Eingangstür gesetzt. Dann kam dieser Olm. Man kannte sich nur flüchtig. Olm war an den Tisch gekommen und hatte gefragt, ob man Lust auf eine Pokerrunde hätte. Und ob man Lust hatte! Zum ersten mal war im Bistro der Idealfall eingetroffen: die Zweckgemeinschaft gegen einen Einzelnen.

Olm hatte einen Stoß Tausender aus der Tasche gezogen und gefragt, ob ihm jemand die in Hunderter wechseln könnte.

Karli konnte einen Tausender wechseln. Bevor Gabi die Karten an den Tisch brachte war Karli mit Peter noch auf die Herrentoilette gegangen.

»Hast du die Kohlen gesehen?«, hatte Karli gefragt.

»Das waren mindestens vierzigtausend«, hatte Peter geantwortet.

»Das waren mehr«, hatte Karli gesagt.

Er hatte Peter grinsend auf die Schulter geklopft.

»Er soll sich warm spielen, sonst springt er uns zu früh ab«, hatte Karli dann gesagt.

Als sie von der Toilette zum Tisch zurückgingen, kam ihnen Neuner entgegen.

»Wir lassen ihn die ersten Runden gewinnen«, hatte Karli ihm zugeflüstert.

Alles verlief programmgemäß. Olm gewann und legte den Stapel mit den gewonnenen Geldscheinen neben sich auf die Bank. Dann gähnte Karli ohne die Hand vor den Mund zu nehmen. Das war das verabredete Zeichen. Karli, Peter und Neuner spielten von diesem Moment an mit fünfzehn Karten. Olm nur mit seinen eigenen fünf. Wenn die Drei sich verständigt hatten, dass einer von ihnen ein gutes Blatt hatte, trieben die anderen beiden die Einsätze nach oben. Olm hatte keine Chance. Bekam er ein gutes Blatt in die Hand, dann kannten die Mitspieler seine Karten fast so gut wie er selbst. Fehlte Karli eine Karte zum Full House oder zum Dreiständer, signalisierte er es Neuner, der rechts von ihm saß oder Peter zu seiner linken Seite. Kopf aufstützen hieß Pik, an die Nase fassen Kreuz, Hand auf die Brust legen bedeutete Herz und der Griff ans Kinn stand für Karo. Einmal mit den Augen zwinkern hieß, dass man ein As benötigte, zweimal einen König, dreimal eine Dame und viermal einen Buben. Die Siebenen, Achten, Neunen und Zehnen zeigten die Anzahl der Finger an mit denen man die Karten hielt. Konnte der Nebenmann aushelfen, wurde die entsprechende Karte mit dem Ärmel zum Partner geschoben oder unter dem Tisch weitergereicht. Später, als die Spieler an den anderen Tischen aufgehört hatten und als Zuschauer an ihrem Tisch standen, konnte man das Kartenweitergeben nicht länger riskieren, aber die Zeichensprache wurde beibehalten. Zu diesem Zeitpunkt war Olm schon ein geschlagener Mann.

Ein Pokerspieler, der verkrampft, der es mit Gewalt wissen will, steht auf verlorenem Posten. Er verliert das Gefühl für den Bluff. Er überlegt nicht mehr, für welche Kartenkombination der Gegner eingekauft haben könnte. Seine Verunsicherung lässt ihn selbst bei eigenen, guten Blättern vorzeitig aussteigen. In dieser Situation war Olm.

Er schwitzt wie ein Schwein, hatte Karli gedacht, er ist fix und fertig.

Mitleid hatte er keins. Zocker kennen kein Mitleid. Zocker müssen wissen, worauf sie sich einlassen. Welcher Idiot geht schon mit zweihundertvierzig Tausendern zum Pokern? Onassis vielleicht, aber der war schon tot. Und Olm hatten sie auch abgeschossen in dieser Nacht. Den hatten sie mit einem Blattschuss erledigt.

Karli war mit Peter und Neuner noch zu seiner Imbissbude gegangen. Sie hatten die Tür von innen abgeschlossen und die Geldscheine durch die Luft geworfen, dann wieder eingesammelt und wieder durch die Luft fliegen lassen. Sie hatten Bier und Wodka aus Pappbechern getrunken und dann ihren Gewinn aufgeteilt. Jeder bekam achtzigtausend. Um sechs Uhr in der Früh waren Neuner und Peter gegangen, weil Karli auf dem Fußboden der Imbissbude eingeschlafen war.

Am nächsten Tag war Karli zu seinem Bruder nach Rosenheim gefahren. Die Imbissbude blieb bis zu ihrem Verkauf geschlossen. Von Rosenheim aus hatte er Neuner und Peter angerufen und ihnen gesagt, dass die Zweckgemeinschaft beendet wäre. So viel Glück hätte man nur einmal im Leben und sie sollten das Beste daraus machen. Er würde sich jedenfalls geschäftlich ganz anders orientieren.

Karli übernahm den Mon Amour Club von seinem asthmakranken Bruder und er spielte weiterhin Karten.

Es waren immer dieselben Männer, die sich zum Schafkopfen in der Bar des Parkhotels trafen. Der Hotelbesitzer, der Chef einer Versicherungsagentur und ein Rechtsanwalt, dessen Bruder der Oberbürgermeister von Rosenheim war. War einer von ihnen verhindert, dann sprang ein Fleischgroßhändler ein.

Man spielte eine Mark für das Spiel und drei Mark bei einem Solo. Das war ein Tarif, der auch an einem schlechten Abend keinem von den Herren weh tat. Karli genoss diese Abende. Er entspannte sich nicht vor dem Fernsehapparat oder in einem Fitness-Studio, er entspannte sich beim Schafkopfen. Karli war jeden Abend dabei. Er hatte keine familiären Verpflichtungen und er machte keinen Urlaub.

»Was soll Vater in der Dominikanischen Republik, wenn er keine drei Spezln dabei hat, mit denen er Schafkopfen kann?« rief er lachend in die Rund, wenn über Urlaubspläne gesprochen wurde.

Karl Schaffelhuber fühlte sich sauwohl in seiner Haut. Er führte ein Leben, das ihm Spaß machte.

10 Christine Beillant war am Montagmorgen pünktlich in der Universitätsklinik. Der Professor war ein kleiner, drahtiger Mann von ungefähr fünfzig Jahren. Chrissi fiel ein, dass sie ihn von Fotos in der Zeitung kannte. Professor Baymer war einer von denen in der Düsseldorfer Gesellschaft, die auf keiner Party und keinem Empfang fehlten.

Er musterte Chrissi mit diesem Blick, der bei Ärzten der Aufforderung zum Ablegen der Kleidung vorausgeht.

Professor Baymer bot ihr mit einer Handbewegung den Stuhl an, der vor seinem Schreibtisch stand, überlegte es sich dann aber anders und bat Chrissi, auf dem schwarzen Ledersofa in der Sitzecke seines Büros Platz zu nehmen. Er setzte sich direkt neben sie.

»Was fehlt meiner Mutter?«, fragte Chrissi.

»Ihre Frau Mutter hat eine idiopathische Lungenfibrose«, sagte Baymer.

Chrissi sah ihn fragend an.

»Den Ausdruck idiopathische verwenden wir im medizinischen Sprachgebrauch, wenn die Ursache der Krankheit unbekannt ist«, sagte der Professor.

»Ich wäre Ihnen dankbar, Herr Professor, wenn Sie mir in verständlichen Worten Ihre Diagnose mitteilen könnten«, sagte Chrissi.

»Ihre Mutter hat eine Honigwabenlunge«, sagte der Professor. »Hilft Ihnen das weiter?«

Er hat diese typische Arroganz der Fachidioten, dachte Chrissi.

»Was ist eine Honigwabenlunge?«, fragte sie geduldig.

»Von einer Honigwabenlunge sprechen wir, wenn wir die typischen Symptome wie Gewichtsverlust, Abgeschlagenheit verbunden mit unbestimmtem Brustschmerz diagnostizieren können«, sagte Baymer. »Die Lunge löst sich gewissermaßen Zelle für Zelle auf.«

Chrissi nickte mit dem Kopf. Ihr fiel keine Frage ein, die sie hätte stellen können.

»Ihre Mutter leidet an einer Anorexie, einer Appetitlosigkeit, die den Verlust des Triebes Nahrung aufzunehmen zur Folge hat«, fuhr Baymer fort. »Drücke ich mich verständlich genug aus?«

»Ja«, sagte Chrissi.

Der Professor war während seiner Ausführungen immer näher an sie herangerückt. Wie zufällig legte er die Hand, in der er die Krankenakte hielt, auf ihren Oberschenkel. Dann warf er einen Blick auf die Unterlagen.

»Dazu kommt noch eine Vergrößerung der rechten Herzhälfte«, sagte Baymer und fügte lächelnd belehrend hinzu: »Eine Cor pulmonale.«

»Kommen davon diese bläulichen Verfärbungen an Lippen und Fingernägeln?«, fragte Chrissi.

»Genau«, sagte Baymer, »das ist eine Folge des Sauerstoffmangels im Blut, hervorgerufen durch eine eingeschränkte Pumpfunktion.«

»Gibt es Heilungsmöglichkeiten, Herr Professor?«, fragte Chrissi.

»Schwer zu sagen«, antwortete Baymer, »wir haben bei einigen Patienten geringe Erfolge mit einer Kortisonbehandlung erzielt. Aber bei den meisten stellte sich keine Zustandsbesserung ein.«

»Aber Sie könnten bei meiner Mutter jedenfalls den Versuch unternehmen«, sagte Chrissi.

»Natürlich«, sagte der Professor und legte seine Hand auf ihren Arm. »Aber dafür müsste Ihre Frau Mutter hier erscheinen. Sie hat bisher alle Untersuchungstermine verstreichen lassen. Ich habe auch schon mit einem Kollegen über eine Lungentransplantation gesprochen.«

»Ich glaube nicht, dass sich Mutter auf so etwas einlassen würde«, sagte Chrissi.

»Jetzt kommen wir dem eigentlichen Problem näher«, sagte der Professor. »Ihrer Mutter fehlt, wenn mich meine Beobachtungen nicht täuschen, jeder Lebenswille. Es scheint so, als wolle sie gar nicht behandelt werden.«

»Sie haben recht«, sagte Chrissi. »Da liegt das eigentliche Problem.«

»Können Sie mir die Ursachen für dieses Verhalten nennen?«, fragte Baymer.

»Das wäre eine Geschichte, die einige Stunden dauern würde«, sagte Chrissi.

»Vielleicht könnten wir uns an einem der nächsten Abende bei mir treffen«, sagte Baymer lächelnd. »Ich habe einen ausgezeichneten Rotwein im Keller.«

»Ein etwas ungewöhnliches Angebot«, sagte Chrissi und lächelte zurück.

Der Professor stand auf und holte eine Visitenkarte von seinem Schreibtisch.

»Die unterste Telefonnummer ist meine private«, sagte er während er Chrissi die Karte in die Hand drückte.

»Gut«, sagte Chrissi, »aber zunächst möchte ich doch erreichen, dass meine Mutter zu Ihnen in die Klinik kommt. Wann hätten Sie einen Termin für sie?«

Der Professor griff zum Telefon und sprach mit seiner Vorzimmerdame.

»In Ordnung«, sagte er schließlich, »den Zwölf-Uhr-Termin verschieben wir nach hinten. Tragen Sie da Frau Beillant ein.«

Er legte den Hörer auf und sah Chrissi mit einem gewissen Stolz an.

»Ich habe Unmögliches möglich gemacht«, sagte er.

Chrissi gab ihm die Hand.

»Ich bin Ihnen wirklich sehr dankbar, Herr Professor«, sagte sie.

»Vielleicht wäre es günstig, wenn wir uns gleich morgen Abend sehen würden«, sagte Baymer, »dann könnte ich Sie direkt über meine Behandlungsabsichten informieren.«

»Ich rufe Sie an«, sagte Chrissi und nickte ihm beim Hinausgehen freundlich zu.

Was veranlasst Männer eigentlich, sich für unwiderstehlich zu halten dachte sie. Sicher hat er seine Frau zu irgendeiner Erholungskur geschickt und braucht dringend eine Bestätigung seiner ungebrochenen Manneskraft.

Chrissi fuhr direkt zu ihrer Mutter.

Margarete Beillant hatte nach dem Volksschulabschluss eine Ausbildung zur Hauswirtschafterin gemacht. Ihr erstes Arbeitsverhältnis bestand gerade zwei Monate, als sie Anton Beillant kennen lernte. Für den ehrgeizigen Finanzbeamten war Margarete genau die richtige Frau. Er brauchte jemanden, der seinen Haushalt in Ordnung hielt, kochen konnte und die Kinder, die planmäßig zur Welt kamen, davon abhielt, ihren Vater in seiner Feierabendruhe zu stören. Als die Kinder größer waren, äußerte Margarete den Wunsch, auf einer Abendschule das Abitur machen zu wollen.

»Ich brauche keine Frau, die sich mit Heraklit oder Kant beschäftigt«, sagte Anton Beillant. »Die klassische Rollenverteilung zwischen Mann und Frau ist seit Jahrhunderten festgelegt und wir werden daran nichts ändern.«

Damit war dieses Thema vom Tisch und Margaretes Rolle definiert. Sie war eine Art Leibeigene, ein Wesen, das in seinem Handlungsspielraum Schritt für Schritt eingeengt wurde. Anfängliche kleine Ausbruchsversuche aus dieser Situation führten zu heftigen, von Anton Beillants Seite aus zu bösartigen Auseinandersetzungen. Margarete Beillant resignierte schnell. Sie akzeptierte die Gegebenheiten, weil sie die Kraft verlor, um sich aufzulehnen und ihr Abhängigkeitsverhältnis wuchs von Jahr zu Jahr.

»Du musst dringend in die Klinik, Mutter«, sagte Chrissi, als sie die Wohnung betrat.

»Ich werde nirgends mehr hingehen«, antwortete Margarete Beillant »Zum Friedhof werdet ihr mich tragen müssen.«

»Du musst nicht sterben«, sagte Chrissi. »Ich komme gerade vom Professor. Du hast eine gute Chance, hat er gesagt.«

»Eine Chance«? fragte Margarete. »Ich habe in meinem Leben nie eine Chance gehabt. Ich will nicht mehr, Christine. Ich will nicht eine Minute länger auf dieser Welt bleiben. Nicht eine Minute länger, als nötig. Ich hänge nicht am Leben, weil ich nicht weiß, was das ist. Ich habe kein Leben gehabt, Christine. Mein Ehemann und meine Kinder haben mich gequält, gedemütigt und benutzt. Ich habe das Kreuz Jesu auf meinen Schultern getragen und mehr als eine Dornenkrone aufgesetzt bekommen.«

Weinend kauerte sich Margarete in ihren Sessel. Chrissi fühlte sich hilflos. Ihr fielen keine Worte ein, um diese verzweifelte Frau trösten zu können.

»Ich werde dich in die Klinik fahren, Mama«, sagte sie und versuchte Margarete Beillant aus dem Sessel zu heben.

»Rühr mich nicht an«, schrie Margarete mit sich überschlagender Stimme. »Ich rufe die Polizei, wenn du mich anrührst.«

Chrissi rief Frederik an.

»Was soll ich tun?«, fragte sie ihn, nachdem sie ihm die Situation geschildert hatte.

»Ich werde mit meinem Vater telefonieren«, sagte Frederik, »der weiß bestimmt einen Rat.«

Die Arbeit auf der Polizeiinspektion Altstadtwache wurde immer unerträglicher. Peter Müller steigerte seine dreisten Anträge in dem Maße, in dem Chrissi sie zurückwies.

»Du bist eine Krampfhenne, Christine«, sagte er, »du musst mal richtig durchgevögelt werden, damit du lockerer wirst.«

»Wir sollten mit deiner Frau über dieses Problem reden«, antwortete Chrissi spöttisch.

»Sehr witzig«, sagte Müller und grinste.

»Dann könntest du doch ungekünstelter lachen, wenn dir der Gedanke gefällt«, sagte Chrissi.

»Erzähle mir bloß nie wieder etwas von einem Freund«, sagte Müller. »Dieses Phantom hast du doch nur erfunden. Ein richtiger Kerl lässt doch ein solches Prachtweib nicht aus den Augen.«

»Mein Freund studiert in Münster«, sagte Chrissi. »Er kommt fast an jedem Wochenende nach Düsseldorf.«

»Ach, wirklich?«, sagte Peter Müller, »und er holt dich nie vom Dienst ab?«

»Deine Frau habe ich hier auch noch nicht gesehen«, sagte Chrissi.

Frank Leiß versuchte es mit einer neuen Masche. Er stellte Chrissi eine kleine Vase auf den Schreibtisch und bestückte diese fast täglich mit einer frischen, roten Rose. Manchmal legte er auch eine Pralinenschachtel auf die Tastatur ihrer Schreibmaschine oder malte rote Herzen in ihren Kalender. Hirsch und Kortenbach kommentierten das auf ihre Art.

»Frank ist der geilste Romantiker, der je in den Polizeidienst übernommen wurde«, sagte Hirsch.

»Wenn die Kollegin ihn nicht bald erhört, kriegt er eine Schwanztrombose«, sagte Kortenbach.

Chrissis Anwesenheit während solcher Bemerkungen störte sie nicht.

Chrissi bat den Vertrauensmann der Polizeigewerkschaft um ein Gespräch. Sie schilderte ihm die Vorfälle.

»Es war richtig, dass Sie sich nicht an den Leiter der Dienststelle gewandt haben«, sagte der Mann. »Der weiß, dass Sie nach einiger Zeit die Altstadtwache verlassen, aber die meisten anderen Beamten bleiben ihm erhalten. Er wird sich nicht mit ihnen anlegen wollen.«

»Ich bin nicht prüde«, sagte Chrissi, »und ich kann auch mal einen derben Witz vertragen, aber diese ständigen sexuellen Verbalattacken verletzen mich auch körperlich. Ich werde von Tag zu Tag nervöser.«

»Wie lange dauert Ihr Wach- und Wechseldienst noch?«, fragte der Vertrauensmann.

»Vier Monate«, antwortete Chrissi.

»Da lohnt sich kaum noch ein Wechsel zu einem anderen Revier«, sagte der Mann. »Außerdem weiß man nicht, was Sie dort erwartet. Aber Sie sollten die folgenden drei Jahre bei der Einsatzhundertschaft in einer anderen Stadt absolvieren.«

»Es geht doch nicht nur um mich«, sagte Chrissi. »Es wird anderen Kolleginnen nicht besser gehen.«

»Wir stehen dieser Entwicklung ziemlich ratlos gegenüber«, sagte der Mann. »Mobbing ist ja zu einem Modewort geworden. Aber niemand sagt uns, was man dagegen tun könnte.«

Den Besuch hätte ich mir sparen können, dachte Chrissi, als sie zur Wohnung ihrer Mutter fuhr.

Vor der Haustür standen einige neugierige Menschen um einen Sanitätswagen herum. Frederik kam aus der Haustür und ihm folgten zwei Männer, die eine Bahre trugen. Frederik sah Chrissi und kam auf sie zu.

»Ein, mit meinem Vater befreundeter Arzt hat zwei Krankenpfleger zu deiner Mutter geschickt. Als sie auf ihr Klingeln nicht öffnete, haben sie die Tür durch den Hausmeister aufschließen lassen«, sagte Frederik und nahm Chrissi in den Arm.

»Ist sie tot?«, fragte Chrissi und wusste genau, dass diese Frage überflüssig war.

»Der Notarzt sagte, dass sie friedlich eingeschlafen wäre«, sagte Frederik.

Chrissi empfand keine Trauer. Vielleicht war es wirklich das Beste, was ihrer Mutter passieren konnte. Ihr letzter Wunsch hatte sich erfüllt: sie hatte diese Welt verlassen dürfen.

Nach der kurzen Trauerfeier im Krematorium setzten Chrissi und Frederik in der Begleitung eines Friedhofbeamten die Urne in Christians Grab bei. Obwohl Chrissi ihrem Vater gleich nach dem Tod der Mutter ein Telegramm geschickt hatte, erschien Anton Beillant nicht auf der Beerdigung. Er schickte nicht einmal Blumen.

»Hast du schon einmal so eine Familie kennen gelernt?«, fragte Chrissi. »Sie waren fast vierzig Jahre verheiratet und ihr Ehemann erweist ihr nicht einmal die letzte Ehre.«

»Du musst weg von Düsseldorf«, sagte Frederik. »Du musste unbedingt in eine andere Umgebung.«

»Ich könnte meinen Dienst bei der Einsatzhundertschaft in Münster antreten«, sagte Chrissi.

»Wir gehen nach München«, sagte Frederik. »Ich will ab dem nächsten Semester in München studieren.«

Der Gewerkschaftsmann, der sie bei ihrem ersten Gespräch mit leeren Floskeln abgespeist hatte, erwies sich nun als ziemlich hilfreich und Chrissi bekam die Zusage, dass sie ihren Dienst bei einer Einsatzhundertschaft in München absolvieren dürfte.

Was auch immer mich dort erwartet, dachte Chrissi, mit Frederik in meiner unmittelbaren Nähe lässt sich alles leichter meistern.

11 »Der geht aufs Haus«, sagte Gabi, die Wirtin, und stellte Olm einen neuen Whiskey hin. »Hans hat erzählt, dass er dich in Berlin getroffen hat.«

»Ja. Ganz zufällig«, sagte Olm.

»Gehst du nach Berlin zurück?«, fragte Gabi.

»Ich denke schon«, sagte Olm.

»Hast du inzwischen geheiratet?«, fragte Gabi neugierig.

»Siehst du einen Ring an meinem Finger?«, fragte Olm zurück.

»Wer trägt denn heute noch Eheringe«, sagte Gabi und nahm ihr Teeglas in die Hand. »Prost.«

Gabi trank immer noch ihren kalten Früchtetee.

»Prost«, sagte Olm.

»Spielst du nicht mehr?«, fragte Gabi und machte eine Kopfbewegung in die Richtung der Spielertische.

»Heute jedenfalls nicht«, sagte Olm.

»Ich könnte verstehen, wenn du nach deinem letzten Reinfall nie wieder Karten in die Hand nehmen würdest«, sagte Gabi.

Reinfall, dachte Olm. Die haben mich schamlos betrogen. Das war doch bestimmt wochenlang das Gesprächsthema Nummer eins bei euch. Meyerling hat viele dumme Sprüche losgelassen. Vielleicht war ihm sogar ein Reim auf Olm eingefallen.

Gabi brachte Getränke an den Backgammontisch.

Als sie zurückkam fragte Olm: »Hast du mal wieder etwas von Karli oder Neuner gehört?«

»Nichts«, sagte Gabi. »Keine Ahnung, wo die jetzt stecken. Entschuldige mich, aber ich muss in die Küche.«

»Und von Peter«, rief Olm ihr hinterher, aber Gabi hatte ihn nicht mehr gehört.

Olm hatte in Berlin über den Notar Kontakt mit Sebastian aufgenommen und ihm mitteilen lassen, dass er dringende Familienangelegenheiten in München zu erledigen hätte. Uschi hatte er etwas von einer Erbschaft erzählt, bei deren Abwicklung es Komplikationen geben würde.

Warum bin ich eigentlich nach München gefahren, fragte er sich.

Die ersten zwei Tage war er nur spazieren gegangen. Er frühstückte in den Straßencafés an der Münchener Freiheit und hatte die Leute beobachtet, die vorbeiliefen.

Er hatte überlegt, ob er Karin Gross anrufen sollte. Karin Gross. Wie lange lag das schon zurück? Ein Jahrzehnt? Mit wem würde sie jetzt ihre Wochenenden verbringen? Gab es Max, den verheirateten Zahnarzt, noch? Was will ich hier im Bistro? Habe ich geglaubt, dass Karli und seine Freunde auf mich warten? Dass Karli sich entschuldigen würde und ihm die abgenommenen Zweihundertvierzigtausend auf den Tisch blättern würde?

Hans, der Rechtsanwalt, blieb auf dem Weg zur Toilette kurz bei ihm stehen.

»Hast du die dufte Braut aus Berlin mitgebracht?«, fragte er.

»Das war mir zu gefährlich«, antwortete Olm, »ich wusste ja, dass du hier sein würdest.«

Hans lachte meckernd während er weiterging.

Es regnete, als Olm das Bistro verließ. Er ging bis zur nächsten Straßenecke. Hier hatte Karlis Imbissbude gestanden. Der Wagen war noch da.

Am folgenden Tag fuhr Olm mittags zu der Würstchenbude. Er bestellte sich ein paar Nürnberger Rostbratwürste. Die schmeckten ausgezeichnet und er bestellte gleich noch ein zweites Paar.

»Die sind gut, nicht wahr«, sagte der dicke Mann, der in der Bude stand.

»Ausgezeichnet«, bestätigte Olm. »Machen Sie die selbst?«

Der Dicke lachte.

»Nein, die sind vom Metzger. Aber sie müssen halt richtig gegrillt werden. Nicht zu lang und nicht zu kurz«, sagte er. »Das ist das ganze Geheimnis.«

»Ich habe hier früher oft gegessen«, sagte Olm, »aber an Sie kann ich mich nicht erinnern.«

Der Dicke trank einen Schluck Bier und wischte sich mit der Schürze den Mund ab.

»Ich habe das Geschäft schon seit drei Jahren«, sagte er.

»So lange wohne ich auch schon nicht mehr in München«, sagte Olm. »Wie hieß denn gleich noch Ihr Vorgänger? Wir haben uns immer so gut unterhalten.«

»Das war der Schaffelhuber Karli«, sagte der Dicke. »Ich habe ihm das Geschäft abgekauft.«

»Natürlich«, sagte Olm, »der Karli! Ein absoluter Löwenfan. Als die

Sechziger in die Bundesliga aufgestiegen sind, hat er mir drei Paar Würstchen spendiert.«

»Ein Fußballverrückter«, sagte der Wurstbrater. »Ich bin ja mehr für die Bayern. Der Beckenbauer ist für mich der Größte. Übrigens die Würstchen beziehe ich vom Uli Hoeness, dem Bayernmanager.«

»Was macht er denn jetzt, der Schaffelhuber Karli?«, fragte Olm.

»Der hat einen Laden in Rosenheim«, sagte der Dicke.

»In Rosenheim?«, fragte Olm.

»Ja. Der verdient sich dumm und dämlich«, sagte der Mann.

»Mit einer Würstchenbude?«, fragte Olm.

Olm überlegte, dass er nicht Würstchenbude hätte sagen sollen, denn der Mann hatte immer stolz von seinem Geschäft gesprochen. Aber den Dicken schien die Bezeichnung nicht zu stören. Er bekam einen Lachanfall, als hätte er gerade den besten Witz seines Lebens gehört.

»Einen Puff hat er«, sagte er immer noch prustend, »der Schaffelhuber Karli ist Bordellbesitzer. Der lässt jetzt arme Würstchen für sich anschaffen.«

Er bekam wieder einen Lachanfall. Sicher, weil er seine Formulierung so komisch fand.

»Dann hat er ja Karriere gemacht, der Karli«, sagte Olm.

»Glück hat er halt gehabt«, sagte der Budenbesitzer.

Er bediente zwei Schülerinnen, die Currywürste bestellt hatten. Dann kam er zu Olm zurück.

»Wollen Sie ein Bier?«, fragte er.

»Eine Radler Halbe«, sagte Olm.

»Ich bin der Max«, sagte der Dicke, während er das Getränk in einen Pappbecher goss, »alle sagen hier nur Max zu mir.«

»Wie heißt denn der Laden vom Karli, Max?«, fragte Olm. »Ich muss in der nächsten Woche sowieso nach Rosenheim. Vielleicht besuche ich ihn mal.«

»Wollen Sie den Karli besuchen oder sein Bedienungspersonal?«, fragte der Dicke und begann wieder zu lachen.

Höflicherweise lachte Olm mit.

»Mon Amour heißt der Schuppen«, sagte der Würstchenverkäufer, als er sich wieder etwas beruhigt hatte. »Französisch macht sich in dem Geschäft immer gut, obwohl beim Karli nur Polinnen und Russinnen arbeiten.«

»Aber sicher auch französisch«, sagte Olm.

Er hörte Max noch lachen, als er seine Autotüre aufschloss.

Im Hotel ließ er sich von der Telefonauskunft die Nummer vom Mon Amour in Rosenheim geben. Er rief an. Ein automatischer Anrufbeantworter schaltete sich ein. Eine weibliche Stimme teilte den Anrufern mit, dass man die Dienste des Clubs von 18 Uhr bis 4 Uhr in der Früh in Anspruch nehmen könnte.

Um 19 Uhr rief Olm erneut an. Er erkannte an der Stimme, dass jetzt die Frau am Telefon war, die auch das Band besprochen hatte.

»Ich muss Geschäftspartnern aus England einen abwechslungsreichen Abend bieten«, sagte Olm, »aber ich habe Ihre Adresse nicht.«

Olm schrieb sich die Straße und die Hausnummer auf.

Den nächsten Tag verbrachte er auf seinem Hotelzimmer. Er ließ sich vom Roomservice das Essen bringen und versorgte sich mit Getränken aus der Minibar.

Fünfzig Kilometer von ihm entfernt war Karli. Fünfzig Kilometer Autobahn Richtung Salzburg.

Soll er glücklich werden in dieser Kleinstadt, dachte Olm. Nun muss er für seine Puffbesuche nicht mehr bezahlen und hat die freie Auswahl. Was interessiert mich Karl Schaffelhuber!

Am nächsten Tag fuhr Olm nach Rosenheim. Er musste nur zweimal fragen, dann hatte er die richtige Straße gefunden. Die Hausnummer war nicht zu übersehen. Hinter einer roten Glasscheibe wurde eine Siebzehn angestrahlt. Sonst wies nichts auf die Art des Geschäfts hin, nicht einmal, wie sonst üblich, ein Schaukasten mit Bildern der Liebesdienerinnen. Nur neben der Eingangstür war ein kleines Messingschild angebracht: Mon Amour Club. Daneben befand sich ein Klingelknopf. Ein paar Meter neben der Eingangstür war eine Toreinfahrt. Auf dem Bürgersteig stand eine Litfasssäule, auf der schon Plakate für das Münchener Oktoberfest warben. Auf der anderen Straßenseite wurde gebaut. Eigentumswohnungen der Extraklasse, stand auf dem Bauschild.

Mit einer schönen Aussicht auf einen Puff, dachte Olm.

Er fuhr nach München zurück. Vom Hotelzimmer aus rief er Uschi an.

»Wie läuft es bei dir?«, fragte Uschi.

»Es ist komplizierter, als ich dachte«, sagte Olm. »Aber langsam habe ich mir einen Überblick verschafft.«

»Und?«, fragte Uschi, »wirst du als Millionär zurückkommen?«

»Lass dich überraschen«, sagte Olm.

»Du fehlst mir«, sagte Uschi.

Sie fehlte Olm auch. Er hatte Sehnsucht nach Uschi, nach Berlin. Warum fuhr er nicht einfach zurück? Er wusste jetzt, wo Karli steckte. Na und? Karli, Neuner, Peter und der Pokerabend, das alles war Vergangenheit. Das war schon eine Ewigkeit her. Vielleicht hatten sie gar nicht zusammen gespielt. Vielleicht hatte er nur einen rabenschwarzen Tag erwischt. So etwas gibt es ja, Tage, an denen nichts läuft. Da kannst du dir einen Wolf spielen und bekommst trotzdem kein Bein auf die Erde. Du hast einen Flash und der andere hat einen Royal Flash. Das kann vorkommen. In zehntausend Pokerpartien vielleicht einmal. Aber es kann eben vorkommen. Und in dieser Nacht ist es passiert. Pech für den, der den Flash hatte. Hans, der Rechtsanwalt, ist ein so schlechter Pokerspieler und ausgerechnet Hans will gesehen haben, dass die anderen zusammen gespielt haben? Und Reimann, Meyerling oder Andy? Einer von ihnen hätte ihm mit Sicherheit ein Zeichen gegeben, wenn er etwas vom Falschspielen bemerkt hätte. Das waren doch alles Stammgäste. Kumpel, mit denen er oft selber gespielt hatte. Kiebitze haben die Schnauze zu halten, okay, aber er war doch auch zweimal auf der Toilette gewesen. Spätestens da hätte ihm jemand zustecken können, was sich am Tisch abspielte. Andy, der Kroate, mochte mich wirklich. Andy hätte nicht tatenlos zugesehen. Er wäre zu Gabi gegangen und hätte ihr gesagt, dass Karli und seine Freunde mich betrügen würden. Gabi wäre an den Tisch gekommen und es hätte ein Donnerwetter gegeben. Gabi duldete keine Falschspieler in ihrem Bistro. Aber nichts von allem war passiert.

Hans wollte sich mit der Geschichte nur interessant machen, dachte Olm. Das war die verspätete Revanche dafür, dass ich ihm oft gesagt habe, dass er ein mittelmäßiger Spieler wäre.

»Vater geht mit.« Olm hörte die Stimme von Karli. Er sah in Peters kalte, graue Augen. Neuners Arschgesicht grinste hämisch.

Natürlich haben sie mich betrogen, dachte er. Ich bin ein guter Pokerspieler. Kein Profi, mag sein, aber ein guter. Ich habe ein ausgezeichnetes Kartengedächtnis. Mich blufft man nicht so leicht aus einer Partie raus. Ich weiß, wer für eine Straße oder für ein Full House kauft. Einmal entgeht mir vielleicht etwas. Auch zwei- oder dreimal. Aber nicht einen ganzen Abend lang. Acht Stunden hintereinander. In der ersten Zeit lief es ja auch noch gut für mich. Ich lag vorn. Warum hatte Neuner einmal keine Karte gekauft, ein sicheres Zeichen dafür, dass er ein gutes Blatt in der Hand hatte, und war trotzdem bei der zweiten Steigerung ausgestiegen? Die haben mich angeheizt, um mich dann abzukochen. Alle haben es gemerkt, nur ich nicht. Neuner konnte sich so einen Tarif gar nicht leisten: Erhöhungen um tausend oder zweitausend. Woher hatte er das nötige Geld? Von Karli natürlich! Karli protzte immer damit, dass das Finanzamt bei zehn verkauften Würstchen nur von einem etwas erfahren würde. »Vater arbeitet doch nicht für die Umsatzsteuer«, war einer seiner Sprüche.

Karli war der Kopf der Bande. Neuner und Peter waren nur Mitläufer. Sie waren nicht unschuldig, weiß Gott nicht. Aber Karli war der Haupttäter, der Anstifter.

Olm fuhr in die Schillerstraße am Hauptbahnhof. Schon im zweiten Lokal bekam er, was er suchte: eine Pistole und sechzig Schuss Munition. Der Kaufpreis war akzeptabel.

Mit der fünfundvierziger Automatik in der Tasche fuhr Olm in sein Hotel zurück.

12 *1990 annektiert Iraks Diktator Saddam Hussein das ölreiche Scheichtum Kuwait. Auf dem Tempelberg in Jerusalem richtet die israelische Polizei unter palästinensischen Demonstranten ein Blutbad an. Siebzehn Menschen sterben. Nach siebenundzwanzig Jahren wird Nelson Mandela aus der Haft entlassen. In Yamoussoukro an der Elfenbeinküste weiht Johannes Paul II. die größte Kirche der Welt ein. Sie ist ein Geschenk des Diktators des völlig verarmten Staates, Felix Houphouet-Boigny, an den Papst. Die Politiker Wolfgang Schäuble und Oskar Lafontaine werden bei Attentaten schwer verletzt.*

Chrissi war froh, dass sie Düsseldorf verlassen konnte. Nichts hielt sie mehr in dieser Stadt, mit der sie nur schlechte Erinnerungen verbanden.

Frederik hatte in München in einem großen Mietshaus in der Leopoldstraße zwei Appartements gefunden.

»Du kannst zwischen dem dritten und dem fünften Stock wählen«, sagte er zu Chrissi. »Die Wohnungen gleichen einander wie ein Ei dem anderen.«

»Ich nehme den dritten Stock«, sagte Chrissi, »weil ich dann schneller auf der Straße bin, wenn es brennt.«

Die Einsatzhundertschaft, die im Münchener Osten stationiert war, gliederte sich in Gruppen, die jeweils neun Personen umfassten. Chrissi war in ihrer Gruppe nicht die einzige Frau. Rosemarie Steiner, eine kräftige Niederbayerin, plante ebenfalls eine Karriere im Polizeidienst.

Chrissi merkte schnell, dass es kaum Unterschiede im Verhalten ihrer Kollegen zu dem der Düsseldorfer gab. Auch hier gefielen sich die Männer darin, in ihrer Gegenwart anzügliche Bemerkungen zu machen. Aber Chrissi fand Unterstützung bei Rosemarie Steiner, die darauf bestand, Rosi gerufen zu werden.

»Haltet euch zurück, ihr damischen Schwanzträger«, schimpfte sie im tiefsten Bayrisch, wenn einer der Männer sich wieder besonders ordinär äußerte. »Ihr habts doch nur aan unterschwelligen Vaginaneid.«

Hans Weigel, der Gruppenführer, ließ sich von diesen Bemerkungen nicht beeindrucken. Er machte Chrissi ständig unverhohlene Anträge und mehr als plumpe Komplimente. Er war kein unattraktiver Mann und Chrissi hätte sich vorstellen können, dass sie sich mit ihm anfreunden könnte, wenn er sich nicht so unverschämt aufführen würde.

Der Dienst in der Hundertschaft war nicht besonders abwechselungsreich. Man wurde bei Demonstrationen eingesetzt und bei Staatsbesuchen, die einer besonderen Sicherheitsstufe unterlagen. Besonders unangenehm war der Einsatz bei Fußballspielen im Olympiastadion. Dort mussten rivalisierende Fanblöcke voneinander getrennt werden. Die alkoholisierten Hooligans tobten ihre Aggressionen aus, egal, ob ihr Verein gewonnen oder verloren hatte. Alarmstufe eins gab es immer dann, wenn Spiele gegen englische oder niederländische Mannschaften angesetzt waren.

Einmal wurde Chrissis Gruppe nach Niedersachsen geschickt, um bei der Absicherung eines Castortransports behilflich zu sein. Die Gruppe war in Celle in einer Bundeswehrkaserne untergebracht worden. Da Rosi Steiner eine schwere Erkältung hatte, war sie in München geblieben und deshalb hatte Chrissi in der Kaserne ein Zimmer für sich allein bekommen.

Es war Hans Weigel, der mitten in der Nacht vor ihrem Bett stand und sie weckte.

»Ich kann nicht schlafen«, sagte er. »Wollen wir noch in eine Disco gehen oder fällt dir etwas Besseres ein.«

Er hatte sich auf die Bettkante gesetzt und streichelte ihr über das Haar. Chrissi hatte sich schnell von ihrem ersten Schock erholt.

»Mir fällt ein, dass ich dir mit einer Anzeige wegen sexueller Belästigung im Dienst einige Schwierigkeiten machen könnte«, sagte sie. »Und wenn du nicht sofort verschwindest, wird es nicht nur bei diesem Einfall bleiben.«

»Entweder bist du frigide oder lesbisch«, sagte Weigel und verließ den Raum.

Der Castortransport verlief überraschend friedlich und nach ein paar Tagen kehrte die Gruppe nach München zurück. Weder Hans Weigel noch Chrissi gingen je wieder auf den Vorfall in der Celler Bundeswehrkaserne ein.

Ein anderer Kollege, Thomas Brodschat, war ständig bemüht, Hans Weigels anzügliche Bemerkungen zu überbieten, aber was bei Weigel noch einen gewissen Charme hatte, obwohl die Wortwahl ziemlich heftig war, klang bei Brodschat nur ordinär. Als er Chrissi einmal ein natürliches Blasinstrument nannte, trat ihm Rosi Steiner so kräftig in die Hoden, dass er sich eine Woche krankschreiben lassen musste. Von dem Tag an ließ er Chrissi in Ruhe.

Die Einsatzhundertschaft wurde alarmiert, weil ein Selbstmörder drohte, von einem Hochhaus zu springen. Chrissi saß mit Hans Weigel und Thomas Brodschat im zweiten Mannschaftswagen. Über Funk erhielten sie die Mitteilung, dass der Selbstmörder behauptete, er hätte eine Bombe in seiner Wohnung, die er zünden würde, wenn jemand versuchen sollte, gewaltsam in seine Räume einzudringen.

Als ihr Wagen am Tatort ankam, wurden sie von zwei Funkstreifenbesatzungen empfangen, die ausreichend damit zu tun hatten, die neugierigen Gaffer zurückzuhalten. Auf der Balkonbrüstung im elften Stock saß ein Mann.

»Ein Araber«, sagte ein Streifenpolizist. »Mit dem Fernglas kann man ihn gut erkennen.«

»Soll er doch springen«, sagte Thomas Brodschat zynisch. »Die

Bombendrohung ist doch leeres Geschwätz.«

»Und wenn nicht«, sagte Hans Weigel, »dann fliegen die oberen drei Stockwerke in die Luft. Ich fahre da hoch. Freiwillige vor.«

»Es soll nichts unternommen werden, bevor der Polizeipsychologe da ist«; sagte der Streifenpolizist.

»Sind denn die anderen Mitbewohner schon gewarnt worden?«, fragte Weigel.

»Noch hat sich niemand nach oben getraut«, sagte der Polizist.

Weigel, Brodschat, Chrissi und zwei weitere Beamte gingen ins Haus.

»Wir nehmen den Fahrstuhl«, sagte Weigel.

»Dann sitzen wir in der Falle, wenn tatsächlich eine Bombe hochgeht«, sagte Brodschat.

»Leeres Geschwätz, das hast du selber gesagt«, sagte Chrissi spöttisch. »Und wenn wirklich etwas passiert, dann ersparen wir dem Steuerzahler die Beerdigungskosten.«

Im elften Stock stand eine verängstigte Frau vor der Fahrstuhltür.

»Die Wohnung ist es«, sagte sie und zeigte auf eine Eingangstür. »Meine Wohnung liegt direkt daneben.«

»Gehen Sie die Treppen herunter«, sagte Hans Weigel. »In der Halle sind bereits Kollegen vom Roten Kreuz, die werden sich um sie kümmern. Und geben Sie uns bitte ihren Wohnungsschlüssel.«

Auf dem Flur waren acht Wohnungen. Chrissi und Thomas Brodschat klingelten an den Türen. Nur vier Wohnungstüren wurden geöffnet. Die Bewohner hatten noch nicht mitbekommen, was sich auf ihrem Flur abspielte. Chrissi und Brodschat klärten sie über die Situation auf und baten sie, ihre Wohnungen zu verlassen. Ohne weitere Fragen zu stellen und ohne jede Hektik verließen die Menschen ihre Wohnungen.

Hans Weigel schloss die Wohnungstür der Frau auf, die sie als erste am Fahrstuhl getroffen hatten. Chrissi ging in die Wohnung hinein. Weigel folgte ihr.

»Was habt ihr vor?«, fragte Brodschat ängstlich.

»Vielleicht kann ich mit ihm reden«, sagte Chrissi. »Die Balkone müssten direkt nebeneinander liegen.«

»Du wirst dich da raushalten«, sagte Brodschat aufgeregt. »Du hast doch gehört, dass wir nichts unternehmen sollen, bevor der Psychologe hier auftaucht.«

Hans Weigel schob Chrissi weiter in die Wohnung hinein.

»Wenn ich schon nicht mit dir vögeln durfte«, flüsterte er, »dann will ich wenigstens gemeinsam mit dir sterben.«

Chrissi musste lächeln, obwohl ihre Nerven zum Zerreißen angespannt waren. Sie öffnete vorsichtig die Balkontüre. Der Mann, der auf dem Geländer des Nachbarbalkons saß, hörte das Geräusch und drehte sich zu ihr um.

»Polizei«, sagte er mit zittriger Stimme. »Verschwinden Sie sofort oder es gibt ein Unglück.«

»Ich will nur mit Ihnen reden«, sagte Chrissi.

»Ich will mit niemandem mehr reden«, sagte der Mann. »Lassen Sie mich in Ruhe.«

»Warum wollen Sie sich und andere unglücklich machen?«, fragte Chrissi.

»Ich will mich nicht unglücklich machen«, sagte der Mann, »ich bin unglücklich.«

»Aber Sie gefährden auch andere«, sagte Chrissi.

»Wen?«, fragte der Mann. »Die Schaulustigen da unten? Die werden schon wegrennen, wenn ich springe.«

»Sie sollen Sprengstoff in ihrer Wohnung haben«, sagte Chrissi.

»Das ist typisch für euch Deutsche«, sagte der Mann kopfschüttelnd. »Ich bin Araber, also habe ich auch eine Bombe bei mir und will Unschuldige mit in den Tod nehmen. Für euch sind wir alle Selbstmordattentäter.«

»Wie heißen Sie?«, fragte Chrissi.

»Abdullah«, sagte der Mann.

Chrissi spürte, dass sich seine Aufgeregtheit etwas legte.

»Woher kommen Sie, Abdullah?«, fragte sie.

»Aus dem Libanon«, sagte der Mann.

»Wie lange sind Sie schon in Deutschland?«, fragte Chrissi. »Sie sprechen ja fast akzentfreies Deutsch.«

»Ich studiere seit acht Jahren hier«, sagte Abdullah.

»Welche Fachrichtung?«, fragte Chrissi.

»Medizin«, antwortete der junge Araber.

»Ärzte werden in ihrer Heimat dringend gebraucht«, sagte Chrissi.

Der junge Mann sagte nichts. Schweigend sahen sie sich an.

»Sie sind sehr hübsch«, sagte der Mann nach einer Weile.

»Danke«, sagte Chrissi.

»Anna war auch sehr hübsch«, sagte der Araber und starrte auf die gaffende Menge vor dem Haus.

»Was heißt war?«, fragte Chrissi. »Ist Anna etwas passiert?«

»Ja«, sagte Abdullah, »Anna ist etwas passiert. Sie hat sich in einen anderen verliebt.«

Das war es also, dachte Chrissi, Liebeskummer.

»Und sie hat Sie verlassen?«, fragte Chrissi.

»Sie wollte nicht mit in den Libanon«, sagte der Mann. »Sie wäre noch bei mir, wenn ich in Deutschland bleiben würde. Aber ich muss zurück. Meine ganze Familie lebt in Beirut.«

»Wenn Sie springen, wird ihre Familie Sie in einem Zinksarg in Empfang nehmen müssen«, sagte Chrissi. »Das wird ihren Eltern das Herz brechen.«

»Allah wird mir verzeihen«, sagte Abdullah.

Chrissi erinnerte sich an die Koranstudien, die sie mit Frederik gemacht hatte.

»Sind Sie ein gläubiger Muslim?«, fragte sie.

»Ja«, sagte der Mann.

»Dann sollten Sie wissen, dass Allah ihnen nicht verzeihen wird«, sagte Chrissi. »Der Koran verbietet den Selbstmord.«

»Was wissen Sie vom Koran?«, fragte der junge Mann.

»Ich weiß nicht, in welchem Vers es steht, aber in der dritten Sure verbietet das Heilige Buch ausdrücklich den Selbstmord«, sagte Chrissi.

»Das erfinden Sie doch nur«, sagte Abdullah.

»Erinnern Sie sich an diesen Vers«, sagte Chrissi, »niemand stirbt ohne Allahs Erlaubnis gemäß dem Termine setzenden Buch.«

Chrissi erinnert sich, dass nach dem Koran Allah Buch über jeden Menschen führen würde, in dem von der Geburt bis zum Tod jeder Schritt vermerkt war. Nur Allah durfte bestimmen, wann ein frommer Muslim diese Welt verlassen durfte.

Vor dem Haus war inzwischen der Polizeipsychologe eingetroffen und beobachtete Chrissi und den jungen Mann durch ein Fernglas.

»Was treibt die blöde Kuh da oben«, sagte er zu dem Polizisten, der neben ihm stand. »Ich habe ausdrücklich davor gewarnt, mit dem Selbstmordkandidaten zu sprechen.«

»Sie hat von uns keinen Auftrag bekommen«, sagte der Einsatzleiter.

»Sie wird die volle Verantwortung tragen, wenn etwas schief geht«, knurrte der Psychologe. »Dass Weiber sich immer in alles einmischen müssen.«

Mit Gesten gab Hans Weigel Chrissi zu verstehen, dass sie sich weiter mit dem Mann unterhalten sollte. Er würde versuchen, in die Nachbarwohnung zu kommen.

»Sie haben den Koran gelesen?«, fragte Abdullah und sah Chrissi ungläubig an. »Warum?«

»Ich habe einen Freund, der Theologie studiert«, sagte Chrissi. »Wir haben uns mit allen Religionen beschäftigt. Es wäre zu einfach, wenn man nur eine Religion als die einzig wahre bezeichnen würde.«

Chrissi sah, dass Weigel und Brodschat schon an der Tür des Nachbarbalkons standen.

»Schauen Sie sich den Himmel an«, sagte Chrissi und zeigte nach oben. »Dort ist unendlicher Platz für viele Götter, egal, welchen Namen sie tragen.«

Der junge Araber schaute nach oben. Mit zwei kurzen Schritten hatte Hans Weigel ihn erreicht und zog ihn auf den Balkon zurück. Die Menge unten schrie auf. Die Gaffer hatten nur die Bewegung wahrgenommen und geglaubt, der Mann würde springen. Chrissi lief in die Nachbarwohnung. Der junge Araber lag auf dem Bauch auf dem Fußboden. Er weinte hemmungslos. Thomas Brodschat wollte ihm Handschellen anlegen.

»Was soll das«, fuhr Hans Weigel ihn an. »Der Mann hat schon genug durchgemacht.«

Als sie unten vor dem Haus ankamen, erkannten die Zuschauer, dass Chrissi die junge Polizistin war, die sie oben auf dem Balkon gesehen hatten, und begannen zu applaudieren.

»Sie scheinen noch nicht begriffen zu haben, dass ihr Beruf nichts mit Räuber und Gendarm spielen zu tun hat«, sagte der Polizeipsychologe böse zu ihr. »Und bilden Sie sich ja nicht ein, dass Sie diesen Menschen gerettet haben. Wer auf ihre Argumentation hin sein Selbstmordvorhaben aufgibt, hatte nie die wirkliche Absicht sich zu töten.«

»Das wird sicher sein Geheimnis bleiben«, sagte Chrissi und zeigte auf Abdullah, der gerade in ein Polizeiauto stieg.

»Geben Sie mir ihre Karte«, sagte der Psychologe. »Die Sache wird noch ein Nachspiel haben.«

Chrissi gab ihm ihre Visitenkarte.

»Oh«, sagte der Psychologe, nachdem er einen Blick auf die Karte geworfen hatte, »eine Kommissarin zur Anstellung. Madame schlägt die gehobene Laufbahn ein.«

»Das hast du fabelhaft gemacht, Chrissi«, sagte Thomas Brodschat zu ihr auf der Rückfahrt.

Fast ungläubig nahm Chrissi dieses Kompliment entgegen.

»Aber dieser verknöcherte Psychologe wird dir nie verzeihen, dass du ihm ins Handwerk gepfuscht hast«, fuhr Brodschat fort.

»Ich bewundere deine Phantasie«, sagte Hans Weigel. »Wie ist dir das mit dem Koran eingefallen? Du hättest bestimmt für jede Situation eine andere Sure erfunden.«

»Ich habe den Koran tatsächlich gelesen«, sagte Chrissi.

»Arabisch kannst du auch?«, fragte Thomas Brodschat spöttisch.

»Nein«, sagte Chrissi lachend, »aber es gibt eine deutsche Übersetzung.«

Sie erzählte den Männern von Fredrik und ihren gemeinsamen Studien der Weltreligionen. Und dann kam eine Reaktion von Hans Weigel, die Chrissi nie erwartet hatte.

»Ich war der Gruppenführer«, sagte er. »Ich bin jederzeit bereit auszusagen, dass du auf meine Bitte hin so gehandelt hast.«

»Danke, Hans«, sagte Chrissi und küsste ihn auf die Wange.

»Aber wenn du mich nicht irgendwann leidenschaftlicher küsst«, sagte Weigel, »dann ziehe ich meine Aussage wieder zurück.«

Er kann einfach nicht aus seiner Haut, dachte Chrissi, und wenn ich es mir so recht überlege, ist er trotzdem kein unangenehmer Typ.

Das Verhalten der Polizeikommissarin zur Anstellung, Christine Beillant, beim Einsatz des Selbstmordversuchs eines jungen Ausländers wurde intern geregelt. Chrissi selbst wurde nie um eine Stellungnahme gebeten.

Ein paar Tage später nahm Chrissi Hans Weigels Einladung zu einem Kinobesuch an. Er hatte nach der Vorstellung einen Tisch in einem der feinsten Münchener Restaurants für sie reserviert. Weigel benahm sich ausgesprochen charmant und Chrissi genoss seine kleinen Aufmerksamkeiten.

Nach dem Essen fuhr er sie in seinem Auto nach Hause und begleitete sie noch zu Fuß bis zur Haustür. Chrissi wusste am nächsten Morgen nicht, warum sie auf die Idee gekommen war, ihm anzubieten, noch auf einen Drink hereinzukommen. Waren es die Gläser Wein, die sie im Restaurant getrunken hatten, war es sein fabelhaftes Benehmen oder der lange unterdrückte Wunsch nach Liebe und Zärtlichkeit?

Sie liebten sich dreimal in dieser Nacht. Chrissi war von einer nicht zu zähmenden Wildheit. Sie war sexuell unerfahren, denn ihre Liebesnächte mit ihrem Bruder Christian waren nicht von Erregung , sondern von liebevollen Zärtlichkeiten bestimmt. Aber in dieser ersten Nacht mit Hans Weigel war Chrissi von sich selbst überrascht. Sie hatte nie geglaubt, dass sie eine so pure Lust am Sex entwickeln könnte. Die überschäumende Begierde ließ sie Dinge machen, die sie bisher nur in Filmen gesehen und dort immer für übertriebene Effekthascherei gehalten hatte.

Sie waren am Morgen so erschöpft, dass sie den Wecker überhörten.

»Wir können nicht beide zu spät zum Dienst kommen«, sagte Weigel. »Das würde nur Gerüchte aufkommen lassen. Ich werde mich krank melden und da dein Gruppenführer fehlt, kann dich niemand anblaffen weil du nicht pünktlich bist.«

Chrissi sprang aus dem Bett und zog sich an.

»Ich werde mein freches, vorlautes Benehmen dir gegenüber nicht ändern«, sagte Hans Weigel, »sonst denken die anderen, ich hätte meine Bemühungen um dich aufgegeben, und das ist mit meinem schlechten Image nicht vereinbar.«

Chrissi fand ihn fabelhaft und wäre am liebsten wieder ins Bett zurückgekehrt.

Es gelang ihnen, jedenfalls glaubten sie es, ihr Verhältnis geheim zu halten. Rosi Steiners Blicke und Zwischenbemerkungen ließen allerdings den Schluss zu, dass sie zumindest etwas vermutete. Das Verhalten von Thomas Brodschat hatte sich sowieso seit dem Selbstmördereinsatz grundlegend geändert. Er behandelte Chrissi mit höflichem Respekt.

Chrissi erzählte Frederik von der neuen Situation und der war, wie immer, voller Verständnis.

»Ich bin froh, dass du jemanden gefunden hast«, sagte er. »Wir beide können ja nicht in platonischer Lebensgemeinschaft das Ende unserer Tage erwarten.«

Frederik und Hans Weigel verstanden sich auf Anhieb gut und oft unternahm man etwas zu dritt. Frederik war besonders sensibel und wusste immer, wann der Augenblick gekommen war, um Chrissi und Hans allein zu lassen.

Langsam, so schien es, geriet Christine Beillants Leben in geordnete Bahnen.

13 Jeden Tag fuhr Olm mit der Bahn nach Rosenheim.

Er wollte nicht, dass sein rotes Auto mit dem Berliner Kennzeichen zu oft in der Stadt gesehen wurde.

Warum eigentlich nicht, fragte er sich. Ich bin kein Geheimdienstmann, der einen gegnerischen Spionagering auffliegen lassen will. Kein Privatdetektiv, der einem untreuen Mann einen Seitensprung nachzuweisen hat. Was will ich hier in Rosenheim? Warum habe ich die Pistole gekauft?

Olm wusste es selber nicht. Alles schien völlig mechanisch abzulaufen.

Er bezog Posten hinter dem Zaun der Baustelle. Schon ab 17 Uhr 30 parkten die ersten Autos in der Straße. Alle mit einem gewissen Sicherheitsabstand zum Mon Amour Club. Olm erkannte Münchener, Traunsteiner, Augsburger und Berchtesgardener Autokennzeichen. Kurz vor 6 Uhr fuhr ein schwarzer Mercedes Sportwagen in die Toreinfahrt. Fast gleichzeitig ein hellblauer Fiat, der direkt vor dem Club parkte. Aus ihm stieg eine blonde Frau, die in der Toreinfahrt verschwand. Olm vermutete, dass die Mädchen im Hause wohnen würden. Moderne Sklaven, Leibeigene, die wie Legehennen gehalten werden. Um Punkt 18 Uhr drückte der erste Besucher auf die Klingel neben der Eingangstür. Von diesem Moment an war es ein ständiges Kommen und Gehen. Überraschend viele junge Männer gehörten zu den Besuchern. Olm hatte sich einen Baueimer geholt und beobachtete durch einen Spalt im Bauzaun das Treiben. Einmal kam ein Mann aus dem Club und pinkelte an den Zaun, direkt vor dem Spalt, hinter dem Olm saß. Das Gesicht des Mannes war gerötet und er hatte es anschließend sehr eilig, um zu seinem Auto zu kommen.

Seine Frau wird zu Hause warten, dachte Olm, und ihn bedauern, weil er schon wieder Überstunden machen musste.

Um 21 Uhr fuhr der schwarze Mercedes aus der Toreinfahrt heraus.

Olm erkannte das Gesicht von Karli, der mit einer weißen Golfmütze auf dem Kopf hinter dem Lenkrad saß.

Jetzt kann ich eigentlich gehen, dachte Olm.

Aber er blieb. Er wusste nicht warum, aber er blieb.

Um kurz nach 1 Uhr kam der Sportwagen zurück. Karli betrat durch den Gästeeingang den Club. Olm fröstelte, aber er hielt durch. Kurz nach 4 Uhr kamen Karli und die Blonde aus dem Club. Die Frau küsste Karli flüchtig auf die Wange, setzte sich in ihren Wagen und fuhr davon. Karli ging in die Toreinfahrt und wenige Sekunden später rollte der Mercedes auf die Straße.

Am nächsten und am übernächsten Tag wiederholten sich die Abläufe fast deckungsgleich. Es war Olms vierter Tag in Rosenheim, als er kurz nach 21 Uhr den Mon Amour Club betrat. Karli war Minuten vorher weggefahren.

Es gab keinen Flur im Club. Man befand sich sofort in einer Art Empfangsraum. Vier Sitzgruppen waren über den Raum verteilt. An der einen Längsseite befand sich eine fünf Meter lange Bar. Hinter dem Tresen stand die blonde Fiatfahrerin. Olm setzte sich auf einen Barhocker.

»Einen Whiskey, bitte«, sagte er.

Die Blonde musterte ihn kühl.

»Eine halbe Flasche Dimple kostet hundertachtzig«, sagte sie.

»Die nehme ich«, sagte Olm. »Soll ich gleich bezahlen?«

Die Barfrau ging nicht darauf ein.

»Wasser?«, fragte sie.

»Leitungswasser und Eis«, sagte Olm freundlich.

Eine junge Frau setzte sich auf den freien Barhocker neben ihm.

»Ich Glas Champagner?«, fragte sie in gebrochenem Deutsch.

»Ein Glas Champagner«, sagte Olm zu der Barfrau und als die das Glas, mit welchem Inhalt auch immer, vor der jungen Frau abgestellt hatte, »ich möchte keine Unterhaltung.«

Die Blonde gab der Frau ein Zeichen und die zog sich, mit ihrem Glas in der Hand, an einen der Tische zurück.

»Danke«, sagte Olm zu der Barfrau. »Möchten Sie auch etwas trinken?«

»Ein Glas Champagner kostet dreißig«, sagte die Blonde.

Olm griff in die Tasche und legte einige große Scheine auf den Tresen.

»So war das nicht gemeint«, sagte die Barfrau. »Aber wir haben viele Bauern aus der Umgebung unter unseren Gästen. Die kippen hinterher immer aus den Schuhen, wenn ich ihnen die Rechnung vorlege.«

Sie hatte sich ein Glas eingeschenkt und prostete Olm zu. Olm sah, dass sie auf dem Weg zum anderen Ende der Bar den Inhalt ihres Glases in das Spülbecken goss.

»Noch ein Glas?«, fragte Olm, als sie zu ihm zurückkam.

»Lieber einen kleinen Whiskey«, sagte die Blonde, »wenn Sie mir einen abgeben.«

»Bedienen Sie sich«, sagte Olm und schob hier die Flasche hinüber.

»Sie sind zum ersten Mal hier«, sagte die Barfrau.

Es war keine Frage, es war eine Feststellung.

»Ich bin nur einen Tag in Rosenheim«, sagte Olm.

»Wo sind Sie abgestiegen?«, fragte die Frau.

»Im Parkhotel«, sagte Olm. Er war froh, dass er sich den Namen des Hotels gemerkt hatte, an dem er in den letzten Tagen mehrfach vorbeigekommen war.

»Der einzige Laden, in dem man hier wohnen kann«, sagte die Blonde.

Sie wurde an einen der Tische gerufen. Olm sah sich um. Die meisten der Mädchen hatten bereits einen Kunden. An den Tischen wurde getrunken und gelacht. Immer wieder gingen Paare die Treppe in die oberen Stockwerke hinauf. Die Treppe herunter kamen die Männer allein.

Sicher waschen sich die Frauen hinterher gründlicher, dachte Olm.

Die Blonde kam zu ihm zurück und stellte ihm ein Glas frischer Eiswürfel hin.

»Was machen Sie beruflich, wenn ich fragen darf?«, fragte sie.

»Industrieberatung«, antwortete Olm. Er fand, dass diese Berufsbezeichnung sehr seriös klang.

Der Barfrau schien es jedenfalls zu imponieren. Ohne ihn zu fragen bediente sie sich erneut aus seiner Whiskeyflasche.

»Das Geschäft läuft gut«, sagte Olm und blickte in die Richtung der Treppe.

»Wie die Feuerwehr. Außer Heilig Abend ist die Bude immer so voll«, sagte die Blonde.

»Sind Sie die Chefin?«, fragte Olm.

Er sah der Blonden an, dass sie sich geschmeichelt fühlte.

»So ein Laden braucht einen Kerl als Boss«, sagte die Barfrau lachend. »Ich bin so eine Art Geschäftsführerin.«

»Also was ich bis jetzt beobachten konnte«, sagte Olm, »Sie haben alles souverän unter Kontrolle.«

»Hätte ich es nicht«, sagte die Blonde, »würde Karli mich von heut auf morgen feuern.«

»Karli?«, fragte Olm und versuchte seiner Stimme einen uninteressierten Klang zu geben.

»Der Schaffelhuber Karli«, sagte die Barfrau. »Der ist in Rosenheim bekannt wie ein bunter Hund.«

»Sicher sitzt er in seinem Büro und zählt das Geld«, sagte Olm und hoffte, dass es scherzhaft klingen würde.

»Der zählt sein Geld beim Schafkopfen«, sagte die Blonde. »Jeden Tag spielt er in der Bar von ihrem Hotel mit seinen Spezln Schafkopf.«

Olm sah auf die Uhr. Es war kurz nach Mitternacht.

»Ich zahle«, sagte er.

»Die Flasche ist noch halbvoll«, sagte die Barfrau. »Soll ich ihren Namen auf das Etikett schreiben? Dann ist sie reserviert.«

»Steiner«, sagte Olm, »Herbert Steiner.«

Die Blonde kritzelte den Namen auf das Etikett.

»Sie werden also wieder nach Rosenheim kommen?«, fragte sie.

»Ich denke schon«, sagte Olm.

»Um 4 Uhr ist hier Feierabend«, sagte die Blonde lächelnd. »Wenn Sie dann noch Lust auf einen Kaffee haben?«

»Ich muss morgen früh raus«, sagte Olm, während er ihr die Hand gab, »bei meinem nächsten Besuch bleibe ich länger.«

Um 1 Uhr 30 hielt der Nachtzug Salzburg-München in Rosenheim. Mit dem Inter Reggio fuhr Olm in die Landeshauptstadt zurück.

Am nächsten Tag nahm Olm die S-Bahn nach Pullach. Er ging stundenlang am Isarhochufer spazieren. Die fünfundvierziger Automatik hatte er in der Jackentasche. Kurz vor Kloster Schäftlarn war er sich sicher, dass sich kein Mensch in seiner Nähe aufhielt. Er nahm die Pistole aus seiner Tasche. Zum ersten Mal in seinem Leben schoss Otto-Ludwig Meier. Er zielte auf einen Baumstamm, der im Wasser trieb. Von sechs Schüssen traf nur einer. Er lud das Magazin der Waffe nach. Aus einem Meter Entfernung schoss er auf ein Baden-Verboten-Schild. Die Kugel hinterließ ein glattes Durchschussloch mitten im O.

In Kloster Schäftlarn nahm Olm ein Taxi und ließ sich zu seinem Hotel zurückfahren.

Auf seinem Zimmer überlegte er, ob er Uschi anrufen sollte. Aber was soll ich ihr erzählen, überlegte er. Dass ich Schießübungen an der Isar gemacht habe? Dass ich morgen möglicherweise einen Menschen umbringen würde? Eine Premiere. Meine Mordpremiere! Ab morgen, Uschi, liebst du einen Mörder.

Olm sah aus dem Fenster auf das bunte Treiben auf der Leopoldstraße. Warum sollte ich Karli erschießen, dachte er. Karli oder sonst irgendjemanden. Ich habe überhaupt kein Talent zum Mörder. Keine Erbanlagen, die mich beeinflussen könnten. Mein soziales Umfeld war in Ordnung. Selten wächst ein Kind in einer so heilen Umgebung auf, wie es meine war. Gut, mein Vater war Spieler. Spieler aus Leidenschaft. Das war ich auch. Aus Leidenschaft werden Menschen auch Schauspieler oder Maler.

Als Vater uns verlassen hatte, war Tante Emma zu uns gezogen. Tante Emma war der Mann im Haus. Ein absoluter Vaterersatz. Die strenge Hand hat mir also auch nicht gefehlt.

Nein, Kinder, die aufwachsen wie ich, werden keine Mörder. Nicht einmal Scheckfälscher oder Ladendiebe.

Einmal, Olm war ungefähr neun Jahre alt, hatte er etwas Kleingeld aus der Zuckerdose im Küchenschrank genommen, in der seine Mutter das Haushaltsgeld aufbewahrte. Zwei Wochen lang hatten die beiden Frauen nicht ein Wort mit ihm gesprochen. Wollten sie ihm etwas mitteilen, dann sprachen sie in seiner Gegenwart miteinander.

»Helga, es ist spät, das Kind muss ins Bett. Morgen ist Schule.«

»Emma, das Essen steht auf dem Tisch. Ich erwarte, dass das Kind pünktlich Platz nimmt.«

»Das Kind soll seine Schularbeiten direkt nach dem Essen machen, sonst könnte das Kind Ärger bekommen.«

Diese vierzehn Tage waren eine furchtbare Bestrafung. Olm war froh, als die beiden Frauen ihn wieder direkt ansprachen.

Jedenfalls fehlen mir alle Voraussetzungen, um ein Mörder zu werden, dachte er. Und deshalb werde ich auch keiner werden. Die Rache ist ein Erbteil schwacher Seelen. Er erinnerte sich nicht, von wem dieser Satz stammte, aber es überraschte ihn, dass er ihm gerade in diesem Moment einfiel.

Ich habe keine schwache Seele, dachte er. Eine verletzte vielleicht, aber keine schwache. Außerdem, was würde Karlis Tod ändern? Nichts!

Und wenn Karli, dann auch der mit den kalten, grauen Augen und das Arschgesicht. Aber man tötet nicht drei Menschen, nur weil sie einen um zweihundertvierzigtausend Mark betrogen haben. Drei Menschenleben sind mehr wert, als zweihundertvierzigtausend. Wenn ein Räuber einem Hungernden das letzte Stück Brot stiehlt, hätte er den Tod verdient. Aber ich war nicht am Verhungern. Es ging mir geschäftlich nicht gut. Es ging mir sogar beschissen. Aber ich habe neu angefangen. So erfolgreich wie in den letzten drei Jahren war ich vorher nie.

Es geht mir nicht ums Geld. Aber einen guten Pokerspieler macht man lächerlich, wenn man ihn betrügt. Besonders dann, wenn man ihn in aller Öffentlichkeit betrügt. Wenn andere Pokerspieler um den Tisch herumstehen und beobachten können, dass Otto-Ludwig Meier, der von allen nur Olm genannt wird, von Falschspielern hereingelegt wird, Dann ist das mehr, als nur Betrug.

Otto-Ludwig Meier war kein großer Unternehmer, kein Vereinspräsident, kein führender Kopf in einer Partei. Otto-Ludwig Meier war ein anerkannt guter Pokerspieler in einem Lokal in Schwabing, das Gabis Bistro hieß. Er war es, bis zu dieser Nacht vom 14. auf den 15. Mai vor drei Jahren.

In dieser Nacht haben sie mich lächerlich gemacht, dachte er.

Sie haben mir die Freude am Pokern genommen! Ich habe seit dieser Nacht nie wieder Karten in die Hand genommen und ich werde nie wieder Karten in die Hand nehmen. Olm, der Pokerspieler, starb in dieser Nacht.

Am nächsten Abend fuhr Olm mit dem Taxi zum Bahnhof und setzte sich in den Zug nach Rosenheim.

14 Wer Christine Beillant kannte, der wusste, dass nur wenige Berufe für sie in Frage kamen. Psychologen würden ihr ein Helfersyndrom zuordnen.

Die Arbeit als Polizistin schien Christine Beillant eine Aufgabe zu sein, bei der sie all das verwirklichen konnte, was ihr am Herzen lag: die Menschen vor dem Ungerechten, dem Bedrohlichen und dem Bösen zu beschützen.

Schon als Kind war Chrissi, wie sie von ihren Freunden genannt wurde, jede Falschheit, jede Lüge verhasst. Ihre unerschütterliche Wahrheitsliebe brachte ihr allerdings nicht immer die Sympathien der Mitschüler ein. Doch auch wenn sie als Petzliese verschrien wurde, Chrissi ließ sich von ihrer Überzeugung nicht abbringen, dass das Aussprechen der Wahrheit die einzige Lösung für Konfliktsituationen wäre. Ihr Eintreten für andere, von denen sie glaubte, dass sie ungerecht behandelt wurden, veranlasste die meisten Lehrkräfte, sie als aufsässig zu bezeichnen.

Schon als Zwölfjährige beteiligte sie sich an Demonstrationen gegen die Käfighaltung von Legehennen und gegen Atommülltransporte. Sie unterstützte Unterschriftsaktionen für bessere Bezahlungen von Krankenschwestern und Pflegern. Ihr erste schulische Klausurarbeit beschäftigte sich mit der Misshandlung von Kindern in der Familie. In dieser Arbeit forderte sie, dass Nachbarn, die trotz besseren Wissens solche Vorfälle nicht melden würden, bestraft werden sollten. Zu rigoros, schrieb die Lehrerin als Anmerkung unter die Arbeit.

Chrissi war ein Ausbund an Aufrichtigkeit. Ihre Bereitschaft zu lieben konnte selbst durch das lieblose Miteinander in ihrem Elternhaus nicht beeinflusst werden. Nie, in keiner Phase, empfand sie die Geschwisterliebe zu ihrem Bruder Christian als etwas Unanständiges. Verboten mochte es sein, jedenfalls vom Gesetz her, aber ehrliche Gefühle unterlagen keinen Gesetzen. Das Empfinden für Zärtlichkeit war für Chrissi etwas ganz anderes, als Sexualität. Sie schlief mit ihrem Bruder, um ihm zu zeigen, dass sie für ihn eine unbeschreibliche Zuneigung empfand.

Die christlich-religiösen Wertvorstellungen schienen ihr schon als Jugendliche mehr Makulatur als Richtlinien zu sein. Die befohlenen Kirchgänge, die ständig frömmelnde Mutter und die phantasielosen Interpretationen im Religionsunterricht ließen bei Chrissi kein Interesse für den Glauben aufkommen. Im Gegenteil, sie durchschaute sehr schnell die Verlogenheit, die Äußerlichkeiten und die oberflächlichen Auslegungen der Botschaften. Die meisten Menschen besaßen für Chrissi ihren Glauben, wie sie einen Führerschein oder einen Mietvertrag besaßen. Ein schlichter Nachweis, um auf bestimmte Dinge Rechte anzumelden. Chrissi war überzeugt, dass Nächstenliebe und Gefühle für andere sich nur in einem selbst entwickeln und je nach der Entwicklungsstufe eines jeden Individuums abgerufen werden könnten.

Ein Mensch kann nur zurückfordern, was er vorher bereit war zu geben, schrieb sie einmal in einem Brief an ihre Mutter. Dieser Satz war nicht der einzige, auf den ihre Mutter nicht einging.

Chrissis Verachtung für das Verhalten ihres Vaters steigerte sich mit der permanenten Wehrlosigkeit der Mutter, die der Brutalität ihres Mannes nichts entgegenzusetzen hatte. Dass die Mutter ihre Fähigkeit verlor, ihren Kindern Liebesbeweise entgegenzubringen, war für Chrissi allerdings unverständlich. Sie schämte sich oft, dass sie ihrer eigenen Mutter gegenüber nur eine gewisse Sorgfaltspflicht empfand und manchmal kamen Neidgefühle in ihr auf, wenn sie sah, wie andere Eltern mit ihren Kinder umgingen.

»Wie konnten sich die Menschen so entwickeln wie sie sich entwickelt haben, wenn wirklich ein Messias auf dieser Welt war, der das Gute, das Miteinander und die Nächstenliebe verkündet haben soll?«, fragte sie einmal ihren besten Freund Frederik, den sie als Mitschüler kennen lernte und der während seines Theologiestudiums ständig mit ihr in Kontakt blieb.

»Wer weiß, wie sich die Menschheit entwickelt hätte, wenn Christus nicht auf der Welt gewesen wäre«, antwortete Frederik.

Frederik war kein religiöser Eiferer, sondern betrachtet sein Studium mehr als ein geschichtliches. Chrissis Argumentationen über die Verbrechen der Religionen, das Zerstören der unterschiedlichsten Kulturen durch die gewaltsame Verbreitung des christlichen Glaubens und die Unfehlbarkeitsansprüche bestimmter Würdenträger hatte Frederik oft wenig entgegenzusetzen.

»Die Absichten der Religionsstifter waren moralisch einwandfrei«, sagte er oft, »aber die Religionen wurden fast immer von weltlichen Machthabern missbraucht. Eigentlich müsste man Theologie und Politik gemeinsam studieren, denn beide Gebiete sind so eng miteinander verbunden, dass das Eine ohne das Andere kaum vorstellbar ist.«

Chrissi wäre auch gerne Ärztin geworden, aber der einzige Kommentar ihres Vaters, als sie ihm diesen Wunsch vortrug, war: »Dann sieh mal zu, wie du so ein Studium finanzieren kannst.«

Anton Beillants Wunsch war es, dass seine Tochter Christine in die Steuerkanzlei eintrat. Aber allein die Vorstellung, dass sie täglich mit der Rivalin ihrer Mutter und dem verhassten Vater zusammenarbeiten müsste, ließ Chrissi erschrecken.

Sie besorgte sich auf dem Arbeitsamt Unterlagen über den Eintritt in den gehobenen Polizeidienst. Schon während des dreijährigen Studiums auf einer Fachhochschule bezogen Kommissaranwärter ein Gehalt, was für Chrissi bedeutete, dass sie nicht von einer finanziellen Unterstützung durch den Vater abhängig war.

»Du sorgst für Recht und Ordnung«, neckte sie Frederik oft, »dafür bin ich dein Freund und Helfer.«

15 Kurz nach 20 Uhr kam Olm in Rosenheim an. Er ging zu Fuß zum Mon Amour Club. Karlis Auto parkte in der Toreinfahrt. Olm stellte sich hinter die Litfasssäule. Das Oktoberfestplakat löste sich schon an einer Ecke ab.

Vielleicht fällt der Schafkopfabend heute aus, dachte Olm. Ein Mitspieler ist krank oder die Hotelbar wird renoviert. Was immer heute noch passiert, ich werde zum letzten Mal in meinem Leben in Rosenheim sein.

Karli kam aus der Tür und ging direkt zu seinem schwarzen Sportwagen. Er wollte gerade die Autotür aufschließen, da stand Olm bereits hinter ihm und drückte ihm den Lauf der fünfundvierziger Automatik in den Rücken.

»Keinen Laut«, sagte er, »sonst drücke ich ab.«

»Was soll der Scheiß«, sagte Karli.

Seine Stimme klang ärgerlich, aber er drehte sich nicht um.

»Rüber auf die andere Seite«, sagte Olm. »Die Beifahrertüre aufschließen und die Schnauze halten.«

»Was wollen Sie? Geld?«, fragte Karli.

»Schnauze«, sagte Olm.

Karli ging auf die andere Seite des Autos, Olm dicht hinter ihm, die Pistole ständig in seinen Rücken gedrückt.

»Einsteigen«, befahl Olm, »und rüberrücken ans Steuer.«

Karli quälte sich mühsam über die Mittelkonsole des Wagens. Die offene Autotür hatte die Innenbeleuchtung eingeschaltet.

»Olm? Bist du das, Olm?«,? fragte Karli zögernd.

»Fahr los«, sagte Olm.

»Was soll das, Olm? Wenn du ein Problem hast, können wir hier darüber reden«, sagte Karli.

»Ich habe keine Probleme«, sagte Olm.

Er zielte mit der Fünfundvierziger auf Karlis Kopf: »Fahr los!«

»Okay, okay«, sagte Karli, startete den Wagen und fuhr auf die Straße. »Wohin?«

»Autobahn. Richtung München«, sagte Olm.

»Kannst du die Pistole nicht einstecken?«,? fragte Karli. »Wir können uns doch wie vernünftige Menschen unterhalten.«

»Fahr«, sagte Olm und drückte ihm die Waffe an die Schläfe.

Karli steuerte den Wagen Richtung Autobahn. Sie sprachen kein Wort miteinander bis sie die A 8 erreicht hatten.

»Was wollen wir in München?«, fragte Karli.

»Reden«, sagte Olm.

»Das können wir doch überall«, sagte Karli. Seine Stimme klang ein wenig optimistischer.

Ein Schild zeigte die Abfahrt Weyarn an.

»Richtig«, sagte Olm. »Fahr da raus.«

»Nach Weyarn?«, fragte Karli.

»Frag nicht, fahr raus«, sagte Olm.

Der Mercedes verließ die Autobahn. Nach knapp dreihundert Metern führte ein Schotterweg zu einem Wäldchen.

»Links rein«, befahl Olm.

»In den Weg? Der Wagen ist frisch gewaschen«, sagte Karli.

Olm musste lächeln. Karli machte sich tatsächlich Sorgen darüber, dass sein Auto schmutzig werden könnte.

»Tu, was ich dir sage«, befahl Olm.

Karli bog ab.

»Anhalten«, sagte Olm, als sie gut zwanzig Meter in den Weg hineingefahren waren.

Karli stoppte den Wagen neben einer kleinen Böschung.

»Stell den Motor ab und gib mir die Schlüssel«, sagte Olm.

Karli gehorchte.

»Hör mal, Olm«, sagte er, »ich kann mir schon denken, worum es geht. Das können wir doch alles vernünftig regeln.«

»Ach? Du kannst dir denken, worum es geht?«, fragte Olm spöttisch.

»Klar«, sagte Karli. »Dieser unglückselige Pokerabend. Du glaubst gar nicht, was für ein schlechtes Gewissen ich immer hatte, wenn ich an diesen Abend denken musste.«

»Wie rührend«, sagte Olm. »Du hattest ein schlechtes Gewissen.«

»Steck doch endlich die Pistole ein«, sagte Karli. »Wir regeln das unter Männern. Du willst dein Geld zurück, klar. Meinen Anteil bekommst du sofort. Mit Zinsen.«

»Und was ist mit den Anteilen der anderen beiden?«, fragte Olm lächelnd.

»Die Kohlen musst du schon selber eintreiben«, sagte Karli.

Seine Stimme klang nicht mehr so aufgeregt. Olms lächelnde Miene hatte ihn sichtlich beruhigt.

»Wo stecken denn deine Helfershelfer?«, fragte Olm.

»Peter lebt in Dresden«, sagte Karli eifrig. »Von Neuner habe ich nie wieder irgendetwas gehört.«

»Wie hieß Peter noch gleich mit Nachnamen?«, fragte Olm.

»Schäffner«, antwortete Karli beflissen. »Wir telefonieren ab und zu. Ich habe seine Telefonnummer im Geschäft. Lass uns zurückfahren, dann kann ich sie dir geben.«

»Warum habt ihr das getan?«, fragte Olm.

Er sah, dass Karli kleine Schweißperlen auf der Stirn hatte.

»Mein Gott«, sagte Karli, »es hatte sich so ergeben. Du hast Bündel mit Tausendern aus der Tasche gezogen. Wir wollten ja gar nicht alles, aber du hast darauf bestanden, dass immer weiter gespielt wurde.«

»Und von meinem Geld hast du dir diesen Puff gekauft«, sagte Olm.

»Der gehörte meinem Bruder«, sagte Karli. »Er leidet unter Asthma und hat sich deshalb nach Mallorca abgesetzt. Darum habe ich den Laden übernommen.«

Karli sah Olm an. Sicher fragt er sich, ob seine Geschichte Eindruck bei mir hinterlässt, dachte Olm.

»Verdienst du gut?«, fragte er.

»Genug, um meine Schulden bei dir zu bezahlen«, sagte Karli. »Wenn du morgen Abend vorbeikommst, gebe ich dir hunderttausend. Cash auf die Hand.«

»Morgen ist es zu spät«, sagte Olm.

»Hör mal«, sagte Karli, »ich trage doch nicht so viel Bares mit mir rum. Fünftausend kann ich dir geben und die Armbanduhr.«

Er streifte eine, mit Diamanten besetzte, Rolex vom Handgelenk.

»Die hat sechzigtausend Eier gekostet«, sagte Karli. »Für vierzigtausend nimmt sie dir jeder Juwelier ab.«

Olm legte die Rolex ins Handschuhfach.

Karli beobachtete jede seiner Bewegungen aufmerksam.

»Mensch, Olm«, sagte er. »Das ist doch nur als Anzahlung gedacht. Damit du eine Sicherheit hast. Morgen bekommst du den Rest.«

»Für dich wird es kein morgen mehr geben, Karli Schaffelhuber«, sagte Olm.

Karli wurde blass. Auch seine Solariumsbräune konnte darüber nicht hinwegtäuschen.

»Das ist doch Blödsinn, Olm«, sagte er mit dünner Stimme. »Wie willst du an dein Geld kommen, wenn du Vater erschießt?«

Karli schwitzte, Karli zitterte, Karli war blass, aber sein dämliches »Vater« musste er auch jetzt anwenden.

»Es geht mir nicht ums Geld«, sagte Olm.

»Es geht dir nicht ums Geld?«, fragte Karli überrascht. »Was soll dann das ganze Theater?«

»Ich weiß es nicht«, sagte Olm.

Das war die Wahrheit. Olm bedrohte Karli mit einer Pistole. Warum? Er war sich doch darüber klargeworden, dass es völlig sinnlos wäre, Karli zu erschießen. Karli hatte recht. Was sollte das ganze Theater? Karli liefen die Schweißtropfen am Hals herunter.

»Bist du verrückt geworden?«, fragte er. Seine Stimme klang hell, fast wie die eines Kindes.

»Verrückt? Ich?«, fragte Olm zurück.

»Ich meine nicht verrückt, ich meine verwirrt«, sagte Karli schnell.

»Geisteskrank?«, fragte Olm.

Karli trommelte mit den Fingern auf das Lenkrad.

»Du bist überarbeitet Olm«, sagte er. »Du brauchst dringend Urlaub. Mit hunderttausend kannst du eine, nein zwei Weltreisen machen.«

»Ich fühle mich ausgezeichnet«, sagte Olm.

So muss ich auch ausgesehen habe, dachte Olm. In der Nacht vom 14. auf den 15. Mai. Schweißnass, nervöser Blick und ein Zittern in der Stimme. Ich habe bestimmt so erbärmlich ausgesehen wie Karli in diesem Augenblick.

»Sag doch etwas«, sagte Karli. »Sprich mit mir, Olm.«

»Was macht Schäffner in Dresden?«, fragte Olm.

»Irgendwelche Treuhandgeschäfte«, sagte Karli übereifrig. »Er hat ganz billig einen volkseigenen Betrieb übernommen.«

»Habt ihr das Geld noch in der Nacht aufgeteilt?«, fragte Olm.

»Ja«, sagte Karli. »Genau zu gleichen Teilen. Wir haben uns in meiner Imbissbude noch ein Bier genehmigt.«

»Und euch vor Lachen geschüttelt«, sagte Olm.

»Olm, es war ein Fehler«, sagte Karli, »aber Fehler kann man wieder gutmachen.«

»War ich der Einzige, den ihr aufs Kreuz gelegt habt?«, fragte Olm.

»Bei Toni haben wir mal einen Griechen ausgenommen«, sagte Karli. »Nicht viel. Siebentausend vielleicht.«

»Bei mir war es lohnender«, sagte Olm.

»Ich könnte auch hundertfünfzigtausend locker machen«, sagte Karli.

Olm schüttelte den Kopf.

»Deine Erben werden sich über jede kleine Münze freuen«, sagte er.

Karli bekam Schluckbeschwerden.

»Olm, du bist doch kein Mörder«, sagte er mit zittriger Stimme. »So ein Typ bist du nicht.«

»Was bin ich für ein Typ?«, fragte Olm. »Ein Idiot, der sich beim Pokerspiel betrügen lässt?«

»Das ist doch Vergangenheit, Olm«, sagte Karli. »Soll ich vor dir auf die Knie fallen und dich um Entschuldigung bitten?«

»Du könntest mich um Gnade anflehen«, sagte Olm.

»Um welche Gnade?«, fragte Karli.

»Um die Gnade, dich am Leben zu lassen«, sagte Olm lächelnd.

»Ich mache alles, was du willst, Olm«, sagte Karli. »Ich flehe dich auch um Gnade an.«

Karl Schaffelhuber hatte gemerkt, dass die Situation, in der er sich befand, ernster war, als er es am Anfang vermutet hatte.

»Fang an«, befahl Olm.

»Ich weiß nicht, wie«, sagte Karli.

Olm sprach ihm vor: »Lieber Olm, ich flehe dich an, mich am Leben zu lassen. Ich bin noch jung und ich möchte nicht sterben.«

Karli faltete die Hände wie zum Gebet und wiederholte: »Lieber Olm, ich flehe dich an, mich am Leben zu lassen, weil ich noch nicht sterben will.«

Den genauen Text hatte er vor lauter Aufregung nicht behalten können. Mit gesenktem Kopf wartete er auf Olms Reaktion.

»Das klang nicht sehr überzeugend«, sagte Olm. »Versuchen wir es noch einmal.«

»Lieber Olm«, begann Karli, aber Olm unterbrach ihn.

»Mit einem anderen Text, Karli«, sagte er. »Sage, ich fühle mich schuldig. Ich weiß, dass ich Strafe verdient habe. Aber ich flehe dich an, Olm, gib mir noch eine Chance.«

Karli wiederholte die Sätze wörtlich.

Es reicht, dachte Olm. Er ist schon mehrere Tode gestorben vor Angst. So klein haben sie mich an dem Abend nicht gekriegt. Ich habe wenigstens Haltung bewahrt.

»Und nun?«, fragte Karli. Er traute sich nicht, Olm anzusehen.

»Mir fallen keine mildernden Umstände ein, Karli«, sagte Olm.

»Was heißt das?«, fragte Karli ängstlich.

»Das heißt, dass ich leider an der Höchststrafe nicht vorbeikommen werde«, sagte Olm.

Karli saß wie ein Häufchen Elend auf dem Fahrersitz. Große Schweißflecken bildeten sich auf seinem Hemd. Seine Finger umklammerten verkrampft das Lenkrad.

»Und was ist die Höchststrafe?«, fragte er mit kaum hörbarer Stimme.

»Tod durch erschießen,« sagte Olm ungerührt.

»Du bist wahnsinnig, total wahnsinnig«, schrie Karli.

»Beruhige dich«, sagte Olm.

Ich werde dich nicht erschießen, du kleiner, erbärmlicher Feigling, dachte er, aber ich werde dir eine Lektion erteilen, die du dein Leben lang nicht mehr vergessen wirst.

Karli schrie weiter: »Ich soll mich beruhigen? Du drohst mir damit, mich zu erschießen und ich soll mich beruhigen?«

Ein merkwürdiger Gestank machte sich im Auto breit.

»Was riecht hier so?«, fragte Olm.

»Ich habe mir in die Hosen geschissen«, schrie Karli. »Ich habe mir vor Angst in die Hosen geschissen. Reicht dir das endlich?«

»Steig aus«, befahl Olm.

»Aussteigen? Warum?«, fragte Karli.

Olm hob die Pistole an.

»Steig aus«, sagte er drohend.

Karli stieg aus dem Wagen. Olm gleichzeitig aus der Beifahrertür. Es war eine helle Vollmondnacht. Karli stand breitbeinig vor ihm. Olm ging auf die andere Seite des Autos.

»Zieh die Hosen aus«, sagte er.

»Was soll ich?«, fragte Karli.

»Die Hosen ausziehen«, sagte Olm. »Spreche ich so undeutlich?«
Karli sah ihn mit flackerndem Blick an.

»Warum?«, fragte er.

»Warum, warum«, äffte ihn Olm nach. »Du kannst doch nicht mit
vollgeschissenen Hosen herumlaufen.«

Das Wort herumlaufen schien in Karli Hoffnungen zu wecken. Mit
zitternden Händen zog er seine Hose aus.

»Die Unterhose auch«, befahl Olm.

Karli zog seine Unterhose aus. Olm warf ihm ein Päckchen Papiertaschentücher zu.

»Wisch dir den Hintern ab«, sagte er.

Karli gehorchte. Er hätte alles getan, was Olm von ihm verlangt
hätte. Er sah ausgesprochen lächerlich aus. Sein Hemd war zu kurz und
er trug Sockenhalter. Karli zitterte am ganzen Körper.

Olm drückte ab.

Olm drückte viermal ab. Die Schüsse kamen ihm viel lauter vor, als
die, die er an der Isar abgefeuert hatte.

Karli fiel erst auf die Knie. Ein ungläubiges Lächeln hatte sich auf
seinem Gesicht breitgemacht. Dann fiel sein Körper vornüber auf den
Schotterweg.

Olm zündete sich eine Zigarette an.

Was empfinde ich in diesem Augenblick, überlegte er. Eigentlich
nichts. Kein Schuldgefühl, kein Mitleid mit dem Toten. Ich habe einen
Menschen erschossen. Da muss man doch Gewissensbisse bekommen.
Andererseits bekommen Soldaten auch keine Gewissensbisse, wenn sie
einen Feind erschießen. Karli war mein Feind und Feinde zu töten ist
etwas völlig Normales.

Er warf die Zigarettenkippe auf die Böschung und zündete mit dem
Feuerzeug das Päckchen Papiertaschentücher an.

Karlis Auto fuhr sich gut. Der Wagen war fast neu. Fünfzehntausend
Kilometer zeigte das Zählwerk erst an. Vielleicht kaufe ich mir später
auch einmal so einen Wagen, dachte Olm.

Erst als er vor dem Hotel parkte, merkte er, dass er direkt in die
Leopoldstraße gefahren war. Er startete den Motor erneut und fuhr
noch eine halbe Stunde durch die Stadt. In der Aignerstraße fuhr er auf

den Parkplatz eines Polizeireviers, der ausdrücklich für Dienstfahrzeuge vorgesehen war. Zu Fuß ging er in Richtung Innenstadt weiter. Nach einigen hundert Metern warf er den Autoschlüssel in einen Gulli.

Es wird sicher einen Zweitschlüssel geben, dachte er. Außerdem war Karli tot. Karli lag halbnackt auf einem Schotterweg in der Nähe der Autobahnabfahrt Weyarn. Karli würde den Wagen sowieso nicht mehr brauchen.

16 Der Portier gab Olm einen Brief. An der Schrift erkannte er, dass er von Uschi war.

»Wecken, der Herr?«, fragte der Portier.

»Nein, danke«, sagte Olm.

Er ging auf sein Zimmer. Im Badezimmer wusch Olm sich das Gesicht und die Hände. Er betrachtete sich längere Zeit im Spiegel.

Hatte er sich verändert? Sieht man einem Mörder an, dass er ein Mörder ist? Ob man Karli schon gefunden hatte? Bestimmt nicht. Wer fährt schon nachts in einen Schotterweg bei der Autobahnabfahrt Weyarn?

Olm öffnete Uschis Brief.

Sie schrieb, dass sie neue Küchenstühle gekauft hätte, auf denen man wesentlich bequemer sitzen würde, dass sie die gemeinsamen Restaurantbesuche vermisse, nicht wegen des Essens, sondern weil sie ihre Gespräche immer so genießen würde, dass sie im Supermarkt eine neue Kühltruhe bekommen hätte und das sie Sehnsucht nach ihm habe.

Olm überlegte, ob er Uschi anrufen sollte. Aber morgen war Freitag. Uschis Hauptkampftag, wie sie ihn nannte. Uschi brauchte ihren Schlaf.

Der Roomservice hatte vergessen, die Minibar aufzufüllen. Olm trank die letzte Flasche Bier.

Am nächsten Mittag meldete eine kleine Münchener Privatfernsehstation bereits den Mord an einem Bordellbesitzer aus Rosenheim. Man habe seine Leiche, von Kugeln durchsiebt, in der Nähe der Autobahnabfahrt Weyarn gefunden.

Vier Schüsse, dachte Olm, es waren genau vier Schüsse und nicht einer mehr.

Er rief Uschi im Geschäft an.

»Viel los bei euch?«, fragte er.

»Es hält sich in Grenzen«, sagte Uschi, »und wie läuft es bei dir?«

»Das Wichtigste habe ich erledigt«, sagte Olm.

Es tat gut, Uschis warme, dunkle Stimme zu hören.

Am Abend berichteten alle Fernsehsender über den Mord. Ein Polizeisprecher sagte das Übliche: Man tappe noch im Dunkeln, es gäbe eigentlich kein Motiv, man wolle nicht ausschließen, dass die Russenmafia ihre Finger im Spiel habe. Der Fernsehmoderator erzählte, dass ein Bauer die Leiche entdeckt habe und sofort die Polizei verständigt hätte. Ein Raubmord könne ausgeschlossen werden, da der Tote einen größeren Geldbetrag in der Tasche gehabt hätte.

Am nächsten Tag ließ Olm sich das Frühstück und sämtliche Münchener Tageszeitungen aufs Zimmer bringen. Die Boulevardblätter hatten die Geschichte groß aufgemacht auf der Titelseite. Eine Zeitung druckte bereits ein Exklusivinterview mit der Geschäftsführerin des Mon Amour Clubs. Auf dem Foto erkannte Olm die blonde Barfrau.

Sie glaube nicht, dass die Russenmafia für den Mord verantwortlich wäre, erzählte sie. Wenn nach acht Wochen die neuen Mädchen gekommen wären und die alten ausgetauscht wurden, hätte es nie Probleme gegeben. Sie habe vorher immer Dollar von der Bank geholt, weil die Russen keine andere Währung wollten. Sie sei der Meinung, dass ein Drogensüchtiger die Tat begangen habe. Die würden doch alles tun, um an Geld zu kommen.

»Aber es ist nichts gestohlen worden«, warf der Interviewer ein.

»Und wo ist die sauteure Rolex? Und der Sportwagen ist doch schon längst in Genua oder irgendwo im Osten«, sagte die Barfrau.

Die Süddeutsche Zeitung hatte im Lokalteil München Land ein Interview mit dem Rosenheimer Polizeipräsidenten.

»Ob man denn bei der Polizei nicht gewusst hätte, dass nur Ausländerinnen im Club gearbeitet hätten?«

»Natürlich habe man das gewusst. Aber die hatten alle gültige Aufenthaltsgenehmigungen.«

»Hatte es denn Routinekontrollen gegeben?«

»Warum? Es gab nie irgendwelche Beanstandungen.«

»Aber das ist doch Menschenhandel, was man mit diesen Frauen treibt.«

»Das ist die Sache des Gesetzgebers. Die Polizei kann nur einschreiten, wenn gegen gültiges Recht verstoßen wird.«

In den lokalen Abendnachrichten des Fernsehens wurden Bilder des aufgefundenen Wagens gezeigt. Wo man ihn gefunden habe, wollte die Polizei aus ermittlungstechnischen Gründen noch nicht sagen. Dann folgte ein Interview mit Karlis Bruder, Sepp Schaffelhuber, der aus Mallorca eingeflogen war.

»Was glauben Sie, hatte der oder hatten die Täter für ein Motiv?«

»Keine Ahnung. Der Karli hat nie nicht einer Fliege etwas zuleide getan. Der hatte keine Feinde. Der war überall beliebt. Megamäßig.«

»Aber in der Branche wird nicht gerade mit sauberen Methoden gearbeitet.«

»Was heißt hier Branche? Das ist ein Geschäft wie jedes andere auch. Der Karli hat sich immer an die gesetzlichen Auflagen gehalten.«

»Gab es keine neidische Konkurrenz?«

»Das ist doch alles Mediengeschwätz, dass die Luden mit Messern aufeinander losgehen oder die Bordellbesitzer sich gegenseitig Bomben in die Läden werfen würden. Der Karli war Geschäftsmann, ein angesehener Geschäftsmann. Spitzenmäßig.«

»Man hört so viel von der Russenmafia.«

»Das ist auch so eine Erfindung der Presse. Die jungen Frauen aus Polen, Tschechien und Russland wollen an die Fleischtöpfe im Westen. Die können aber nichts. Nicht einmal die Sprache. Also brauchen sie Vermittler, die ihnen behilflich sind. Die arbeiten natürlich auch nicht umsonst. Wenn diese Ossitussis nach Hause kommen, haben sie harte Währung in der Tasche, da sind die doch die Queens.«

»Haben Sie einen Verdacht, Herr Schaffelhuber?«

»Ein Verrückter! Das war ein Verrückter. Die laufen doch zu Tausenden durch die Gegend. Die Seelenklempner pauken die aus den Anstalten raus und lassen sie wieder auf die Menschheit los. Ein Skandal ist das! Eine Riesensauerei! Da muss endlich mal durchgegriffen werden. Gesetzmäßig.«

Olm schaltete um. Auf einem anderen Kanal wurde die blonde Barfrau interviewt.

»In Ihrem Zeitungsinterview haben Sie den Täter im Drogenmilieu vermutet,« sagte der Reporter.

»Da wusste ich noch nicht, dass der Wagen gefunden wurde und die Rolex im Handschuhfach lag.«

»Und was denken Sie jetzt?«

»Also manche Mädchen wussten nicht, auf was sie sich da einlassen. Da gab es schon mal Ärger.«

»Weil die Mädchen nicht im Bordell arbeiten wollten?«

»Hören Sie zu. Wir haben die doch nur geliefert bekommen. Wir wussten nicht, was die für Absprachen getroffen hatten.«

»Und einige Mädchen haben Ärger gemacht?«

»Die Mädchen weniger, die hatten wir gut unter Kontrolle. Aber manchmal tauchten auch Ehemänner oder Freunde auf. Die hat Hugo dann besänftigen müssen, wenn Sie verstehen, was ich meine.«

»Hugo ist der Rausschmeißer?«

»Sagen wir besser, der Ordnungsdienst. Randale kann man sich in so einem Geschäft nicht leisten.«

Olm schaltete das Gerät ab. Er packte seinen Koffer und fuhr mit dem Fahrstuhl in die Hotellobby.

»Sie wollen jetzt in der Dunkelheit noch fahren?«, fragte der Nachtportier, als Olm seine Rechnung verlangte.

»Ja«, sagte Olm kurz angebunden, zahlte, stieg in sein Auto und verließ München.

Vom Autobahnrastplatz Osterfeld rief er Uschi an.

»Hast Du schon geschlafen?«, fragte er.

»Nein«, anwortete Uschi. »Wo bist du?«

»Auf der Rückfahrt«, sagte Olm. »Wenn ich in keinen Stau komme, bin ich in zwei Stunden da.«

»Ich warte auf dich«, sagte Uschi.

Diese wunderbare Uschi.

Olm trank noch einen Kaffee im Rasthaus und fuhr weiter. Er schob eine Musikcassette in den Recorder. Schwanensee, die erste Ballettaufführung, die er mit Uschi besucht hatte.

»Du bist mein Prinz«, hatte Uschi gesagt, als sie ihm die Cassette schenkte.

»Dann bist du mein weißer Schwan«, hatte Olm geantwortet.

Drei Jahre ist das fast schon her. Drei wunderbare, harmonische Jahre. Was wird die Zukunft bringen? Was wird sich alles nach den Ereignissen der letzten Tage ändern? Es muss sich etwas ändern. Man kann nach einem Mord nicht zur Tagesordnung übergehen.

Vielleicht bin ich der schwarze Schwan, dachte Olm. Der Schwan, der die Liebe zerstört, aus Eifersucht, aus Rache.

Schwarz und weiß, gut und böse sind Begriffe, die ineinander überlaufen wie Farben auf einer Palette.

Olm drehte die Musik lauter. Es begann zu regnen und trotzdem fuhr Olm schneller, als die Sichtverhältnisse es erlaubt hätten.

Eigentlich habe ich nur eine Arbeit erledigt, die erledigt werden musste, dachte er. Eine ungewöhnliche Arbeit, mag sein, aber eben doch nur eine Arbeit.

Die Sonne ging auf, als er die Stadtgrenze von Berlin erreichte.

17 *Im Januar 1991 beginnen die USA einen Krieg gegen den Irak. Der ‚Desert Storm' sichert die Ölquellen des Emirats Kuwait und kostet einhundertfünfzigtausend Iraker das Leben. Der sowjetische Vizepräsident Gennadi Janajew putscht gegen den Präsidenten Michail Gorbatschow. Boris Jelzin steigt vor dem Amtssitz des russischen Präsidenten auf einen Panzer und ruft die Menschen zum Widerstand auf. Der Putsch bricht zusammen, aber er beendet die Ära Gorbatschow. Indiens Premierminister Rajiv Gandhi wird in der Nähe von Bombay ermordet. Der britische Großverleger Robert Maxwell fällt von seiner Yacht ins Wasser und ertrinkt. Der Regisseur Michael Pfleghar erschießt sich in der Badewanne seiner Düsseldorfer Wohnung. Ein Referatsleiter des Berliner Bausenats wird mit einer Briefbombe ermordet. Über die Täter besteht Unklarheit.*

Die zwei Jahre, die Christine Beillant mit Hans Weigel verbrachte, waren eine harmonische Zeit. Einmal hatten sie kurz überlegt, ob sie sich eine gemeinsame Wohnung nehmen sollten, aber den Plan schnell wieder verworfen, um nicht der Dienststelle die selbe Adresse nennen zu müssen.

»Sie wissen oder ahnen zumindest, dass wir ein Verhältnis haben«, hatte Weigel gesagt, »aber wir müssen es ja nicht noch durch eine gemeinsame Adresse dokumentieren.«

Hans Weigel zeigte immer neue Seiten, die Chrissi nie erwartet hätte. Er kam aus Nürnberg und konnte sehr gut Gedichte im fränkischen Dialekt vortragen. Außerdem hatte er eine Vorliebe für osteuropäische Schriftsteller. Besonders der russischen Literatur galt sein Interesse. Gemeinsam mit Frederik gab es lange Diskussionsnächte über Tolstoi oder Dostojewski. Oft lasen auch Hans und Frederik gemeinsam Szenen aus Theaterstücken von Maksim Gorkij, Gogol oder Anton Cechow vor.

Frederik und Hans waren begeisterte Schachspieler und spielten oft stundenlang, während Chrissi mit einem Kopfhörer auf den Ohren, um die Männer nicht in ihrer Konzentration zu stören, Videos ansah. Frederik hatte einen großen Bestand an alten Hollywoodfilmen.

Das Liebesleben von Chrissi und Hans wurde von ungezügelter Lust bestimmt. Egal, wie oft sie in der Woche miteinander schliefen, sie steigerten sich jedes Mal in eine solche Leidenschaft hinein, als hätten sie monatelang keinen Partner gehabt. Beide waren in ihrem Tun hemmungslos und von fast unbeherrschter Wildheit. Von Liebe sprachen sie nie. ‚Ich mag dich' oder ‚Du hast mir gestern sehr gefehlt', waren schon der Gipfel der Zärtlichkeiten, die sie verbal tauschten. Chrissi konnte nicht einmal sagen, wen sie gefühlsmäßig lieber mochte, Frederik oder Hans. Frederik war für sie ohne jeden Zweifel der Freund, von dem sie wusste, dass er es ein Leben lang bleiben würde. Der Mann, mit dem sie über jedes Problem reden konnte. Hans war mehr Stimulation und Erotik. Sie gab ihm, was er brauchte, und sie bekam zurück, auf was sie nicht verzichten wollte.

Es war Herbst geworden und Chrissi ging in ein Kaufhaus, weil sie nach einem wärmeren Pullover suchen wollte. Sie musste zweimal hinsehen, um sich davon zu überzeugen, dass es sich bei dem Paar, welches Arm in Arm und ständig Küsse tauschend in der Jeansabteilung stand, um Hans und ein junges Mädchen handelte. Es war kein Gefühl der Eifersucht, das Chrissi befiel, es war im ersten Augenblick Ungläubigkeit. Hinter Kleiderständern geschützt beobachtete sie die beiden. Das Mädchen konnte höchstens sechzehn Jahre alt sein. Sie sieht ein bisschen aus wie eine jüngere Ausgabe von mir, dachte Chrissi. Als Hans und das Mädchen das Kaufhaus verließen, folgte Chrissi ihnen mit einigem Abstand. An der U-Bahnstation am Stachus verabschiedete sich Hans mit einem leidenschaftlichen Kuss und das Mädchen fuhr winkend die Rolltreppe hinunter.

Chrissi war wie vor den Kopf geschlagen. Sie hatte in den letzten Wochen und Tagen keinerlei Veränderungen in Hans' Verhalten ihr gegenüber bemerkt. Auch ihr regelmäßiges Beisammensein war unverändert geblieben.

Kann ein Mann sich dermaßen verstellen, überlegte sie. Ich habe ihm alle Freiheiten gelassen, ich habe ihn nicht bedrängt, nicht eingeengt. Ich war mir bewusst, dass unser Verhältnis eine Verbindung auf Zeit sein würde. Aber ich war mir auch sicher, dass, wenn diese Zeit abgelaufen sein würde, wir einen sauberen Schlussstrich ziehen würden. Egal, von welcher Seite aus die Trennung erfolgen würde. War Hans zu feige, um ein Gespräch mit mir zu führen? Oder hatte er die Absicht, mit uns beiden ein Verhältnis haben zu wollen? Vielleicht gab es ja so gar noch eine dritte oder vierte Person, mit der er ins Bett ging. Hans Weigel, das Sexmonster?

Du wirst mich nicht verletzen können, Hans Weigel, dachte Chrissi. Wenn einer beschädigt aus unserer Beziehung herauskommen wird, dann wirst du das sein.

Chrissi ging in ein Schuhgeschäft und kaufte sich drei Paar Schuhe. Erst in ihrem Appartement stellte sie fest, dass zwei Paare gar nicht ihrem Geschmack entsprachen.

Ich werde sie Rosi Steiner schenken, überlegte Chrissi. Das eine Paar hat so lebensgefährliche Spitzen. Vielleicht tritt Rosi Hans Weigel damit an die Stelle, die sie auch bei Thomas Brodschat so treffsicher erwischt hatte.

Chrissi sah Hans Weigel erst wieder beim Dienstantritt am nächsten Tag. Sie versuchte so unbeschwert zu wirken wie es ihr möglich war.

»Frederik bittet dich, eine Stunde früher zu eurer Schachpartie zu kommen«, sagte sie. »Er muss morgen früh aufstehen, weil er eine schwere Klausur zu schreiben hat.«

»Ich werde ihn anrufen und unser Treffen absagen«, sagte Weigel. »Er soll sich in Ruhe auf seine Arbeit konzentrieren.«

»Du könntest zu mir kommen«, sagte Chrissi.

»Ach, weißt du, ich fühle mich nicht so besonders gut«, sagte Hans Weigel. »Ich befürchte, dass ich mir eine Erkältung eingefangen habe.«

»Dann komme ich zu dir und mache dir ein Kamilledampfbad«, sagte Chrissi. »Das hilft sofort.«

»Und morgen steckt dir die Erkältung in den Knochen«, sagte Hans

Weigel. »Du wirst brav Zuhause bleiben. Heißes Wasser auf Kamilleblüten gießen kann ich auch selbst.«

Chrissi fand keine richtige Ruhe, als sie am Abend in ihrem Appartement war. Die Beobachtungen vom Vortag gingen ihr nicht aus dem Kopf. Hans hatte einen Schlüssel von ihrer, sie einen von seiner Wohnung. Erkältung hin oder her, überlegte sie, ich will diese Sache aus der Welt schaffen. Vielleicht war es ja nur eine Cousine oder eine Ehemalige. Nein, Cousinen oder Exfreundinnen küsst man nicht so.

»Hier ist die Krankenschwester«, rief sie betont unbekümmert, als sie die Wohnungstür aufschloss.

Hans und das Mädchen waren so überrascht, dass sie keine Chance mehr hatten, ihre Nacktheit zu bedecken. Beide starrten Chrissi mit weitaufgerissenen Augen an. Das Mädchen hatte sich zuerst wieder gefangen.

»Wer ist das?«, fragte sie.

Hans schwieg. Er griff zu einem Sofakissen und hielt es sich vor sein Geschlechtsteil. Es sah furchtbar albern aus, aber Chrissi war nicht zum Lachen zumute.

»Kann mir mal jemand sagen, was hier vor sich geht?«, fragte das Mädchen. Ihre Stimme hatte einen weinerlichen Unterton.

»Die Situation scheint doch ziemlich klar zu sein«, sagte Chrissi.

»Wer sind Sie?«, fragte das Mädchen.

»Schwer zu sagen«, antwortete Chrissi. »Vielleicht die Freundin von Ihrem Liebhaber oder die Exfreundin.«

»Hasi, sag du doch mal was«, sagte das Mädchen zu Hans.

Chrissi musste lächeln. Hasi schien ihr ein ausgesprochen unpassender Kosename für Hans zu sein.

»Zieh dich an und geh«, sagte Hans zu dem Mädchen.

»Anziehen sollten Sie sich wirklich«, sagte Chrissi zu dem Mädchen und zu Hans Weigel gewandt: »Aber es gibt keinen Grund, warum sie gehen sollte. Wenn ich die Situation richtig überblicke, dann haben wir hier ein Problem, das uns alle drei angeht.«

Chrissi wunderte sich über ihre eigene Souveränität. Das Mädchen zog sich eine Bluse und Jeans an. Hans hielt immer noch das Sofakissen in den Händen.

»Wie lange kennt ihr euch?«, fragte Chrissi das Mädchen.

»Drei Monate«, sagte die Kleine.

Diese Antwort tat weh. Drei Monate betrügt er mich also schon, dachte sie. Hat er sich hinterher noch mit ihr getroffen, nachdem er bei mir war? Kam er von ihr, bevor er mich besuchte?

»Ich wollte schon lange mit dir reden, Chrissi«, sagte Hans Weigel.

»Natürlich«, sagte Chrissi kalt. »Du hast nur immer abgewartet, bis du deinen Orgasmus hattest und dann warst du zu erschöpft, um noch zu reden.«

»Du hast sie auch gefickt?«, fragte das Mädchen. »Du hast mir doch gesagt, du hättest nichts mehr mit ihr.«

»Vor vier Tagen hat er mich zum letzten Mal gefickt«, sagte Chrissi. »Er hat mich gevögelt, als wenn er einen Pokal dafür bekommen würde.«

Ich hätte nie gedacht, dass ich mich so ordinär ausdrücken würde, dachte sie, aber irgendwie macht es die Situation leichter.

Das Mädchen zog sich die Schuhe an und verließ ohne ein weiteres Wort die Wohnung.

»Also, du hast erreicht, was du erreichen wolltest«, sagte Weigel, nachdem die Tür mit lautem Knall ins Schloss gefallen war. »Bist du zufrieden?«

»Ich wollte überhaupt nichts erreichen, Hans«, sagte Chrissi. »Wie hattest du dir das Ganze vorgestellt? An ungraden Tagen sie, an geraden Tagen ich?«

»Unsere Beziehung hatte sich verändert«, sagte Weigel, während er sich seine Unterhose anzog. »Das musst du doch auch gemerkt haben.«

»Wie heißt die Kleine?«, fragte Chrissi.

»Marion«, sagte Weigel.

»Gut, um mit ihren Worten zu sprechen: du hast mich vor vier Tagen noch gefickt«, sagte Chrissi. »Da war nichts von einer veränderten Beziehung zu spüren. Ich erinnere mich noch an deinen Satz: Du geilst mich so auf, wie es noch nie eine Frau vor dir getan hat. Macht Marion das auch?«

»Bei Marion ist es etwas anderes«, sagte Weigel.

»Liebe?«, fragte Chrissi ironisch. »Liebst du sie?«

»Ich weiß es nicht«, sagte Weigel und zuckte mit den Schultern.

»Sie ist fast noch ein Kind«, sagte Chrissi.

»Sie ist siebzehn Jahre alt«, sagte Weigel. »Chrissi, gib mir ein bisschen Zeit, damit ich mir über meine Gefühle klar werden kann.«

»Ach, ja«, sagte Chrissi lächelnd. »Wenn sie nach zwei Monaten deine Erwartungen nicht erfüllt, kommst du zu mir zurück, oder wie?«

»Ich werde beide Verhältnisse einfrieren«, sagte Weigel, »bis ich zu einer Entscheidung gekommen bin.«

»Unser Verhältnis wirst du nie wieder auftauen können«, sagte Chrissi. »Der Mann, von dem ich mir ein solches Verhalten gefallen lassen würde, ist noch nicht auf der Welt.«

»Du bist altmodisch, Chrissi«, sagte Weigel.

»Was für eine dumme Bemerkung«, sagte Chrissi. »Du benimmst dich wie ein Schwein und bezeichnest mich als altmodisch, weil ich nicht möchte, dass du es mit zwei Frauen gleichzeitig treibst.«

Seine Stirn ist zu niedrig, stellte sie fest, seine Ohren stehen etwas ab und er wird sehr schnell Geheimratsecken bekommen. Wenn ich ihn noch länger anschauen würde, würde ich noch viele Fehler und Unzulänglichkeiten an ihm entdecken.

Sie stellte eine Plastiktüte auf den Tisch.

»Da sind Vitamintabletten, Hustensaft und Nasenspray«, sagte sie. »Der nächste Winter kommt bestimmt. Es ist immer gut, wenn man etwas gegen Erkältungen im Haus hat.«

Sie drehte sich um und verließ die Wohnung.

Frederik zeigte sich überrascht, als Chrissi ihm das Vorgefallene erzählte.

»Ich hatte ihn anders eingeschätzt«, sagte er.

»Ich auch«, sagte Chrissi und bemühte sich zu lächeln.

»Tut es sehr weh?«, fragte Frederik.

»Eigenartigerweise nicht«, sagte Chrissi. »Ich gebe zu, dass meine Eitelkeit etwas auf die Probe gestellt worden ist. Irgendwann hätten wir uns sicher getrennt, aber es hätte nicht auf diese Art und Weise sein müssen.«

Als Chrissi am Montag zum Dienst kam, hatte die Gruppe einen neuen Gruppenführer. Hans Weigel hatte sich, auf eigenen Wunsch hin, in eine andere Abteilung versetzen lassen.

Rosi Steiner schien zu spüren, dass etwas passiert sein musste.

»Möchtest du darüber reden, Chrissi?«, fragte sie.

»Nein«, sagte Chrissi, »aber ich danke dir für dein Angebot.«

Wenn sie Hans Weigel auf einem Flur, auf dem Hof oder in der Kantine des Gebäudes traf, in dem die Einsatzhundertschaft untergebracht war, grüßten sie einander höflich aber reserviert. Es kam in dem noch verbleibenden Jahr zu keinem Gespräch mehr.

Hans Weigel sollte ihr später nie wieder über den Weg laufen. Chrissi nahm an, dass er in seine Heimatstadt Nürnberg zurückgekehrt war.

Nach den drei Jahren bei der Einsatzhundertschaft musste Chrissi noch ein Jahr Streifendienst ableisten. Man hatte sie der Polizei-inspektion am Mariahilfplatz zugeteilt.

Die Kollegen auf der neuen Dienststelle waren mit denen des Düs-seldorfer Reviers nicht zu vergleichen. Chrissi wurde mit ausgespro-chener Höflichkeit behandelt. Mag sein, dass es auch daran lag, das der Leiter der Polizeiinspektion vor der versammelten Mannschaft ihre her-vorragenden Prüfungsergebnisse vorgelesen hatte.

»Die Kollegin hat das Zeug zur Polizeipräsidentin, meine Herren«, sagte er. »Ich erwarte, dass sie entsprechend behandelt wird.«

Hauptwachtmeister Nigge war Chrissis Partner bei den Fahrten im Streifenwagen. Er war ein gutmütiger, humorvoller Mensch, der stän-dig einen neuen Witz auf Lager hatte, den Chrissi bei Dienstantritt über sich ergehen lassen musste. Seine Frau, die Chrissi in diesem ei-nen Jahr nie kennen lernte, gab ihm immer zwei Butterbrotpakete mit. Eines für Chrissi und eines für ihn selbst. Chrissi revanchierte sich, indem sie Nigge einmal wöchentlich eine Tüte mit verschiedenen Wurst- und Käsesorten in die Hand drückte.

Hauptwachtmeister Nigge war keiner dieser Polizisten, die bei jeder sich bietenden Gelegenheit gleich die Strafmandate verteilten.

»Wie sollen die Lastkraftwagenfahrer entladen können, wenn sie nicht in zweiter Reihe parken«, sagte er. »Als Autofahrer beschweren sich die Menschen darüber, aber als Kunden im Laden, die nicht be-kommen, was sie wollen, würden sie sich auch beschweren.«

Manchmal musste Chrissi an Peter Müller denken. Nigge und Müller, das waren zwei Menschen mit dem selben Beruf und doch so grundverschieden in seiner Ausübung.

Zwei Tage nach ihrem siebenundzwanzigsten Geburtstag wurde Christine Beillant zur Polizeikommissarin auf Lebenszeit ernannt.

Sie lud Frederik in eines der teuersten Restaurants von München ein.

»Ich bewundere deine Zielstrebigkeit«, sagte Frederik. »Und ich bin stolz auf dich, weil du dich von niemanden hast aufhalten lassen.«

»Es gab schon Augenblicke, in denen ich alles hinschmeißen woll-te«, sagte Chrissi.

»Was uns nicht umbringt, macht uns hart«, sagte Frederik. »Mein Vater stößt schon kleinere Drohungen aus und deutet die Einstellung seines Monatswechsels an, wenn ich nicht bald mein Examen mache.«

»Ich muss auch darauf bestehen«, sagte Chrissi lachend. »Ein ewiger Student ist kein Umgang für eine Polizeikommissarin auf Lebenszeit.«

18 Olm war etwas angespannt, als er Uschi gegenübertrat. Uschi kannte ihn jetzt mehr als zwei Jahre. Außer seiner Mutter kannte ihn keiner so gut wie sie. Aber Uschi kannte ihn anders. Uschi würde feststellen können, ob er sich verändert hätte.

»Gott sei Dank, dass du da bist«, sagte Uschi, als er sie in den Arm nahm.

Sie trug das sandfarbene Kostüm, das er so sehr an ihr mochte.

»Gehen wir noch aus?«, fragte Olm.

»Nur wenn du möchtest«, sagte Uschi. »Ich habe verschiedene Salate von Feinkost Köhler geholt und Baguette.«

Olm liebte Salate. Selten las er in einem Restaurant auf der Speisekarte was an Hauptgerichten angeboten wurde. Er aß am liebsten verschiedene Vorspeisen. Sie kauften oft in einem Lebensmittelgeschäft ein, wenn sie den Abend Zuhause verbringen wollten. Feinkost Köhler war bekannt für sehr gute Krabbencocktails, delikate Heringssalate und einen schmackhaften indischen Hühnerfleischsalat in Curry. Uschi hatte natürlich genau diese Delikatessen besorgt.

»Du hast abgenommen«, sagte Uschi beim Essen.

»Deine gute Küche hat mir gefehlt«, sagte Olm lächelnd.

»Du Schwindler«, sagte Uschi. »Ich kenne meine Schwächen. Eine davon ist meine Kochkunst.«

»Liebe ersetzt manches Gewürz«, sagte Olm.

Uschi lachte.

»Habe ich mich verändert?«, fragte sie.

»Ja«, sagte Olm.

»Wirklich?«, fragte Uschi.

»Du bist noch hübscher geworden«, sagte Olm.

Er ging um den Tisch herum und küsste sie.

»Diese vierzehn Tage waren eine Ewigkeit«, sagte Uschi.

Waren es wirklich nur zwei Wochen, dachte Olm. Mir kommt es vor, als hätte ich einen längeren Auslandsaufenthalt hinter mir.

»Was ist mit mir?«, fragte er, »habe ich mich verändert?«

Uschi musterte ihn aufmerksam.

»Zwei Kilo«, sagte sie dann, »zwei Kilo weniger werden es schon sein.«

»Und sonst?«, fragte Olm, »meine Augen, meine Gesichtszüge?«

»Es ist alles so wie ich es in Erinnerung habe«, sagte Uschi, »nicht einmal ein graues Haar ist dazugekommen.«

Ein Mensch muss sich doch verändern, dachte Olm. Ein Mord kann nicht spurlos an einem vorübergehen. Man sieht einem Menschen die Freude an, den Schmerz, die Trauer. Gefühlskälte muss man doch auch bemerken und ich muss gefühlskalt sein, wenn ich in der Lage war, das zu tun, was ich getan habe. Die Verbrecher, deren Fotos man in den Zeitungen sieht, haben alle einen ganz besonderen Gesichtsausdruck. Etwas Hinterhältiges, Verschlagenes, Brutales. Ich habe nicht einmal ein schlechtes Gewissen. Vielleicht bin ich gefühllos. Nicht fähig zu irgendwelchen Empfindungen.

Unsinn! Ich liebe Uschi und Liebe ist eines der größten Gefühle. Liebe ich Uschi? Uschi kümmert sich um mich. Sie gibt mir Wärme und Geborgenheit. Sie schläft mit mir. Nie fordernd, sondern immer nur gebend. So stellen sich Söhne in der Pubertät vor, dass ihre Mutter mit ihnen schlafen würde.

»Woran denkst du?«, fragte Uschi.

»Daran, dass ich dich heiraten möchte«, sagte Olm.

»Olm.«

Uschi sagte nur Olm.

»Heißt das ja oder nein?«, fragte Olm.

Uschi war noch zärtlicher in dieser Nacht. Es machte Olm glücklich, ihre Haut zu berühren, ihren Atem an seinem Ohr zu spüren, ihre körperliche Nähe zu fühlen.

Man merkte Sebastian an, dass er froh war, Olm wieder in Berlin zu haben. Sebastian hatte die richtigen Verbindungen und kannte die wichtigen Leute, die in dem Geschäft den Ton angaben, aber er war kein guter Verkäufer. Sebastian saß jeden Mittag zwei Stunden in einem italienischen Restaurant am Olivaer Platz. Dort wurden die Geschäfte gemacht. Häuser, Grundstücke, Fabriken, größere Posten Markenuhren, Kleiderkollektionen, Lizenzen und Beteiligungen aller Art, es gab nichts, was bei ‚Paolo' nicht gehandelt wurde. ‚Paolo' war die Börse der schnellen, entschlossenen Geschäftemacher. Das war Sebastians Welt.

»Brauchst du mich überhaupt noch?«, fragte Olm, als er das Büro betrat.

»Wie die Luft zum Atmen«, antwortete Sebastian lachend. »Ich glaube, ich habe in den zwei Wochen mehr Schaden angerichtet, als in der ganzen Zeit vorher, die ich ohne dich auskommen musste.«

Sebastian stand auf und zeigte auf den Bürostuhl.

»Das ist dein Platz, Olm«, sagte er, »da gehörst du hin.«

Warum hat Sebastian so viel Vertrauen zu mir, dachte Olm. So lange und so gut kennen wir uns eigentlich gar nicht. Wir haben zwei Semester gemeinsam in Saarbrücken studiert. Dann ist Sebastian nach Berlin gezogen und ich bin in München gelandet. Unser Kontakt beschränkte sich auf ein paar Telefonate.

Sebastian schien seine Gedanken zu erraten.

»Ich bin kein barmherziger Samariter, Olm«, sagte er. »Seit du in der Firma bist, hat sich der Umsatz verdreifacht.«

»Bevor ich kam, hast du mit niemandem teilen müssen«, sagte Olm.

»Und trotzdem habe ich heute mehr Geld«, sagte Sebastian lachend, »und was noch wesentlicher ist: weniger Arbeit.«

Sebastian sah auf die Uhr.

»Ich muss zu ‚Paolo'«, sagte er. »Die alte Stasi-Connection gibt wieder Lebenszeichen von sich. Mit denen und den Leichen, die die im Keller liegen haben, ist noch eine Menge Geld zu machen.«

Er ging und Olm setzte sich an den Schreibtisch. Er sortierte die Zettel, auf die Sebastian Namen und Telefonnummern mit kurzen Anmerkungen geschrieben hatte. Dann rief er die Sekretärin herein.

Frau Schneider war vom ersten Tag an in der Firma. Sie hatte ein Verhältnis mit Sebastian gehabt. Später hatte man sich in aller Freundschaft getrennt, aber die Zusammenarbeit fortgesetzt.

»Sie haben sich verändert«, sagte Frau Schneider.

Endlich, dachte Olm, endlich jemand, der etwas bemerkt.

»Wieso?«, fragte er und versuchte so uninteressiert wie möglich zu klingen.

»Ich weiß es nicht«, sagte Frau Schneider und sah ihn prüfend an. »Doch! Jetzt habe ich es! Sie waren beim Frisör.«

Olm hatte sich tatsächlich die Haare schneiden lassen, bevor er ins Büro gefahren war.

»Ist das alles?«, fragte Olm.

»Ja«, sagte Frau Schneider. »Steht Ihnen aber gut.«

Olm ging mit der Sekretärin die Unterlagen durch. Frau Schneider hatte ein phänomenales Gedächtnis und es gelang ihnen gemeinsam, das Puzzle aus Nummern, Namen und Stichworten einigermaßen zusammenzusetzen. Olm führte einige Telefonate. Bei den meisten Gesprächspartnern musste er sich für nicht eingehaltene Termine entschuldigen. Aber schon bis zum Mittag hatte er alles wieder in die richtige Reihe gebracht und vier feste Notartermine vereinbart. Er verabschiedete sich von Frau Schneider und fuhr zu einem Juwelier in der Kleiststraße. Das Geschäft lag im elften Stock eines Hochhauses. Nur Eingeweihte kauften dort ein und nur bekannten Gesichtern wurde nach dem Klingeln die Tür geöffnet. Den Besitzer, David Feinberg, hatte Olm durch Sebastian kennen gelernt. Er gehörte auch zur ‚Paolo' Clique.

Olm kaufte einen Ring mit einem großen Rubin, der von kleineren Diamanten eingefasst war.

»Für den zahlst du bei Cartier das Doppelte«, sagte Feinberg.

Olm schrieb einen Scheck über den Kaufpreis aus. Du wirst noch genug daran verdienen, dachte er.

Sie waren zu viert auf dem Zehlendorfer Standesamt. Uschi und Olm, Sebastian und Friedrich von Rewentlow.

Olm beobachtete Uschi, während der Standesbeamte routiniert und emotionslos seinen Standarttext herunterspulte. Uschi sah blaß aus und ihre schönen, schwarzen Augen schienen noch größer und dunkler zu sein, als sie es sonst waren. Uschi sah wunderschön aus.

»Hier werden die Leute am Fließband in ihr Unglück geschickt«, sagte Sebastian, als sie das Haus verließen.

»Es liegt immer an einem selber, was man daraus macht«, sagte Uschi ernst. »Geschenkt bekommt man im Leben nichts.«

Olm hatte einen Tisch im ‚Kempinski' reserviert.

Während sie Kalbsleber Berliner Art aßen fragte er Friedrich von Rewentlow: »Sagt dir der Name Neuner etwas?«

»Nie gehört«, antwortete Friedrich. »Wer soll das sein? Ein Schauspieler, ein Regisseur?«

»Nein«, sagte Olm. »Er müsste im Produktionsbereich arbeiten.«

»Ich kann mich ja mal umhören«, sagte von Rewentlow.

Sebastian hatte, wie immer, dringende Termine und verschwand gleich nach dem Essen. Olm bestellte eine Flasche Champagner.

»Zuhause hätten wir bei dem Preis vier Flaschen trinken können«, sagte Uschi.

»Du hast einen Verschwender geheiratet«, sagte Olm lächelnd.

»Ich habe einen großzügigen, warmherzigen Mann geheiratet«, sagte Uschi und drückte seine Hand.

Friedrich von Rewentlow stand, mit einem Glas in der Hand, auf.

»Liebe Uschi«, begann er seine Ansprache, »ich wünsche dir alles Glück dieser Welt. Dein Lebensschiff musste schon so manchen Orkan überstehen. Ich hoffe, es hat jetzt einen sicheren Heimathafen erreicht. Lieber Olm, passe gut auf meine kleine Schwester auf. Gib ihr die Geborgenheit, die Liebe und die Nestwärme, die sie braucht. Du bist der Kapitän auf der Brücke und trägst die Verantwortung für das Schiff.«

Olm fragte sich, ob er diese Sätze für eine Rolle hatte auswendig lernen müssen.

Friedrich von Rewentlow war gut im Geschäft. Er war kein Star, keiner, den man auf der Straße erkannte, von dem man Autogramme haben wollte. Friedrich drehte hier mal einen Tag, dort mal zwei. Die Fernsehsender produzierten ununterbrochen Serien und es gab kaum eine, in der Friedrich nicht auftauchte. Er war der Pförtner, der Postbote, der Oberkellner, der Taxifahrer oder der freundliche Nachbar.

»Das ist mein Kapital«, pflegte er oft zu sagen. »Dadurch verbraucht sich mein Gesicht nicht so schnell. Nach einer Hauptrolle kann man oft jahrelang auf neue Angebote warten.«

Olm war sich sicher, dass sich Friedrich von Rewentlow nichts sehnlicher wünschte, als eine Hauptrolle.

Olm fuhr mit Uschi in ihre Wohnung.. Sie waren übereingekommen, dass sie beide Wohnungen behalten wollten.

»Seit wir uns kennen, haben wir uns wunderbar verstanden«, hatte er ihr zwei Tage vor der Hochzeit gesagt. »Wir sollten deshalb so wenig wie möglich an unseren Gewohnheiten ändern.«

»Dein Wunsch ist mir Befehl«, lautete Uschis Antwort. »In deiner ‚Höhle' kannst du ungestörter arbeiten und ich störe dich nicht, wenn du deinen Schachcomputer mal wieder betrügst.«

»Und du hast keine Angst, dass ich fremde Damen dort empfangen könnte?«, fragte Olm.

»Wenn du fremde Damen brauchst, dann habe ich etwas falsch gemacht«, sagte Uschi.

Uschi war unschlagbar. Ein Lottogewinn. Eine Traumfrau.

Ich sollte meiner Mutter schreiben, dachte Olm. Sie würde bestimmt gerne Uschi kennen lernen.

Als Olm vor Uschis Wohnung parkte, sagte er: »Oben wartet eine Überraschung auf dich.«

»Nicht noch ein Geschenk«, sagte Uschi. »Der Ring war schon teuer genug.«

»Es ist ein Geschenk für uns beide«, sagte Olm.

Im Wohnzimmer stand eine neue Hi-Fi-Anlage. Olm hatte sie beim Nachbarn abgestellt und ihn gebeten, sie, während er mit Uschi auf dem Standesamt war, aufzubauen. Der Nachbar hatte ein Elektrogeschäft in der Nollendorfer Straße und Olm hatte die Anlage bei ihm gekauft.

Uschi freute sich wie ein kleines Kind. Sie legte das Violinkonzert D-dur Opus 77 von Johannes Brahms auf. Es war eine Aufnahme des London Symphony Orchestra, die sie beide besonders gerne hörten.

Uschi setzte sich auf Olms Schoß.

»Ich habe eine kleine Bitte«, sagte sie.

»Wie klein?«, fragte Olm.

»Zehn winzige Tage klein«, sagte Uschi.

»Und wofür?«, fragte Olm.

»Erst muss ich wissen, ob ich die zehn Tage bekomme«, sagte Uschi lächelnd.

»Du bekommst mein ganzes restliches Leben«, sagte Olm, »und das dauert hoffentlich noch länger, als zehn winzige Tage.«

»Ich brauche die Zeit vom 8. bis zum 18. Juni«, sagte Uschi. »Könntest du das einrichten?«

»Sicher«, sagte Olm.

»Versprochen?«, fragte sie spitzbübisch.

»Versprochen«, sagte Olm.

»Großes Ehrenwort?«, fragte Uschi und hob die Finger zum Schwur.

»Großes Indianerehrenwort«, sagte Olm. »Aber nur, wenn du mich nicht länger auf die Folter spannst.«

Uschi ging zu ihrem kleinen Sekretär und kam mit einer Mappe zurück. Sie reichte sie Olm.

»Das ist mein Hochzeitsgeschenk«, sagte sie.

In der Mappe lagen zwei Flugtickets nach New York und eine Bestätigung des Essex House Hotels über die Reservierung einer Suite vom 8. bis zum 18. Juni. Außerdem eine Quittung, die belegte, dass die Suite bereits bezahlt worden war.

New York, dachte Olm, wie oft habe ich Uschi erzählt, dass ich einmal diese Stadt kennen lernen möchte.

»Du bist verrückt«, sagte er und küsste sie. »Du bist wunderbar verrückt.«

»Es wird unsere Hochzeitsreise«, sagte Uschi. »Ich habe lange überlegt, ob wir nach Potsdam oder New York fahren sollten.«

»Das kostet doch ein Vermögen«, sagte Olm.

»Ich habe mehr auf meinem Sparbuch, als du ahnst«, sagte Uschi lachend. »Du hast keine arme Kirchenmaus geheiratet. Da ist noch ein Umschlag in der Mappe. Mach ihn auf.«

Olm öffnete den Briefumschlag. Er war gefüllt mit einem Bündel von Fünfzig- und Hundertdollarnoten.

»Fünftausend Dollar«, sagte Uschi stolz. »Wir können jeden Tag fünfhundert Dollar auf den Kopf hauen.«

»Du wirst das Geld wieder umtauschen und auf dein Sparkonto einzahlen«, sagte Olm.

»Erstens mache ich dabei ein schlechtes Geschäft«, sagte Uschi, »und zweitens kommt das überhaupt nicht in Frage. Die Hochzeitsreise ist meine Angelegenheit, von der ersten bis zur letzten Minute.«

Mit einem Sprachführer in der Hand hockten sie sich auf den Teppich.

»How much is the airport service charge«, las Olm vor.

«Was bedeutet airport service charge?", fragte Uschi.

»Das ist die Flughafengebühr«, sagte Olm.

»Flughafengebühr?«, fragte Uschi. »Heißt das, wir müssen für Start und Landung auch noch bezahlen?«

»Das heißt, dass der Urlaub noch teurer wird, als du es erwartet hast«, sagte Olm.

Uschi lachte.

»Peanuts«, sagte sie, »that are only peanuts for me.«

Sebastian war nicht gerade begeistert, als Olm ihm von der Reise erzählte, aber als Olm ihm sagte, dass bis dahin alle laufenden Geschäfte abgewickelt sein würden, war er beruhigt.

»Bring mir das neue Eau de toilette von Calvin Klein mit«, sagte er.

Frau Schneider wünschte sich ein paar T-Shirts für ihren Sohn.

»Die kann man auch alle hier kaufen«, sagte sie, »aber wenn sie direkt aus New York kommen, haben sie für Manuel doch etwas Besonderes.«

Mit der Reise nach New York ging für Olm ein Traum in Erfüllung. Und jetzt würde er sogar mit seiner geliebten Uschi diese Stadt kennen lernen.

Dies ist einer der glücklichsten Momente in meinem Leben, dachte Olm, und drückte der völlig verdutzten Frau Schneider einen herzhaften Kuss auf die Wange.

19 *Dreizehn Minuten nach dem Start vom Flughafen Schiphol stürzt 1992 ein Frachtjumbojet im Amsterdamer Vorort Bijlmermeer in einen Wohnblock. Fünfzig Menschen sterben. Von nationalistischen Politikern aufgehetzt, zerstören fanatische Hindus die Moschee von Ayodhya. Bei den anschließenden Unruhen kommen über tausend Menschen ums Leben. Die Grünen Politiker Petra Kelly und Gert Bastian scheiden gemeinsam freiwillig aus dem Leben. Der Schriftsteller Jack Unterweger wird wegen der Morde an neun Prostituierten zu lebenslanger Haft verurteilt.*

»Wir sind im Münchener Präsidium im Moment gut besetzt«, sagte Polizeihauptkommissar Weber zu Chrissi. »In welcher Abteilung würden Sie denn gerne anfangen?«

Chrissi zögerte einen Augenblick.

»Halt«, sagte Weber, »sagen Sie nichts. Ich werde ihre Antwort auf einen Zettel schreiben.«

Er notierte etwas und sah Chrissi dann auffordernd an.

»Bei der Mordkommission«, sagte Chrissi.

Weber hielt Chrissi den Zettel hin. Mordkommission war darauf in Druckbuchstaben zu lesen.

»Das ist bei Euch Frischlingen der erste Wunsch«, sagte er lachend. »Am liebsten würdet ihr gleich eigenverantwortlich Fälle übertragen bekommen.«

»Eigentlich ist mir jede Abteilung recht«, sagte Chrissi. »Ich denke, dass ich sowieso noch eine Menge lernen muss.«

»Sie haben hervorragende Beurteilungen«, sagte Weber und blätterte in ihrer Personalakte. »Erschrecken Sie nicht, wenn ich Sie mit ihrer ersten Aufgabe vertraut mache. Es sieht nur auf Anhieb so aus, als wäre es eine langweilige Arbeit.«

Jan Weber führte Chrissi in ein Arbeitszimmer, das direkt neben dem seinen lag. Er zeigte auf zwei große Stapel Akten, die auf dem Schreibtisch lagen.

»Das sind die unaufgeklärten Fälle der letzten Monate«, sagte er. »Die Ermittlungen sind nicht eingestellt, aber zur Zeit haben andere Fälle Priorität. Ich brauche für den Computer eine Zusammenfassung der wichtigsten Fakten, damit wir diese Papierberge ins Archiv schaffen können.«

»Damit bin ich ja acht Monate beschäftigt«, sagte Chrissi.

»Unsinn«, sagte Jan Weber, »speichern Sie nur das Wesentliche. Wenn Ihnen allerdings Ungereimtheiten auffallen, kommen Sie mit der entsprechenden Akte zu mir.«

»In Ordnung, Herr Polizeihauptkommissar«, sagte Chrissi.

»Ich heiße Jan mit Vornamen«, sagte Weber und streckte ihr die Hand hin. »Ich bin verheiratet, habe zwei Kinder und spiele Tennis, wenn mir die Zeit dafür bleibt.«

Chrissi gab ihm die Hand: »Ich bin Christine.«

Jan Weber zeigte auf einen Blumenstrauß, der auf dem Fensterbrett stand.

»Die Blumen hat jemand einer Chrissi Beillant zum Dienstantritt geschickt«, sagte er.

Chrissi las die Karte, die bei den Blumen lag. Der Strauß war von Frederik. Eine kleine Aufmerksamkeit zum ersten Arbeitstag, hatte Fredrik auf die Karte geschrieben.

»Meine Freunde nennen mich Chrissi«, sagte sie.

»Auch wenn ich noch nicht dazu gehöre«, sagte Jan Weber, »erlaube mir, dass ich dich auch so nenne, dann sparen wir bei jeder Anrede eine Silbe.«

»Einverstanden«, sagte Chrissi.

Weber verließ ihr Zimmer und Chrissi sah sich in ihrem neuen Reich um. Die Fenster gingen zum Innenhof hinaus. Es war kein großer Raum, aber er strahlte eine gewisse Gemütlichkeit aus. Ihr Vorgänger hatte Hundertwasser-Drucke an den Wänden aufgehängt, die Chrissi ausgesprochen gut gefielen. Das Büro hatte zwei Türen. Eine führte auf den Flur, die andere in das Arbeitszimmer von Jan Weber.

Chrissi setzte sich an den Schreibtisch und nahm die erste Akte von einem der Stapel. Es war der Fall eines Anlagebetrügers, der mit kanadischen Aktien gutgläubige Klienten um mehrere Millionen betrogen hatte. Seine Spur verlor sich in Südamerika. Sein engster Mitarbeiter war in Mailand erschossen aufgefunden worden. Da die italienische Polizei nicht an einen Selbstmord glauben wollte, hatten die deutschen und die italienischen Dienststellen Interpol eingeschaltet. Chrissi gab die wichtigsten Fakten in den Computer ein.

»Unter welchem Namen soll ich die Zusammenfassung speichern?«, fragte sie Weber, der in ihr Büro kam.

»Immer unter dem Namen des Hauptverdächtigen«, sagte Weber. »Wir fragen grundsätzlich den Computer bei jedem neuen Fall ab. Oft ergeben sich die überraschendsten Zusammenhänge zu anderen Fällen.«

In den nächsten Wochen arbeitete sich Chrissi systematisch durch die Aktenstapel. Die Arbeit war gar nicht so uninteressant wie sie es am Anfang erwartet hatte. Viele Ermittlungsverfahren liefen nach einem ganz bestimmten Schema ab, aber oft hatten mehrere Beamten ihre Vermutungen und unterschiedlichen Schlussfolgerungen notiert.

Als Chrissi die Kurzfassung, die sie über den Autobahnmord bei Weyarn in den Computer eingegeben hatte, noch einmal las, stutzte sie. Irgendetwas erschien ihr merkwürdig. Ein handschriftlicher Vermerk auf der letzten Seite ordnete die Tat der Russenmafia zu. Ein Bordellbesitzer aus Rosenheim war erschossen aufgefunden worden. Er hatte eine größere Menge Bargeld in der Tasche und auch der Luxuswagen des Mannes war bereits am nächsten Tag in München aufgefunden worden. Ein Raubmord konnte also ausgeschlossen werden. Auch die Protokolle der Zeugenaussagen ergaben keinerlei Hinweise darauf, dass tatsächlich die Russenmafia ihre Hände im Spiel gehabt haben könnte.

Wenn es die Mafia war, überlegte Chrissi, dann sind immer finanzielle Dinge der Grund von Auseinandersetzungen. Dieser Mord, bei dem sich das Opfer hatte ausziehen müssen, sah mehr nach einer persönlichen Abrechnung aus. Chrissi war überzeugt, nachdem sie die Akte noch einmal sorgfältig studiert hatte, dass dieser Mord die Rachetat eines Einzelnen gewesen sein musste.

Sie ging in Jan Webers Büro.

»Hast du einen Augenblick Zeit für mich, Jan?«, fragte sie.

»Ich muss zu einer Besprechung«, sagte Weber, »aber morgen stehe ich dir zur Verfügung.«

Chrissi blieb fast bis Mitternacht in ihrem Büro. Sie notierte sich einen Fragenkatalog und hielt in Stichworten ihre Argumente fest.

Jan Weber hatte am nächsten Tag eine große Kanne Kaffee und eine Schale mit Plätzchen aus der Kantine kommen lassen.

»Was ist uns denn an diesem Fall besonders aufgefallen, Frau Kollegin?«, fragte er lächelnd.

»Es geht um den Mord an der Autobahn bei Weyarn«, sagte Chrissi.

»Ich erinnere mich«, sagte Weber, »die Kollegen vermuten, dass die Russenmafia damit zu tun hatte.«

»Der Täter muss im Auto des Opfers gesessen haben«, sagte Chrissi. »Es wurden keine weiteren Reifenspuren am Tatort gefunden. Ich schließe daraus, dass das Opfer den Täter kannte. Wer nimmt schon völlig Fremde in seinem Auto mit?«

»Er muss ihn ja nicht freiwillig mitgenommen haben«, sagte Jan Weber.

»Wenn es eine Strafaktion der Russenmafia war«, sagte Chrissi unbeirrt, »dann spricht der Tatablauf dagegen. Das Opfer wurde nicht beraubt. Also gab es keine finanziellen Probleme zwischen dem Bordellbetreiber und den Leuten, die ihm die Frauen beschafft haben. Das heißt mit anderen Worten, dass die Russenmafia kein Interesse daran gehabt haben könnte, einen Partner, mit dem die Geschäfte reibungslos abliefen, zu liquidieren.«

»Das klingt logisch«, sagte Weber.

»Dazu kommt, dass der Täter das Opfer gezwungen haben muss,

sich auszuziehen«, fuhr Chrissi eifrig fort. »Täter und Opfer haben also eine gewisse Zeit am Tatort gemeinsam verbracht. Dadurch schließt sich auch eine Tat im Affekt aus.«

»Und was folgerst du daraus?«, fragte Weber interessiert.

»Es muss ein persönlicher Racheakt gewesen sein«, antwortete Chrissi.

»Aber wir haben, wenn ich mich richtig erinnere, im näheren Umfeld des Opfers keinen Hinweis darauf gefunden, dass es Differenzen mit anderen Leuten gegeben hatte«, sagte Weber.

»Vielleicht nicht unmittelbar in der Zeit vor der Tat«, sagte Chrissi. »Aber es kann sich doch um einen Konflikt handeln, der länger zurückliegt.«

»Möglicherweise hat er den Zulieferer gewechselt«, sagte Jan Weber. »Es gibt ja nicht nur einen Zweig der Russenmafia. Es kann auch die Rache des ausgebooteten Geschäftspartners gewesen sein.«

»Wenn es ein Auftragsmord war«, sagte Chrissi, »dann hätte der Täter ihn schnell und ohne Verzögerungen ausgeführt.«

»Was spricht dagegen, dass es nicht so war«? fragte Weber.

»Die ausgezogene Hose«, sagte Chrissi.

»Ich kann dir im Moment nicht folgen«, sagte Weber.

»Der Täter hat sein Opfer erniedrigen wollen«, sagte Chrissi mit Bestimmtheit. »Ein gedungener Mörder hätte dafür keinen Grund gehabt. Für mich war die Tat ein persönlicher Racheakt.«

Weber warf einen Blick auf die letzte Seite der Akte.

»PH ist das Kürzel von Hauptkommissar Paul Heiden«, sagte er. »Er wird sich für deine Überlegungen bestimmt interessieren.«

Er griff zum Telefon.

»Hier ist Jan Weber, Paul«, sagte er. »Ich habe eine neue Mitarbeiterin, die nicht nur hübsch ist, sondern auch noch über einen klugen Kopf verfügt. Es geht um den Fall Weyarn. Den Mord an der Autobahn. Erinnerst du dich?«

Chrissi konnte nicht verstehen, was Paul Heiden sagte. Weber legte den Hörer wieder auf die Gabel zurück.

»Er kommt vorbei«, sagte er. »Ich muss zu einer Vernehmung. Warte in deinem Büro auf ihn.«

»Danke, Jan«, sagte Chrissi.

»Keine Ursache«, sagte Jan Weber lachend, als er den Raum verließ.

Paul Heiden hätte ein Zwillingsbruder von Frederik sein können. Er war groß, hellblond und hatte eine sympathische Ausstrahlung. Chrissi bot ihm eine Tasse Kaffee an. Dann trug sie ihm alle Argumente vor, die sie mit Jan Weber besprochen hatte.

»Ist das nicht ein bisschen wenig«, sagte Paul Heiden, »die ganzen Schlussfolgerungen nur an einer ausgezogenen Hose festzunageln?«

»Es gibt mehrere Anhaltspunkte«, sagte Chrissi. »Der Täter kann nur in Rosenheim in das Auto des Opfers gestiegen sein. Das ergibt sich schon aus den Zeitabläufen. Die Barfrau hat fast auf die Minute genau bestimmen können, wann ihr Chef das Haus verlassen hatte. Der Wagen stand in einer dunklen Toreinfahrt. Warum hat der Mörder den Schaffelhuber nicht an Ort und Stelle erschossen?«

»Ein Schuss hätte Anwohner aufwecken können«, sagte Heiden. »Die Gefahr, dass jemand der Täter gesehen oder sich zumindest das Kraftfahrzeugkennzeichen des Fluchtwagens gemerkt haben könnte, wäre zu groß gewesen.«

»Es wurde kein Fluchtauto gefunden«, sagte Chrissi hartnäckig. »Der Täter ist mit dem Auto des Opfers nach München gefahren.«

»Richtig«, sagte Paul Heiden. »Die Tat war folglich genau geplant. Der Täter wusste, wann der Schaffelhuber das Bordell verließ. Er wusste, wo der Wagen parkte und das er unbeobachtet zu seinem Opfer in dessen Auto steigen konnte.«

»Der Schaffelhuber war ein kräftiger Kerl«, sagte Chrissi, »so steht es jedenfalls in den Akten. Der hätte einen Unbekannten nicht freiwillig in seinem Auto mitgenommen.«

»Wenn der Unbekannte eine Pistole in der Hand hält, nimmt ihn auch ein Boxweltmeister mit«, sagte Paul Heiden lächelnd.

»Glauben Sie mir«, sagte Chrissi, »das Opfer kannte den Täter. Es ist egal, ob der Mörder eine Waffe in der Hand hielt oder nicht.«

»Ich kann nur noch einmal wiederholen«, sagte Paul Heiden, »dass wir im gesamten Umfeld des Opfers keinen Hinweis darauf gefunden haben, dass es Streiterein mit einer anderen Person gegeben hatte.«

»Es war auch keine Affekthandlung«, sagte Chrissi unbeirrt. »Die Ursachen des Motivs können Jahre zurückliegen. Ein Mann, der sein Opfer zwingt, seine Kleidung auszuziehen, will ihn lächerlich machen, ihn demütigen. So ein Mann will kein Geld, er will seine Rache für irgendetwas, was ihm der andere angetan hat.«

»Warum muss es ein Mann gewesen sein«? fragte Paul Heiden. »Auch Frauen können Vergeltung üben.«

»Natürlich«, sagte Chrissi, »aber ich glaube, dass eine Frau nicht mit vorsätzlichen Mordgedanken ein Opfer aufsucht. Einer Frau geht es in erster Linie um die Lösung von Differenzen. Gibt es keine, ist sie selbstverständlich auch in der Lage, aus einer spontanen Wut heraus eine Waffe abzufeuern.«

»Ich könnte Ihnen stundenlang Fälle aufzählen, bei denen das nicht der Fall war«, sagte Heiden.

»Heißt das, dass ich die Akte ins Archiv schaffen lassen soll?«, fragte Chrissi.

»Wir sind alle nicht unfehlbar«, sagte Heiden. »Oft gehen wir zu routinemäßig bei unserer Arbeit vor. Ich wäre ein Narr, wenn ich Ihre guten Argumente nicht gelten lassen würde. Ich werde in der Konferenz der Abteilungsleiter dafür plädieren, dass Sie diesen Fall noch einmal aufrollen dürfen.«

»Ich glaube, damit bin ich überfordert«, sagte Chrissi.

»Machen Sie jetzt keinen Rückzieher«, sagte Paul Heiden. »Fahren Sie nach Rosenheim und befragen Sie die Zeugen noch einmal.«

»Ich habe Zeugenbefragungen nur auf der Fachhochschule trainiert«, sagte Chrissi. »Ich weiß nicht, ob ich das in die Praxis umsetzen kann.«

»Sie haben mir doch auch Fragen gestellt«, sagte Heiden. »Je unvoreingenommener Sie an die Sache herangehen, um so besser ist es. Ich stehe Ihnen selbstverständlich immer zur Verfügung, wenn Sie mich brauchen sollten.«

Er lächelte Chrissi freundlich an und ging hinaus.

»Eine fabelhafte Idee von Paul Heiden«, sagte Jan Weber, nachdem Chrissi ihn über die Unterredung informiert hatte. »Du kannst dabei mehr lernen, als wenn du bei zehn anderen Fällen zweite oder dritte Assistentin bist.«

»Aber wie soll ich vorgehen, Jan?«, fragte Chrissi kleinlaut.

»Die Spur führt nach Rosenheim. Versuche die Barfrau zu finden. Möglicherweise arbeitet sie auch für den Nachfolger. Ermittle im Freundes- und Bekanntenkreis des Opfers. Und vor allem: frage, frage, frage«, sagte Jan Weber.

»Und wer kümmert sich in der Zwischenzeit um die Aktenberge in meinem Büro?«, fragte Chrissi.

»Die liegen schon so lange da«, antwortete Weber, »da kommt es auf ein paar Wochen auch nicht mehr an.«

»Heiden hat mir angeboten, dass ich mich jederzeit an ihn wenden kann«, sagte Chrissi.

»Das betrifft nicht nur Paul Heiden«, sagte Jan Weber, »auch ich werde immer Zeit für dich haben, wenn du meine Hilfe brauchst.«

»Du bist der beste Polizist, den ich bis heute kennen gelernt habe«, sagte Chrissi dankbar. »Dienstlich und menschlich.«

»Mache keine Komplimente, Frau Kollegin«, sagte Weber gespielt streng, »mache dich lieber an die Arbeit.«

In den nächsten Tagen arbeitet Chrissi die Akte akribisch durch. Sie notierte sich in einem Notizbuch jede Kleinigkeit: Zeugennamen, Tatortskizze, den Fundort des Sportwagens und die ballistischen Untersuchungen der Kugeln, die das Opfer getroffen hatten.

Christine Beillant hatte ihren ersten Fall und sie wollte alles daran setzen, ihn zu lösen.

»Ich fahre nach Rosenheim«, sagte sie ein paar Tage später zu Jan Weber.

»Bewahre alle Benzinquittungen, Übernachtungsbelege und Verzehrrechnungen auf«, sagte Weber. »Du wirst dich noch wundern, was für ein bürokratischer Verein wir sind. Ohne Beleg zahlst du alles aus der eigenen Tasche. Und halte dich an die Dienstvorschriften. In dem Milieu wissen die Typen sehr genau über ihre Rechte Bescheid.«

Jan Weber stand auf, nahm sie in den Arm und küsste sie rechts und links auf die Wange.

»Viel Glück, Chrissi«, sagte er, »und passe auf dich auf.«

20 Otto-Ludwig Meier und seine Frau Ursula landeten auf dem New Yorker Flughafen Newark. Die Zollabfertigung zog sich in die Länge. Jedenfalls an den Schaltern, die Nichtamerikaner benutzen mussten. Olm war müde. Er hatte, im Gegensatz zu Uschi, im Flugzeug keine Minute schlafen können. Er war zu aufgeregt. Er fühlte sich, wie er sich zuletzt als kleiner Junge gefühlt hatte, wenn Tante Emma am Heilig Abend die Wohnzimmertür geöffnet hatte und mit einer kleinen Glocke läutete - das Zeichen dafür, dass das Christkind dagewesen war und die Geschenke ausgepackt werden durften.

In der Ankunftshalle stand ein Schwarzer mit einem Schild in der Hand auf dem Olms Name stand. Das Essex House hatte einen Wagen geschickt. Es war schon dunkel in New York und sie konnten auf der Fahrt wenig von der Stadt sehen, aber als sie vor dem Hotel ausstiegen, spürte Olm die unbeschreiblich knisternde Atmosphäre, die jeder verspürt, der zum ersten Mal in diese Stadt kommt. New York war mehr, als nur eine Stadt, New York atmete die Kraft einer belebenden Droge aus.

Sie hatten eine traumhaft schöne Suite und trotz seiner Müdigkeit hatte Olm den dringenden Wunsch, noch einen Spaziergang zu machen.

»Morgen ist auch noch ein Tag«, sagte Uschi.

Der Roomservice klingelte und brachte ein Vier-Gänge-Menue, eine Flasche Wein und die, in Amerika übliche Eiswasserkaraffe.

»With compliments from the Essex House«, sagte ein schokoladenbraunes Mädchen.

»Die glauben, dass es in Deutschland noch eine Monarchie gibt und wir das Kaiserpaar wären, das hier inkognito abgestiegen ist«, sagte Olm lachend.

Am nächsten Morgen wartete bereits eine acht Meter lange Stretchlimousine auf sie und der Fahrer brachte sie zum Circle Line Plaza. Die Zwei-Stunden-Fahrt auf dem Ausflugsboot führte einmal rund um Manhattan. Olm war überwältigt. Alles was er aus Filmen und Fernsehsendungen kannte, lag greifbar vor ihm. Das World Trade Center, das Empire State Building, die Brooklyn Bridge, das Gebäude der Vereinten Nationen, die Freiheitsstatue und die St. Patrick Kathedrale.

Am Nachmittag machten Olm und Uschi einen Spaziergang. Das Essex House lag direkt am Central Park South. Von hier aus war es ein Katzensprung in die 5th Avenue, zur Park und zur Lexington Avenue. Sie aßen Hot dogs an einem Stand auf der Straße und Uschi blieb vor jedem Schaufenster stehen und verglich die Preise der Waren mit denen in Deutschland.

Olm fühlte sich schon am ersten Tag in New York wie zu Hause. Die Anordnung der Straßen, längsseits die großen Avenues und als Querverbindung die numerierten Straßen, machten es fast unmöglich, dass man sich verlaufen konnte. Die Wolkenkratzer schienen darin zu wetteifern, welcher von ihnen den Himmel als erster berühren dürfte.

Olm war geschafft, als sie wieder im Hotel ankamen.

»Wir können hier essen«, sagte Uschi. »Das Restaurant vom Essex House hat im letzten Jahr den ersten Preis als bestes Hotelrestaurant von New York gewonnen.«

Uschi war über alles informiert. Sie schien überhaupt keine Müdigkeit zu verspüren. Nach dem Essen fühlte sich auch Olm wieder munter und sie bummelten zum Times Square. Das Lichtermeer der Neonreklamen ließ vergessen, dass es schon Nacht war.

Die nächsten Tage vergingen wie im Fluge. Sie sahen sich die Musicals ‚Tommy' im St. James Theatre und ‚Kiss of the Spider women' im Broadhurst Theatre an. Olm war besonders von der perfekten Bühnentechnik begeistert. Anschließend aßen sie im ‚Sardis', einem Künstlerlokal in der 44th street. An den Wänden des Restaurants hingen zahlreiche Karikaturen von Schauspielerinenen und Schauspielern, die am Broadway Erfolge gefeiert hatten: Sammy Davis jr., Lucille Ball, Lauren Bacall, Yul Brynner, Harry Belafonte, Joan Crawford und viele mehr. Der Kellner begrüßte Uschi und Olm schon bei ihrem zweiten Besuch so, als würde er Stammgäste willkommen heißen.

Mit dem Lift fuhren sie auf das Empire State Building und bewunderten Manhattan aus der Vogelperspektive. Sie besuchten einen Gospelgottesdienst in Harlem und eine Ausstellung im Guggenheim Museum. Das, wie ein Schneckenhaus gebaute Gebäude fanden sie faszinierend. In Greenwich Village hörten sie Jazz in einer Kneipe und aßen dabei kreolische Spezialitäten. Den Sonntagvormittag verbrachten sie auf dem Platz vor dem World Trade Center, auf dem eine große Open Air Veranstaltung stattfand. Sie wagten sich, im Taxi sitzend, auch einmal kurz in die Bronx, stiegen aber nicht aus, weil der Chauffeur sie eindringlich davor warnte. Sie bummelten zu Fuß durch Chinatown und Little Italy zum Hotel zurück. Als sie dem Hotelportier davon erzählten, meinte dieser, dass ein New Yorker in einem Jahr nicht so viele Kilometer laufen würde wie sie an diesem Nachmittag.

Am vorletzten Tag ihres Aufenthalts fuhren sie mit einer Kutsche durch den Central Park. Irgendwann hielt der Kutscher an, weil ein Stadtstreicher sich mitten auf den Weg zum Schlafen hingelegt hatte.

Der liegt da wie Karli, dachte Olm, der ist bestimmt ermordet worden.

Der Kutscher stieß den Mann mit dem Fuß an. Fluchend kroch der Penner auf allen Vieren bis zum Rasenrand und schlief dort sofort wieder ein.

»There are a lot of poor people in New York«, sagte der Kutscher, als er auf seinen Kutschbock zurückkletterte.

Olm hatte nach längerer Zeit wieder an Karli denken müssen. Karl Schaffelhuber, den der auf einem Schotterweg bei Weyarn erschossen hatte. Karli würde New York nie zu sehen bekommen. Wäre er schon einmal hier gewesen, er hätte es jedem erzählt. Karli war ein Angeber.

Aber ich bin hier, dachte Olm. Ich bin in New York und fahre mit meiner geliebten Uschi durch den Central Park. Mit einer Uschi, die nicht ahnt, mit wem sie durch den Park fährt. Karli, die kalten, grauen Augen und das Arschgesicht Neuner sind Schuld daran, dass Uschi mit einem Mörder durch den Central Park fährt. Sie haben etwas in mir zerstört. Folgerichtig habe ich Karli zerstört. Auge um Auge, Zahn um Zahn. Ich habe ihn nicht getötet, um mich zu bereichern. Ich habe ihn nicht aus Hass erschossen. Hass ist ein Gefühl aber ich hatte keinerlei Gefühle für Karli. Karli hatte sich schuldig gemacht. Kein Richter der Welt hätte ihn dafür verurteilt. Richter verlangen Beweise, Zeugenaussagen und Geständnisse. Karli hätte als freier Mann den Gerichtssaal verlassen. Aber er war schuldig! Er hatte Strafe verdient und ich war gezwungen, die Sache selber in die Hand zu nehmen. Aber bin ich Gott? Darf ich über Leben und Tod entscheiden? Gott ist tot! Gott hat sich schon lange verabschiedet. Ihm ist das Geschehen auf der Erde über den Kopf gewachsen. Man muss seine Angelegenheiten selber in Ordnung bringen.

»Ein Penny für deine Gedanken«, sagte Uschi.

»Ich habe an nichts gedacht«, log Olm.

»Man denkt immer an etwas«, sagte Uschi.

»Also gut«, sagte Olm, » ich habe gedacht, dass du die wunderbarste Frau der Welt bist.«

Am letzten Tag gingen sie ins Bloomingdale's, dem großen New Yorker Kaufhaus. Olm hatte das Gefühl, dass Uschi nicht einen einzigen Dollar mit zurücknehmen wollte. Sie kaufte so viel ein, dass sie zum Schluss noch einen Koffer erwerben mussten, um die Sachen transportieren zu können. Uschi dachte an das Eau de toilette für Sebastian, die T-Shirts für den Sohn von Frau Schneider, kaufte Hemden und Krawatten für ihren Bruder Friedrich und zwei Anzüge für Olm. Für sich selbst kaufte Uschi nichts. Olm musste sie lange überreden, bis sie endlich ein Kostüm von Anne Klein annahm, das er ihr schenken wollte.

Am Abflugschalter der American Airways erlebten sie eine unangenehme Überraschung. Die Maschine war überbucht.

»Sie können eine Stunde später mit Lauda Air nach München fliegen«, sagte die Bodenstewardess. »Erster Klasse selbstverständlich. Die Mehrkosten übernehmen wir. Natürlich auch die Hotelübernachtung in München und den Weiterflug nach Berlin.«

Uschi nahm es gelassen.

»Dann bleiben wir eben eine Nacht in München«, sagte sie.

Der Rückflug war bei weitem nicht so anstrengend wie der Hinflug. Die Sitze in der ersten Klasse waren bequemer und man hatte mehr Beinfreiheit. Während Olm die meiste Zeit schlief, las Uschi ein Buch von Shirley Maclaine, ‚My Lucky Stars', das sie sich auf dem Flughafen gekauft hatte. Die Lektüre fesselte sie so, dass sie es bei der Landung in München durchgelesen hatte.

Am American Airways Schalter gab man ihnen einen Gutschein für eine Übernachtung im Bayerischen Hof. Uschi hatte nur den Wunsch, ins Bett zu fallen.

»Würde es dir etwas ausmachen, wenn ich noch ein paar alte Kumpel besuchen würde?«, fragte Olm.

»Natürlich nicht«, sagte Uschi.

Mit dem Taxi fuhr Olm zu Gabis Bistro. Das Bistro war wie ein Wachsfigurenkabinett. Ganz selten wurde einmal eine Figur ausgetauscht. Reimann war da, Günter, Hans, Fuad, Andy, Meyerling und der Schwabe.

Olm begrüßte Gabi und setzte sich an den Tresen.

»Hast du von Karli gehört?«, fragte Gabi, als sie ihm seinen Whiskey hinstellte.

»Was ist mit Karli?«, fragte Olm zurück.

»Der hat den Löffel weggeschmissen«, sagte die Wirtin.

»Karli? War er krank?«, fragte Olm betont gleichgültig.

»Nein«, sagte Gabi, »er hat sich nicht freiwillig verabschiedet. Er hatte ein paar Kugeln im Leib, als sie ihn gefunden haben.«

»Den Karli?«, fragte Olm kopfschüttelnd.

»Ja«, sagte Gabi, »den Schaffelhuber Karli. Hast du nichts davon gehört? Die Zeitungen haben tagelang darüber geschrieben.«

Olm schüttelte erneut den Kopf.

»Selbstmord?«, fragte er dann.

Gabi lachte.

»Selbstmord macht man mit einer Kugel«, sagte sie. »Aus ihm haben sie ein Dutzend herausoperiert.«

Vier, dachte Olm, es waren genau vier.

»Wo ist es passiert?«, fragte er, während er einen kräftigen Schluck nahm.

»In der Nähe der Autobahn bei Weyarn«, antwortete die Wirtin. »Karli hatte einen Puff in Rosenheim.«

»Und wer hat ihn getötet?«, fragte Olm.

Er fand, dass getötet besser klang, als ermordet.

»Die Polizei hat mal wieder keine Ahnung«, sagte Gabi. »Angeblich war es die Russenmafia. Wenn den Bullen nichts einfällt, war es immer die Russenmafia oder eine Bande aus Rumänien.«

Olm ging an einige Tische und begrüßte die Spieler. Karli war hier kein Thema. Im Bistro gab es nichts Wichtigeres, als mischen, abheben und geben. Fuad spielte mit Andy Backgammon. Olm sah, wie er nach einem Fünfer-Dreier-Wurf sechs und eins setzte und zwar genau in dem Augenblick, als Andy Olm die Hand gab. Fuad durfte man nicht eine Sekunde aus den Augen lassen.

Es hatte sich nichts, aber auch gar nichts im Bistro geändert.

Olm bestellte sich am Tresen einen weiteren Whiskey.

»Du bist jetzt häufiger in München«, sagte Gabi.

Bei Gabi wusste man nie, ob es eine Frage oder eine Feststellung war.

»Ich bin gerade aus New York gekommen«, sagte Olm. »Morgen fliege ich nach Berlin zurück.«

»New York«, sagte Gabi bewundernd. »Donnerwetter, Olm!«

»Wie läuft der Laden?«, fragte Olm.

»Siehst du ja«, antwortete die Wirtin. »Es ist wie immer voll, aber die verdammten Zocker machen keinen Umsatz. Ich glaube, ich halte den Weltrekord im Ausschank von Apfelsaftschorle.«

»Dann musst du mir das Bistro-Verdienstkreuz verleihen«, sagte Olm lachend, »ich bin immerhin schon beim zweiten Whiskey.«

»Weil du nicht mitspielst«, sagte Gabi. »Von deinen Umsätzen hätte ich mir damals auch kein Schloss kaufen können.«

»Darf ich dich zu einem Früchtetee einladen?«, fragte Olm. »Du darfst auch Champagner auf die Rechnung schreiben.«

»Otto-Ludwig, ich verleihe dir das Bistro-Verdienstkreuz mit Stern und Schulterband«, sagte Gabi.

Olm blieb noch eine Viertelstunde und fuhr dann zum Bayerischen Hof zurück.

21 Christine Beillant parkte ihren Wagen direkt vor der Tür des Mon Amour Clubs hinter einem hellblauen Fiat.. Unter dem kleinen Messingschild an der Wand neben der Eingangstür befand sich ein Klingelknopf. Chrissi drückte auf den Knopf aber es tat sich nichts. Sie bemerkte die Überwachungskamera, die den Betreibern zeigte, wer der Gast war, der gerade vor der Tür stand.

Sie haben Problem, eine Frau hineinzulassen, dachte sie, während sie erneut ausdauernd auf den Klingelknopf drückte.

Es dauerte noch einige Minuten, bis die Tür sich öffnete. Ein grobschlächtiger Hüne musterte Chrissi misstrauisch. Er hatte das zerbeulte Gesicht eines ehemaligen Boxers.

»Bist du Deutsche?«, fragte er kurzangebunden.

»Ja, warum?«, fragte Chrissi zurück.

»Wir nehmen keine Deutschen«, sagte der Hüne und wollte die Tür wieder schließen.

Chrissi hielt ihm ihre Dienstmarke unter die Nase.

»Bist du von der Sitte?«, fragte der Mann.

»Kriminalpolizei«, sagte Chrissi freundlich.

Sie hörte eine Frauenstimme rufen: »Was ist los, Hugo?«

Der Mann drehte sich um und rief in das Innere zurück: »Ein Bulle, ein weiblicher, Rosi.«

»Lass sie rein«, rief die Frauenstimme.

Der Hüne trat zur Seite und deutete eine kleine Verbeugung an.

»Willkommen im Club, Madame«, sagte er grinsend.

Chrissi betrat den Raum. Ihre Augen mussten sich einen Moment an das schummrige Licht gewöhnen.

Rosi kam auf sie zu.

»Entschuldigen Sie, aber Hugo hat einfach kein Benehmen«, sagte Rosi.

Chrissi zeigte ihr den Dienstausweis.

»Sind Sie die Inhaberin?«, fragte Chrissi.

»Nein«, sagte die Blonde, »ich bin nur die Geschäftsführerin. Der Chef sitzt auf Mallorca und lässt den lieben Gott einen guten Mann sein. Kann ich Ihnen etwas zu trinken anbieten?«

»Ein Glas Wasser«, sagte Chrissi.

Die Blonde verschwand hinter der Theke und Chrissi setzte sich auf einen Barhocker. Es waren drei Männer im Raum, die sich mit den Prostituierten an den Tischen unterhielten. Sie sprachen leise miteinander, nur ab und zu lachte eine der Damen laut auf.

Sie werden ihre Witze über mich reißen, dachte Chrissi. Weibliche Besucher sind hier sicher so selten, wie Marsmenschen auf der Erde.

»Bei uns ist alles in Ordnung«, sagte Rosi, als sie Chrissi das Wasserglas hinstellte. »Hat es irgendwelche Beschwerden gegeben?«

»Nein«, beruhigte sie Chrissi. »Es geht um den Mord an dem früheren Chef dieses Hauses.«

»Um Gottes Willen«, sagte die Barfrau, »das ist schon Monate her. Den Karli haben doch schon die Würmer gefressen.«

»Sie haben auch damals schon unter ihm gearbeitet?«, fragte Chrissi.

»Ich habe unter niemandem gearbeitet«, sagte die Blonde. »Ich arbeite hier nur im Stehen.«

Rosi fand diese Bemerkung so witzig, dass sie in ein schrilles Lachen ausbrach.

»Ich habe beim Sepp Schaffelhuber angefangen«, sagte sie, als sie sich endlich beruhigt hatte, »habe dann für den Karli gearbeitet und jetzt hat halt wieder der Sepp das Sagen.«

»Und der sitzt auf Mallorca«, sagte Chrissi.

»Richtig«, sagte die Blonde. »Der bekommt jeden Monat eine Abrechnung und ist glücklich.«

»Das ist dann auch ein schönes Arbeiten für Sie«, sagte Chrissi. »Ich meine, wenn einem niemand hineinreden kann.«

»Das ist wahr«, sagte die Barfrau. »So reibungslos lief der Betrieb noch nie.«

»Gab es mit dem Karli Probleme?«, fragte Chrissi.

»Unsinn«, antwortete Rosi. »Der Karli hasste Probleme. Der wollte Kohlen verdienen und seine Ruhe haben.«

»Es gab nie irgend welchen Ärger, während der Zeit, als Karli hier der Boss war?«, fragte Chrissi.

»Nie«, antwortete die Blonde. »Das habe ich aber alles schon damals der Polizei erzählt. Ich dachte, der Fall wäre abgeschlossen.«

»Der Fall ist erst abgeschlossen, wenn wir den Mörder haben«, sagte Chrissi.

»Da müssen Sie in Moskau oder Sibirien suchen«, sagte die Barfrau.

»Warum?«, fragte Chrissi.

»Weil ich in der Zeitung gelesen habe, dass die Russenmafia ihn einen Kopf kürzer gemacht hat«, sagte Rosi.

»Aber Sie haben doch ausgesagt, dass es nie Ärger mit den Vermittlern der Mädchen gegeben hätte«, sagte Chrissi.

»Hat es auch nicht«, sagte Rosi, »der Karli hat immer korrekt mit denen abgerechnet.«

»Hatte eines der Mädchen, die zu der Zeit hier gearbeitet haben, einen Zuhälter?«, fragte Chrissi.

»Einen Zuhälter?«, fragte die blonde Barfrau und begann wieder heftig zu lachen. »Die kamen in der Nacht an und wurden zwei oder drei Monate später in der Nacht wieder abgeholt. Die wussten nicht einmal ob sie in Spanien, Deutschland oder der Türkei waren.«

»Ist das heute noch genau so?«, fragte Chrissi.

»Ähnlich«, sagte die Blonde. »Wir beschäftigen nur Frauen aus Osteuropa. Aber die beziehen wir jetzt von den Albis.«

»Wer sind die Albis?«, fragte Chrissi.

»Die Albaner«, sagte die Barfrau, »die haben den Handel fest im Griff.«

Sie redet über Menschen, dachte Chrissi, und es klingt, als würde sie über den Import von Bananen oder Schweinefleischhälften sprechen.

»Vielleicht hatte sich der Herr Schaffelhuber geweigert, mit den Albanern zusammenzuarbeiten«, sagte Chrissi und sah die Blonde fragend an.

»Dem Herrn Schaffelhuber war es völlig egal, von wem die Ware kam«, antwortete die Barfrau. »Für uns ist es nur wichtig, dass wir keine leeren Betten haben.«

Ein Gast, der an einem der Tische saß, bestellte eine Flasche Champagner. Rosi brachte sie an den Tisch.

»Ich bin nicht gerade ein Freund der Bullen, pardon, Polizei, aber ich würde wirklich gerne dazu beitragen, dass der Killer gefasst wird«, sagte sie, als sie zu Chrissi zurückkam.

»Dann überlegen Sie doch mal, ob Ihnen nicht irgend etwas in den Tagen vor dem Mord aufgefallen ist«, sagte Chrissi.

»Nach so langer Zeit?«, fragte die Barfrau spöttisch.

»Gerade nach so langer Zeit«, sagte Chrissi. »Unmittelbar nach so einem Ereignis steht man ziemlich unter Schock. Aber oft erinnert man sich Monate später an das Eine oder Andere.«

»Es gab nichts Außergewöhnliches, an das ich mich erinnern kann«, sagte Rosi.

»Keine neuen Gäste, die Sie vorher nie gesehen hatten?«, fragte Chrissi.

»Nein«, antwortete die Blonde. »Halt, doch!« Sie drehte sich zum Flaschenregal um. »Einer war hier, der eine Flasche Whiskey bestellt hat.«

»Ist das so ungewöhnlich«? fragte Chrissi.

»Er hat kein Mädchen gewollt«, sagte die Barfrau. »Er hat nur seinen Whiskey getrunken und mit mir geredet. Zum Reden kommen die Gäste eigentlich nicht zu uns.«

»Erinnern Sie sich an sein Aussehen?«, fragte Chrissi.

»Klar«, sagte die Blonde lächelnd, »ein dufter Typ, schon etwas älter, sagen wir mal Anfang fünfzig, aber eine gepflegte Erscheinung.«

»War er nur einmal hier?«, fragte Chrissi.

»Ja«, sagte die Barfrau. »Er wollte wiederkommen, aber bis heute hat er sich nicht mehr blicken lassen.«

»Wissen Sie noch, an welchem Tag er hier war?«, fragte Chrissi.

»Das müsste auf der Flasche stehen«, sagte Rosi. »Er hat sie nur halb ausgetrunken.«

Sie ging zum Flaschenregal und suchte nach der Whiskeyflasche. Triumphierend kam sie zu Chrissi zurück.

»In einem guten Haushalt findet sich alles wieder«, sagte sie lachend. »Herbert Steiner hieß er und er war am 7. September hier.«

»Das war einen Tag vor dem Mord«, sagte Chrissi.

»Tatsächlich«, sagte die Blonde. »Aber der Typ sah nicht so aus, als würde er jemanden erschießen.«

»Die meisten sehen nicht so aus, als wären sie zu einem Mord fähig«, sagte Chrissi.

Sie notierte sich den Namen Herbert Steiner in ihr Notizbuch.

»Anfang fünfzig, sagten Sie?«, fragte Chrissi, »können Sie sich an seine Haarfarbe und Größe erinnern?«

»Dunkle Haare, die an den Schläfen schon ziemlich grau waren«, sagte die Barfrau. »Ich schätze, dass er zwischen 1,70 und 1,80 Meter groß war, aber genauer kann ich das nicht sagen, er saß ja die ganze Zeit. Übrigens genau auf dem Hocker, auf dem Sie gerade sitzen.«

»Sie haben ja ein phänomenales Gedächtnis«, lobte Chrissi sie. »Warum haben Sie denn damals der Polizei nichts von dem Mann erzählt?«

»Weil die mich nicht danach gefragt haben«, sagte die Blonde schnippisch.

»Vielleicht erinnern Sie sich auch noch daran, worüber Sie mit dem Gast gesprochen haben?«, fragte Chrissi.

Sie spürte, dass ihr Pulsschlag schneller wurde. Möglicherweise tat sich hier eine heiße Spur auf.

»Ich glaube, dass er mir gesagt hat, dass er im Parkhotel wohnen würde. Er war nur einen Tag in Rosenheim. Warten Sie mal, er hat irgend etwas mit der Industrie zu tun. Berater oder so was ähnliches«, sagte Rosi.

»Hat er sich nach dem Chef erkundigt?«, fragte Chrissi.

»Nein«, antwortete die Barfrau. »Er war auch der Meinung, dass mir der Laden gehören würde.«

»Der Herr Schaffelhuber war nicht im Haus, als er hier war?«, fragte Chrissi.

»Sagen Sie nicht immer Herr Schaffelhuber«, sagte die Blonde. »In ganz Rosenheim hat den Karli kein Mensch so genannt.«

»War der Karli anwesend, als der Unbekannte hier war?«, wiederholte Chrissi ihre Frage.

»Nein«, sagte Rosi, »der war beim Zocken wie jeden anderen Tag auch.«

»Karli war ein Spieler«? fragte Chrissi überrascht.

»Kein Spieler«, antwortete die Barfrau. »Karli hatte seine Schafkopfrunde. Jeden Tag saß er mit seinen Spezis im Parkhotel.«

»Wissen Sie, von wem der Karli den Laden hier übernommen hat?«, fragte Chrissi.

»Habe ich ihnen doch schon gesagt«, antwortete die Blonde, »von seinem Bruder Sepp. Und dem gehört er jetzt wieder, weil er der einzige Erbe vom Karli war.«

»Was hat denn der Karli vorher gemacht? Ich meine, bevor er das Geschäft hier übernommen hat?«, fragte Chrissi.

»Der hatte eine Würstchenbude in München«, sagte Rosi, die Barfrau, » in der Tengstraße, wenn ich mich richtig erinnere, aber da hat er sich auch nicht totgearbeitet. Er war mehr der Typ, der lieber den Big Boss spielte.«

»Hier auch?«, fragte Chrissi.

»Aber, ja«, sagte Rosi, »ein kurzes Grüß Gott, ein Griff in die Kasse und ab zum Schafkopfen: das war der Karli.«

Chrissi zog ihre Visitenkarte aus der Tasche und gab sie der Barfrau.

»Wenn Ihnen noch etwas einfällt, rufen Sie mich bitte an«, sagte sie, während sie aufstand. »Und wenn der Herr Steiner hier auftaucht, benachrichtigen Sie sofort die Polizei in Rosenheim. Kann sein, dass er mit der Tat nichts zu tun hatte, aber wir müssten auf jeden Fall mit ihm reden.«

Die Barfrau Rosi nahm die Karte.

»Polizeikommissarin«, las sie ab, »ja, da legst di nieder, das hätte ich Ihnen gar nicht zugetraut.«

»Was bekommen Sie für das Wasser?«, fragte Chrissi.

»Das geht aufs Haus«, sagte die Blonde.

Chrissi legte ein paar Münzen auf den Tresen.

»Dann werfen Sie die in die Kaffeekasse«, sagte sie. »Und vergessen Sie nicht mich anzurufen, wenn der Herr Steiner auftaucht. Es sind zehntausend Mark für die Ergreifung des Täters ausgesetzt worden. Das Geld würde Ihnen gehören, wenn wir durch Sie auf die richtige Spur kommen.«

Rosi begleitete sie zur Tür.

»Ist das die Toreinfahrt, in der der Karli immer seinen Wagen parkte?«, fragte sie draußen.

»Ja«, sagte Rosi, »da geht es zum Hintereingang des Clubs.«

»Und wie komme ich zum Parkhotel?«, fragte Chrissi.

»Immer in Richtung Bahnhof«, sagte die Barfrau. »Der ist überall ausgeschildert.«

Chrissi stieg in ihr Auto und fuhr los. Der Täter kann auch dort zu seinem Opfer ins Auto gestiegen sein, überlegte sie, während sie den Richtungsschildern ‚Bahnhof' folgte.

Der Portier musterte sie kritisch, als sie ohne Gepäckstück die Lobby des Parkhotels betrat.

»Haben Sie reserviert?«, fragte er, bevor Chrissi überhaupt etwas gesagt hatte.

Chrissi zeigte ihm ihren Dienstausweis.

»Sie sind bei der Polizei«, sagte der Portier überrascht, »also da wäre ich nie drauf gekommen.«

»Wie lange arbeiten Sie schon hier?«, fragte Chrissi.

»Im nächsten April werden es zehn Jahre«, antwortete der Mann.

»Sehen Sie doch bitte mal nach, ob im September, so um den siebten herum, ein Herbert Steiner hier übernachtet hat«, sagte Chrissi.

»Das Septemberbuch liegt im Büro«, sagte der Portier.

»Dann holen Sie es«, sagte Chrissi.

»Ich darf den Empfangstisch nicht verlassen«, sagte der Mann und zuckte entschuldigend mit den Schultern. »Befehl vom Chef.«

»Um was geht es, Bollmann«, hörte Chrissi eine Stimme in ihrem Rücken.

Chrissi dreht sich um. Ein kleiner, dicklicher Mann kam auf sie zu.

»Die Dame ist von der Polizei«, sagte der Portier eifrig.

»Tatsächlich«, sagte der kleine Dicke, »ich bin Walter Beihofer. Mir gehört dieser Laden. Ich muss sagen, dass ich noch nie eine so hübsche Polizistin gesehen habe.«

»Danke«, sagte Chrissi, »Sie sind sehr charmant. Ich hatte Ihren Mitarbeiter um eine Auskunft gebeten.«

»Eine Übernachtung im September«, sagte der Portier. »Das Buch ist im Büro.«

»Dann aber nichts wie hin, Bollmann«, sagte Beihofer. »Flott, flott!« Der Portier eilte ins Büro.

»Wen suchen Sie denn«, wandte sich der Hotelbesitzer an Chrissi.

»Den Mörder von Karl Schaffelhuber«, sagte Chrissi.

»Mein Gott, der arme Karli«, sagte der Mann, »wissen Sie, dass wir fast täglich zusammen Schafkopf gespielt haben?«

»Ja«, sagte Chrissi, »das weiß ich. Er war jeden Tag hier, nicht wahr?«

»Nicht jeden Tag«, sagte Beihofer, »fünfmal in der Woche haben wir gespielt. Der Ferber, der Heym, der Karli und ich.«

»Und jetzt ist die Runde geplatzt?«, fragte Chrissi.

»Wo denken Sie hin«, sagte Beihofer, »der Runmeier Sepp spielt jetzt für den Karli. Das Leben muss ja weitergehen.«

Der Portier kam aus dem Büro zurück.

»Ich habe den ganzen September durchgesehen«, sagte er, »aber es gibt keinen Eintrag ‚Herbert Steiner‘.«

»Ist das der Mörder vom Karli?«, fragte der Hotelier.

»Ich weiß es nicht«, antwortete Chrissi. »Er war einen Tag vor dem Mord im Mon Amour Club. Es kann auch sein, dass er überhaupt nichts mit dem Fall zu tun hat.«

»Ich erinnere mich sehr gut an Gäste«, sagte der Portier. »Wie sah er denn aus? Es kann ja sein, dass er unter einem anderen Namen hier abgestiegen ist.«

»Ihre Größe«, sagte Chrissi, »dunkles Haar mit grauen Schläfen, eine gepflegte Erscheinung.«

Dem Portier gefiel der Vergleich. Ein eitles Lächeln machte sich auf seinem Gesicht breit.

»Wir hatten im ganzen September nur wenige Einzelgäste«, sagte der. »Das waren alles Stammgäste. Der Rest waren Tagungsteilnehmer einer Computerfirma und die Mannschaften von mehreren Eishockeyvereinen.«

Chrissi wandte sich an den Hotelbesitzer: »Hat der Herr Schaffelhuber irgendwann mal erzählt, dass er mit jemanden Ärger gehabt hat?«

»Der Karli und Ärger«, lachte Beihofer, »der Karli hatte mit niemandem Ärger. Der war immer gut drauf, bis er so überraschend aus dem Leben gerissen wurde.«

»War er ein Spieler?«, fragte Chrissi.

»Wenn er ein Spieler war, dann sind alle Bayern Spieler«, sagte der Hotelier. »Schafkopfen gehört bei uns zum täglichen Leben, wie eine Maß und ein Radi zur Brotzeit.«

»Ist der Karli immer allein gekommen?«, fragte Chrissi.

»Sie Fragen einem ja Löcher in den Bauch«, sagte Beihofer lachend. »Der Karli ist natürlich immer allein gekommen. Wer setzt sich schon fünf Stunden freiwillig zu einer Schafkopfrunde? Manchmal wurde er abgeholt, wenn er zu viel getrunken hatte. Dann hat er sein Auto in unserer Tiefgarage stehen lassen.«

»Wer hat ihn abgeholt?«, fragte Chrissi.

»Seine Barfrau, Rosi«, sagte Beihofer.

»Wie kommt man in die Tiefgarage?«, fragte Chrissi.

»Nur mit dem Fahrstuhl«, sagte der Portier. »Zum Rein- und Rausfahren müssen die Gäste die Rufanlage betätigen. Das Tor geht nur auf, wenn ich hier oben auf einen Knopf drücke.«

»Danke«, sagte Chrissi und stand auf. »Sie haben mir sehr geholfen.«

»Wollen Sie nicht bei uns übernachten«? fragte Beihofer. »Selbstverständlich kostenlos. Die Herbstferien sind zu Ende und auf der A 8 gibt es einen Stau von zwanzig Kilometern.«

»Sehr freundlich von Ihnen«, sagte Chrissi, »aber ich muss unbedingt nach München zurück.«

»Ich bringe Sie zu Ihrem Auto«, sagte der Hotelier galant.

»Eine Frage hätte ich noch«, sagte Chrissi, als sie vor der Tür standen. »Kannten Sie den Karli schon bevor er nach Rosenheim gekommen ist?«

»Nein«, sagte Beihofer. »Ich kannte seinen Bruder Sepp. Aber auch nur flüchtig. Der Sepp lebte sehr zurückgezogen. Karli war viel mehr ein Gesellschaftsmensch.«

»Hat er nie etwas von seiner Münchener Zeit erzählt?«, fragte Chrissi.

»Nicht ein Wort«, antwortete der Hotelbesitzer. »Wir haben ihn allerdings auch nie nach seiner Vergangenheit befragt.«

Beihofer winkte ihr noch freundlich nach, als Chrissi davonfuhr.

Ich habe eine Spur, überlegte sie auf der Rückfahrt nach München. Ich muss diesen Steiner finden. Mein Gefühl sagt mir, dass er etwas mit der Tat zu tun hat. Ich muss herausfinden, wo der Schaffelhuber in München verkehrte. Ein begeisterter Schafkopfspieler fängt nicht erst in Rosenheim an seiner Leidenschaft zu frönen. Es muss eine Verbindung zwischen Herbert Steiner und Karl Schaffelhuber geben. Herbert Steiner wird nicht der richtige Name des Mannes sein, der im Mon Amour Club war. Jemand, der einen Mord plant, gibt nicht seinen wirklichen Namen an, um sich eine Whiskeyflasche reservieren zu lassen. Und wenn es doch nur ein Geschäftsmann war, der sich in seinem Hotelzimmer gelangweilt hatte und deshalb auf einen Drink in den Club gegangen war? Vielleicht hatte er in einem anderen Hotel übernachtet. Viele Männer nennen oft das beste Hotel am Platz, obwohl sie in einer einfachen Pension abgestiegen sind. Auf der anderen Seite ist es so, dass dieser ominöse Steiner kein Hotelzimmer brauchte, weil er schon vorher geplant hatte, mit dem Auto des Opfers nach München zurückzufahren.

Ich muss, sagte Chrissi halblaut vor sich hin, ich muss diesen Herbert Steiner finden. Und ich werde ihn finden.

22 Friedrich von Rewentlow holte Uschi und Olm am Flughafen Tegel ab.

»Du hast mich doch nach einem gewissen Neuner gefragt«, sagte er zu Olm im Auto.

»Du musst keine großen Nachforschungen anstellen«, sagte Olm, »so wichtig ist das nicht.«

»Ohne es zu wissen, habe ich schon häufiger für ihn gearbeitet. Jörg Neuner ist der Boss von Neu-TV. Die Firma dreht eine Serie nach der anderen für die Privatsender und neuerdings auch für die öffentlich-rechtlichen«, sagte Friedrich.

»Eine Münchener Firma?«, fragte Olm.

»Nein«, sagte von Rewentlow, »die drehen meistens in den alten Ufa-Studios in Tempelhof.«

»Kennst du den Mann von früher?«, fragte Uschi.

Olm überlegte, ob er Neuners Namen erwähnt hatte, als er Uschi von dem Pokerabend erzählt hatte.

»Es gab einen Produktionsleiter beim ZDF«, sagte Olm, »dem habe ich einmal für Außenaufnahmen meine Baumaschinen geliehen.«

»Jetzt frisst der mit goldenen Löffeln«, sagte Friedrich. »Der hat im richtigen Moment auf das richtige Pferd gesetzt.«

Warum musste Friedrich ausgerechnet jetzt damit anfangen, dachte Olm. Verdammt noch mal, ich war in New York. Ich war in der aufregendsten Stadt der Welt. Ich stand vor der Metropolitan Oper und saß vor dem Rockefeller Center in der Sonne. Uschi hat mich vor der Plastik der Vereinten Nationen fotografiert. Ich stand direkt neben der Pistole, in deren Lauf ein Knoten geschlagen ist. Ich habe jamaikanisch, indonesisch und kubanisch gegessen. Ich habe mich, überraschend gut, englisch unterhalten. Ich habe Liza Minnelli gesehen, live und nicht auf der Kinoleinwand. Sie wohnte auch im Essex House und ist einmal, in einem Pulk von Bodygards, durch die Halle gelaufen. Und jetzt, ausgerechnet jetzt, muss Friedrich dieses Arschgesicht Neuner erwähnen. Was interessiert mich Neuner? Soll er doch an seinen Seifenopern ersticken. Neuner, Karli und Peter haben mich betrogen. Na und? Hätten sie es nicht getan, wer weiß, ob ich je nach New York gekommen wäre. Eigentlich müsste ich ihnen dankbar sein. Gut, Karli kann ich nicht mehr dankbar sein. Karli ist tot. Karli wurde von der Russenmafia erschossen oder von dem eifersüchtigen Ehemann einer Nutte. Ich war es jedenfalls nicht. Ich bin gar nicht dazu fähig, einen Menschen zu töten.

»Müde?«, fragte Uschi.

»Ein wenig«, antwortete Olm.

Friedrich setzte sie vor Uschis Wohnung ab.

»Rufe die Ufa-Studios in der Oberlandstraße an«, sagte er. »Da erwischt du den Neuner bestimmt.«

Kann er nicht die Schnauze halten, dachte Olm, kann er nicht endlich aufhören dieser angeberische Kleindarsteller? Warum sagt Uschi ihm nicht, dass er den Mund halten soll? Uschi ist eine sensible Frau. Uschi hätte nie einen Mörder geheiratet. Damals, als ich ihr Hans, den Rechtsanwalt, vorgestellt habe, hat sie gleich gesagt, dass sie sich von dem nie vor Gericht vertreten lassen würde. Uschi hat Menschenkenntnis. Hätten wir am Flughafen doch nur ein Taxi genommen.

»Danke, dass du uns abgeholt hast«, sagte Olm zu Friedrich von Rewentlow.

»Lasse dich in den nächsten Tagen einmal blicken«, sagte Uschi. »Wir haben dir aus New York etwas mitgebracht.«

Sebastian und Frau Schneider freuten sich sehr über die Geschenke. Jedenfalls sagten sie es. Wie es nicht anders zu erwarten war, hatte Sebastian im Büro alles stehen und liegen gelassen. Olm hatte in den nächsten Tagen genug zu tun, um das Geschäft wieder auf Vordermann zu bringen. Allein in der ersten Woche fuhr er mehr als achthundert Kilometer kreuz und quer durch Berlin. Abends war er dann so müde, dass er direkt in seine ‚Höhle‘ fuhr. Mit Uschi führte er nur kurze Telefonate.

An einem der nächsten Wochenenden waren Uschi und er bei Frau Schneider eingeladen. Ein Dankeschön für die New Yorker T-Shirts, die sie ihrem Sohn Manuel mitgebracht hatten. Herr Schneider war Fernsehkritiker bei einem Berliner Boulevardblatt.

»Eigentlich arbeite ich nicht«, sagte er beim Essen. »Ich sitze nur stundenlang vor dem Fernsehgerät und schaue mir die schwachsinnigsten Sendungen an.«

»Aber Sie müssen doch auch Ihre Kritik schreiben«, sagte Olm.

»Ich habe täglich nur fünfundzwanzig Zeilen«, sagte Herr Schneider. »Mein Chefredakteur wünscht eine positive Berichterstattung über

die Programme der Sender, an denen unser Verlag beteiligt ist. Zerreißen darf ich nur die Sendungen der anderen.«

»Dürfen Sie oder müssen Sie?«, fragte Olm.

Herr Schneider und das Gespräch langweilten ihn, aber er versuchte, einigermaßen höflich zu sein.

»Ich habe doch sowieso nur die Wahl zwischen Pest und Cholera«,
sagte Herr Schneider grinsend. »Die interessanten Fernsehsendungen
kann man doch an einer Hand abzählen.«

»Und morgen erscheint keine Kritik?«, fragte Uschi.

»Wie kommen Sie darauf?«, fragte Herr Schneider zurück.

»Das Fernsehgerät ist nicht eingeschaltet«, sagte Uschi.

»Heute laufen nur Serien, über die ich auch schreiben kann, ohne
sie gesehen zu haben. Ich lese nur die Besetzungslisten in den Programm-
zeitschriften, damit ich weiß, welche Schauspieler ich lobend erwähnen kann«, sagte Herr Schneider.

Herr Schneider redete den ganzen Abend über Fernsehfilme, Serien
und Dokumentationen und erklärte zwischendurch immer, dass er viel
bessere Ideen habe, aber dass es fast unmöglich wäre, in diesem Geschäft Fuß zu fassen.

Uschi registrierte, dass Susanne Schneider ständig Olm ansah.

»Es war nicht gerade ein unterhaltsamer Abend«, sagte Olm auf der
Heimfahrt.

»Ich langweile mich nie, wenn ich mit dir zusammen bin«, sagte
Uschi und drückte seine Hand.

»Gehen wir noch auf einen Nightcup ins Interconti an die Bar?«,
fragte Olm.

»Wo du hingehst, da will auch ich hingehen«, sagte Uschi.

Uschi war einmalig. Uschi war ein Fünfzigkaräter, ein Rembrandt,
ein Schloss an der Loire.

In der Hotelbar saß Sebastian mit zwei Männern an einem Tisch. Uschi
und Olm hatten sich gerade an der Bar niedergelassen, als er zu ihnen kam.

»Darf ich Olm drei Minuten geschäftlich sprechen?«, fragte er Uschi.

»Auch vier Minuten«, sagte Uschi. »Soll ich mir die Nase pudern
gehen?«

»Ich habe keine Geheimnisse vor dir«, sagte Olm.

Ich lüge sie an, dachte er. Ich lüge ihr mitten ins Gesicht. Natürlich
habe ich Geheimnisse vor ihr.

»Ich sitze da mit zwei Herren vom ZDF am Tisch«, sagte Sebastian. »Die wollen ihre Berlinpräsenz verstärken und suchen freie Studios. Bei ‚Paolo' habe ich erfahren, dass die Ufa-Studios nicht ausgelastet sind. Babelsberg hat denen das Wasser abgegraben.«

»Ich kümmere mich darum«, sagte Olm.

»Der Mann, an den du dich wenden musst, heißt Schmidt-Thül«, sagte Sebastian.

Er küsste Uschi auf die Wange, klopfte Olm auf die Schulter und ging zu seinem Tisch zurück. Olm notierte sich den Namen auf einem Bierdeckel.

Das sind merkwürdige Zufälle, dachte Olm. Die Vermittlung von leeren Studios brachte bestimmt kein Geld. Sebastian nannte so kleine Gefälligkeiten Zukunftsinvestitionen. Und ich muss in die Straße, ja, vielleicht sogar in das Gebäude, in dem sich Neuner aufhält.

Das gestriegelte Arschgesicht Neuner. Neuner, ein Kartenbetrüger aus München. Ein Produktionsleiter, der mit dem Geld, das er mir abgenommen hat, eine eigene Firma gründete und sich jetzt dumm und dämlich verdient.

»Es war ein langer Abend«, sagte Uschi. »Fahre mich nach Hause und dann weiter in deine Höhle. Dann kannst du dich ungestört ausschlafen.«

»Wenn du nichts dagegen hast, möchte ich lieber in deinen Armen einschlafen«, sagte Olm.

Am Montagvormittag fuhr Olm zu den Ufa-Studios in der Oberlandstraße. Er fragte beim Pförtner nach Schmidt-Thül.

»Zweites Gebäude auf der rechten Seite«, sagte der Mann und drückte die Schranke hoch.

Gleich am ersten Haus sah Olm ein großes Firmenschild: Neu-TV stand mit weißen Buchstaben auf blauem Untergrund.

Hinter einem dieser Fenster sitzt Neuner, dachte Olm. Bestimmt telefoniert er gerade mit einem Sender und zieht sich einen neuen, lukrativen Auftrag an Land. Dem Arschgesicht fliegen die gebratenen Tauben von allein in den Mund.

Das Gespräch mit Schmidt-Thül war kurz. Olm merkte schnell, dass der Mann gar keinen Vermittler brauchte. Sein Problem war, dass er in seiner Position nicht selbst direkte Verhandlungen führen konnte.

»Mein Name muss aus dem Spiel bleiben«, sagte Schmidt-Thül.

»Ich verstehe«, sagte Olm.

»Aber da solche Geschäfte nicht zu meinem Aufgabengebiet gehören«, fuhr der Mann fort, »steht mir natürlich eine gewisse Aufwandsentschädigung zu.«

»Wir werden uns rechtzeitig nach ihrer Bankverbindung erkundigen«, sagte Olm.

Auf dem Weg zu seinem Auto vermied er es, auch nur einen Blick auf die Fassade zu werfen, an der das Firmenschild von Neuner angebracht war.

Neuner war nur ein Mitläufer, dachte Olm. Mitläufer kommen immer straffrei davon. Tausende Handlanger von Faschisten, Stalinisten, afrikanischen Bruderkriegsmördern oder südamerikanischen Putschisten sind nie bestraft worden. Nur den Anführern wurde der Prozess gemacht, es sei denn, sie sind rechtzeitig ins Exil geflohen. Karli war der Anführer und Karli war im Exil. Die Hölle ist eines der sichersten Exile. Der arschgesichtige Mitläufer interessiert mich nicht. Du hast Glück gehabt, Neuner, unverdientes Glück.

23 Jörg Neuner ging es gut. Er hatte in einem Grunewalder Lokal einen Nebenraum gemietet und feierte mit der gesamten Crew den Abschluss der Dreharbeiten für sechsundzwanzig Folgen einer Arztserie. Alles war bestens gelaufen. Man hatte sogar eine Woche weniger Drehzeit gebraucht, als ursprünglich angesetzt war. Das erhöhte den Reingewinn nicht unerheblich. Die Redakteure des Senders hatten die ersten Folgen schon am Schneidetisch gesehen und waren voll des Lobes.

»Man könne mit Sicherheit davon ausgehen, dass eine weitere Staffel gedreht würde«, hatte der Unterhaltungschef gesagt.

Neuner konnte zufrieden sein und er war es. Natürlich saßen an seinem Tisch die Hauptakteure, der Regisseur und die Redakteure.

»Bist du sicher, Jörg, dass wir ab August wieder im Studio sind«? fragte Bernd Herzl, der Darsteller des Chefarztes.

»Ganz sicher«, sagte Neuner.

»Ich denke, wir sind wesentlich besser, als die vielen anderen Ärzteserien«, sagte Herzl.

»Das denke ich auch«, sagte Neuner.

Obwohl du ein mittelmäßiger Schauspieler bist, dachte er. Ein hübsches Kerlchen ohne besondere Ausstrahlung, aber du kommst bei den jüngeren Zuschauern an und das ist ausschlaggebend.

»Ich meine, unsere Zusammenarbeit war ein Glücksfall«, sagte Herzl.

Das wird sich noch herausstellen, dachte Neuner. Warten wir die Einschaltquoten ab. Erreichen wir mehr als fünf Millionen, kannst du ein Star werden. Schaffen wir die nicht, bleibst du der, der du jetzt bist.

Laut sagte er: »Ich habe noch viel mit dir vor, mein Junge.«

Hannelore Ebner, sie spielte die Rolle der Oberschwester Beate, war das Gespräch zwischen Herzl und Neuner schon zu lang.

»Jörgili«, sagte sie - sie war zwei Spielzeiten am Theater in Luzern gewesen und liebte es, ihre Aussprache mit etwas Schweizer Dialekt einzufärben - »ich weiß nicht, ob es gut für mich wäre, wenn ich noch einmal sechsundzwanzig Folgen drehen würde. Man wird in diesem Geschäft zu schnell in eine bestimmte Schublade geschoben.«

»Du hast eine Option unterschrieben, mein Engel«, sagte Neuner freundlich und lächelte sie an.

Sei froh, dass du die Rolle überhaupt bekommen hast, dachte er. Deine Agentur hat so hohe Gagenforderungen gestellt, dass ich dich nicht mal für einen Drehtag genommen hätte. Wer weiß, welchen Redakteur du gevögelt hast? Jedenfalls bestand der Sender darauf, dass ich dich nehmen müsste. Schon am zweiten Tag der Außenaufnahmen hast du mit dem Regisseur gepennt. Die beste Rückversicherung dafür, dass Herzl nicht mehr Großaufnahmen als du bekommen würde.

»Wenn ich an die vielen Promotiontermine denke, wird mir ganz übel«, seufzte die Ebner.

»In den sauren Apfel musst du beißen«, sagte Neuner, »du bist das Zugpferd, der Star der Produktion.«

Bernd Herzl gefiel diese letzte Bemerkung Neuners überhaupt nicht.

»Ich bin nicht ganz glücklich über den Vorspann«, sagte er. »Ich meine, die Serie ist total auf mich zugeschnitten. Das geht nicht gegen dich, Hannelore, aber man hätte mehr kurze Szenen des Hauptdarstellers aneinander schneiden sollen. Natürlich mit den unterschiedlichsten Gefühlsregungen.«

»Sie werden nicht genug Variationen Gefühleregungen in deinen Szenen gefunden haben«, sagte die Ebner spitz.

»Die Regie hat mir wenig Möglichkeiten gelassen«, sagte Herzl.

»Jörgili«, wandte sich Hannelore Ebner wieder an Neuner, »ich bestehe darauf, dass Ballmann auch bei der nächsten Staffel Regie führt.«

Herzl grinste. Er hielt es allerdings mehr für ein jungenhaftes Lächeln.

»Du hast ja auch sehr intensiv mit ihm gearbeitet«, sagte er. »Rund um die Uhr sozusagen.«

»Was heißt rund um die Uhr?«, fragte die Ebner.

»Ich hatte das Hotelzimmer neben dir und konnte hören, wie ihr die Liebesszenen noch tief in der Nacht probiert habt«, sagte Herzl grinsend.

»Während du mit der Maskenbildnerin neue Schminktechniken durchgesprochen hast«, sagte seine Kollegin. »In meinem Zimmer war auch alles zu hören.«

»Ich habe meine Prinzipien«, sagte Herzl und sah Hannelore Ebner tief in die Augen. »Ich fange, während der Dreharbeiten, nie ein Verhältnis mit einer Nebenrolle an.«

»Bernili«, sagte die Ebner mit etwas schrillerer Stimme, »ich habe am Anfang gedacht, du wärst schwul.«

Neuner spürte, dass der Verlauf des Dialogs eine unglückliche Richtung einschlug.

»Denkt daran, Kinder«, sagte er, »dass ihr bald wieder ein halbes Jahr gemeinsam vor der Kamera stehen müsst.«

Er hätte auch gerne etwas mit der Ebner angefangen, aber es war ihm nicht gelungen herauszufinden, wer die Person war, die ihr, von Seiten des Senders aus, den Rücken stärkte. Und bevor er sich mit einem wichtigen Geschäftspartner anlegte, verzichtete er lieber auf das Vergnügen.

»Zwischen Darstellerin und Produzent muss mehr entstehen, als eine künstlerische Zusammenarbeit«, pflegte er sonst bei Engagementsgesprächen immer zu sagen. »Ich brauche eine gewisse zwischenmenschliche Harmonie, die eine spannungsfreie Drehzeit garantiert.«

Die meisten Schauspielerinnen verstanden sofort, was er damit sagen wollte und nahmen seine Einladung, die Details doch am Abend in seiner Privatwohnung noch einmal durchzusprechen, an.

»Eine Woche eingespart, Jörg, ist das nicht wunderbar«, sagte Ballmann, der Regisseur.

»Halt die Klappe«, zischte Neuner ihm zu.

Die Redakteure mussten nicht unbedingt erfahren, dass die Dreharbeiten kürzer waren als geplant. Bei den nächsten Verhandlungen hätte das stundenlange Diskussionen über die Anzahl der Drehtage ausgelöst.

»Das ist doch bares Geld«, sagte Ballmann, der nicht zu begreifen schien, warum er über dieses Thema nicht reden sollte.

»Lass uns in den nächsten Tagen über die Besetzung der Krimiserie reden«, sagte Neuner. »Welser will aussteigen. Wir müssen die erste Folge umschreiben. Entweder hatte er einen tödlichen Autounfall oder er ist nach Hamburg versetzt worden.«

»Beides ist nicht sehr originell«, sagte Ballmann und stieg endlich auf das neue Thema ein.

»Hast du einen besseren Vorschlag?«, fragte Jörg Neuner.

»Wir fangen mit einer Trauerfeier an«, sagte Ballmann. »Am offenen Grab. Der Sarg ist schon zu, dadurch sparen wir das Geld für ein Double. Die Kollegen nehmen Abschied von Hauptkommissar Blei. Friedhofsszenen kommen immer gut an.«

»Und woran ist er gestorben?«, fragte sein Produzent.

»An Krebs«, sagte Ballmann, »die halbe Welt stirbt heutzutage an Krebs. Wir werden eine Einstellung aus der Grube heraus drehen. Gewissermaßen aus der Perspektive des Toten.«

»Ausgezeichnet«, sagte Neuner. »Ich weiß doch, warum ich dich ständig beschäftige.«

»Wir müssen auch mal wieder über meine Gage reden«, sagte Ballmann.

»Aber nicht hier und heute«, wehrte Neuner ab.

Gagenverhandlungen mit Ballmann waren nervtötend. Er feilschte sogar um jede Mark seiner Tagesdiäten und fing bei seinem Regiehonorar mit utopischen Summen an. Ballmann war ein guter Handwerker. Kein Genie, weiß Gott nicht, aber ein Garant dafür, dass saubere Arbeit geleistet wurde, die den finanziellen Rahmen nie sprengte. Man hatte sich bisher auch jedesmal einigen können, aber Neuner verhandelte nicht gern. Er machte ein Angebot, und das musste akzeptiert werden.

Ein Redakteur klopfte an sein Glas und erhob sich. Er sprach von der künstlerischen Qualität, von erfüllten Erwartungen, von kongenialer Zusammenarbeit und überbrachte die besten Grüße des Intendanten.

Neuner sparte nicht mit Zwischenapplaus. In dieser verlogenen Branche war Eigenlob ein stabilisierender Faktor.

Neuner hatte beim ZDF von der Pike auf gelernt. Kabelträger, zweiter Aufnahmeleiter, erster Aufnahmeleiter, stellvertretender Produktionsleiter, verantwortlicher Produktionsleiter, Neuner hatte jede Station durchlaufen. Er kannte die Spielregeln. Erfolge waren das Verdienst der Redaktion. Sie hatte den richtigen Riecher, das goldene Händchen gehabt. Misserfolge hatte der Produzent zu verantworten. Der falsche Regisseur, eine unpassende Besetzung oder die missglückte Umsetzung der Bücher, darauf hatte die Redaktion leider zu wenig Einfluss. Die Bücher konnten gespickt sein mit jedem Klischee, das sich anbot, die Schauspieler konnten für Laiendarsteller gehalten werden, es gab nur ein Kriterium, das zählte: die Einschaltquote. Das war die unbestimmte Größe, die keiner voraussagen konnte. Die Reaktionen des Publikums war nicht berechenbar.

Neuner hielt eine kurze Erwiderungsrede.

Er dankte dem Sender und natürlich besonders den anwesenden Redakteuren für das Vertrauen, lobte Ballmanns Regiearbeit und überschüttete die Ebner und Herzl mit Komplimenten. Natürlich erwähnte er auch die hervorragende Zusammenarbeit des gesamten Teams.

Der langanhaltende Beifall schien Herzl zu animieren. Auch er erhob sich.

»Lieber Jörg, lieber Herr Doktor Kummernis, meine Freunde«, begann er mit lauter Stimme, die Arme weitausgebreitet, als wolle er jeden umarmen. »Sechs Monate intensiver Arbeit liegen hinter uns und ich möchte betonen, es waren schöne Monate. Die meisten von uns haben schon einige fertig geschnittene Folgen sehen können und werden mir recht geben, wenn ich behaupte, dass wir weit über dem Niveau anderer Produktionen liegen. In meiner erfolgreichen, künstlerischen Karriere war ich selten von einer Sache so überzeugt wie von unserer Serie. Lieber Herr Doktor Kummernis, ich hoffe, dass Sie einen guten Sendeplatz für uns durchsetzen können, und dass dieser Staffel noch viele weitere folgen. Ich jedenfalls wäre mit Leib und Seele dabei.«

Das Auditorium klatschte höflich. Folgerichtig konnte nun auch Hannelore Ebner nicht auf ihren Auftritt verzichten.

»Ich möchte mich in erster Linie bei Hannes Ballmann bedanken«, sagte sie. »Lieber Hannes, du hast hervorragende Arbeit geleistet. Danke!«

Die verlogenen Texte beherrschen sie schon perfekt, dachte Neuner. Besonders Herzls Worte hatten bei den Redakteuren voll ins Schwarze getroffen und auch Ballmann strahlte über das ganze Gesicht.

Mir soll es recht sein. Ich bin ein vermögender Mann geworden. Nicht reich, reich ist man erst, wenn man von seinen Zinsen leben kann, aber ich bin weiter gekommen, als ich es je zu hoffen gewagt hätte. Als Produktionsleiter war ich der Schlackenschammes, der Fußabtreter, der Mann zwischen allen Stühlen. Nach oben buckeln, nach unten treten. Dummerweise waren unten die Unbedeutenden, die Einflusslosen. Für die Redakteure, die Regisseure, die Produzenten, ja selbst für die ewig unzufriedenen Schauspieler war ich die Anlaufstelle. Und dazu wurde ich auch noch schlecht bezahlt. Jedenfalls zu schlecht für einen Menschen, der höhere Ansprüche stellte und meine Meßlatte liegt ziemlich hoch.

Die Zweckgemeinschaft, die ich mit Karli und Peter gegründet habe, brachte einen kleinen Nebenverdienst. Nicht viel aber wenigstens steuerfrei. Und dann kam dieser wunderbare Abend in Gabis Bistro. Ein Volltreffer, eine glückliche Fügung des Schicksals. Wie hieß der Dummkopf noch? Holm? Nein, Olm. Ein Verrückter, der mit zweihundertvierzigtausend Mark in der Tasche zum Pokern geht. Vor der Herrentoilette hatte mir Peter noch die Instruktionen von Karli gegeben: erst warm spielen, dann zuschlagen. Es klappte hervorragend. Als hätten sie nach einem festgelegten Drehplan gearbeitet. Der Olm war dem Wahnsinn nah. Dem lief der Schweiß in den Nacken. Der hatte Augen wie ein Kaninchen, das auf die Schlange starrte. Mindestens drei Liter Kaffee hat er in sich reingeschüttet, aber es hat ihm alles nichts genützt. Einmal konnte man den Rand einer Karte sehen, die Karli mir mit dem Ärmel zugeschoben hat. Ich hatte panische Angst, dass Olm das auch gesehen haben könnte. Aber der hatte nur Augen für seine Karten und für den, immer kleiner werdenden Geldstapel auf der Bank neben sich. Der arme Hund war geistig völlig weggetreten.

Für mich kam der Gewinn im richtigen Augenblick. Die privaten Fernsehanbieter schossen wie Pilze aus dem Boden. Nachdem die Verantwortlichen festgestellt hatten, dass ihnen Eigenproduktionen mehr einbrachten, als aufgekaufte amerikanische Filme und TV-Serien, stieg die Nachfrage nach deutschen Produktionen sprunghaft an. Ich habe mir schon neue Visitenkarten drucken lassen, bevor ich beim ZDF gekündigt habe. Zwei Tage später war ich in Berlin und habe die Neu-TV ins Handelsregister eintragen lassen. Den Amateuren bei den Privatsendern hat es schon imponiert, wenn einer von Location, vom Set, vom Producer oder auch nur vom Catering sprach und wer von den öffentlich-rechtlichen Anstalten kam, war automatisch ein Fachmann, selbst wenn er früher nur Tagesdispositionen geschrieben hatte. Ich habe diesen Kompetenzbonus voll ausgenutzt. Aber meine beste Idee war mein Amerikaaufenthalt. Vierzehn Tage habe ich mir in einem Hotelzimmer nur die Fernsehprogramme angesehen und mir Notizen gemacht. Von Los Angeles habe ich nur den Flughafen gesehen. Drei Wochen später hatte ich meine erste Serie verkauft. Und heute stehen mir die Türen von den Fernsehdirektoren sogar am Wochenende offen.

»Du träumst, Jörgili«, sagte die Ebner und legte ihm ihre Hand auf den Oberschenkel.

»Von dir, mein Engel«, sagte Neuner und schob ihre Hand ein wenig höher.

»Ich würde gerne einmal über eine Idee mit dir sprechen«, sagte Hannelore Ebner. »Ein unglaublich guter Stoff.«

Sie spürte sein Geschlechtsteil und begann es mit kreisenden Bewegungen zu massieren.

»Meine Tür steht dir immer offen«, sagte Neuner. »Im Büro und auch in meiner Wohnung.«

Jörg Neuner wusste, dass er nicht lange auf den Besuch der Schauspielerin warten musste. Fast alle waren käuflich in dieser Branche. Jeder Redakteur, der in den ersten Verhandlungen an der Qualität der Bücher etwas auszusetzen hatte, war umzustimmen, wenn man ihm diskret in Aussicht stellte, dass eine Bearbeitung von ihm als Co-Autor, selbstverständlich unter Pseudonym, sehr wünschenswert wäre. Diese Honorare hatte Neuner bereits in seiner Kalkulation berücksichtigt. Gut, das Wetter konnte ihm manchmal bei den Außenaufnahmen einen Strich durch die Rechnung machen, aber es gab Ausfallversicherungen und es gab Ballmann, der immer wieder einige Tage herausholen konnte. Jörg Neuner hatte alles fest im Griff. Genau so wichtig wie der finanzielle Erfolg war ihm allerdings auch die Anerkennung, die er in diesem Geschäft genoss. Schauspielerinnen und Schauspieler suchten auf Filmbällen, bei Premierenfeiern und Presseempfängen das Gespräch mit ihm. Und wenn er seine Standartsätze ‚Wir müssen mal wieder etwas zusammen machen' oder ‚Sie stehen schon lange in meinem Notizbuch' losließ, empfand er ihr dankbares Lächeln als Auszeichnung.

Jörg Neuner war kein gutaussehender Mann. Er hatte zwanzig Kilogramm zu viel, seine Zähne standen ziemlich schief und sein Gesicht hatte die Form eines kleinen Vollmonds. Arschgesicht hatten früher in München manche Leute spöttisch dazu gesagt. Jetzt wagte es keiner mehr, so etwas auszusprechen. Aber trotz seines Aussehens hatte Jörg Neuner keine Probleme, ein ausgeglichenes Sexualleben zu führen. Zur großen Karriere war es ein dornenreicher Weg und es gab genügend Schauspielerinnen, die bereit waren, diesen Weg zu gehen. Neuner wusste, dass es keine Liebesbeziehungen waren, aber darauf legte er auch keinen besonderen Wert. Feste Beziehungen waren ihm zu kostspielig. Ein gemeinsames Abendessen in einem Restaurant der gehobenen Preisklasse oder in Härtefällen zwei bis drei Blumensträuße, das musste reichen.

»Ich werde gleich einen peinlichen Fleck auf meiner Hose haben, mein Engel«, sagte er zu Hannelore Ebner und schob ihre Hand von seinem Hosenschlitz.

»Ich komme am Freitagabend zu dir«, flüsterte ihm die Schauspielerin leise zu. »Natürlich nur, wenn es dir recht ist.«

»Rufe mich morgen im Büro an«, sagte Neuner. »Ich habe meine Termine nicht alle im Kopf.«

Er griff in seine Jackentasche und nahm unauffällig eine Magnesiumtablette heraus, die er mit einem Schluck Champagner einnahm. Neuner schluckte eine Unzahl von Tabletten am Tag. Er kaufte begierig alle Mittelchen, die Gesundheit bis ins hohe Alter versprachen. In seinem Küchenschrank standen Vitaminpillen, Hormonpräparate, Ginsengkapseln und Enzyme. Zweimal im Jahr machte er eine Abmagerungskur in einer Klinik am Bodensee. Er ließ sich Lämmerhoden spritzen und einmal in der Woche sein Blut mit Sauerstoff anreichern. Seine Stirnglatze konnte er zwar auch durch geschicktes Kämmen nicht mehr kaschieren, aber er kaufte jedes neue Haarwasser, das auf den Markt kam. Zweimal wöchentlich kam ein Masseur in seine Wohnung und knetete ihn durch. Er badete grundsätzlich nur in einer bestimmten

Kamillenessenz, die ein Apotheker im Wedding herstellte und die angeblich die Verkalkung der Adern stoppen sollte.

Jörg Neuner tat wirklich alles für seine Gesundheit, denn Jörg Neuner hing sehr am Leben.

24 Christine Beillant erzählte Paul Heiden von ihrem Besuch in Rosenheim.

»Jetzt haben wir also wenigstens den großen Unbekannten«, sagte Heiden lächelnd.

»Wir haben mehr«, widersprach Chrissi. »Karl Schaffelhuber war ein Spieler. Er wird sich auch hier in München in entsprechenden Kreisen aufgehalten haben. Vielleicht hatte er Spielschulden?«

»Ach, und Sie schlussfolgern«, sagte Heiden, »dass der Mann, der am Vorabend im Mon Amour Club war.... wie hieß er noch gleich?«

»Er nannte sich Herbert Steiner«, sagte Chrissi.

»Also, Sie vermuten, dass der Schaffelhuber bei diesem Herbert Steiner Spielschulden hatte und Steiner hat ihn deshalb erschossen?«, sagte Paul Heiden.

»Warum nicht?«, fragte Chrissi.

»Weil das ein wenig unlogisch wäre«, sagte Heiden. »Das Opfer hatte Bargeld in der Tasche.«

»Aber wir wissen nicht, wie viel«, sagte Chrissi.

»Fünftausend Mark«, sagte Paul Heiden.

»Fünftausend Mark sind gefunden worden«, sagte Chrissi. »Wer weiß wie viel er bei sich hatte. Es kann doch sein, dass der Täter sich nur den Betrag genommen hat, den er ihm schuldete.«

Sie hatte den Satz noch nicht ausgesprochen, als sie schon selbst merkte, dass dies ein ziemlich fadenscheiniges Argument war.

»Vergessen Sie, was ich gerade gesagt habe«, sagte sie.

»Sie sind sich sicher, dass das Opfer den Täter gekannt hat?«, fragte Paul Heiden.

»Ja«, sagte Chrissi.

»Gut«, sagte Paul Heiden, »nehmen wir an, dass dieser Herbert Steiner etwas mit dem Mord zu tun hat. Wir sind uns doch einig, dass Steiner nicht sein richtiger Name ist. Wen sollen wir also suchen?«

»Zuerst müssen wir herausfinden, in welchen Kreisen sich der

Karl Schaffelhuber in München bewegt hat«, sagte Chrissi.

Sie registrierte erfreut, dass Paul Heiden ‚wir‘ gesagt hatte. Der gutaussehende Kollege wäre ihr als Partner nicht unrecht.

»Ich werde mich darum kümmern, Schaffelhubers letzten Wohnsitz in München herauszufinden«, sagte Paul Heiden.

»Danke, Herr Kollege«, sagte Chrissi.

»Paul«, sagte Heiden.

»Danke, Paul«, sagte Chrissi.

Am nächsten Tag fuhr Chrissi in die Tengstraße. Sie fand die Würstchenbude sofort. Chrissi bestellte sich eine Rostbratwurst. Der dicke Mann im Wagen musterte sie interessiert.

»Sie sind bestimmt ein Fotomodell«, sagte er. »Auf jeden Fall sind Sie die hübscheste Kundin, die ich in den letzten Jahren hatte.«

»Sehr freundlich von Ihnen«, sagte Chrissi. »Ihr Vorgänger war der Karl Schaffelhuber, nicht wahr?«

»Sagen Sie jetzt nicht, dass Sie ihn aus Rosenheim kennen«, sagte der Dicke. »Das wäre eine zu große Enttäuschung.«

»Nein«, sagte Chrissi lächelnd, »ich habe nicht beruflich mit dem Herrn zusammen gearbeitet. Ich bin Kriminalbeamtin.«

Sie legt ihren Dienstausweis auf den Tresen.

Der Dicke sah ihn sich gründlich an.

»Ich bin der Max«, sagte er dann. »Alle nennen mich Max.«

»Dann werde ich das auch tun, Max«, sagte Chrissi. »Wie gut kannten Sie den Karl Schaffelhuber?«

»Ich kannte ihn überhaupt nicht«, sagte Max. »Wir haben uns zweimal getroffen. Beim ersten Mal haben wir über den Kaufpreis für die Bude verhandelt und beim zweiten Mal haben wir den Vertrag unterschrieben.«

»Woher wussten Sie, dass der Schaffelhuber verkaufen wollte?«, fragte Chrissi.

»Es war eine Anzeige in der Süddeutschen Zeitung«, sagte der Budenbesitzer. »Ich war jahrelang Kellner im Augustiner Biergarten und wollte mich endlich selbstständig machen. Ein halbes Jahr habe ich die Anzeigen studiert und als ich die vom Karli las, wusste ich, dass das genau das war, was ich suchte.«

»Und Sie haben ihn nach der Unterzeichnung des Kaufvertrags nie wieder gesehen?«, fragte Chrissi.

»Einmal hat er hier eine Wurst gegessen«, sagte Max. »Da hat er mir von seinem Geschäft in Rosenheim erzählt. Eine schöne Karriere hat er gemacht, der Karli, vom Würstchenverkäufer zur Puffmutter.«

Er fand seine Formulierung so komisch, dass er sich vor Lachen nur so schüttelte. Chrissi zog ihre Geldbörse aus der Tasche.

»Was bekommen Sie?«, fragte sie.

»Sie beleidigen mich, wenn ich Sie nicht einladen darf«, sagte der Dicke.

»Wir dürfen uns nicht einladen lassen«, sagte Chrissi.

»Merkwürdig«, sagte Max und schaut zum Himmel.

»Was ist merkwürdig?«, fragte Chrissi.

»Wirklich merkwürdig«, wiederholt der Dicke stereotyp.

»Wollen Sie mir noch etwas sagen?«, fragte Chrissi ungeduldig.

»Gilt meine Einladung?«, fragte der Dicke.

»Okay«, sagte Chrissi, »sie gilt.«

»Ich weiß ja nicht, ob es wichtig ist«, sagte der Mann, »aber vor ein paar Monaten hat sich schon mal einer nach dem Schaffelhuber Karli erkundigt.«

»Ein Mann?«, fragte Chrissi.

»Ja«, sagte der Dicke, »ein Mann.«

»Erinnern Sie sich an sein Aussehen?«, fragte Chrissi.

»Nein«, sagte der Würstchenverkäufer. »Wissen Sie, ich habe manchmal mehr als hundert Kunden am Tag. Ich bin schon froh, wenn ich meine zwanzig, dreißig Stammkunden wieder erkenne.«

»Sie haben mir trotzdem sehr geholfen«, sagte Chrissi.

»An Sie werde ich mich bestimmt in drei Jahren noch erinnern können«, rief ihr der Dicke hinterher. »So etwas Hübsches vergisst man nicht so schnell.«

Fast zwei Stunden spazierte Chrissi durch die Tengstraße, die Hohenzollernstraße und die kleineren Querstraßen und notierte sich sämtliche Kneipen und Restaurants.

Am Nachmittag kam Paul Heiden in ihr Büro.

»Schaffelhuber hat in der Tengstraße 38 gewohnt«, sagte er.

»Das ist in unmittelbarer Nähe seiner Würstchenbude«, sagte Chrissi. »Sicher hat er sich in erster Linie in der näheren Umgebung aufgehalten.«

»Und was passiert jetzt?«, fragte Heiden.

»Ich brauche einen Mann«, sagte Chrissi lächelnd und als sie Heidens fragenden Gesichtsausdruck sah, »besser gesagt, einen männlichen Begleiter, der mit mir durch ein paar Kneipen zieht.«

»Ihre Hartnäckigkeit ist bewundernswert«, sagte Paul Heiden. »Soll ich Sie Zuhause abholen oder treffen wir uns in Schwabing?«

»Ich glaube, es wäre besser, wenn wir mit der U-Bahn fahren«, sagte Chrissi. »Wir wollen ja nicht den ganzen Abend Sprudelwasser trinken. Acht Uhr am U-Bahnhof Hohenzollern Platz, einverstanden?«

»Ich werde pünktlich sein«, sagte Paul Heiden.

Er wartete schon auf sie, als sie am Hohenzollern Platz aus der U-Bahn stieg.

»Wo fangen wir an?«, fragte er.

Chrissi zog ihr Notizbuch aus der Tasche, in das sie sich am Vormittag die Kneipen und Restaurants aufgeschrieben hatte.

»Bei dem Italiener dort drüben«, sagte Chrissi.

»Um Gottes Willen«, stöhnte Heiden, nachdem er einen Blick auf die Eintragungen geworfen hatte, »in jedem Laden ein Glas Wein und wir sind morgen früh Alkoholiker.«

Sie bestellten in der Pizzeria penne all'arabiata und tranken ein Glas Frascati. Gespielt wurde in dem kleinen Lokal nicht. Die Gäste hielten sich nicht lange auf. Sie aßen, tranken und gingen wieder.

»Eine dreiviertel Stunde pro Lokal«, sagte Heiden, als sie die Kneipe verließen, »das bedeutet, dass wir Sylvester noch unterwegs sind.«

»Es sind doch noch vier Tage bis zum Jahreswechsel«, sagte Chrissi. »Sie sehen nicht so aus, als würden Sie schnell schlapp machen.«

,Zur Zwickmühle' hieß das nächste Lokal. Chrissi und Paul Heiden setzten sich an einen freien Tisch in der Nähe des Eingangs. An zwei anderen Tischen spielten Männer Karten. Der Wirt, ein Mann, der eine gewisse Ähnlichkeit mit der Comicfigur Popeye hatte, fragte nach ihren Wünschen. Paul bestellte zwei Schoppen Wein.

Als der Wirt die Getränke brachte, fragte ihn Paul Heiden: »Kennen Sie einen Karl Schaffelhuber?«

»Schaffelhuber?«, fragte der Wirt. »Nein, nie gehört.«

Er drehte sich um und sprach einen der Spieler am Nachbartisch an: »Hannes, wie heißt der Zeitungs-Karli mit Nachnamen?«

»Der Karli«, antwortete der Mann, »heißt Schmidbauer. Warum?«

»Nur so«, sagte der Wirt und wandte sich wieder an Paul, »tut mir leid, aber ein anderer Karl verkehrt hier nicht.«

»Wir müssen schon verdammtes Glück haben«, sagte Heiden zu Chrissi, »wenn wir auf diese Art und Weise etwas erfahren sollten.«

»Wir müssen uns mehr an den Kneipen in der Nähe seiner Wohnung orientieren«, sagte Chrissi. »Die Läden, die er bequem zu Fuß erreichen konnte.«

Chrissi hakte sich bei Paul Heiden unter, als sie die Hohenzollernstraße hinauf spazierten. Kurz vor der Tengstraße lag das ‚Big Ben'.

»Auf ein neues«, sagte Chrissi und zog Paul Heiden zur Eingangstür.

Das ‚Big Ben' war ein winziges Lokal. Es hatte nur drei Tische und einen langen Tresen. An jedem der Tische wurde gespielt. Paul und Chrissi setzten sich an den Tresen. Renata, die hübsche Wirtin, fragte nach ihren Wünschen.

»Ich glaube, ich nehme jetzt mal einen Kaffee«, sagte Chrissi zu Paul Heiden. »Ich bekomme sonst einen Schwips.«

»Mit Kaffee kann man nicht Brüderschaft trinken«, sagte Paul Heiden und zur Wirtin: »Zwei Glas trockenen Weißwein.«

Chrissi nickte, als die Wirtin sie fragend ansah.

»Bin ich zu weit gegangen?«, fragte Heiden, als die Gläser vor ihnen standen.

»Nein«, sagte Chrissi und wurde rot, weil sie fand, dass sie zu schnell geantwortet hatte.

Paul Heiden berührte nur sanft ihre Lippen, als sie Brüderschaft tranken.

Die Wirtin beobachtete sie lächelnd.

»Sagt Ihnen der Name Karl Schaffelhuber etwas?«, fragte Chrissi sie.

»Natürlich«, sagte die Wirtin. »Der war oft hier. Der hat immer jemanden zum Zocken gesucht. Wissen Sie nicht, dass man ihn erschossen hat?«

»Doch«, sagte Chrissi, »das wissen wir.«

»Ein unangenehmer Patron«, sagte die Wirtin. »Immer laut und mit nervtötenden Sprüchen auf den Lippen. Keiner hat gerne mit ihm gespielt.«

»War er oft hier?«, fragte Paul Heiden.

»Er war kein Stammgast«, antwortete die hübsche Wirtin. »Die«, sie zeigte auf die anderen Gäste, »die sind jeden Tag hier. Wenn sich kein Spiel ergab, hat der Karli nicht mal ein Bier bestellt. Er ist gleich wieder abgehauen.«

»War er immer allein?«, fragte Chrissi.

»Der war nie allein«, antwortete Renata. »Er hatte immer zwei Kerle im Schlepptau.«

»Sie wissen nicht zufällig wie die hießen?«, fragte Paul Heiden.

»Nein«, sagte die Wirtin. »Das ist ja auch schon über drei Jahre her.«

Sie ging zu den Tischen und brachte den Spielern neue Getränke.

»Ein Silberstreifen am Horizont«, sagte Paul Heiden und drückte Chrissis Hand.

»Ich bin dir sehr dankbar für deine Unterstützung, Paul«, sagte Chrissi.

Renata, die Wirtin, kam hinter den Tresen zurück.

»Warum interessieren Sie sich für den Schaffelhuber Karli?«, fragte sie.

»Wir suchen einen Mann, der sich in seiner Umgebung aufgehalten hat«, sagte Paul Heiden.

»Warum?«, fragte die Wirtin neugierig.

»Aus persönlichen Gründen«, sagte Chrissi schnell.

Sie fand es besser, dass die Frau nicht erfuhr, dass sie von der Kriminalpolizei waren.

»Hey, Piper«, stoppte die Wirtin einen Gast, der gerade von der Toilette kam, »du hast doch manchmal mit dem Schaffelhuber Karli gespielt.«

»Ja, und«, sagte der Angesprochene, »war das verboten?«

»Kannst du dich an die Namen der Kumpel erinnern, mit denen er hier immer auftauchte?«, fragte die Wirtin.

»Wer will das wissen?«, fragte Piper.

»Ich«, sagte Chrissi und schenkte ihm ein freundliches Lächeln.

Pipers Gesicht hellte sich merklich auf.

»Darf ich auch erfahren, warum?«, fragte er.

»Es ist etwas ganz Persönliches«, sagte Chrissi.

»Also der eine hieß Peter«, sagte Piper. »Der hatte Augen wie ein toter Fisch.«

Paul musste lachen.

»Und der andere?«, fragte er.

»Ich würde der hübschen, jungen Frau gerne jeden Gefallen tun«, sagte Piper und sah Chrissi tief in die Augen, »aber den zweiten nannte er immer nur beim Nachnamen und es gibt zwei Dinge, die ich mir prinzipiell nicht merken kann: Nachnamen und Telefonnummern.«

Er deutete eine kleine Verbeugung an und ging. Auf dem Weg zu seinem Tisch drehte er sich noch einmal kurz um.

»Da fällt mir noch ein, dass der Schaffelhuber oft im Bistro war«, sagte er.

»Welches Bistro?«, fragte Paul die Wirtin.

»Er kann nur Gabis Bistro meinen«, sagte die Frau. »Wenn Sie raus kommen links, die erste Querstraße rechts.«

Paul sah auf seine Armbanduhr.

»Wollen wir heute noch dahin?«, fragte er Chrissi.

»Was meinst du?«, fragte Chrissi zurück.

»Wenn wir es auf morgen verschieben, hätten wir einen triftigen Grund, uns wieder zu treffen«, sagte Paul Heiden lächelnd.

»Gut«, sagte Chrissi, »aber ich kenne in der Nähe meiner Wohnung eine kleine Bar, die sich auf Nightcups spezialisiert hat.«

Sie fuhren mit einem Taxi in die Leopoldstraße. Im ,Florian' war es leer. Nur zwei junge Männer standen an der Bar. Chrissi und Paul setzten sich an einen Tisch, der in einer kleinen Nische stand. Paul studierte die Getränkekarte.

»Ich werde die Rechnung nicht bei der Dienststelle einreichen können«, sagte er, »aber als Privatmann würde ich gern ein Glas Champagner mit dir trinken.«

»Einverstanden«, sagte Chrissi, »aber nur, wenn wir die Rechnung teilen.«

Einer der jungen Männer brachte den Champagner und zündete die Kerze an, die in einem roten Herzen aus Glas auf dem Tisch stand.

»Wir sollten den Bruderschaftskuss wiederholen«, sagte Paul Heiden. »In dem anderen Lokal haben zu viele Menschen zugeschaut.«

»Du hast recht«, sagte Chrissi, »ein Kuss ist etwas zu Intimes und sollte möglichst unter vier Augen ausgetauscht werden.«

Sie küssten sich noch oft an diesem Abend. Den letzten zärtlichen Kuss gab Paul Heiden Chrissi, als er sich vor ihrer Haustür von ihr verabschiedete.

Ich bin verliebt, dachte Chrissi, als sie mit dem Fahrstuhl nach oben fuhr. Ich bin in einen wunderbaren Mann verliebt. Vier Tage vor dem Jahreswechsel scheint dieses 1992 noch einen wunderbaren Abschluss zu finden.

25 Otto-Ludwig Meier hatte im Telefonbuch Neuners Privatadresse gefunden. Jörg Neuner wohnte in der Hubertusbader Straße im vornehmen Stadtteil Grunewald.

Ich will nur einmal sehen wie er wohnt, dachte er, mehr nicht.

Das Haus in der Hubertusbader Straße 14 war ein moderner, einstöckiger Bau. Auf dem obersten Klingelknopf stand Neu-TV. Im Souterrain wurde ein Fenster geöffnet und ein Mann steckte seinen Kopf heraus.

»Suchen Sie jemand?«, fragte er.

»Ein Makler hat mich hergeschickt«, sagte Olm. »Hier soll eine Wohnung freiwerden.«

»Bei uns im Haus?«, fragte der Mann.

»Ja«, sagte Olm, »das ist doch Hubertusbader Straße 14?«

»Schon«, sagte der Mann, »aber wir haben nur vier Parteien im Haus und von denen denkt keine daran, auszuziehen.«

»Sind Sie der Hausmeister?«, fragte Olm.

»Ja«, antwortete der Mann.

Olm stellte sich vor: »Meier.«

»Nee, Herr Meier«, sagte der Hausmeister, »da muss man Ihnen eine falsche Adresse gegeben haben.«

Er kletterte geschickt aus dem Souterrainfenster und kam zur Gartenpforte. Olm bot ihm eine Zigarette an.

»Neuner soll der Mann heißen«, sagte Olm.

»Einen Neuner haben wir hier«, sagte der Hausmeister. »Obergeschoss links. Aber wenn der ausziehen würde, wüsste ich das als Erster.«

»Ist das der berühmte Fernsehproduzent?«, fragte Olm.

»Ich weiß nicht, ob er berühmt ist«, antwortete der Mann, »aber mit dem Fernsehen hat er was zu tun.«

»Jedenfalls ist er mit einer bekannten Schauspielerin verheiratet«, sagte Olm.

»Der und verheiratet«, sagte der Hausmeister lachend. »Der hat eine Menge Bräute aber vor den Altar schleppt den keine. Ich bin jetzt fünf Jahre hier und ich glaube, in der ganzen Zeit hat höchstens mal eine Frau zweimal hier übernachten dürfen.«

»Das sind bestimmt keine kleinen Wohnungen«, sagte Olm.

»Neuner hat über dreihundert Quadratmeter«, sagte der Mann.

»Die muss ein Junggeselle erst mal sauber halten können«, sagte Olm.

»Das macht meine Frau«, sagte der Hausmeister, »immer montags und donnerstags.«

»Kocht sie auch für ihn?«, fragte Olm.

»Nee«, sagte der Mann, »das ginge auch etwas zu weit. Unter der Woche kommt er sowieso immer erst nachts nach Hause und am Wochenende lässt er sich das Essen vom Feinkosthaus Köhler kommen. Immer am Samstagvormittag.«

»Das muss ja ein Schweinegeld kosten«, sagte Olm.

»Das können Sie annehmen«, sagte der Hausmeister. »Jeden Samstag um Punkt elf liefern die. Ich kann die Uhr danach stellen.«

»Schade«, sagte Olm, »dass es mit der Wohnung nicht klappt. Wir beide hätten uns bestimmt prima miteinander vertragen.«

Der Hausmeister nickte zustimmend.

»Wissen Sie«, sagte er, »meine Frau ist Thailänderin. Die spricht bis heute noch nicht deutsch. Ich komme kaum dazu, mich mal mit jemandem zu unterhalten.«

Olm verabschiedete sich und fuhr ins Büro zurück.

Zwei Wochen später, an einem Sonntagnachmittag, saßen Uschi und Olm in einem ihrer Lieblingslokale. Uschi trug einen hellbraunen Hut, der ihr entzückend stand. Sie sah zauberhaft aus. Das schrille Lachen einer jungen Frau machte ihn auf einen Tisch aufmerksam, der etwas seitlich von ihnen stand. Die Frau hatte lange, blonde Haare, die über die Rückenlehne ihres Stuhls fielen. Ein kleiner, etwas dicklicher Mann saß neben ihr. Er hatte seinen Arm um ihre Schultern gelegt und flüsterte ihr ständig etwas ins Ohr. Der Mann saß mit dem Rücken zu ihnen. Als Olm zur Toilette ging, konnte er den Mann von vorn sehen. Er erkannte Neuner sofort, obwohl er dicker geworden war und seine Halbglatze sich vergrößert hatte. Seine Begleiterin konnte höchstens achtzehn Jahre alt sein. Ein hübsches Mädchen, das allerdings zu grell geschminkt war.

Als Olm wieder am Tisch Platz genommen hatte, fragte Uschi nach einer Weile: »Kennst du den Mann?«

»Welchen Mann?«, fragte Olm zurück.

»Den, zu dem du ständig hinsiehst«, sagte Uschi. »Oder gefällt dir das Mädchen so gut? Ich warne dich! Ich kann zur Furie werden, wenn ich eifersüchtig bin.«

»Ich kenne weder den Mann, noch gefällt mir das Mädchen«, sagte Olm. »Ich frage mich nur, was dieses junge Ding von dem alten Knacker will.«

»Vielleicht ist es seine Tochter«, sagte Uschi.

»Er ist nicht verheiratet«, sagte Olm.

»Also kennst du ihn doch«, sagte Uschi.

»Unsinn«, reagierte Olm schnell, »solche Typen sind nie verheiratet.«

»Nur solche Typen wie du«, sagte Uschi lächelnd. »Bereust du es schon?«

»Wie kannst du so etwas sagen?«, fragte Olm.

»Du könntest jetzt auch mit einem blonden Mädchen flirten«, sagte Uschi.

Olm sah zu Neuners Tisch. Neuner und das Mädchen waren verschwunden.

»Sie sind weg«, sagte er.

»Das sehe ich auch«, sagte Uschi.

Olm rief den Kellner und zahlte. Sie fuhren zum Grunewald See. Es gehörte zu ihren sonntäglichen Ritualen, nach dem Kaffeetrinken einen Spaziergang am Seeufer zu machen.

»Ich habe einen Brief von meiner Mutter bekommen«, sagte er, während sie die Enten beobachteten, die über den zugefrorenen See watschelten.

Uschi ließ sich ihre Überraschung nicht anmerken.

»Ich wusste gar nicht, dass deine Eltern noch leben«, sagte sie.

»Nur meine Mutter«, sagte Olm. »Mein Vater ist schon sehr lange tot.«

»Und was schreibt sie?«, fragte Uschi.

»Es scheint ihr nicht besonders gut zu gehen«, sagte Olm. »Gesundheitlich. Es ist der erste Brief, den ich seit ewigen Zeiten von ihr bekommen habe.«

»Wo wohnt sie?«, fragte Uschi.

»In Aachen«, antwortet Olm.

»Du könntest nach Köln fliegen und dir dort einen Leihwagen nehmen«, sagte Uschi. »Wenn du willst, komme ich mit.«

»Mutter würde sich sicher freuen, dich kennen zu lernen«, sagte Olm.

»Also, wann fliegen wir?«, fragte Uschi.

»Ich werde sie morgen anrufen«, sagte Olm. »Für überraschende

Besuche hat sie noch nie etwas übrig gehabt.«

Im Grunde weiß Uschi überhaupt nichts von mir, dachte Olm. Sie ist meine Frau und ich habe ihr bis heute noch nicht einmal erzählt, dass meine Mutter noch lebt. Das Einzige, was ich ihr erzählt habe, ist der Pokerabend. Sie weiß nichts von meiner Jugend, meinem Elternhaus und meinem Studium. Warum habe ich nie von meinem Vater, dem Spieler, erzählt? Von Tante Emma? Von meinem Verhältnis mit Karin Gross? Uschi könnte ich alles erzählen. Alles? Dann könnte ich ihr auch sagen, dass ich Karli erschossen habe. Uschi würde nicht zur Polizei laufen. Uschi würde höchstens fragen: warum? Und darauf wüsste ich schon keine Antwort. Ich weiß nicht, warum ich Karli umgebracht habe. Ich weiß auch nicht, warum ich unbedingt wissen musste, wo Neuner wohnt. Warum habe ich im Lokal vorhin nicht zu Uschi gesagt: Das ist Neuner, ein gestriegeltes Arschgesicht, der damals zur Pokerrunde gehörte. Uschi hätte gelacht und gefragt, ob sie ihm ihre Schokolade über den Kopf gießen sollte. Uschi wäre dazu fähig. Uschi würde alles für mich tun. Aber ich kann ihr nicht sagen, dass ich Karli erschossen habe. Es würde sie belasten. Sie würde sich, nicht mich, fragen wie ich mit solch einer Schuld leben könnte. Aber ich lebe mit keiner Schuld. Karli hatte Schulden bei mir. Der mit den kalten, grauen Augen und das Arschgesicht Neuner haben auch Schulden bei mir. Karli hat bezahlt. Wir sind quitt. Und Neuner und die kalten, grauen Augen? Denen werde ich ihre Schulden erlassen. Der fette, glatzköpfige Neuner ist durch sein Äußeres bestraft genug, obwohl er ein schönes Leben führt. Eine Dreihundert-Quadratmeter-Wohnung, hübsche Mädchen als Begleiterinnen und sicher fährt er auch einen Rolls Royce. Menschen wie Neuner brauchen solche Staussymbole. Er hat es zu etwas gebracht, der Neuner. Mit achtzigtausend Mark Startkapital. Mit meinen achtzigtausend.

»Hast du Sorgen, Olm?«, fragte Uschi.

»Wie kommst du darauf?«, fragte Olm.

Am Abend gingen Uschi und Olm in ein Kino am Steinplatz. Olm schlief schon ein, als die Reklame noch lief.

Der Anruf erreichte ihn am nächsten Morgen im Büro. Die Sekretärin des Verwaltungsdirektors des Klinikums Aachen war am Apparat.

»Ihre Mutter ist heute Nacht eingeschlafen«, sagte sie. »Es war ein schmerzfreier Tod.«

Was heißt schmerzfrei, dachte Olm. Der Tod ist immer schmerzfrei. Qualvoll ist nur das Sterben.

Er besprach mit der Frau einige Formalitäten und kündigte sein Eintreffen für den nächsten Tag an.

Olm verspürte kein Gefühl der Trauer. Es war eine merkwürdige Beziehung, die ihn mit seiner Mutter verbunden hatte.

Sie hat meinen Vater gehasst, überlegte er, und ich war der Sohn dieses Mannes. Vielleicht habe ich sie ständig an ihn erinnert? An diesen Spieler, der über Nacht verschwunden war und von dem sie nie wieder ein Wort hören sollte. Tante Emma hatte ihm erzählt, dass seine Mutter der strahlende Mittelpunkt auf Festen und Empfängen gewesen war. Dass sie es genossen hatte, sich jeden Wunsch erfüllen zu können. Und dann wäre der finanzielle Zusammenbruch gekommen. Der Auszug aus der Villa, die in einem der vornehmen Aachener Vorort lag, wäre ein großer Schock für sie gewesen. Aber sein Vater hätte fast das ganze Vermögen verspielt und man hätte sich gewaltig einschränken müssen. Das hat ihr einen Knacks gegeben, hatte Tante Emma immer wieder gesagt, von dem hat sie sich nie wieder erholt. Olm erinnerte sich vage an die Streitereien der Eltern in der bescheidenen Stadtwohnung, in die man gezogen war. Es ging immer um die Spielleidenschaft des Vaters. Es ging immer nur ums Geld. Erst später erfuhr Olm, dass sein Vater in jedem Spielcasino Stammgast war. Er musste Unsummen verloren haben. Und dann war er plötzlich verschwunden. Er hatte nur einen einzigen Koffer mitgenommen, sonst nichts. Keiner hatte je wieder ein Wort von ihm gehört. Es gab kein einziges Lebenszeichen von ihm. Vielleicht hatte er in irgendeinem Armengrab seine letzte Ruhestätte gefunden.

In den ersten Monaten nach seinem Verschwinden hatte Olm seine Mutter noch manchmal gefragt, wann denn der Papa nach Hause kommen würde, aber seine Mutter hatte nicht geantwortet. Sie tat einfach so, als hätte sie die Frage nicht gehört. Dann war Tante Emma, eine Schwester seiner Mutter, zu ihnen gezogen. Die beiden Frauen sorgten gut für ihn. Das Essen stand pünktlich auf dem Tisch, seine Kleidung war immer tadellos in Ordnung, seine Schulaufgaben wurden kontrolliert und wenn er neue Unterwäsche oder Hemden brauchte, ging Tante Emma mit ihm zum Einkaufen.

Olm war kein Junge, der mit anderen Fußball spielte. Er gehörte auch keiner dieser Straßenbanden an, die das Viertel mit ihren Streichen oft in helle Aufregung versetzten. Olm war ein Einzelgänger. Er hielt sich stundenlang in seinem Zimmer auf. Mit großem Eifer sortierte er dort seine Münzsammlung, die einzige Hinterlassenschaft seines Vaters, nach neuen Kriterien. Mal nach Ländern, dann wieder nach den Prägejahren oder nach dem Katalogwert.

Weder seine Mutter noch Tante Emma beschäftigten sich mit ihm über das Notwendigste hinaus. Zärtlichkeiten standen nicht auf der Tagesordnung. Olm konnte sich nicht daran erinnern, dass ihn eine der Frauen einmal in den Arm genommen hatte. Als Tante Emma starb, studierte er bereits in Saarbrücken.

Das war jetzt mehr als zehn Jahre her und Olm hatte seine Mutter in der Zwischenzeit nicht einmal wieder gesehen. Ab und zu rief er sie an, hatte ihr auch hin und wieder einen Brief geschrieben, aber der erste, den er von ihr erhalten hatte, war der gestrige. Sie hatte nicht geschrieben, dass sie krank war, aber den Wunsch geäußert, ihn sehen zu wollen. Das war ein eindeutiges Signal. Nun war sie tot und er konnte ihr diesen Wunsch nicht mehr erfüllen.

Sie hatte einen schmerzfreien Tod. Karli hatte auch einen schmerzfreien Tod. Er hatte sich vor Angst in die Hosen geschissen, aber das verursacht keine Schmerzen.

Olm flog nach Köln. Uschi hatte Personalprobleme im Supermarkt und konnte ihn deshalb nicht begleiten. Olm nahm sich in Köln einen Leihwagen und fuhr nach Aachen. Das Bestattungsunternehmen, das er noch von Berlin aus angerufen hatte, hatte bereits alles vorbereitet.

»Wollen Sie die Tote noch einmal sehen?«, fragte der Angestellte mit bemühter Anteilnahme in der Stimme, so, als läge seine eigene Mutter in dem Sarg.

Olm verneinte. Er erinnerte sich, dass es auf dem Aachener Südfriedhof ein Familiengrab gab, in dem auch Tante Emma ihre letzte Ruhestätte gefunden hatte. Gemeinsam mit dem Angestellten des Bestattungsunternehmens, vier Sargträgern und einem Friedhofsgärtner, der halblaut ein Ave Marie vor sich hin betete, beerdigte Olm seine Mutter.

Anschließend fuhr er in ihre Wohnung. Er durchwühlte die Schubladen und suchte nach persönlichen Unterlagen. Aber es gab weder Fotos, noch Briefe oder Urkunden und Bescheinigungen, die von Interesse waren. Das Album mit den Kinderbildern, das Tante Emma angelegt hatte, war nicht auffindbar. Es gab nur einen Aktenordner, in dem der Mietvertrag, die Policen der Haftpflicht- und Krankenversicherung und die Rentenbescheinigung abgeheftet waren. Er rief einen Steinmetz an und gab ihm den Auftrag, den Namen seiner Mutter in den bereits vorhandenen Stein zu meisseln.

»Sie müssen schon persönlich vorbeikommen«, sagte der Mann. »Ich habe keine Lust, meinem Geld hinterher zu laufen.«

Olm rief den Wohnungsvermieter an.

»Verkaufen Sie alles, was in der Wohnung ist«, sagte er. »Den Rest können Sie auf den Sperrmüll werfen.«

»Sind die Möbel denn wertvoll?«, fragte der Mann.

»Ich weiß es nicht«, sagte Olm.

»Vielleicht sind sie unverkäuflich«, sagte der Vermieter. »Dann habe ich nur Unkosten, wenn ich die Wohnung ausräume.«

Man einigte sich darauf, dass Olm einen Scheck über zweitausend Mark auf den Wohnzimmertisch hinterlegen würde. Der Vermieter versprach, dass er den Steinmetz aufsuchen und dessen Rechnung über rund vierhundert Mark ebenfalls von dem Betrag begleichen würde.

Olm sah sich noch einmal in den Räumen um. Gab es irgendetwas, was er als Erinnerung mitnehmen sollte? Auf der Kommode stand eine kleine Porzellanfigur, eine nackte, liegende Frau. Die einzige Frau, die Olm in seiner Kindheit nackt gesehen hatte. Nacktheit war im Hause Meier etwas Anstößiges. Olm nahm die Figur und betrachtete sie lange. Dann stellte er sie wieder auf die Kommode zurück. Nein, er wollte keine Erinnerung, auch nicht die kleinste.

Uschi holte ihn in Berlin am Flughafen ab.

»Mein armer Liebling«, sagte sie, »das war sicher nicht leicht für dich.«

Ich habe meine Mutter begraben, dachte Olm, wie andere Leute ihre Wellensittiche. Ich war ohne jede Emotion, ich habe nicht geweint, ich bin gar nicht fähig Gefühle zu zeigen. Ich wäre ein guter Hitler, ein Stalin, ein Richard III geworden oder Jack the Ripper. Ob Einzelmörder, Doppelmörder oder Massenmörder, da gibt es doch keine Unterschiede und hängen kann man jeden Täter sowieso nur einmal.

»Ich habe dich vermisst«, sagte Olm, nahm Uschi in den Arm und küsste sie.

26 *Am 26. Februar 1993 explodiert im New Yorker World Trade Center eine Bombe. Moslemische Fundamentalisten töten bei diesem Anschlag sechs Menschen. Dem Wiener Bürgermeister Helmut Zilk zerfetzt eine Briefbombe die linke Hand. Ein Buschfeuer erreicht die Vororte von Los Angeles und zerstört Hunderte von Villen. In Hamburg sticht ein Steffi Graf - Fan der Tennisspielerin Monica Seles ein Messer in den Rücken. In Bad Kleinen wird der RAF-Terrorist Wolfgang Grams von der GSG 9 erschossen. Bei den sogenannten ethnischen Säuberungen in Bosnien sterben zweihunderttausend Menschen. Drei Jahre Bürgerkrieg stürzen das bettelarme Somalia ins Chaos.*

Am ersten Arbeitstag des Neuen Jahres traf man sich in Jan Webers Büro.

»Wie stehen die Aktien?«, fragte Weber.

»Wir tragen Mosaiksteinchen für Mosaiksteinchen zusammen«, antwortete Paul Heiden. »Aber den entscheidenden Durchbruch haben wir noch nicht erzielt.«

Chrissi führte noch einmal aus, was sich bis jetzt ergeben hatte.

»Wir müssen immer voraussetzen, dass deine Theorie stimmt«, sagte Jan Weber zu Chrissi, »ansonsten wäre es ziemlich egal, in welchen Lokalen der Karl Schaffelhuber verkehrte.«

»Ich kann es nicht logisch begründen«, sagte Paul Heiden, »aber mein Instinkt sagt mir, dass wir auf der richtigen Spur sind.«

»Herr Heiden und ich wollen uns heute Abend Gabis Bistro vornehmen«, sagte Chrissi.

»So, so«, sagte Jan Weber schmunzelnd, »der Herr Heiden und du.«

Chrissi wurde rot.

»Jan ist ein zu guter Polizist und außerdem kennt er mich sehr genau«, sagte Heiden. »Er weiß, dass wir uns nicht gleichgültig sind, Chrissi.«

»Dazu braucht man kein guter Polizist zu sein«, sagte Jan Weber, »dass würde auch ein Blinder sehen.«

Paul Heiden legte seinen Arm um Chrissi.

»Fragt nicht heute Abend schon nach dem Schaffelhuber«, sagte Jan Weber. »Vielleicht könnt ihr mit dieser Gabi oder dem einen oder anderen Gast ins Gespräch kommen. Es wird euch ja keine Überwindung kosten, ein paar Abende gemeinsam auszugehen.«

Paul Heiden und Chrissi nahmen Frederik mit, als sie das Bistro aufsuchten.

In dem kleinen Lokal wurde an jedem Tisch gespielt. Selbst am Tresen würfelte die Wirtin mit einigen Gästen.

»Ich bin die Gabi«, sagte sie und gab Chrissi, Paul und Fredrik die Hand.

»Ich bin Chrissi«, sagte Chrissi, »und das sind Frederik und Paul.«

Gabi nannte alle Gäste beim Vornamen, ein Zeichen dafür, dass nur Stammgäste bei ihr verkehrten. Bei der zweiten Bestellung bat Paul um einen Würfelbecher.

»Wir spielen eine Runde ‚Chikago'«, sagte er. »Der Verlierer muss die nächsten Getränke bezahlen.«

»Ich bezahle freiwillig«, sagte Frederik. »Ich habe noch nie einen Würfelbecher in der Hand gehabt.«

»Ich auch nicht«, sagte Chrissi, »aber wir werden trotzdem spielen. Wer weiß, welche heimlichen Talente in uns schlummern, Frederik.«

Paul verlor die Runde.

»Das ist typisch«, sagte er. »Wenn man mit Amateuren würfelt, haben die immer das Glück der Anfänger.«

»Wenn ihr nichts dagegen habt«, sagte die Wirtin, »dann spiele ich eine Runde mit.«

»Aber natürlich«, sagte Paul Heiden, »die schönsten Getränke sind die, die aufs Haus gehen.«

Paul verlor erneut und Chrissi war sich nicht ganz sicher, ob er das mit Absicht machte.

Als Chrissi und Paul am folgenden Abend allein in Gabis Bistro kamen, begrüßte die Wirtin sie, als wären alte Bekannte gekommen.

»Sagt kein Wort«, sagte sie und starrte angestrengt an die Decke und dann nach einer kurzen Weile: »Frederik fehlt. Habe ich recht?«

»Toll«, sagte Paul, »du hast ein fabelhaftes Gedächtnis.«

Es waren fast alle Gäste da, die schon am Vorabend an den Tischen gesessen hatten.

»Seid ihr neu in München?«, fragte Gabi, als sie die Getränke brachte.

»Nein«, sagte Paul, »wir sind nur gerade erst nach Schwabing umgezogen.«

»Dann macht das Bistro zu eurem Stammlokal«, sagte die Wirtin lachend. »Ich bin froh über jeden Gast, der Alkohol trinkt. Die Apfelsaft trinkenden Zocker hätte ich schon längst rausgeschmissen, wenn sie nicht wenigstens immer ein ordentliches Trinkgeld geben würden. Die meisten jedenfalls.«

Chrissi hatte sich ihr Notizbuch auf den Oberschenkel gelegt und notierte sämtliche Namen, die sie aufschnappen konnte. Dann aber wollte die Wirtin unbedingt mit ihnen würfeln und Paul und Chrissi schlugen ihr diesen Wunsch nicht ab. Drei Runden spielten sie ‚Chikago' und jede Runde verlor Gabi.

»Vielleicht solltet ihr euch doch ein anderes Lokal suchen«, sagte sie lachend.

Kurz vor Mitternacht verabschiedeten sie sich.

Chrissi und Paul schliefen zum ersten Mal in dieser Nacht miteinander. Paul war ein zärtlicher Liebhaber. Chrissi empfand bei ihm eine ganz andere Sexualität, als bei Hans Weigel. Weigel war fordernd, stürmisch und ungeduldig. Paul nahm sich Zeit. Er war sanft und gefühlvoll. Chrissi musste an ihren Bruder denken, kurz bevor sie in Paul Heidens Armen einschlief.

Sie ließen sich drei Tage Zeit, bevor sie das Bistro wieder aufsuchten. Frederik war mitgegangen.

»Das war unerlaubtes Entfernen von der Truppe«, sagte Gabi vorwurfsvoll. »Wo habt ihr euch rumgetrieben?«

»Zwischendurch muss man auch mal arbeiten«, sagte Paul Heiden.

»Seid ihr Brüder?«, fragte die Wirtin und sah Paul und Frederik abwechselnd an.

»Nein«, sagte Frederik, »aber Chrissi ist meine Schwester.«

Chrissi küsste ihn auf die Wange. Von einem der Tische stand ein Mann auf und kam zu ihnen.

»Ich bin Hans«, stellte er sich vor. »Hat jemand von euch Lust auf eine Pokerpartie?«

»Lust schon«, sagte Paul, »aber wir können alle drei nicht pokern.«

Der Mann ging achselzuckend an seinen Tisch zurück.

»Mit dem hättet ihr spielen können«, sagte sie. »Da braucht man nicht pokern zu können. Hans ist ein schlechter Spieler. Olm hat ihn immer in die Kreisklasse eingestuft.«

»Ist Olm der andere, der bei ihm sitzt?«, fragte Chrissi.

»Nein«, antwortete die Wirtin, »das ist Günter. Auch Kreisklasse.«

»Und was ist Olm?«, fragte Paul.

»Olm war Bundesligaspitze«, sagte Gabi.

»War?«, fragte Chrissi, »ist er tot?«

»Als Spieler so gut wie«, sagte die Wirtin. »Der Schaffelhuber Karli hat ihm den tödlichen Stich verpasst.«

Chrissi stieß Paul mit dem Knie an. Sie hatte Mühe, ihre Nervosität nicht zu zeigen.

»Den Schaffelhuber Karli kenne ich«, sagte Paul.

»Den kannst du nur gekannt haben«, sagte Gabi. »Der ist nämlich wirklich tot.«

»Hier sterben die Leute ja reihenweise«, sagte Frederik, dem Chrissi und Paul nicht gesagt hatten, warum sie gerade in dieses Lokal wollten. Sie hatten ihn nur gebeten, nicht zu erwähnen, dass sie bei der Polizei wären.

Als Gabi Gäste an den Tischen bediente, sagte Chrissi zu Paul: »Wir sollten nicht nachhaken. Vielleicht erzählt sie uns von sich aus noch etwas.«

»Ihr seid also quasi im Dienst«, sagte Frederik. »Darum habt ihr mich gebeten, euren Beruf nicht zu erwähnen.«

Gabi kam zurück. Aber sie begann, über andere Dinge zu reden. Sie beklagte sich über das anhaltend schlechte Wetter, über die Behörden, die ihr konstant eine Verlängerung der Polizeistunde verweigerten und über die Alkoholsteuer.

Das Wochenende verbrachten Chrissi und Paul im Allgäu. Paul wollte sich die Deutschen Meisterschaften im Biathlon ansehen. Zum ersten Mal waren sie rund um die Uhr zusammen und Chrissi fand, dass sie sich wunderbar ergänzten. Paul war sportinteressiert, naturliebend und unternehmungslustig. Auch in diesen Punkten unterschied er sich von Hans Weigel.

Als sie am Montagabend ins Bistro kamen, war ihre Überraschung groß. Eine vollbusige Brünette stand hinter dem Tresen.

»Ist Gabi krank?«, fragte Chrissi.

»Nein«, antwortete die Vollbusige und sah auf ihre Armbanduhr, »die Gabi ist vor einer Stunde auf Mallorca gelandet. Die wird jetzt ein paar Tage in der Sonne braten und zurückkommen wie ein Backhendl.«

Der Mann, der sich vor einigen Tagen als Hans vorgestellt hatte, saß allein am Tresen.

»Wenn ihr schon nicht pokern könnt«, rief er Chrissi und Paul zu,

»dann lasst uns wenigstens um ein Getränk würfeln.«

»Aber klar«, sagte Paul.

Hans kam zu ihnen und stellte sich noch einmal vor.

»Das ist Chrissi«, sagte Paul, »und ich bin Paul.«

Hans verlor die erste Runde.

»Würfeln ist auch nicht mein Spiel«, sagte er.

»Sie pokern lieber«, sagte Chrissi.

»Hier siezt man sich nicht«, sagte Hans vorwurfsvoll. »Wer im Bistro verkehrt, der duzt sich.«

»Wo sind denn deine Pokerfreunde heute Abend?«, fragte Chrissi.

»Freunde«, sagte Hans und lachte meckernd, »hier gibt es keine Freunde. Man trifft sich und spielt miteinander, wenn es sich ergibt. Das ist alles.«

»Ich habe einmal gelesen, dass es beim Pokern sehr wichtig ist, dass alle Spieler eine ungefähr gleiche Spielstärke haben«, sagte Paul.

»Blödsinn«, sagte Hans, »wichtig sind die Karten, die du in die Hand bekommst. »Mit guten Karten gewinnt jeder Idiot.«

»Im Kino sieht das immer ganz anders aus«, sagte Chrissi.

»Klar«, sagte Hans. »Wir hatten hier auch mal einen, der glaubte, er wäre Robert Redford und er habe das Pokerspiel erfunden.«

»Der Schaffelhuber Karli?«, fragte Paul.

»Nein«, sagte Hans, »der Karli bestimmt nicht. Der konnte nur gut betrügen.«

»Und ihr habt ihn trotzdem mitspielen lassen?«, fragte Chrissi erstaunt.

»Kein Mensch hat mit dem gespielt«, sagte Hans verächtlich. »Nur unser selbsternannter Weltmeister hat sich hier einmal von ihm über den Tisch ziehen lassen.«

»Olm?«, fragte Paul.

»Genau, Olm«, sagte Hans. »Kennst du ihn?«

»Nein«, sagte Paul. »Ich kannte nur den Schaffelhuber Karli. Den hat es ja dann erwischt.«

»Um den ist es wirklich nicht schade«, sagte Hans zynisch.

Sie spielten die nächsten Runden aus und sprachen über andere Themen. Hans trank zu schnell und zu viel. Paul und Chrissi erfuhren, dass er als Rechtsanwalt arbeitete, einen Porsche fuhr und gerade mit dem Golfspielen angefangen hatte.

»Dieser Olm geht mir nicht aus dem Kopf«, sagte Chrissi plötzlich. »Gabi hat doch erzählt, dass er ein guter Pokerspieler war. Wieso lässt sich so einer über den Tisch ziehen?«

»Größenwahn«, sagte Hans verächtlich. »Der war von einer so ungeheuren Arroganz, dass er sich streckenweise für unschlagbar hielt. Ich war dabei, als er die Quittung für seine Überheblichkeit bekommen hat.«

»Das ist ja spannender als jeder Film«, sagte Chrissi. »Erzähle mal von dem Abend.«

Hans fühlte sich geschmeichelt. Mit schwerer Zunge und etwas undeutlicher Aussprache erzählte er von der Pokernacht, in der Olm vom Schaffelhuber und seinen Freunden betrogen worden war. Alle, die um den Tisch herum standen, hätten es mitbekommen, nur Olm nicht.

»Ich schätze mal, dass er mindestens eine halbe Million verloren hat«, sagte Hans. »Wir haben uns alle gefragt, woher er das Geld überhaupt hatte. Die Tausender haben sich nur so auf dem Tisch gestapelt.«

»Und warum hat niemand von euch den Olm darauf aufmerksam gemacht, dass er mit drei Betrügern spielt?«, fragte Paul.

»Kiebitze haben die Schnauze zu halten«, sagte Hans. »Und richtig gemocht hat den Olm keiner hier im Laden.«

»Ist Olm ein Vor- oder ein Nachname?«, fragte Chrissi.

»Keine Ahnung«, antwortete Hans, der Rechtsanwalt.

»Lassen sich denn die Spezln vom Schaffelhuber noch hier blicken?«, fragte Paul.

»Nein«, sagte Hans, »das würde ich ihnen auch nicht raten.«

»Und der Olm taucht hier sicher auch nicht mehr auf?«, fragte Chrissi.

»Moment mal«, sagte Hans, »ist das hier ein Verhör? Ihr fragt einem ja Löcher in den Bauch.«

»Du kannst so spannend erzählen, Hans«, sagte Chrissi schnell. »Ich könnte dir stundenlang zuhören.«

Hans zupfte sich stolz seine Krawatte zurecht. Er war der Einzige im Lokal, der einen Schlips trug.

»Ich habe noch ganz andere Geschichten auf Lager«, sagte er, »aber jetzt muss ich gehen. Ich habe morgen früh einen Gerichtstermin.«

Er zahlte und verließ mit unsicheren Schritten Gabis Bistro.

»Der Schaffelhuber hat diesen Olm betrogen«, sagte Paul Heiden.

»Und dieser Olm könnte der Herbert Steiner sein, der in Rosenheim im Mon Amour Club gewesen ist«, sagte Chrissi.

Paul spürte, wie stolz Chrissi darauf war, dass ihre Vermutungen sich offenbar als richtig herausstellen könnten.

»Jetzt müssen wir nur noch diesen Olm finden«, sagte Chrissi.

»Und die beiden anderen Betrüger«, sagte Paul, »denn die sind stark gefährdet.«

»Wie meinst du das?«, fragte Chrissi.

»Nehmen wir an, dass deine Theorie stimmt und dass der Schaffelhuber Karli das Opfer eines Racheakts geworden ist«, sagte Paul Heiden, »dann kann man doch davon ausgehen, dass der Betrogene sich auch an diesen Leuten rächen will.«

»Wir müssen unbedingt ihre Namen herausbekommen«, sagte Chrissi.

»Der eine heißt Peter und hat Augen wie ein toter Fisch«, sagte Paul lachend. »Der müsste doch leicht zu finden sein.«

Chrissi begann in ihrem Appartement im Münchener Telefonbuch zu blättern.

»Es gibt drei Olms in München«, sagte sie.

»In dieser Stadt leben ungefähr 1,5 Prozent der Bundesbürger«, sagte Paul, »wenn wir die Zahl auf die gesamte Republik hochrechnen, dann kommen wir auf zweihundertfünfundneunzig Olms.«

»Im Kopfrechnen bist du ein Genie«, sagte Chrissi, »aber du hast vergessen, dass wir alle Olms mit weiblichem Vornamen streichen können.«

Sie ging die Spalte im Telefonbuch noch einmal durch.

»Eine heißt Maria«, sagte sie. »Also gehen wir mal davon aus, dass dreißig Prozent der Olms wegfallen. Dann bleiben noch?«

Chrissi sah Paul fragend an.

»Einundachtzig Olms«, sagte Paul. »Die Zahlen hinter dem Komma nicht mitgerechnet.«

»Ich habe größtes Vertrauen zu dir«, sagte Chrissi, »aber noch größeres zu meinem Taschenrechner.«

Sie ging zum Schreibtisch und gab die entsprechenden Zahlen in ihren Taschenrechner ein.

»Donnerwetter«, sagte sie, »du hast tatsächlich richtig gerechnet.«

»Ich werde morgen die Computerexperten im Bundeskriminalamt bitten, den Namen einzugeben«, sagte Paul Heiden. »Vielleicht ist ja ein Olm schon irgendwann einmal straffällig geworden.«

Die Auskunft des Bundeskriminalamtes war negativ. Es gab nicht einen einzigen Olm in der Datei.

Jan Weber hatte den Fall ‚Autobahnmord bei Weyarn' auf die Tagesordnung, der wöchentlich stattfindenden Konferenz aller Abteilungsleiter setzen lassen. Paul hatte es Chrissi überlassen, die Ergebnisse ihrer bisherigen Ermittlungen vorzutragen.

»Das klingt alles vielversprechend«, sagte der stellvertretende Polizeipräsident, der die Konferenz leitete. »Ich denke, Frau Beillant, Sie sollten da am Ball bleiben.«

»Wir arbeiten gemeinsam an dem Fall«, sagte Chrissi, »der Kollege Heiden und ich.«

»Dann wollen wir dieses Team auch nicht auseinanderreißen«, sagte der Mann lächelnd.

Chrissi fragte sich, ob bereits das ganze Präsidium wusste, dass Paul und sie ein Paar waren.

Paul Heiden musste als Zeuge in einem Prozess aussagen, der in Würzburg stattfand.

»Ich werde den Münchener Olms während deiner Abwesenheit einen Besuch abstatten«, sagte Chrissi, als sie ihn am Bahnhof verabschiedete.

»Pass gut auf dich auf, Chrissi«, sagte Paul und küsste sie zärtlich.

Der erste Olm war ein Versicherungsvertreter, der im Lehel wohnte. Eine Frau öffnete auf Chrissis klingeln hin die Tür.

»Kriminalpolizei«, sagte Chrissi freundlich und hielt der Frau ihren Dienstausweis hin. »Ich hätte gerne ihren Mann gesprochen.«

»Kommen Sie herein«, sagte die Frau und rief in Richtung einer offenen Tür am Flurende: »Karl-Heinz, hier ist die Polizei.«

In Hausschuhen schlurfte ein Mann aus dem Zimmer. Er trug eine Jogginghose und ein weißes Unterhemd.

»Was wollen Sie von mir?«, fragte er ziemlich unfreundlich.

»Ich möchte nur wissen, ob Sie ab und zu einmal Karten spielen«, sagte Chrissi.

»Der und Karten spielen«, sagte die Frau, bevor ihr Mann überhaupt antworten konnte, »das einzige Spiel, das er kann, ist Mensch-ärgere-dich-nicht. Ich habe drei Jahre versucht, ihm Canastaspielen beizubringen, aber er kann heute noch keinen Buben von einem König unterscheiden.«

»Sei still, Olga«, sagte der Mann und zu Chrissi gewandt: »Sind Sie tatsächlich hierher gekommen, um das zu erfahren?«

»Ja«, sagte Chrissi.

Sie lächelte das Paar freundlich an und ging hinaus. Auf dem Flur hörte sie noch wie der Mann zu seiner Frau sagte: »Das war doch ein Faschingsscherz. Die tickt doch nicht richtig im Kopf.«

Chrissi fuhr zur nächsten Adresse. Hier stellte sich heraus, dass ein Jochen Olm schon seit fünf Jahren verstorben war. Seine Witwe hatte, aus welchen Gründen auch immer, den Eintrag im Telefonbuch nicht ändern lassen.

Wenn ich schon unterwegs bin, überlegte Chrissi, dann kann ich auch bei dieser Maria Olm vorbeifahren. Außerdem liegt die Herzog-straße auf meinem Heimweg.

In der Herzogstraße 17 öffnete ihr eine freundliche, ältere Dame die Wohnungstür. Nachdem Chrissi ihr ihren Ausweis gezeigt hatte, bat die Frau sie ins Wohnzimmer.

»Darf ich Ihnen eine Tasse Kaffee anbieten?«, fragte sie freundlich.

»Nein, danke«, sagte Chrissi. »Ich möchte mich nur ein wenig mit Ihnen unterhalten.«

»Natürlich«, sagte die alte Dame. »Nehmen Sie doch Platz.«

»Olm ist ein außergewöhnlicher Name«, begann Chrissi das Ge-spräch.

»Es gibt nicht sehr viele Olms, da haben Sie recht«, sagte die Frau. »Ich bin mit meinem Mann nach dem Krieg aus Ostpreußen nach Bay-ern gekommen. Vielleicht gibt es den Namen in Königsberg häufiger als hier.«

Ein etwa vierzigjähriger Mann kam ins Wohnzimmer.

»Ich gehe jetzt, Mutter«, sagte er und als er Chrissi sah: »Oh, du hast Besuch?«

»Die Dame ist von der Kriminalpolizei«, sagte seine Mutter. »Das ist mein Sohn Herbert.«

»Kriminalpolizei?«, fragte Herbert neugierig, »was hast du ausge-fressen, Mutter?«

172

»Nichts«, sagte Chrissi. »Wir suchen einen Mann, der Olm heißt.«

»Den haben Sie jetzt gefunden«, sagte der Sohn. »Ich bin Herbert Olm. Womit kann ich Ihnen dienen?«

»Kennen Sie in Schwabing ein Lokal namens Gabis Bistro?«, fragte Chrissi.

»Nein«, sagte der Sohn. »Ich verkehre nur in den Lokalen am Reichenbach Platz und in der Müllerstraße. Und bevor Sie nachhaken, sage ich Ihnen gleich, dass ich schwul bin.«

»Das interessiert die Dame doch sicher nicht, Herbert«, sagte seine Mutter vorwurfsvoll.

»Dann würde ich gerne wissen, was die Dame interessiert und was der Anlass für ihren Besuch ist«, sagte der Sohn.

»Erlauben Sie mir, dass ich Ihnen nur eine Frage stelle?«, fragte Chrissi. »Es wäre doch wirklich zu umständlich, wenn ich Sie deswegen ins Präsidium vorladen lassen müsste.«

»Eine Frage geht in Ordnung«, sagte Herbert einlenkend, »ich bin nämlich in Eile.«

»Spielen Sie Karten?«, fragte Chrissi.

»Nein«, sagte der Mann, »ich gehöre sogar zu den wenigen Bundesbürgern, die noch nie Lotto gespielt haben.«

»Dann wünsche ich Ihnen noch einen schönen Abend«, sagte Chrissi freundlich.

Der Mann warf seiner Mutter eine Kusshand zu und ging hinaus. Chrissi blieb noch fast eine Stunde bei der netten, alten Dame. Sie spürte, wie gut es der Frau tat, eine Gesprächspartnerin zu haben. Die Frau erzählte von ihrer Flucht aus Ostpreußen, von den entbehrungsreichen ersten Jahren in München und von dem plötzlichen, ganz überraschenden Tod ihres Mannes.

»Er war vorher nicht einen einzigen Tag in seinem Leben im Krankenhaus«, sagte sie, »und außer einem kleinen Schnupfen hat er nie etwas gehabt. Und dann ging alles so schnell. Darmkrebs! Innerhalb von vierzehn Tagen war es vorbei.«

Es waren nur zwei Tage aber Chrissi kam es wie eine Ewigkeit vor bis Paul Heiden wieder aus Würzburg zurück war.

»Gibt es Neuigkeiten?«, fragte er, als er in ihr Büro trat.

»Ja«, sagte Chrissi, »ich weiß nicht mehr, wie deine Küsse schmecken.«

Paul nahm sie in den Arm und küsste sie.

»Erinnerst du dich wieder?«, fragte er lachend.

Chrissi erzählte ihm von ihren Besuchen bei den Olms.

»Wir können doch nicht durch das ganze Land fahren und jeden Olm aufsuchen«, sagte sie resignierend. »Er kann in jede Stadt der Bundesrepublik gezogen sein.«

»Wir werden noch einmal ins Bistro gehen«, sagte Paul Heiden. »Wir müssen herausfinden, in welchem Jahr dieser Pokerabend war. Die Wirtin hat ein so gutes Gedächtnis, die wird sich erinnern können.«

»Und wieso bringt uns das weiter?«, fragte Chrissi.

»Es muss in diesem Jahr einen Olm in München gegeben haben«, sagte Paul. »Wir werden bei der Meldebehörde und den Finanzämtern nachforschen. Du wirst sehen, irgendwo stoßen wir auf dieses Phantom.«

27 Otto-Ludwig Meier fuhr in die Hubertusbader Straße. Es war Samstagvormittag um neun Uhr dreißig. Er hatte sich einen Hut aufgesetzt und trug eine Sonnenbrille, obwohl es ein grauer, regnerischer Tag war. Seinen Wagen hatte er zweihundert Meter vor dem Haus geparkt. Durch die Thujenhecke hindurch sah Olm den Hausmeister, der im hinteren Teil des Gartens den Rasen mähte. Olm drückte auf den Klingelknopf, auf dem Neu-TV stand.

Aus der Gegensprechanlage kam eine Stimme: »Ja?«

»Feinkost Köhler«, sagte Olm, »ihre Bestellung.«

»Was denn«, bellte die Stimme in die Anlage, »um diese Uhrzeit? Sie sind viel zu früh!«

»Wir mussten die Auslieferungstouren umstellen. Wir haben zu viele Krankheitsfälle in der Firma«, sagte Olm.

»Dann kommen Sie herauf, verdammt noch mal«, hörte Olm Neuner sagen.

Ein Summton ertönte und Olm drückte gegen die Tür. Er ging in den ersten Stock. Die linke Wohnungstür stand offen. Olm ging hinein. Auf dem Marmorfußboden im Flur sah er nasse Fußabdrücke.

»Ich bin in der Wanne«, rief Neuner aus dem Bad. Stellen Sie die Sachen in die Küche. Sie kennen sich ja aus. Trinkgeld liegt auf dem Tisch.«

Olm schloß die Wohnungstür und ging in die Richtung, aus der die Stimme kam.

Neuner lag in der Badewanne, hässlich und dick. Er benutzte keinen Badeschaum. Das Wasser war gelblich und roch stark nach Kamille.

»Olm«, sagte Neuner, als er ihn sah.

Neuner hatte ihn sofort erkannt, obwohl Olm immer noch den Hut und die Brille trug. Olm nahm beides ab. Neuner starrte ihn mit weitaufgerissenen Augen an.

Er sieht aus wie ein Weihnachtskarpfen, dachte Olm.

»Ich habe gewusst, dass du eines Tages auftauchen würdest«, sagte Neuner.

»Du hast es gewusst?«, fragte Olm spöttisch.

»Ja«, sagte Neuner.

»Und? Freust du dich?«, fragte Olm und lächelte ihn an.

»Ja, ehrlich«, sagte Neuner. »Ich hatte dir gegenüber immer ein schlechtes Gewissen.«

Er hatte ein schlechtes Gewissen, dachte Olm, wie rührend. Karli hatte auch ein schlechtes Gewissen. Was müssen diese armen beiden Menschen für eine furchtbare Zeit hinter sich haben.

»Warte im Wohnzimmer«, sagte Neuner, »ich ziehe mich nur schnell an.«

»Du bleibst in der Wanne«, sagte Olm.

Er zog seine Pistole aus der Tasche.

»Olm, was hast du vor?«, fragte Neuner mit einem kleinen Zittern in der Stimme.

»Ich will abrechnen«, sagte Olm. »Nach jedem Geschäft macht man eine Schlussabrechnung. Das musst du doch auch wissen.«

»Natürlich«, sagte Neuner. Seine Stimme wurde schriller. »Ich schulde dir Geld, keine Frage. Mit mir wirst du keine Probleme haben.«

Olm setzte sich auf den Rand der Badewanne. Irgendwie sah Neuner lächerlich aus. Ein Fettkloß in einer gelblichen Soße.

»Ich habe dich damals in München gesucht«, sagte Neuner. »Ich wollte dir das Geld gleich zurückgeben, aber du warst unauffindbar.«

Neuner starrte ununterbrochen auf die Pistole. Olm sah ihn schweigend an.

»Außerdem war es Karlis Idee. Karli hatte sich das ausgedacht«, sagte Jörg Neuner. »Du erinnerst dich doch an den Schaffelhuber Karli?«

Und ob ich mich erinnere, dachte Olm. Ich werde mich immer an diese Nacht erinnern.

Neuner redete weiter. Er redete, als wenn er dafür bezahlt würde.

»Später habe ich sogar daran gedacht, dich als Partner in meine Firma aufzunehmen«, sagte er. »Aber ich wusste ja nicht, wo du steckst.«

»Ich lebe seit Jahren in Berlin«, sagte Olm.

»Was du nicht sagst«, sagte Neuner. »In Berlin? Da lebt man in derselben Stadt und läuft sich bis heute nicht über den Weg.«

»Ich habe dich neulich in einem Grunewalder Lokal gesehen«, sagte Olm, »mit einem hübschen, blonden Mädchen.«

Neuner sah man an, dass er froh war, dass das Gespräch offensichtlich einen anderen Verlauf nehmen würde.

»Das wird Chantal gewesen sein«, sagte er schnell. »Die Weiber schmeißen sich mir nur so an den Hals, weil sie hoffen, dass sie durch mich Karriere machen. Du hättest an jedem Finger zehn, wenn du in der Branche arbeiten würdest. Bei deinem Aussehen.«

»Ich bin verheiratet«, sagte Olm.

»Glücklich verheiratet?«, fragte Neuner.

»Sehr glücklich«, sagte Olm.

Er pustete ein Staubkorn vom Lauf der Pistole.

»Mache nichts Unüberlegtes, Olm«, sagte Neuner und seine Stimme klang wieder ängstlicher. »Im Gefängnis hast du nicht viel von deiner Frau.«

Olm war bisher noch nie der Gedanke gekommen, dass man ihn erwischen könnte. Zwar hatte er sich, wie beim Zusammentreffen mit Karli auch, die Aidshandschuhe aus dem Erste-Hilfe-Päckchen seines Wagens angezogen, aber das war auch schon die einzige Sicherheitsmaßnahme.

»Lass mich aus der Wanne heraus«, sagte Neuner, »das Wasser wird langsam kalt.«

»An Kälte wirst du dich gewöhnen müssen«, sagte Olm. »Gräber sind auch nicht beheizt.«

Neuners Doppelkinn zitterte.

»Olm«, sagte er, »ich zahle dir alles dreifach zurück. Wenn du mich tötest, dann zerstörst du auch dein Leben.«

»Du bist so besorgt um mich«, sagte Olm.

»Ich appelliere an deine Fairness, Olm«, sagte Neuner. »Gib mir die Chance, meinen Fehler wieder gutzumachen. Jeder hat so eine Chance verdient.«

»Ach, ja«, sagte Olm, »und welche Chance habt ihr mir damals gegeben?«

Neuner versuchte es anders.

»Olm, überall auf der Welt werden täglich Leute beschissen«, sagte er. »Wenn alle Betrüger umgebracht würden, wäre die Erde bald unbewohnt.«

»Andere Betrüger interessieren mich nicht«, sagte Olm. »Mein Interesse gilt nur dir, Neuner.«

»Ich mache dir einen Vorschlag«, sagte Neuner hastig, »einen Vorschlag, den du bestimmt nicht ablehnen wirst. Ich stelle dich als Geschäftsführer ein. Du musst nicht einen Tag im Büro erscheinen und ich überweise dir trotzdem fünftausend Mark monatlich auf dein Konto. Die Achtzigtausend bekommst du natürlich bar und ohne Quittung zurück. Was sagst du dazu?«

Olm sah ihn lange schweigend an.

»Meinetwegen auf siebentausend oder achttausend«, unterbrach Neuner die Stille.

Olm sah, dass er unauffällig versuchte, auf seine Armbanduhr zu schauen, die er neben der Wanne auf dem Boden abgelegt hatte.

»Der Auslieferungsfahrer von Köhler kommt frühestens in einer Stunde«, sagte Olm und stieß die Uhr mit der Schuhspitze an die Wand.

»Wir könnten gemeinsam brunchen«, sagte Neuner. »Beim Essen kann man viel besser über alles reden.«

Neuner isst nicht, dachte Olm, Neuner bruncht.

Neuner bekam Gänsehaut auf den Armen. Vor Angst, nicht weil die Wassertemperatur gesunken war.

»Geld interessiert mich nicht«, sagte Olm.

Habe ich diesen Satz nicht auch zu Karli gesagt, überlegte er.

»Was willst du?«, fragte Neuner, »Rache?«

»Ich weiß es nicht«, sagte Olm. »Ich weiß auch nicht, ob Rache das richtige Wort wäre. Vielleicht will ich nur Gerechtigkeit.«

»Gerechtigkeit«, sagte Neuner und seine Stimme begann wieder heftiger zu zittern, »aber wenn man einen Menschen erschießt, nur weil der einen beim pokern betrogen hat, dann hat das doch nichts mit Gerechtigkeit zu tun.«

»Ihr habt mich nicht nur betrogen«, sagte Olm.

»Was denn noch?«, fragte Neuner.

»Ihr habt mich blamiert«, sagte Olm, »ihr habt mich vor den anderen Gästen lächerlich gemacht.«

»Unsinn«, sagte Jörg Neuner, »keiner hat etwas mitbekommen.«

»Alle haben es mitbekommen«, sagte Olm, »sogar die dümmsten Pokerspieler haben es mitbekommen.«

»Und wenn schon«, sagte Neuner. »Was gehen dich die anderen an? Hat dich einer von den gewarnt? Wenn sie wirklich etwas gemerkt und trotzdem die Schnauze nicht aufgemacht haben, dann sind sie alle mitschuldig. Willst du zwanzig Leute erschießen?«

»Du hast recht«, sagte Olm.

Neuner atmete, sichtlich erleichtert, tief durch.

»Was gehen mich die anderen an«, fuhr Olm fort. »Du, Neuner, Karli und dein Freund mit den kalten, grauen Augen, ihr habt mich betrogen. Ihr habt mich verletzt, ihr habt mir Schmerzen zugefügt.«

Olm hob die fünfundvierziger Automatik etwas höher.

»Olm«, schrie Neuner, »man wird den Schuss hören! Man wird dich sehen, wenn du das Haus verlässt. Man wird sich das Kennzeichen deines Autos aufschreiben. Du bist doch mit dem Auto gekommen?«

»Ja«, sagte Olm ruhig, »ich bin mit dem Auto gekommen.«

»Siehst du«, sagte Neuner. »Du solltest kein Risiko eingehen. Du bist glücklich verheiratet, Olm. Sollen deine Kinder ohne Vater aufwachsen?«

»Ich danke dir für deine Besorgnis, Neuner«, sagte Olm, »aber ich habe keine Kinder.«

»Aber eine Frau«, sagte Neuner schnell, »und ihr gegenüber hast du auch eine gewisse Verantwortung.«

Das gestriegelte Arschgesicht kam Olm jetzt viel schmaler vor.

Abnehmender Mond, dachte Olm.

»Wir reden schon fast eine halbe Stunde miteinander«, sagte Olm, »und du hast noch nicht einmal den Versuch gemacht, dich zu entschuldigen.«

»Eine Entschuldigung wäre zu wenig, Olm«, sagte Neuner. »Ich muss dich um Verzeihung bitten. Um Verzeihung und um Vergebung. Aber vergiss nicht, Olm, dass ich auch eine schwere Zeit hinter mir habe. Ich habe jahrelang mit diesem schlechten Gewissen leben müssen. Das war nicht einfach, das kannst du mir glauben.«

Neuner redete ohne Punkt und Komma.

»Du armer Kerl«, unterbrach Olm seinen Redefluß, »diese Jahre müssen ja furchtbar für dich gewesen sein.«

»Mach dich nur lustig über mich«, sagte Neuner, »es ist dein gutes Recht, dich über mich lustig zu machen.«

»Hast du von Karli gehört?«, fragte Olm.

»Ja«, sagte Neuner, »aber wer in dieser Branche arbeitet, der.......«

Er sprach den Satz nicht zu Ende. Mit einem entsetzten Blick sah er Olm an. Sein ganzer Körper zitterte.

»Du«, sagte er dann mit ganz leiser Stimme, »du hast Karli erschossen, nicht wahr?«

»Karli hat nur seine Rechnung bezahlt«, sagte Olm. »Mit Karli habe ich keinerlei Differenzen mehr.«

Neuners Zittern verstärkte sich. Der fette, stirnglatzige Neuner mit Gänsehaut auf den Armen lag zitternd im kalten Badewasser.

»Antworte, Olm«, sagte Neuner so leise, dass er kaum zu verstehen war, »hast du Karli erschossen?«

Olm sah ihn lächelnd an.

»Natürlich«, sagte Neuner, »natürlich hast du es getan. Du bist ein Mörder, Olm, ein hinterhältiger, feiger Mörder.«

»Und du bist ein hochangesehener Fernsehproduzent«, sagte Olm, »ein Kulturschaffender. Ein wichtiges Mitglied der menschlichen Gesellschaft. Und sicher spendest du auch zweimal im Jahr dem Deutschen Roten Kreuz etwas.«

»Olm«, sagte Jörg Neuner, »es ist noch nicht zu spät. Du hast Karli erschossen, gut, das war eine Tat im Affekt. Jeder Richter wird dir mildernde Umstände zubilligen. Ich kenne gute Rechtsanwälte, Olm. Auf mich kannst du zählen.«

»Das war keine Tat im Affekt«, sagte Olm ruhig. »Ich hatte alles exakt vorbereitet, bis ins kleinste Detail. Die Polizei hat nicht die geringsten Anhaltspunkte, die sie auf die Spur des Täters bringen könnten.«

»Woher wusstest du, dass am Samstagvormittag das Feinkosthaus anliefert?«, fragte Neuner.

»Man muss vorher genaue Informationen einholen«, sagte Olm. »Erfolg muss man sich erarbeiten, Neuner, wer wüsste das besser, als du.«

»Du bist eiskalt, Olm«, sagte Neuner. »Du bist ein eiskalter Hund. Oder spielst du mir das alles nur vor?«

»Hätte ich Talent zum Schauspieler?«, fragte Olm lächelnd.

Neuner deutete das Lächeln falsch.

»Ich habe es gewusst«, sagte er, »du wolltest mich erschrecken, Olm. Das ist dir auch gelungen. Ich muss zugeben, das ist dir wirklich gelungen.«

»Ich werde dich erschießen, Neuner«, sagte Olm.

Neuner lachte hysterisch.

»Du doch nicht, Olm«, sagte er dann. »Du bist doch viel zu klug, um so etwas zu tun.«

Olm griff mit der linken Hand in die Wanne. Das Wasser war eiskalt.

»Ich sollte dich erlösen, Neuner«, sagte er, »du holst dir ja den Tod in dem kalten Wasser.«

Olm zielte mit der Pistole auf Neuners Brust.

»Warte, Olm«, schrie Neuner, »jedem Verurteilten wird ein letzter Wunsch erfüllt.«

»Und was wäre dein letzter Wunsch?«, fragte Olm.

»Eine Stunde«, sagte Neuner, »gib mir noch eine letzte Stunde.«

»Du hältst mich immer noch für naiv, Neuner, nicht wahr«, sagte Olm.

»Aber nein, Olm, wie kommst du darauf?«, fragte Neuner.

»In vierzig Minuten kommt der Auslieferungsfahrer«, sagte Olm. »Er wird klingeln und wenn niemand aufmacht, wird er den Hausmeister verständigen. Der hat doch einen Schlüssel für deine Wohnung?«

»Ich weiß es nicht«, sagte Neuner.

»Ich wundere mich, dass du in so einem Augenblick noch lügen kannst, Neuner«, sagte Olm. »Die Frau des Hausmeisters putzt deine Wohnung. Zweimal in der Woche und immer dann, wenn du im Büro bist.«

»Das hatte ich vergessen«, sagte Neuner.

»Ich bin immer noch der Trottel für dich, den ihr in Gabis Bistro über den Tisch gezogen habt«, sagte Olm.

»Du bist kein Trottel, Olm«, sagte Neuner, »du bist ein ausgezeichneter Pokerspieler. Aber wenn drei Mann zusammenspielen, hat der beste keine Chance.«

Olm zielte auf Neuners Herz.

»Warte«, schrie Neuner, »ich will dir erzählen wie das Ganze entstanden ist. Du hast ein Recht darauf, die Zusammenhänge zu erfahren.«

Olm drückte ab. Gerade in dem Moment, als draußen im Garten der Rasenmäher wieder ansprang. Das Wasser in der Badewanne färbte sich rot.

Der Hausmeister mähte den Rasen auf der Südseite des Hauses. Ungesehen konnte Olm das Grundstück verlassen. Als er mit seinem Auto um die Ecke bog, kam ihm der Lieferwagen von Feinkost Köhler entgegen.

Von seiner ,Höhle' aus rief Olm Uschi an.

»Ich habe mir Unterlagen aus dem Büro mitgenommen«, sagte er. »Die muss ich in Ruhe durcharbeiten.«

»Soll ich dir etwas zu essen bringen«? fragte Uschi.

»Danke«, sagte Olm, »ich habe alles da.«

»Aber vergiss morgen unseren Ballettabend nicht«, sagte Uschi.

»Keine Sorge«, sagte Olm.

Er legte den Hörer auf.

Ich bin krank, dachte er. Ich bin unheilbar krank. Ich bin ein Fall für einen Psychiater. Ich gehöre in eine Nervenheilanstalt. Ich laufe frei herum und bringe Menschen um. Ich bin schizophren. Ich morde nicht im Affekt, nicht aus Eifersucht oder um mich zu bereichern. Ich bringe Menschen aus primitivsten Rachegedanken heraus um. Ich sollte mich der Polizei stellen. Ich bin das, was man eine gespaltene Persönlichkeit nennt. Ich werde weiter töten. Ich bin eine permanente Gefahr für die Menschheit. Vielleicht hat der Hausmeister mich doch gesehen? Vielleicht ist die Polizei schon auf dem Weg zu mir? Es wäre das Beste für alle, wenn man mich schnappen würde.

»Wir beschuldigen Sie des zweifachen Mordes«, wird der Polizist an der Wohnungstür sagen.

Mord? Zwei Betrüger haben ihre gerechte Strafe bekommen!

»Er muss wahnsinnig sein«, wird der Polizist zu seinem Kollegen sagen. »Man ermordete doch niemanden, nur weil er einem beim Pokerspiel betrogen hat.«

Sie können sich eben nicht in meine Lage versetzen, dachte Olm. Wenn man keine Familie hat, keine Freunde, kein gemütliches Zuhause, dann bekommt das Spielen eine ganz andere Dimension. Was für ein unlogischer Gedanke! Bevor ich Karli erschossen habe, kannte ich schon Uschi. Selten wird ein Mann von einer Frau so geliebt, wie ich von Uschi. Ich habe einen wunderbaren Freund, Sebastian. Ich habe sogar zwei gemütliche Wohnungen. Alles, was ich an Liebe und Zärtlichkeit in meiner Jugend vermisst habe, bekomme ich heute hundertfach von Uschi ersetzt. Vielleicht hatte Karli eine unglückliche Jugend. Vielleicht konnte Karli gar nichts dafür, dass er so wurde, wie er war. Aber Karli war der Kopf der Bande. Karli hatte den Tod verdient. Aber Neuner? Neuner war ein kleiner ZDF Angestellter, der ständig gescheucht wurde. Ein gestriegeltes Arschgesicht, aber wer kann schon etwas für sein Äußeres? Neuners Tod war sinnlos, überflüssig. Gut, Neuner hatte auch gesehen, wie ich im Bistro gelitten habe, wie mir der Schweiß in den Nacken gelaufen ist, wie meine Hand gezittert hat, wenn ich die Kaffeetasse angehoben habe. Aber Neuner war das egal gewesen. Er hatte nur Augen für das Geld gehabt, für mein Geld. Er hat sich an die Nase gefasst oder durchs Haar gestrichen, wenn er den Herzbuben oder die Karodame brauchte. In allen Wildwestfilmen werden die Falschspieler erschossen! Die Zeiten haben sich geändert, aber was früher galt, muss nicht unbedingt falsch gewesen sein. Wem schadet Neuners Tod? Der Gesellschaft, der deutschen Fernsehunterhaltung? Andere würden die Seifenopern drehen, froh darüber, dass ein Konkurrent weniger auf dem Markt war. Neuner hatte keine Frau, keine Kinder. Würden die blonden, brünetten oder schwarzhaarigen Sternchen um ihn trauern, die er in seiner Luxuswohnung gevögelt hat? Die würden höchstens hoffen, dass sein Nachfolger attraktiver aussehen wird, damit es sie weniger Überwindung kostet, mit ihm ins Bett zu gehen.

Aber auch wenn niemand um ihn trauert, habe ich noch lange nicht das Recht, ihn eines unnatürlichen Todes sterben zu lassen. Mich nach so langer Zeit an ihm zu rächen, brutal zu rächen.

Soldaten töten aus Hass, weil man ihnen den eingetrichtert hat, weil man ihnen den Feind in den grausamsten Farben geschildert hat. Aber wenn ein Krieg vorbei ist, sind auch die Feinde wieder Menschen, die miteinander reden. Kein Russe fährt heute durch Berlin und erschießt Passanten, nur weil sein Vater im Kampf um die Stadt gefallen ist, oder weil er bei der Eroberung der Reichshauptstadt einen Arm verloren hat. Bis heute ist in Israel kein deutscher Tourist von einem Überlebenden des Holocaust erschossen worden. Rache ist primitivste Vergangenheitsbewältigung.

Habe ich Karli und Neuner getötet? Man kann auch etwas abtöten, etwas im Keim ersticken, man kann jemanden tödlich verletzen, ihn zu Tode erschrecken, man kann viele kleine Tode sterben. Selbst wenn es einen Gott gäbe und ein Jüngstes Gericht, ich wäre ein Bagatellfall. Unzählige Politiker sind Massenmörder, lassen Millionen bei ethnischen Säuberungen umbringen, Tausende für faschistoide Weltanschauungen sterben.

Olm nahm die fünfundvierziger Automatik aus seiner Jackentasche.

Ich werde sie morgen in die Spree werfen, dachte er. Ich werde sie nie wieder benutzen.

28 Paul Heiden hatte eine glückliche Kindheit. Er wuchs als Einzelkind auf. Sein Vater, ein Oberstudienrat, und seine Mutter führten eine harmonische Ehe. Ute Heiden wollte ursprünglich auch Lehrerin werden, brach aber ihr Studium nach der Hochzeit mit dem Mitstudenten Peter Heiden ab, da sich die Geburt ihres Sohnes Paul bereits ankündigte. Es war schwer festzustellen, welches der beiden Elternteile den Nachwuchs mehr umsorgte. Er war der Sonnenschein, der absolute Mittelpunkt und die große Freude der kleinen Familie.

»Nur Kinder, die geliebt werden, sind in der Lage, später einmal selbst lieben zu können«, sagten Ute und Peter Heiden übereinstimmend, wenn sie sich im Freundeskreis über Kindererziehung unterhielten.

Und weil sich Vater und Mutter ganz intensiv um den kleinen Paul kümmerten und weil Paul ein neugieriges, wissbegieriges Kind war, konnte er schon schreiben und lesen, bevor er in die Schule kam. Paul bekam Klavierunterricht, war schon mit fünf Jahren Mitglied in einem Tennisclub und wurde schon als Jugendlicher von seinen Eltern zu Opern- und Theateraufführungen mitgenommen. Das Letztere war sicher auch der Grund dafür, dass Paul eine zeitlang mit dem Gedanken spielte, Schauspieler werden zu wollen.

»Du suchst dir einen Beruf aus, der dich erfüllt und glücklich macht«, hatte Ute Heiden zu ihm gesagt, als er ihr diesen Wunsch vorgetragen hatte.

»Und wir werden jeden deiner Wünsche respektieren«, hatte der Vater hinzugefügt.

Paul Heiden hatte keinerlei schulische Probleme. Das Lernen fiel ihm leicht und da er vielseitig interessiert war, gab es kein Fach, in dem er Schwächen hatte. Auch in der Pubertät reagierte Paul nicht trotzig oder aufsässig. Dafür gab es bei diesen verständnisvollen Eltern auch keinen Grund. Als einige seiner Klassenkameraden ihre ersten Drogenerfahrungen machten, beobachtete Paul diese Versuche mit Unverständnis. Zu abschreckend empfand er die Bilder, die im Unterricht zu diesem Thema gezeigt worden waren.

Verliebt, oder das, was er dafür hielt, war Paul zum ersten Mal mit sechzehn Jahren. Ute Drilling hieß die schöne Brünette, der sein ganzes Interesse galt. Sie war Schülerin in der Parallelklasse.

Er fand es wunderbar, dass sie den selben Vornamen wie seine Mutter hatte, denn schon als kleiner Junge hatte er immer gesagt: »Wenn ich einmal groß bin, dann heirate ich dich, Mami.«

Und als seine Mutter ihm erklärte, dass das nicht möglich sei, hatte der kleine Paul gesagt: »Dann muss aber meine Frau genau so sein wie du.«

Ute Drilling und Paul Heiden waren in ihrer Freizeit unzertrennlich. Ute lernte Tennisspielen, sie machten die Hausaufgaben gemeinsam, gingen ins Kino und waren ein Paar auf den Schulfesten, das für Aufmerksamkeit sorgte, denn Paul war fast zwei Meter groß, Ute drei Köpfe kleiner. Ihre sexuelle Beziehung beschränkte sich auf Küsse im Filmtheater oder bei Spaziergängen am Isarhochufer. Ute und Peter Heiden mochten Ute Drilling sehr gern und bezogen sie bei allen familiären Festen mit ein.

Für Paul Heiden und Ute Drilling stand fest, dass sie ein Leben lang zusammenbleiben würden. Sie hatten also sehr viel Zeit, um einander das zu geben, was für sie die Erfüllung ihrer Liebe sein sollte.

Ute Drillings Vater war Diplomat und bekam überraschend seinen ersten Botschafterposten in der brasilianischen Hauptstadt Brasilia. Der flehend vorgetragene Wunsch seiner Tochter, in München bleiben zu dürfen, stieß bei ihm zwar auf volles Verständnis, da er von ihrer Freundschaft zu Paul wusste, aber andererseits war er nicht bereit, im fernen Brasilien auf seine Familie zu verzichten. Auch Peter Heidens Angebot, Ute in seiner Familie aufzunehmen, lehnte er ab.

»Sie ist unser einziges Kind«, sagte er, »und der Zeitpunkt, an dem sie uns verlassen wird, ist auch absehbar.«

An dem Tag, an dem die Familie Drilling nach Südamerika aufbrach, schworen sich Ute und Paul unter Tränen ewige Liebe. Fast zwei Jahre schrieben sie sich im wöchentlichen Rhythmus Briefe. Dann ließen die Antworten aus Brasilien länger auf sich warten.

Paul Heiden lernte auf einer Klassenfahrt in ein Schullandheim ein blondes Mädchen kennen. Gisela gefiel ihm, weil sie eine frische, aufrichtige Art hatte und eine ausgezeichnete Tennisspielerin war. An einem freien Nachmittag machten sie gemeinsam einen Waldspaziergang. Auf einer kleinen Lichtung schlief Paul zum ersten Mal in seinem Leben mit einer Frau. Gisela hatte bereits sexuelle Erfahrungen und war eine gute Lehrmeisterin. Paul entdeckte eine neue Seite des Lebens und musste sich selbst eingestehen, dass sie ihm ausgesprochen gut gefiel.

Nach der Rückkehr von der Klassenfahrt schrieb er Ute Drilling einen letzten Brief und schilderte ihr, was vorgefallen war. Dieser Brief besiegelte das Ende seiner ersten, großen Liebe.

Ute und Peter Heiden wussten nicht, warum sich ihr Sohn entschied, Karriere im Polizeidienst zu machen, aber, wie immer, unterstützten sie ihn auch in diesem Fall. Paul hatte die Schauspielerei längst abgehakt. Er war ein glühender Verehrer des Schauspielers Peter Falk, der in einer Fernsehserie den Inspektor Colombo spielte. Das beeinflusste sicher seine Berufswahl. Ein unkonventionell vorgehender Polizeikommissar, der sich von nichts abbringen ließ, einen Fall bis zur endgültigen Lösung zu verfolgen. So ein Kommissar wollte er auch werden.

Nach dem Abitur kam die Trennung von Gisela, die nach Hamburg zog, um Informatik zu studieren. Paul ging auf die Fachhochschule für öffentliche Verwaltung in München.

Paul Heiden wurde ein guter Polizist. Während der Ausbildung musste er, als Streifenpolizist, einmal einen Strafzettel hinter die Scheibenwischer eines hellblauen Golfs klemmen, obwohl er am Nummernschild erkannt hatte, dass es der Wagen seiner Mutter war. Zuhause hatte er ihr lachend zwanzig Mark in die Hand gedrückt.

»Woher weißt du, dass ich ein Strafmandat bekommen habe?«, hatte Ute Heiden gefragt.

»Weil ich es dir leider verpassen musste«, hatte Paul geantwortet.

Er wohnte immer noch bei seinen Eltern und sah auch keinen Grund, dies zu ändern. Die Harmonie des Zusammenlebens war nach wie vor perfekt. Man fuhr zusammen in den Urlaub und hatte viele gemeinsame Freizeitinteressen.

Als Paul Heiden Christine Beillant zum ersten Mal auf dem Flur des Polizeipräsidiums sah, schlug es bei ihm ein wie ein Blitz. Die junge Kollegin hätte eine Schwester seiner ersten, großen Liebe Ute sein können. Paul hatte schnell herausbekommen, das Chrissi im Büro neben Jan Weber arbeitete, aber er konnte sich nicht überwinden, Weber aus irgendeinem Grund aufzusuchen, um eventuell auf diese Art und Weise Chrissis Bekanntschaft machen zu können. Stattdessen bemühte er sich, zur gleichen Zeit wie Chrissi und Jan Weber die Kantine aufzusuchen und setzte sich stets an einen Tisch, von dem aus er sie beobachten konnte. Einmal glaubte er, dass Chrissi zu ihm herübergesehen hatte, aber da sie auf sein freundliches Kopfnicken nicht reagierte, nahm er an, dass sie nur zufällig in seine Richtung geblickt hätte.

Als Jan Weber ihn anrief und ihm von Chrissis Interesse an dem Autobahnmord bei Weyarn erzählte, ließ er alles stehen und liegen und ging sofort in Jan Webers Büro. Er hatte mit Chrissi noch keine zwei Sätze gewechselt, da war sich Paul Heiden schon sicher, dass er in diesem Augenblick die Frau fürs Leben gefunden hatte. Bei Chrissi vereinten sich die besten Seiten von Ute Drilling und Gisela in einer Person. Er musste sich mühsam beherrschen, sie nicht ununterbrochen anzusehen. Chrissis Vorschlag zur Zusammenarbeit empfand er wie eines der schönsten Weihnachtsgeschenke, die er je erhalten hatte. Paul Heiden war bis über beide Ohren verliebt.

Chrissi war die Erfüllung seiner Träume.

29 Paul Heiden hatte veranlasst, dass sämtliche Meldeämter in der Republik angeschrieben wurden. Gesucht würde ein Mann namens Olm, der vor rund drei oder vier Jahren zugezogen sein müsste. Die Rückantworten der Behörden gingen nur schleppend ein. Es dauerte fast zwei Monate, bis sie alle Meldungen auswerten konnten. Nur in Celle, Bochum, Augsburg und Bad Schwalbach gab es Olms, die sich in diesem Zeitraum angemeldet hatten. Paul Heiden und Chrissi wandten sich an die zuständigen Polizeibehörden der Städte. Die genaueren Überprüfungen ergaben, dass keiner dieser Olms aus München zugezogen war.

»Er kann sich doch nicht in Luft aufgelöst haben«, sagte Chrissi resignierend.

»Sicher nicht«, sagte Paul Heiden, »und darum werden wir ihn auch finden.«

»Und was machen wir jetzt?«, fragte Chrissi.

»Jetzt machen wir erst einmal einen Antrittsbesuch bei meinen Eltern«, sagte Paul. »Die sind schon sehr neugierig, dich kennen zu lernen.«

Peter und Ute Heiden fanden Chrissi auf Anhieb sympathisch. Peter Heiden merkte man an, dass er stolz darauf war, dass sein Sohn eine so attraktive Freundin hatte. Ute Heiden gefiel die offene, natürliche Art von Chrissi. Aber die Sympathie war nicht einseitig, auch Chrissi mochte Pauls Eltern sofort.

»Ich kann gut verstehen, dass du noch bei ihnen wohnst«, sagte sie zu Paul, als der sie nach Hause fuhr. »Die Art, in der ihr miteinander umgeht, kann einen neidisch machen.«

»Du hast keinen Grund neidisch zu sein«, sagte Paul lachend. »Du bist ab sofort ein Mitglied dieser Familie.«

»Wir wollen nichts überstürzen«, sagte Chrissi. »Deine Eltern kennen mich noch zu wenig.«

»Um das zu ändern hat mein Vater mir einen guten Vorschlag gemacht«, sagte Paul. »In einer Woche beginnen die Herbstferien. Meine Eltern fliegen eine Woche nach Mallorca und sie haben uns eingeladen mitzufliegen.«

»Das ist viel zu kurzfristig«, sagte Chrissi. »Ich werde keinen Urlaub bekommen.«

»Du bekommst ihn«, sagte Paul. »Ich habe bereits mit Jan Weber und dem Personalbüro gesprochen.«

»Du bist ein Intrigant, Paul«, sagte Chrissi. »Du agierst hinter meinem Rücken.«

»Bist du einverstanden?«, fragte Paul.

»Ich muss es sein«, sagte Chrissi. »Wenn ich mich recht erinnere, hast du in der übernächsten Woche Geburtstag. Ich kann dich doch an so einem Tag nicht auf Mallorca alleine feiern lassen.«

Peter Heiden hatte zwei verschiedene Hotels gebucht, die knapp dreihundert Meter auseinander lagen.

»Die Kinder sollen nicht das Gefühl bekommen, dass sie ständig von uns beobachtet werden«, hatte er zu seiner Frau gesagt.

Paul hatte von Deutschland aus telefonisch einen offenen Jeep reservieren lassen, den er am Flughafen Palma abholen konnte. Sie fuhren nach Valldemossa, einer kleinen Hafenstadt, die nicht so sehr von Touristenmassen überflutet wurde. Paul setzte seine Eltern vor ihrem Hotel ab und fuhr dann zum Hostal ca'n Mario, einem dreistöckigen Dorfhaus, das schon seit über hundert Jahren ein Hotel war. Ein verstaubtes, aber ungemein romantisches Domizil.

Es sollte eine phantastische Woche werden.

Ihren ersten gemeinsamen Ausflug führte sie ins Künstlerdorf Deià. Dieser kleine Ort war durch den Schriftsteller Robert Graves berühmt geworden, der hier seinen Roman ‚Ich, Claudius, Kaiser und Gott' geschrieben hatte. Aber auch die Maler Joan Miró, Ernst Fuchs und Arik Brauer hatten hier zeitweise gewohnt. In dieser Oase, die von Orangengärten und Olivenhainen umgeben war, arbeiteten aber nicht nur berühmte Künstler. Hier schien jeder Bewohner mit einer angeborenen Kreativität auf die Welt gekommen zu sein. Es wurde gemalt, gewebt und getöpfert. Vor fast jedem Haus gab es einen kleinen Stand, an dem die kleinen Kunstwerke den Touristen angeboten wurden. Oft war auch nur eine Decke auf dem Straßenpflaster der Verkaufsladen. In der Kulisse der pittoresken, alten Häuser wirkten die Besucher in Badelatschen und Boxershorts ziemlich deplaziert, aber die Einwohner waren auf die Einnahmen, die sie durch die Touristen erzielten angewiesen und behandelten auch die schrillsten Erscheinungen höflich.

Paul hatte Mühe, den Jeep aus dem Dorf herauszufahren, denn die kleinen Gassen waren für Esel und nicht für motorgetriebene Beförderungsmittel gebaut worden.

Über die legendären Serpentinenstraßen, die sich durch diese herbe Felsenwildnis zogen, fuhren sie weiter. Selten kam ihnen ein Auto entgegen und wenn, dann war es einer dieser Kleinlaster, die mit himmelhoch gestapelter Ladung schwankend bergabwärts rasten. Über Lluc-Alcari fuhren sie an die Steilküste zurück. Kurz vor Valldemossa bog Paul noch einmal von der Hauptstraße ab.

»Jetzt zeige ich dir die Kartause der Liebenden«, sagte er zu Chrissi und hielt vor einer Kirche mit einem angebauten Kloster. »Hier haben Frédéric Chopin und George Sand gearbeitet, sich gestritten und geliebt.«

Sie besichtigten die Cartoixa und besonders die Zellen, in denen Chopin und George Sand gelebt hatten. Hier stand das mallorquinische Klavier, an dem Chopin komponierte und es waren Zeichnungen und Briefe ausgestellt.

»Und jetzt lade ich Euch in eines der schönsten Restaurants der Welt ein«, sagte Peter Heiden.

»Sage nichts«, warf Paul ein, »ich weiß, wo ich hinfahren muss.«

Sie aßen im Son Moragues zu Abend. Chrissi war begeistert von den traditionellen mallorquinischen Gerichten und von dem Ambiente dieses ehemaligen herzoglichen Landguts.

Am folgenden Tag fuhren sie nach Palma de Mallorca. Paul war schon häufig mit seinen Eltern auf der Insel gewesen und kannte sich hervorragend aus.

Er parkte in der Nähe der Placa de la Reina und sie machten sich zu Fuß auf den Weg durch den historischen Stadtkern der Inselhauptstadt. Über die breite Treppengasse schlenderten sie an den alten Gemäuern des Almudaina-Palastes entlang zur großen Kathedrale. Sie besichtigten das imposante Gebäude fast eine Stunde.

»Jetzt brauche ich eine Stärkung«, sagte Ute Heiden und zu Chrissi gewandt: »Ich kann nicht in Palma gewesen sein, ohne einen Besuch im Can Joan de S'Aigo gemacht zu haben.«

Sie tranken in Palma de Mallorcas bekanntester Schokoladia dikken, süßen Kakao und aßen ein Stück gató, den unübertrefflichen Mandelkuchen. Gestärkt machten sie sich auf den Weg zum Castell de Bellver, dem Schloss der schönen Aussicht.

»Dies war ursprünglich ein Festungsbau«, erklärte Peter Heiden. »Er ist Anfang des 14. Jahrhunderts gebaut worden und war der Sitz der Könige.«

»Genau der richtige Ort, um von der Königin meines Herzens ein Foto zu schießen«, sagte Paul und bat Chrissi, sich in Positur zu stellen.

Chrissi tat ihm den Gefallen. Mallorca faszinierte sie. Die alten, historischen Monumente genau so, wie am Tag vorher die unvergleichliche Gebirgslandschaft. Die Insel war wesentlich schöner, als es die Berichte über Alkoholorgien am S'Arenal, die sie oft im Fernsehen gesehen hatte, aussagten.

»Ich kann verstehen«, sagte sie auf der Rückfahrt nach Valldemossa,

»warum diese Insel ein so beliebtes Urlaubsziel ist. Die Natur hat hier mit ihren schönsten Farben gemalt.«

»Leider haben wir nicht genügend Zeit, um dir die ganze Insel zu zeigen«, sagte Peter Heiden. »Die Südküste ist wunderschön und im Landesinneren gibt es herrliche kleine Flecken, in denen man nichts vom Touristenrummel verspürt.«

»Wenn ihr das Auto morgen braucht, steht es euch zur Verfügung«, sagte Paul zu seinen Eltern. »Ich würde gerne mit Chrissi einen Badetag einlegen. Wenn wir nicht mit ein bisschen Bräune zurückkommen, glauben uns die Kollegen nicht, dass wir auf Mallorca waren.«

Paul hatte am nächsten Tag ein Boot gemietet und Chrissi und er ließen sich von dem Bootsführer in eine kleine Bucht fahren, die, abgesehen von einer älteren Dame, die vor einer Staffelei saß und malte, menschenleer war. Sie dösten in der Sonne, gingen ab und zu ins Wasser oder sammelten kleine Muscheln am Strand.

Jeder wusste von dem anderen, dass ihn ein Gedanke auch hier, in dem kleinen Zipfel vom Paradies, nicht losließ. Aber Chrissi und Paul vermieden es, über den Mann zu sprechen, den alle Olm nannten und der spurlos verschwunden zu sein schien.

Erst auf dem Rückflug nach München fiel der Name.

»Seid ihr immer noch hinter diesem Autobahnmörder her?«, fragte Peter Heiden Chrissi.

»Ja«, antwortete Chrissi. »Wir haben zwar einen empfindlichen Rückschlag bekommen, aber wir geben nicht auf.«

»Paul hat uns einiges erzählt«, sagte Peter Heiden, »ich würde die bisherigen Fakten aber noch gerne einmal von dir hören. Es könnte ja sein, dass ein ausstehender Laie einen Einfall hat.«

Pauls Eltern hatten Chrissi am letzten Abend auf Mallorca das Du angeboten.

»Angefangen hat es damit, dass ich die Akte für den Computer in Stichworten zusammenfassen sollte«, begann Chrissi. »Die näheren Umstände der Tat - der Täter hatte sein Opfer gezwungen sich auszuziehen - machten mich stutzig. Täter und Opfer haben folglich eine längere Zeit am Tatort miteinander verbracht. Das Opfer hatte Bargeld in der Tasche und auch die teure Herrenarmbanduhr wurde später im Handschuhfach seines Autos gefunden. Es war also kein Raubmord.

Ich war von Anfang an der Überzeugung, dass sich Opfer und Täter gekannt haben und dass es sich um einen persönlichen Racheakt des Täters handeln musste.«

Chrissi erzählte von ihrem Besuch in Rosenheim und der Spielleidenschaft des Karl Schaffelhuber, von ihrem Gespräch mit dem Würstchenbudenbesitzer und den Abenden in den Münchener Lokalen, die sie mit Paul aufgesucht hatte.

»In Gabis Bistro fiel dann zum ersten Mal der Name Olm«, fuhr sie fort. »Er muss ein begabter Pokerspieler sein, aber an einem Abend wurde er voll aufs Kreuz gelegt. Drei Falschspieler haben ihn ausgenommen und einer von den dreien war der Karl Schaffelhuber. Für mich ist es ganz logisch, dass dieser ominöse Olm sich an dem Schaffelhuber gerächt hat.«

»Konnte man feststellen, um welche Uhrzeit die Tat ausgeführt wurde?«, fragte Pauls Vater.

»Ungefähr zwischen 21 und 0 Uhr«, sagte Chrissi.

»Es war also Nacht«, sagte Peter Heiden.

»Eine helle Vollmondnacht«, warf Paul ein. »Ist das so wichtig?«

»Es könnte wichtig sein«, meinte Peter Heiden, »wenn Chrissis Theorie stimmt, dass sich Opfer und Täter kannten. In einer stockdunklen Nacht hätte das Opfer sicher einen Fluchtversuch unternommen. Das scheint aber offensichtlich nicht der Fall gewesen zu sein. Wann ist denn der Tote entdeckt worden?«

»In den frühen Morgenstunden«, sagte Chrissi. »Ein Bauer, der auf dem Weg zu seinen Feldern war, fand die Leiche.«

»Konnte die Polizei sofort identifizieren, wer der Tote war?«, fragte Peter Heiden.

»Ja«, sagte Chrissi, »seine Papiere fand man in der Gesäßtasche der ausgezogenen Hose.«

»Kriminaltechnisch gehst du hervorragend vor«, lobte Paul seinen Vater.

»Wir haben uns ja auch gemeinsam unzählige Fernsehkrimis angesehen«, sagte Peter Heiden lächelnd.

»Wo würdest du den Hebel ansetzen?«, fragte Chrissi. »Jetzt bist du ja mit den Fakten ausreichend vertraut.«

»Die beiden anderen Falschspieler leben also noch«, sagte Peter Heiden nach einem Moment des Überlegens. »Wenn man diesen Olm nicht finden kann, müsste man einen von denen aufspüren.«

»Das ist richtig«, sagte Chrissi, »aber wir wissen nur, dass einer von den beiden Fischaugen haben soll. Abgesehen davon, dass ich nicht weiß, wie Fischaugen bei einem Menschen aussehen, ist das ein bisschen wenig, um nach einem solchen Mann zu fahnden.«

»Die Spur dieses Olms ist nur im Bistro zu finden, glaube ich«, sagte Peter Heiden.

»Der Meinung bin ich auch«, sagte Chrissi, »und darum werden wir uns in den nächsten Tagen auch dort wieder umhören.«

»Hoffentlich verrennt ihr euch nicht zu sehr in diese Sache«, mischte sich Ute Heiden ein. »Wenn man die Zeitung aufschlägt, gibt es jeden Tag neue Fälle, die aufgeklärt werden müssen.«

»Das verstehst du nicht, Mutter«, sagte Paul freundlich. »Das Jagdfieber ist ein Urinstinkt des Menschen und wenn man eine Fährte aufgenommen hat, dann kann einen kaum etwas von ihr abbringen. Viele Fälle sind nur durch die Zähigkeit und Ausdauer einzelner Beamter gelöst worden.«

»Und wir werden diesen Fall lösen«, sagte Chrissi und legte ihren Kopf an Pauls Schulter.

30 Frau Doktor Karin Gross war unzufrieden. Nach sieben Jahren hatte Max, der Zahnarzt, ihr Verhältnis beendet.

Es war einer dieser typischen Dialoge gewesen, mit denen feige Männer sich aus der Verantwortung zu stehlen pflegten.

»Ich liebe dich, aber ich habe eine Verantwortung meiner Familie gegenüber.«

»Das fällt dir reichlich spät ein.«

»Die Kinder sind jetzt in einem schwierigen Alter.«

»Ich bin vierundvierzig, das ist für eine Frau auch ein schwieriges Alter.«

»Ich habe dir vom ersten Tag an gesagt, dass ich mich nie scheiden lassen würde.«

»Ich habe es auch nie von dir verlangt.«

»Du siehst gut aus, bist finanziell unabhängig, dir laufen doch die Männer hinterher.«

»Könntest du mir diesen verlogenen Mitleidsblick ersparen?«

»Die Jahre mit dir waren wirklich wunderbar.«

»Diese dämliche Formulierung kannst du dir in die Haare schmieren.«

Karin Gross dachte an Olm. Wie lange war er jetzt schon in Berlin? Olm war pflegeleicht gewesen, ein Liebhaber wie man ihn sich nur wünschen konnte. Gut, Max war phantasievoller im Bett, aber Olm löste seine Aufgaben zufriedenstellend. Olm war schweigsam. Max redete ununterbrochen von Patienten, die Mundgeruch hatten, von dem Hausbesitzer, der seine Praxismiete wieder einmal erhöhen wollte oder stundenlang von Kieferoperationen und neuen Methoden bei der Zahnwurzelbehandlung. Olm brachte Blumen mit, wenn er kam und zog seine Schuhe aus, um ihren weißen Teppichboden nicht zu beschmutzen. Auf die Idee wäre Max nicht einmal bei Regenwetter oder Schneematsch auf den Straßen gekommen.

Frau Doktor Karin Gross beschloss, mit Olm Kontakt aufzunehmen. Sie rief ihre Schwester Monika an, die in Berlin lebte.

»Ich suche einen gewissen Olm«, sagte sie am Telefon.

»Und wie heißt er mit Vornamen?«, fragte Monika.

»Keine Ahnung, ich weiß noch nicht einmal, ob Olm sein Vor- oder sein Nachname ist«, sagte Karin Gross.

Monika lachte.

»Bleibe am Apparat«, sagte sie. »Diesen Namen wird es ja nicht so häufig im Telefonbuch geben. Ich sehe einmal nach.«

Karin Gross zündete sich eine Zigarette an.

»Karin«, sagte ihre Schwester nach einigen Minuten, »es gibt einundzwanzig Olms im Berliner Telefonbuch. Wie soll ich den richtigen finden, wenn ich keinen Vornamen weiß?«

»Er ist Bauunternehmer«, sagte Karin Gross, »jedenfalls war er das in München. Straßenbau, glaube ich.«

»Ich habe das Telefonbuch auf den Knien«, sagte Monika, »hier gibt es einen Journalisten, einen Bäcker und einen kaufmännischen Angestellten. Bei den anderen steht keine Berufsbezeichnung. Ohne Vornamen kommen wir nicht weiter.«

»Ich werde mich wieder bei dir melden«, sagte Karin Gross und legte den Hörer auf.

Olm hatte einmal eine Kneipe erwähnt, überlegte sie. Er hatte einmal von einem Stammlokal gesprochen, in das er immer zum Pokern ging. Irgendein französischer Name. Le Gourmet? Maison de France? Es war in der Hiltensperger Straße, daran erinnere ich mich. Wenn ich den Namen lese, wird es mir wieder einfallen.

Karin Gross setzte sich in ihr Auto und fuhr in die Hiltensperger Straße. Sie musste nicht lange suchen. Das einzige Lokal in der Straße war Gabis Bistro.

In dem kleinen Lokal waren nur Männer. Sie saßen an den Tischen und spielten Karten. Es war auffallend ruhig in der Kneipe, auffallend ruhig für ein Lokal. Die einzige Frau, außer Karin, war die Wirtin hinter dem Tresen. Sie musterte Karin neugierig, als die sich auf einen der Barhocker setzte.

Was will die denn hier, überlegte Gabi. Sucht sie ihren Ehemann oder Freund? Eine Nutte scheint sie nicht zu sein, die sind nicht so dezent geschminkt und trauen sich auch kaum noch in die Sperrbezirke.

»Ich suche einen alten Freund«, sagte Karin Gross.

»Über Gäste gebe ich prinzipiell keine Auskünfte«, antwortete Gabi nicht gerade freundlich.

»Wir hatten eine Liebesbeziehung«, sagte Karin.

Mit wem könnte die Frau eine Liebesbeziehung gehabt haben, überlegte die Wirtin und laut fragte sie: »Sind Sie schwanger?«

Karin musste lachen.

»Nein«, sagte sie. »Wir haben uns in aller Freundschaft getrennt. Ich möchte diesen Mann einfach nur einmal wiedersehen.«

»Wie heißt er denn?«, fragte Gabi. Die Frau schien in Ordnung zu sein.

»Olm«, sagte Karin.

»Olm?«, fragte die Wirtin. »Das muss eine Jugendliebe gewesen sein. Otto-Ludwig ist schon seit einigen Jahren in Berlin.«

Er heißt also Otto-Ludwig mit Vornamen, registrierte Karin Gross.

»Ich weiß, dass er in Berlin lebt«, sagte sie, »aber ich kann seine Adresse nicht herausbekommen.«

Die Wirtin zündete sich eine neue Zigarette am Rest der alten an.

»Das kann ich mir vorstellen«, sagte sie dann. »In Berlin wird es eine Unmenge Leute mit dem Namen Meier geben.«

»Er heißt Meier?«, fragte Karin irritiert.

»Wollen Sie mich auf den Arm nehmen?«, fragte die Wirtin zurück. »Sie hatten ein Verhältnis mit ihm und wissen nicht einmal seinen Namen?«

»Er hat mir nie gesagt, dass er Meier heißt«, sagte Karin Gross. »Er nannte sich Olm. Ich nahm immer an, dass das ein skandinavischer Vorname wäre oder so etwas ähnliches.«

Die Wirtin schien ihr zu glauben.

»Er heißt Otto-Ludwig Meier«, sagte sie. »Wenn Sie nur die Initialen lesen, kommen Sie auf Olm. Jeder nannte ihn Olm. Ich war die Einzige, die Otto-Ludwig zu ihm sagte.«

Karin rief ihre Schwester Monika an.

»Olm ist nur ein Spitzname«, sagte sie. »Richtig heißt er Meier. Otto-Ludwig Meier.«

«Mit A I, A Y oder E I?", fragte Monika.

«Keine Ahnung", antwortete Karin. »Suche in allen Spalten nach dem Vornamen Otto-Ludwig.«

Nach fünf Minuten rief ihre Schwester zurück.

»Es gibt zweimal Meier mit E I«, sagte sie, »die Otto-Ludwig heißen. Einer wohnt in der Nassauischen Straße, der andere in der Mommsenstraße.«

Karin Gross notierte sich die beiden Telefonnummern.

»Danke, Monika«, sagte sie und legte den Hörer auf die Gabel zurück.

Sie rief erst den Meier in der Nassauischen Straße an.

»Ich hätte gerne Olm gesprochen«, sagte sie der Frauenstimme, die sich am anderen Ende der Leitung meldete.

»Wen?«, fragte die Frau.

»Olm«, sagte Karin.

»Otto, kennst du einen Olm«, hörte Karin die Frau am Telefon sagen. Der angesprochene Mann schien unmittelbar neben ihr zu sitzen.

»Nie gehört«, sagte eine ärgerlich klingende Männerstimme.

Karin Gross drückte auf die Telefongabel und wählte die zweite Nummer.

»Olm«, meldete sich eine Stimme, die Karin sofort als Olms erkannte.

»Hallo, Olm«, sagte Karin.

»Wer ist denn da am Apparat?«, fragte Olm.

»Karin«, sagte Karin.

»Karin Gross?«, fragte Olm zögernd.

Wie viele Karins wird er kennen, dachte Karin Gross.

»Ja«, sagte sie.

»Ach«, sagte Olm.

Er sagt wirklich nur ‚ach‘.

»Wie geht es dir, Olm?«, fragte Karin.

»Gut«, sagte Olm.

Er ist immer noch so mundfaul wie früher, dachte Karin Gross.

»Und beruflich ist auch alles in Ordnung?«, fragte sie.

»Bestens«, sagte Olm. »Ich arbeite in einem Immobilienbüro. Ich weiß nicht, ob ich dir mal von meinem Freund Sebastian erzählt habe.«

Du hast nichts erzählt, dachte Karin, du hast mir nicht einmal deinen richtigen Namen genannt.

»Und wie geht es dir?«, fragte Olm.

Er fand das Gespräch ausgesprochen banal, aber ihm fielen keine besseren Fragen ein.

»Sehr gut«, sagte Karin Gross. »Die Praxis läuft so optimal, dass ich überlege, ob ich eine Assistenzärztin einstellen soll.«

»Und wie geht es dem Zahnarzt?«, fragte Olm.

»Mit Max ist es aus«, sagte Karin.

»Ach«, sagte Olm.

Wieder nur dieses verdammte, einsilbige Ach.

»Ich habe viel an dich denken müssen, Olm«, sagte Karin Gross.

»Wirklich?«, fragte Olm.

»Ja«, sagte Karin. »Ich würde dich gerne einmal wiedersehen.«

»Melde dich, wenn du in Berlin bist«, sagte Olm. »Wir könnten uns aber nur an einem Wochenende treffen.«

»Warum nur am Wochenende?«, fragte die Kinderärztin.

»Weil ich während der Woche arbeiten muss«, sagte Olm. »Außerdem ist meine Frau auch berufstätig und ich denke, sie möchtest du auch kennen lernen.«

»Du bist verheiratet?«, fragte Karin Gross überrascht.

»Schon seit fast einem Jahr«, sagte Olm.

Karin Gross konnte es nicht fassen. Wer heiratet so einen introvertierten Typen, dachte sie. Diesen mundfaulen, ziemlich temperamentlosen Olm?

»Bist du noch dran?«, fragte Olm.

»Ja«, sagte Karin Gross, »aber ich muss jetzt Schluss machen. Ich melde mich bei dir, wenn ich mal in Berlin sein sollte.«

Was hatte ich erwartet, überlegte sie, als sie den Hörer aufgelegt hatte, dass Olm auf mich wartete? Dass er alles stehen und liegen lassen und mit dem nächsten Flugzeug zu mir kommen würde?

Karin Gross war beleidigt.

Max, der Zahnarzt, hatte sie verlassen. Er sie und nicht umgekehrt wie es sich gehört hätte. Und Olm hatte geheiratet ohne ihr auch nur ein Sterbenswort davon zu sagen. Er hatte doch ihre Telefonnummer! Die beiden Männer hatten nicht Karin Gross' Gefühle verletzt, aber ihren Stolz. Immerhin waren sie beide ein Teil ihres Lebens gewesen. Zwei Schachfiguren, ein Turm und ein Springer, die jeweils ihre bestimmte Funktion hatten. Jahrelang hatte Karin bestimmt, mit welcher Figur der nächste Zug ausgeführt werden sollte. Gut, sie hatte Olm aus dem Spiel genommen, als der nach Berlin reiste, aber sie hätte ihn doch bei Bedarf wieder eingesetzt. Und jetzt hatte Olm geheiratet. Olm, der eine starke Frau an seiner Seite brauchte, eine Führungspersönlichkeit, die ihm den nötigen Halt gab und die ihm die Richtlinien aufzeigte, nach denen man sein Leben planen musste. Olm hatte nie romantische Gefühle gezeigt, das mochte Karin Gross besonders an ihm. Gefühlsduseleien und Liebesschwüre gehörten für Karin Gross ins Reich des Irrationalen. Partnerschaften mussten funktionieren, mussten Konten mit Soll- und Habenseiten sein, Interessengemeinschaften mit verteilten Schwerpunkten.

Karin Gross nahm den kleinen Elfenbeinelefanten in die Hand, der auf ihrem Fernsehapparat stand.

Olm hatte ihn mir zum Geburtstag geschenkt, dachte sie. Ich werde ihn in den Mülleimer werfen. Ich werde alle Erinnerungen an Olm auslöschen.

Karin Gross warf den Elfenbeinelefanten nicht weg. Er hatte einen gewissen materiellen Wert und Karin Gross war nicht die Frau, die Wertvolles in den Müll warf.

Otto-Ludwig Meier saß in seiner ‚Höhle' und dachte an Karin Gross. Ihr Anruf kam wirklich sehr überraschend.

Ich habe ihr einen Heiratsantrag gemacht, bevor ich nach Berlin gezogen bin. Ich kann von Glück sagen, dass sie ihn abgelehnt hatte. An was erinnere ich mich, wenn ich an Karin Gross denke? An den weißen Teppichboden in ihrer Wohnung, an die Stapel Papiertaschentücher, die immer auf ihrem Nachttisch lagen und an ihre Stimme, die sehr schnell einen herrischen Unterton bekam, wenn ihr etwas gegen den Strich ging. Habe ich sie geliebt? Karin ist eine Domina des Alltags, eine bestimmende Planerin von Abläufen. »Was hat das für einen Sinn«, war ihre Lieblingsfrage. Menschen hatten zu arbeiten, zu essen, zu trinken, zu schlafen und dafür Sorge zu tragen, dass ihr Sexualleben eine gewisse Regelmäßigkeit hatte. Jedes Risiko musste für sie kalkulierbar sein, egal, ob es materielle oder persönliche Dinge betraf. Ihr wichtigstes Requisit war ihr Terminkalender. Nein, eine Heirat mit Karin Gross wäre eine Katastrophe geworden.

So wie als Kind mit seiner Münzsammlung, konnte er sich auch heute noch stundenlang mit Dingen beschäftigen, die andere Leute für sinnlos halten würden. Er löste Steuerbanderolen von den Zigarettenschachtel, um sie anschließend wieder akribisch genau an der selben Stelle anzukleben. Er beobachtete am Fenster die vorbeifahrenden Kraftfahrzeuge und fertigte Listen nach den Farben ihrer Lackierung an. Wenig später warf er diese selbsterstellten Statistiken in den Papierkorb. So diszipliniert und preußisch korrekt er bei seiner Arbeit war, so hasste er auf der anderen Seite jede Reglementierung seiner Freizeit. Uschi hatte das sofort erkannt und ließ ihn gewähren.

Nein, dachte Olm, es gibt auf dieser Welt nur eine Frau, die zu mir passt, und das ist Uschi, meine über alles geliebte Uschi.

31 Peter Heiden wurde fünfzig Jahre alt. Seine Frau Ute hatte heimlich eine Feier in einem Münchener Lokal vorbereitet. Ihr Mann und sie, Chrissi und Paul und dazu genau sechsundvierzig Gäste sollten erscheinen. Wenn Ute Heiden eine Absage bekam, lud sie Menschen ein, die weiter hinten auf der Einladungsliste standen. Deshalb bekamen auch Karin Gross und der Zahnarzt Max Katzhammer eine Einladung.

Paul und Chrissi waren die Einzigen, die von Ute Heidens Plan wussten. Der Geburtstag fiel auf einen Sonntag und Paul und Chrissi waren schon mit einem großen Blumenstrauß bewaffnet zum Frühstück erschienen.

»Mutter will unbedingt mit mir um vier Uhr einen Spaziergang machen«, sagte Peter Heiden zu Paul. »Sie führt irgendetwas im Schilde. Hat sie euch eine Andeutung gemacht?«

»Warum sollte ich etwas im Schilde führen«, sagte Ute Heiden, bevor Paul antworten konnte.

»Weil ich unbedingt meinen dunkelblauen Anzug anziehen musste«, sagte ihr Mann. »Wer geht schon mit einem dunkelblauen Anzug auf einen Spaziergang?«

»Paul zum Beispiel«, sagte Chrissi, »und ich habe auch extra das kleine Schwarze angezogen. Wir werden auf der Straße die Blicke aller Leute auf uns ziehen. Und dir hängen wir noch eine Blumenkette um den Hals.«

»Damit jeder glaubt, dass ich von einem Tahiti-Urlaub zurückkomme«, sagte Peter Heiden lachend.

Gemeinsam hörte man sich das Sonntagskonzert im Fernsehen an. Ute Heiden hatte nur einen Salat als Mittagsessen vorbereitet.

»Feierlich getafelt wird heute Abend«, sagte sie.

Als sie am Tisch saßen, räusperte sich Paul und begann zu sprechen: »Wir haben noch eine Geburtstagsüberraschung für dich, Vater.«

Seine Mutter stieß ihn heftig mit dem Fuß unter dem Tisch an.

»Für euch beide, Mutter«, sagte Paul. »Chrissi und ich wollen heiraten.«

Peter Heiden stand auf und nahm seinen Sohn in die Arme.

»Das ist das schönste Geschenk, das ihr mir machen könnt«, sagte er und strahlte über das ganze Gesicht.

Ute umarmte Chrissi.

»Vom ersten Tag unseres Kennenlernens an habe ich mir das gewünscht«, sagte sie und küsste ihre zukünftige Schwiegertochter.

»Champagner für alle«, rief Peter Heiden. »Du holst ihn, Paul, und ich küsse inzwischen die Braut.«

Mit dem ersten Schluck stieß man auf den Geburtstag, mit dem zweiten auf die bevorstehende Hochzeit an.

»Du hast die freie Auswahl, Chrissi«, sagte Peter Heiden. »Du kannst uns Mama und Papa nennen oder Ute und Peter.«

»Für Mama und Papa seid ihr einfach zu jung«, sagte Chrissi.

Als sie zu ihrem Spaziergang aufbrachen, strahlte die Sonne in voller Pracht vom Himmel.

Kurz vor dem Bogenhausener Hof sagte Ute Heiden: »Ich hätte Lust auf einen Kaffee. Wer noch?«

»Kaffee gibt es Zuhause«, sagte Peter Heiden.

»Ich könnte jetzt sofort einen vertragen«, sagte Paul.

»Ich auch«, sagte Chrissi. »Gehen wir doch in den Bogenhausener Hof. Die sollen wunderbaren Käsekuchen haben.«

»Also gehen wir in den Bogenhausener Hof«, sagte Peter Heiden und fügte lachend hinzu: »Ist es nicht furchtbar? Ich weiß erst seit zwei Stunden, dass Chrissi meine Schwiegertochter wird und bin schon Wachs in ihren Händen.«

Als sie das Restaurant betraten, ging Ute Heiden wie selbstverständlich die Treppe zum ersten Stock hinauf. Peter blieb gar nichts anderes übrig, als seiner Frau zu folgen.

Die anderen Geburtstagsgäste hatten sich an Utes Bitte gehalten und waren pünktlich erschienen. Als Peter Heiden den Raum betrat, standen sie auf und begrüßten ihn mit einem lautstarken »Happy Birthday«. Peter Heiden hatte Mühe, seine Tränen zurückzuhalten. Seine Frau führte ihn an die Stirnseite der hufeisenförmig aufgebauten Tafel.

»Ich habe gar nicht gewusst, dass wir so viele Freunde haben«, flüsterte er seiner Frau zu.

»Das solltest du in deiner Rede nicht unerwähnt lassen«, sagte Ute Heiden.

»Ich muss reden?«, fragte ihr Mann entsetzt.

»Um eine Rede kommst du nicht herum«, sagte Paul.

»Wann?«, fragte sein Vater.

»Am besten gleich, dann hast du es hinter dir«, sagte Paul.

Peter Heiden stand auf und klopfte an sein Glas.

»Ich sage es ganz ehrlich«, begann er, »ich hatte keine Ahnung, was mich hier erwarten würde. Ich habe auch nicht vermutet, dass es Ute gelingen könnte nach achtundzwanzig Ehejahren noch etwas vor mir geheim zu halten. Aber ich freue mich von Herzen, euch alle hier zu sehen. Ich werde jetzt jeden von euch namentlich begrüßen, damit die, die sich bisher nicht kannten wissen, wer ihr Tischnachbar oder die Nachbarin ist.«

Peter Heiden begann damit, jeden Anwesenden vorzustellen. Zu jedem fiel ihm eine launige Bemerkung ein und die Stimmung in der Runde stieg von Minute zu Minute an.

»Ich sehe am Fenster einen Tisch mit Geschenkpaketen«, sagte Peter Heiden am Schluss seiner Ansprache. »Dafür bedanke ich mich jetzt erst einmal pauschal. Aber über ein Geschenk, liebe Freunde, möchte ich euch alle in Kenntnis setzen, das ich bereits heute beim Mittagessen bekam. Die junge Dame an der Seite meines Sohnes ist nicht nur Pauls Freundin Chrissi, sondern in Kürze auch unsere Schwiegertochter.«

Die Gäste standen auf und applaudierten heftig.

»Ein Hoch auf das Brautpaar«, rief die Kinderärztin Karin Gross, die an Paul Heidens rechter Seite stand.

Die Gäste ließen das Brautpaar hochleben und nahmen wieder Platz.

»Woher kennen Sie meine Eltern?«, fragte Paul Karin Gross.

»Aus dem Tennisclub«, sagte Karin. »Ich habe in meinem reiferen Alter meine Liebe zu diesem Sport wieder entdeckt. Sie habe ich dort übrigens auch oft gesehen.«

»Sind Sie auch Lehrerin?«, fragte Paul.

»Nein«, antwortete Karin Gross, »ich bin Kinderärztin.«

»Das ist sicher ein wunderbarer Beruf«, sagte Paul höflich.

»Er hat wie alle Beruf seine Licht- und Schattenseiten«, sagte Karin Gross. »Was machen Sie beruflich?«

»Ich bin Kriminalbeamter«, sagte Paul. »Meine Verlobte ebenfalls.«

»Toll«, sagte Karin, »haben Sie auch die Möglichkeit zusammenzuarbeiten?«

»Ja«, sagte Paul Heiden, »im Moment sind wir gerade gemeinsam mit einem Fall beschäftigt.«

Chrissi hatte sich zu ihnen umgedreht. Die gepflegte, blonde Frau mit der Mannequinfigur war ihr schon beim Hereinkommen aufgefallen.

»Was ist das für ein Fall?«, fragte Karin Gross. »Oder fällt meine Frage unter die Rubrik Dienstgeheimnis?«

»Wie jagen einem Phantom hinterher«, sagte Chrissi. »Wir suchen einen Mann, den es anscheinend gar nicht zu geben scheint.«

»Was hat denn das Phantom ausgefressen?«, fragte die Kinderärztin.

»Es hat einen Mord begangen«, sagte Paul.

»Und Sie haben keinerlei Anhaltspunkte, um diesen Mörder zu identifizieren?«, fragte Karin Gross.

»Nein«, sagte Chrissi. »Wir wissen nicht wie er aussieht und wir kennen seinen Namen nicht.«

»Und warum legen Sie dann den Fall nicht zu den Akten?«, fragte Karin.

»Das wissen wir auch nicht so genau«, sagte Chrissi lächelnd. »Irgendwie hoffen wir immer noch auf ein Wunder.«

Max Katzhammer, der Zahnarzt, bei dem die Heidens seit Jahren Patienten waren, stellte sich Chrissi vor.

»Ich habe den Alleinvertretungsanspruch bei der Familie Heiden«, sagte er. »Bei welchem Kollegen Sie bisher auch waren, Sie müssen zu mir überlaufen.«

Max Katzhammer drückte ihr seine Visitenkarte in die Hand.

»Ich hatte noch nie Probleme mit den Zähnen«, sagte Chrissi lachend. »Außer einer jährlichen Vorsorgeuntersuchung ist bei mir nichts zu holen.«

Max Katzhammer wandte sich an Karin Gross: »Grüß dich, Karin.«

»Max?«, Karin Gross tat überrascht, dabei hatte sie ihn längst am anderen Tischende wahrgenommen, »ich wusste gar nicht, dass du zum Freundeskreis der Familie gehörst.«

Da Paul aufgestanden war, um einige Gäste zu begrüßen, setzte sich Max auf den freien Stuhl.

»Wie geht es dir, Karin?«, fragte er.

»Um Himmels Willen«, sagte seine ehemalige Geliebte, »fange nicht so an, Max und vor allem nicht mit dieser geheuchelten Anteilnahme in der Stimme. Als nächstes erzählst du mir wie oft du an mich gedacht hast.«

»Ob du es glaubst oder nicht«, sagte Max, der Zahnarzt, »aber ich habe wirklich häufig an dich denken müssen. Es tut mir in der Seele weh, dass wir so auseinander gegangen sind.«

»Deine Frau schaut ständig zu uns herüber«, sagte Karin. »Hast du ihr von uns erzählt.«

»Natürlich nicht«, sagte Max.

»Was heißt natürlich?«, fragte Karin spitz. »Wenn Ehemänner einen Seitensprung beendet haben, gestehen sie meistens unter Tränen ihrer Frau den Fehltritt.«

Der Zahnarzt ging auf ihren nassforschen Ton nicht ein.

»Können wir uns nicht irgendwann sehen?«, fragte Max. »Ich würde dir gerne einiges erklären.«

»Warum erklärst du es mir nicht gleich?«, fragte die Kinderärztin.

»Bitte, Karin«, sagte Katzhammer, »darf ich dich anrufen?«

»Du hast recht, Max«, sagte Karin Gross, »hier ist nicht der richtige Ort für eine Aussprache. Rufe mich an. Die Telefonnummern wirst du ja wohl noch haben.«

Max drückte ihre Hand, erhob sich und ging zu seiner Frau zurück. Karin sah Chrissis fragenden Blick.

»Ich hatte jahrelang ein Verhältnis mit ihm«, sagte sie unaufgefordert.

»Vor seiner Heirat?«, fragte Chrissi.

Es interessierte sie nicht, aber sie wollte dieser Frau nicht das Gefühl geben, dass ihre provokante Art sie beeindruckt hätte.

»Nein«, antwortete Karin Gross, »während seiner Ehe. Ich war die Geliebte, mit der er seine Frau jahrelang betrog.«

»Ist das nicht eine traurige Rolle?«, fragte Chrissi.

»Wie meinen Sie das«? fragte Karin Gross.

»Ich könnte es nicht ertragen, wenn ich wüsste, dass der Mann, den ich liebe zu einer anderen gehen würde, wenn er meine Wohnung verlässt«, sagte Chrissi.

»Ich habe ihn nicht geliebt, ich habe mit ihm geschlafen«, sagte Karin Gross zynisch.

Chrissi war froh, dass Paul auf seinen Platz zurückkam.

»Der Mann, mit dem ich gerade gesprochen habe, ist einer von Vaters ältesten Freunden«, sagte er. »Er hat eine Privatdetektei.«

»Sollen wir ihn engagieren?«, fragte Chrissi lachend.

»Nein«, sagte Paul Heiden, »aber er hat einen ganz klugen Gedanken geäußert. Er meinte, Olm könnte auch ein Spitzname sein.«

»Ein Spitzname«, sagte Chrissi zweifelnd, »wer kommt auf die Idee, jemanden Olm zu nennen?«

»Entschuldigen Sie«, mischte sich Karin Gross ein, »aber habe ich richtig gehört, Sie sprechen von einem Olm?«

»Ja«, sagte Paul. »Das könnte der Name von unserem Phantom sein.«

»Aber wir haben bundesweit alle Leute, die diesen Nachnamen haben, überprüft«, fügte Chrissi hinzu. »Keiner von denen kommt als Täter in Frage.«

»Und wen soll dieser Olm umgebracht haben?«,, fragte Karin Gross neugierig.

»Es ist nicht bewiesen, dass dieser Olm der Täter ist«, sagte Paul Heiden. »Aber es kristallisiert sich eine Verbindung zwischen ihm und dem Opfer heraus.«

»Und wer ist das Opfer?«, fragte Karin Gross noch einmal.

»Das Opfer war ein Bordellbesitzer aus Rosenheim«, sagte Chrissi. »Wir wissen, dass dieser Bordellbesitzer mit einem Mann namens Olm gepokert und ihn offensichtlich dabei betrogen hat.«

Olm, schoss es Karin Gross durch den Kopf, der Pokerspieler Olm. Olm würde eine falsche Steuererklärung abgeben, Olm würde im Halteverbot parken, Olm würde eine gefundene Brieftasche nicht zurückgeben, aber Olm, Olm wäre nie und nimmer im Stande, einen Menschen umzubringen. Gut, Olm war ein Spieler, aber ein Mann, der seine Schuhe auszieht, bevor er einen weißen Teppichboden betritt, ermordet niemanden. Und außerdem heißt Olm in Wirklichkeit Otto-Ludwig Meier. Aber das ging diese beiden spießigen Beamten, die kein wichtigeres Ziel vor Augen hatten, als die, längst überholte, Institution Ehe, wirklich nichts an.

»Wenn es ein Spitzname ist«, sagte die Kinderärztin Karin Gross laut, »dann wird es verdammt schwer sein, diesen Mann zu finden.«

Max Katzhammer und seine Frau gehörten zu den ersten Gästen, die das Fest verließen. Kurz darauf ging auch die Kinderärztin Karin Gross.

32 Otto-Ludwig Meier hatte einen Traum. Er saß im Gerichtssaal auf der Anklagebank. Der Zuschauerraum war brechend voll. Uschi saß mit einigen anderen Personen auf der Zeugenbank. Der Richter hatte Ähnlichkeit mit Sebastian, der Staatsanwalt mit Neuner. Olms Verteidiger hatte keinen Kopf. Er hatte Arme und Beine und man hörte auch seine Stimme, aber oberhalb seines Hemdkragens war nichts.

»Bekennen Sie sich schuldig?«, fragte der Richter.

»Nicht schuldig«, sagte Olm.

Der Staatsanwalt mit dem gestriegelten Arschgesicht von Neuner schüttelte missbilligend den Kopf.

»Dann rufe ich als ersten Zeugen den Sachverständigen auf«, sagte der Richter.

»Professor Lorenz in den Zeugenstand«, brüllte der Gerichtsdiener in ein Megaphon.

Der Professor sah aus wie Schmidt-Thül, der Studioverwalter in der Oberlandstraße.

»Was haben Sie über den Angeklagten herausgefunden, Herr Professor?«, fragte der Richter.

»Der Angeklagte ist eine emotional instabile Persönlichkeit«, erklärte Lorenz. »Mangelnde Impulskontrolle und eine allgemein verminderte Kontrollfähigkeit konnte ich feststellen. Das führt zu einem extrem reduzierten Gefühl für Kontinuität und Verantwortung, für gut und böse.«

Der Staatsanwalt erhob sich.

»Herr Professor, kann man den Angeklagten für seine Taten zur Verantwortung ziehen?«, fragte er.

Schmidt-Thül, alias Professor Lorenz, baute sich vor den Zuschauerbänken auf.

»Ich bin durchaus der Meinung, dass kriminelles Verhalten nicht allein auf widrige, psychologische Umstände in der Kindheit zurückzuführen ist«, sagte er dozierend. »Der Angeklagte war auch keinen schlimmen Einflüssen ausgesetzt. Kein Trunkenbold als Vater, keine gefühlsarme Mutter, keine asoziale Umgebung.«

Der Richter wollte eine Zwischenfrage stellen aber der Professor wehrte ab.

»Lassen Sie mich bitte in meinen Ausführungen fortfahren«, sagte er. »Wir wissen heute, dass durch ein defektes Gen auf dem X-Chromoson die chemische Aggressionskontrolle im Gehirn gestört werden kann. Ich möchte nicht ausschließen, dass der Angeklagte mit einem solchen Gen belastet ist. Außerdem habe ich einen erhöhten Testosteronspiegel bei ihm festgestellt.«

Man sah dem Staatsanwalt an, dass er nicht ein Wort verstand, aber es war ihm peinlich, Fragen zu stellen. Der Richter Sebastian war risikobereiter.

»Was ist Testosteron?«, fragte er.

»Eine der körpereigenen Substanzen, die Hinweise auf kriminelles Potential geben können«, antwortete der Professor stolz. Dann drehte er sich wieder zu seinem Auditorium, dem Zuschauerraum, um: »Serotonin, zum Beispiel, ist ein Neurotransmitter, der Nerven und Hirnregionen als Botenstoff verbindet.«

Die Zuhörer hingen an seinen Lippen und man konnte viel Zustimmung in ihren Gesichtern lesen, so, als ob sie ein Leben lang nie über ein anderes Thema gesprochen hätten. Olm musste zugeben, dass ihm der Professor imponierte.

»Ein Mangel an Serotonin«, fuhr Lorenz fort, »kann dazu führen, dass der Angeklagte zu jener Gruppe Menschen gehört, die dazu neigt, Spielregeln der Gesellschaft zu verletzen und die rücksichts- und gefühllos nur ihre eigenen Interessen durchsetzt.«

Olm sah Sebastian, den Richter an.

»Darf ich dem Professor eine Frage stellen?«, fragte er.

»Wenn der Staatsanwalt damit einverstanden ist«, sagte der Richter. Der Staatsanwalt Neuner nickte zustimmend mit dem Kopf.

»Herr Professor?«, fragte Olm, »bin ich ein Psychopath?«

»Ich denke«, antwortete Lorenz, »dass bei Ihnen in tieferliegenden Teilen des Gehirns aggressive Impulse entstanden sind. Erinnern Sie sich, dass ich Ihnen Tafeln gezeigt habe, auf die ich einzelne Worte geschrieben hatte?«

»Nein«, sagte Olm, »ich habe nie solche Tafeln gesehen.«

Der Staatsanwalt meldete sich zu Wort.

»Was waren das für Worte?«, fragte er.

»Es waren die unterschiedlichsten Begriffe: Glück, Liebe, Himmel, Hass, aber auch Stuhl, Baum, Stein oder Gabel«; sagte der Professor.

»Aha«, sagte der Staatsanwalt.

Professor Lorenz sah ihn an, als erwarte er noch eine Zusatzfrage, aber der Staatsanwalt schwieg.

»Gesunde Menschen reagieren auf Begriffe wie Stuhl oder Baum anders, als auf stimulierende wie Glück oder Liebe«, sagte Lorenz. »Durch die letzteren werden Erinnerungen wachgerufen und deshalb beschäftigen wir uns mit diesen Begriffen länger.«

Während seiner letzten Ausführungen hatte sich der Professor auf dem Tisch, hinter dem die Anklagebank stand, aufgestützt und Olm unverwandt in die Augen gesehen.

»Wie hat der Angeklagte auf den Begriff Liebe reagiert?«, fragte der Richter.

»Wie auf die Worte Stein oder Gabel«, sagte Lorenz.

Der Staatsanwalt wollte beweisen, dass er langsam anfing zu begreifen, um was es hier ging.

»Der Angeklagte kann also mit dem Begriff Liebe nicht irgendein Gefühl in Verbindung bringen«, sagte er und warf Olm einen vernichtenden Blick zu.

»So ist es«, sagte Lorenz.

Man sah ihm an, dass er stolz darauf war, dass man ihn verstanden hatte. Er wurde aus dem Zeugenstand entlassen.

Ohne jede Aufforderung durch den Richter brüllte der Gerichtsdiener, der eine verblüffende Ähnlichkeit mit Fuad, dem Backgammonspieler hatte, in sein Megaphon: »Die Zeugin Ursula Meier!«

Uschi ging kerzengerade und mit stolz erhobenem Kopf in den Zeugenstand.

»Schwören Sie, dass Sie die reine Wahrheit und nichts als die Wahrheit sagen?«, fragte der Richter.

»Kein Problem«, sagte Uschi. »Ich schwöre es.«

»Sie, als Ehefrau, können doch am besten beurteilen, ob ihr Mann mit dem Wort Liebe etwas anfangen kann«, sagte der Richter.

Uschi schwieg. Der Richter sah sie wartend an, der Staatsanwalt sah sie an und Olm schaute ihr direkt ins Gesicht. Uschi schwieg.

»Haben Sie die Frage nicht verstanden?«, fragte der Richter.

»Doch«, sagte Uschi.

»Dürfen wir dann eine Antwort von Ihnen erwarten?«, fragte der Staatsanwalt.

Uschi zuckte mit den Schultern und sah Olm an.

»Was soll ich sagen?«, fragte sie ihn.

»Sage ihm, dass ich dir in New York ein Kostüm gekauft habe«, sagte Olm.

»Ich habe Ihnen die Frage gestellt, nicht ihrem Mann«, sagte der Richter böse.

»Ich möchte von meinem Aussageverweigerungsrecht Gebrauch machen«, sagte Uschi.

Aus dem Zuschauerraum kamen Pfiffe und wütende Zwischenrufe.

»Ruhe im Gerichtssaal«, brüllte der Richter.

»Schrei nicht so, Sebastian«, sagte Uschi, als sie den Zeugenstand verließ.

»Für dich bin ich immer noch Euer Ehren«, schrie der Richter, »oder der Herr Schwurgerichtspräsident.«

»Ist ja gut«, sagte Uschi, »beruhige dich, Sebastian.«

Olms kopfloser Anwalt entschuldigte sich beim Richter, für das Verhalten der Zeugin, obwohl das bestimmt nicht seine Aufgabe war.

»Können wir fortfahren, Euer Ehren«, sagte der Kopflose dann.

»Ich habe noch einen dringenden, privaten Termin.«

Der Richter sah auf seine Armbanduhr.

»Ich auch, ich will mit meiner Frau ins Kino gehen«, sagte er. »Kann die Staatsanwaltschaft mit ihrem Schlussplädoyer beginnen?«

Du lügst, Sebastian, dachte Olm, du bist überhaupt nicht verheiratet.

Der Staatsanwalt erhob sich. Jetzt sah er nicht mehr aus wie Neuner, sondern wie Karli.

»Wir haben es hier mit einem Menschen zu tun, der vorsätzlich und ohne jede Gefühlsregung zwei Menschen umgebracht hat«, sagte er. »Er hat sie kaltblütig ermordet. Ein solcher Mensch hat sein Recht, in unserer Gesellschaft zu leben, verwirkt. Ein solcher Mensch ist eine permanente Gefahr für seine Mitmenschen.«

Uschi begann zu weinen, laut und hemmungslos.

»Die Zeugin Ursula Meier hat den Gerichtssaal augenblicklich zu verlassen«, brüllte der Gerichtsdiener in sein Megaphon.

Uschi verließ weinend den Saal, ohne Olm noch einen Blick zuzuwerfen. Der Staatsanwalt hatte den Faden verloren. Fragend sah er den Richter an.

»Wo war ich stehen geblieben?«, fragte er.

»Bei der Gefahr für die Mitmenschen«, schrie einer von den Zuschauerbänken.

Olm drehte sich um. Günter, der Fahrradhändler, hat den Satz gerufen. Olm sah, dass der Schwabe da war, Hans, der Rechtsanwalt, Günter, Andy, Gabi, die Wirtin und Olm erkannte sogar Herrn Schulz, der ihm damals das Geld ins Büro gebracht hatte. Olm sah wieder zum Richtertisch. Der Richter war plötzlich Friedrich von Rewentlow.

»Du bist kein Kapitän auf der Brücke geworden, Olm,« sagte er. »Du bist ein feiger, hinterhältiger Pirat.«

»Ich bin mit meinem Plädoyer noch nicht fertig«, sagte der Staatsanwalt Karli vorwurfsvoll zum Richter. »Kann ich weitermachen?«

Der Richter nickte zustimmend mit dem Kopf.

»Also, wie gesagt«, fuhr der Staatsanwalt fort, »der Angeklagte ist eine permanente Gefahr für seine Mitmenschen. Er muss aus dem Verkehr gezogen werden. Für mich gibt es nur ein Urteil: Tod durch den Strang.«

Die Zuschauer applaudierten heftig. Der Richter forderte den kopflosen Verteidiger auf, sein Plädoyer zu halten.

Wie soll er ohne Kopf einen klaren Gedanken fassen können, dachte Olm, ihm fehlt das Gehirn.

Der Verteidiger stand trotzdem auf.

»Ich kann den Ausführungen meines Vorredners nur zustimmen«, sagte er. »Nur in einem Punkt bin ich anderer Auffassung. Wenn wir den Angeklagten aufhängen, heißt das, dass wir ihm mildernde Umstände gewähren. Der Tod tritt in Sekundenschnelle ein. Dieses Subjekt aber muss qualvoller sterben. Ich schätze seine Lebenserwartung auf noch fünfundzwanzig Jahre. Sperren wir ihn also besser in einen Kerker bei Wasser und Brot ein und lassen ihn da bis zu seinem Tod verrecken.«

Die Zuschauer im Saal jubelten. Laute Bravorufe waren zu hören.

»Ich wehre mich nur gegen das Wort ‚verrecken‘«, sagte der Richter. »Sind Sie damit einverstanden, dass wir es im Protokoll durch ‚verenden‘ ersetzen?«

»Natürlich«, sagte der Verteidiger. »Wir könnten ihn allerdings auch auf ein Rad binden. Die traditionellen Bräuche werden heutzutage viel zu wenig berücksichtigt.«

»Aufs Rad binden«, schrie Hans, der Rechtsanwalt.

»Teeren und federn«, brüllte Andy.

Olm wachte schweißgebadet auf.

33 Neuners Tod wurde noch mehr von den Medien ausgeschlachtet, als der von Karli. Selbst die wöchentlichen Nachrichtenmagazine brachten große Berichte. Überall erschienen Fotografien: Neuner mit bekannten Schauspielern, mit Politikern und Spitzensportlern. Die Spekulationen über das Motiv des Verbrechens waren sehr unterschiedlich. Man vermutete einen Racheakte der Konkurrenz, den einer eifersüchtigen Geliebten und, wie es in diesen Kreisen üblich war, Drogenprobleme. Eine Zeitung wollte sogar wissen, dass das Opfer homosexuelle Neigungen hatte und der Täter deshalb in diesem Milieu zu suchen sei. In den meisten Artikeln kam Neuner gut weg. Von einem Selfmademan war die Rede, der sich aus eigener Kraft nach oben gearbeitet hatte. Die Abendschau brachte ein Interview mit Neuner, das schon vor längerer Zeit aufgenommen worden war.

»Befriedigt Sie es eigentlich, dass Sie nur seichte Unterhaltung produzieren?«

»Ich mache meine Filme nicht für irgendwelche linksintellektuellen Kritiker, sondern für das breite Publikum. Wenn die Leute am Abend vor dem Fernseher sitzen, wollen sie nicht mit Problemen belastet werden.«

»Das ist aber doch keine Frage des Niveaus.«

»Die Menschen wollen sich entspannen, vom Arbeitsstress erholen. Bei meinen Produktionen kann man sich auch zwischendurch mal ein Bier holen, ohne gleich den Faden der Geschichte zu verlieren.«

Das Studiopublikum klatschte Beifall.

»Aber würde es Sie nicht auch reizen, einmal gehobene Literatur zu verfilmen?«

»Wenn die Leute Shakespeare sehen wollen, sollen sie ins Theater gehen. Fernsehen ist ein Tagesgeschäft. Die Zuschauer wollen ständig etwas Neues sehen. Dieses Kulturgeschwafel kann ich nicht mehr hören. Warum, glauben Sie, boomt die Volksmusik so? Immer die gleichen Texte, immer ähnliche Melodien und trotzdem haben diese Sendungen die höchsten Einschaltquoten.«

»Die Kritiker bemängeln gerade das ständige Schielen nach den Einschaltquoten.«

»Hören Sie mir mit den Kritikern auf. Diejenigen, die die bösesten Verrisse schreiben, schicken mir am nächsten Tag Bücher, die sie geschrieben haben: Heideschnulzen und andere Heile-Welt-Geschichten.«

Auch über Neuners Beerdigung wurde umfassend berichtet. Olm sah sich eine kurze Zusammenfassung im Fernsehen an. Man sah weinende Schauspielerinnen, die Rosen ins offene Grab warfen, der Kultursenator hielt eine Ansprache und der Schauspieler Bernd Herzl sagte in seiner herzzerreißenden Rede, dass er einen wahren Freund verloren habe und die deutsche Kulturlandschaft eines ihrer herausragenden Mitglieder. Die Schauspielerin Hannelore Ebner bekam einen Ohnmachtsanfall und alle Fotografen stürzten daraufhin zu ihr. Hannelore Ebner hatte ihren großen Auftritt.

Selbst als sich der Rummel nach der Beerdigung schon gelegt zu haben schien, brachten die Zeitungen neue Berichte. Es ging um das Millionenvermögen des Opfers. Eine Cousine dritten Grades hatte sich aus Stade gemeldet und eine Schauspielerin behauptet, ihr uneheliches Kind wäre von Neuner und deshalb erbberechtigt.

Olm verfolgte die Berichterstattung so, als würde er mit der ganzen Sache nichts zu tun haben. Er las die Artikel wie er die Anzeigen im Immobilienmarkt las, interessiert aber wertneutral. Der Olm, der eventuell mit der Tat in Verbindung gebracht werden könnte, war der Olm von gestern. Der Olm von heute war der Ehemann von Uschi, der Geschäftspartner von Sebastian, der Weltreisende, der in New York gewesen war.

Ein Mann muss seinen Weg gehen, dachte Olm. Charles Bronson hatte es in ‚Ein Mann sieht rot' genau so gemacht. Recht kommt von richten und Gerechtigkeit heißt, dass gerichtet werden muss. Das Gute und das Böse sind untrennbare Zwillingsbrüder. Kleine Sünden bestraft der liebe Gott sofort, hatte Tante Emma immer gesagt. Und große Sünden muss man eben selber bestrafen.

Uschi sah sehr blass aus in der letzten Zeit und Olm beschloss, mit ihr ein paar Tage auf Sylt zu verbringen. Er hatte ihr schon einige Male vorgeschlagen, ihre Arbeit im Supermarkt aufzugeben, aber Uschi hatte es immer abgelehnt.

»Wenn ich den ganzen Tag Zuhause sitze, komme ich nur auf dumme Gedanken«, hatte sie gesagt.

»Du würdest über mich nachdenken«, hatte Olm geantwortet, »und zu dem Schluss kommen, dass ich nicht der bin, für den du mich hälst.«

»Unsinn«, hatte Uschi geantwortet, »du weißt gar nicht, was du für mich bedeutest, Olm.«

Auf Sylt machten sie lange Spaziergänge am Wattenmeer. Die jodhaltige Nordseeluft tat Uschi gut. Sie bekam sogar etwas Bräune und sah nach einigen Tagen wesentlich besser aus.

Sie lagen auf dem Balkon ihres Hotelzimmers, als das Telefon läutete.

»Das kann nur Sebastian sein«, sagte Olm, »sonst hat niemand unsere Telefonnummer.«

Er ging hinein.

»Olm«, meldete er sich am Telefon.

»Hier ist Schäffner«, sagte die Stimme am anderen Ende der Leitung.

»Schäffner?«, fragte Olm. »Welcher Schäffner?«

»Peter Schäffner«, sagte die Stimme.

»Ich kenne keinen Peter Schäffner«, sagte Olm und wollte auflegen.

»München«, sagte Schäffner, »der Pokerabend. Karli und Neuner.«
Olm war völlig überrascht.

»Woher hast du meine Nummer?«, fragte er.

»Dein Büro hat sie mir gegeben«, sagte Schäffner. »Ich habe der Frau gesagt, ich wäre dein Bruder.«

»Wo steckst du?«, fragte Olm.

»Was spielt das für eine Rolle?«, fragte Peter Schäffner.

»In Dresden, nicht wahr«, sagte Olm.

»Das hast du also schon herausbekommen«, sagte Schäffner höhnisch. »Aber ich bin schon lange nicht mehr in Dresden. Mich findest du nie, Olm.«

»Warum sollte ich dich suchen?«, fragte Olm.

»Weil du mich haben willst, Olm«, sagte Schäffner. »So wie du Karli und Neuner haben wolltest.«

»Was redest du für einen Unsinn, Schäffner«, sagte Olm.

Er sah die kalten, grauen Augen von Peter Schäffner vor sich.

»Hör mit dem Versteckspiel auf, Olm«, sagte Schäffner. »Du hast Karli und Neuner erschossen, Olm. Du und kein anderer.«

»Wenn du das wirklich glaubst«, sagte Olm, »warum gehst du dann nicht zur Polizei? Vielleicht ist auf die Ergreifung des Täters eine Belohnung ausgesetzt worden und für Geld hast du doch immer alles gemacht.«

»Lass deinen Sarkasmus, Olm«, sagte Schäffner. »Ich will dir ein Geschäft vorschlagen.«

»Mit Betrügern mache ich keine Geschäfte, Schäffner«, sagte Olm.

»Lass mich in Ruhe, Olm«, sagte Schäffner, »und ich werde mein Wissen für mich behalten.«

Die Ratte will sich freikaufen, dachte Olm. Karlis und Neuners Tod sind ihm völlig egal, wenn nur er mit heiler Haut davonkommt.

»Was hälst du von meinem Vorschlag, Olm?«, fragte Schäffner.

»Hör mal zu, Schäffner«, sagte Olm. »Ich habe weder mit dem Tod von Karli, noch mit dem von Neuner etwas zu tun und du interessierst mich auch nicht. Die Vergangenheit interessiert mich nicht.«

Olm spürte am Telefon Schäffners Verunsicherung.

»Mach's gut, Schäffner«, sagte Olm.

»Warte«, sagte Schäffner schnell. »Wenn du die Wahrheit sagst, dann musst du trotzdem zugeben, dass da merkwürdige Zufälle im Spiel sind.«

»Was meinst du mit merkwürdigen Zufällen?«, fragte Olm.

»Vier Mann spielen miteinander Poker«, sagte Schäffner, »und von den Gewinnern beißen zwei ins Gras.«

»Von den Gewinnern?«, fragte Olm spöttisch.

Am anderen Ende der Leitung war Schweigen. Olm hakte nach.

»Würdest du euch wirklich als Gewinner bezeichnen?«, fragte er.

»Wer hat es dir erzählt?«, fragte Schäffner.

»Wer hat mir was erzählt?«, fragte Olm zurück. »Kannst du dich nicht deutlicher ausdrücken?«

Es entstand wieder eine längere Pause. Schäffner suchte offensichtlich nach Formulierungen.

»Wir haben uns nicht ganz korrekt verhalten«, sagte er dann.

»So schön hat betrügen noch niemand umschrieben, Schäffner«, sagte Olm.

»Wer hat gesungen, Olm?«, fragte Schäffner.

»Das ganze Lokal hat gesungen, Schäffner«, sagte Olm. »In München hat es jeder Spatz von jedem Dach gepfiffen.«

Peter Schäffner legte wieder eine Nachdenkpause ein.

»Haben Karli und Neuner bezahlt?«, fragte er dann.

»Ja«, sagte Olm. »Karli und Neuner haben bezahlt.«

»Ich zahle natürlich auch«, sagte Schäffner eilig. »Auf welches Konto soll ich das Geld überweisen?«

Bestimmt hat er noch diese kalten, grauen Augen, dachte Olm. Kalte, graue Augen behält man sein Leben lang. Die nimmt man noch mit ins Grab.

»Bist du noch da, Olm?«, fragte Schäffner.

»Ja«, sagte Olm.

»Sag mir die Bankleitzahl und die Kontonummer«, sagte Schäffner.

»Ich will dein Geld nicht, Schäffner«, sagte Olm.

»Warum nicht?«, fragte Schäffner und seine Stimme klang verunsichert. »Du hast es von Karli und Neuner doch auch genommen.«

»Ich habe nicht gesagt, dass ich Geld von ihnen genommen habe«, sagte Olm freundlich.

»Doch«, sagte Schäffner, »du hast gesagt, sie haben bezahlt.«

»Das ist wahr«, sagte Olm, »bezahlt haben sie, aber nicht mit Geld.«

»Mit ihrem Leben«, sagte Schäffner flüsternd. »Du meinst, sie haben mit ihrem Leben bezahlt.«

Olm hörte sein schweres Atmen.

»Du Schwein hast sie ermordet«, sagte Schäffner. Seine Stimme war lauter und schriller geworden. »Du hast sie abgeknallt und jetzt willst du auch mich abknallen, du Wahnsinniger. Aber du wirst mich nicht finden, Olm. Du kannst in Brasilien die Regenwälder durchsuchen, aber du wirst mich nicht finden.«

Olm legte den Hörer auf.

»War es etwa Wichtiges?«, fragte Uschi, als er wieder auf den Balkon kam.

»Nein«, sagte Olm, »die Schneider brauchte nur ein paar Auskünfte.«

Er legte sich wieder in den Liegestuhl. An der Nordsee vertrug Olm die Sonne am besten.

34 In München tat sich einiges in den nächsten Wochen. Frederik beendete überraschend sein Theologiestudium. Ein Bankkaufmann, der mit seinem Vater befreundet war, bot ihm einen Job in New York an. Dieses Angebot kam Frederik gerade recht, denn sein Interesse an der Theologie hatte in den letzten Monaten immer mehr abgenommen. Chrissi vermutete, dass ein dunkelhäutiger, amerikanischer Jazzsänger die Ursache für Frederiks Sinneswandel gewesen sein könnte, den er nach einem Konzert kennen gelernt hatte.

»Ich werde mich eben nicht um die Seelen der Menschen kümmern, sagte Fredrik, »sondern um ihre Brieftaschen. Der Mammon ist sowieso der Gott unseres Jahrhunderts.«

Ute Heiden hatte in der Schellingstraße eine geräumige Drei-Zimmer-Wohnung für Paul und Chrissi gefunden. Peter Heiden gab seinem Sohn einen Scheck über dreißigtausend Mark.

»Das ist deine Mitgift«, sagte er lachend. »Deine Mutter und ich haben seit vielen Jahren Sparverträge für dich abgeschlossen. Jetzt könnt ihr damit Eure erste Wohnungseinrichtung finanzieren.«

Frederik half Chrissi noch bei ihrem Umzug. Dann musste er dringend nach Düsseldorf, weil sein Vater ihn in einem Crashkurs auf seinen New Yorker Job vorbereiten wollte. Der Abschied von Frederik war tränenreich.

Paul Heiden hatte in seinem Büro eine Tafel an die Wand gehängt. Mit Jan Weber und Chrissi ging er den Fall Schaffelhuber noch einmal durch.

»Wir haben ein Opfer, von dem wir wissen, wie es heißt«, sagte er .

Er schrieb mit großen Buchstaben den Namen Karl Schaffelhuber auf die Tafel.

»Wir haben den Tatort, wissen, dass der Mord mit einer fünfundvierziger Automatik ausgeführt wurde und dass es kein Raubmord war«, fuhr Paul fort.

Während seiner Ausführungen hatte er drei Kreise auf die Tafel gemalt. Einen für Rosenheim, einen für den Schotterweg in der Nähe der Autobahnabfahrt Weyarn und einen dritte für München.

»Dieser Mann«, sagte Paul Heiden und schrieb den Namen ‚Olm’ neben den Kreis, der für München stand, »hat mit dem Opfer Karten gespielt und ist, wenn wir den Ausführungen des Rechtsanwalts in Gabis Bistro Glauben schenken, von dem Ermordeten betrogen worden.«

»Olm, der auch der Herbert Steiner sein könnte, der am Tag vor der Tat im Mon Amour Club war, ein gewisser Peter mit Fischaugen und ein Unbekannter«, warf Chrissi ein.

Paul schrieb unter den Namen Schaffelhuber die Worte ‚Fischauge’ und ‚Unbekannter’.

»Unsere Recherchen haben ergeben, dass Olm nicht der richtige Name des Mannes sein kann, der beim Pokern betrogen wurde«, sagte Paul Heiden.

»Es handelt sich wahrscheinlich um einen Spitznamen«, fügte Chrissi hinzu.

»Habt ihr euch mal bei der Industrie- und Handelskammer erkundigt, ob es im Handelsregister eine Firma mit diesem Namen gibt?«, fragte Jan Weber.

Chrissi und Paul sahen sich an.

»Auf diese naheliegende Idee sind wir noch nicht gekommen«, sagte Chrissi kleinlaut.

»Dann spaziert mal dahin«, sagte Weber. »Es ist nur ein Fußweg von knapp zehn Minuten.«

Paul zeigte dem Sachbearbeiter bei der IHK seine Dienstmarke.

»Es kann einen Augenblick dauern«, sagte der Mann. »Wenn die

Firma gelöscht wurde, muss ich die Eintragungen der letzten Jahre durchgehen.«

Der Sachbearbeiter verließ den Raum und kam überraschend schnell zurück.

»Hier«, sagte er stolz und zeigte Chrissi und Paul eine Akte, »vor vier Jahren hat sich die Olm Straßenbau GmbH löschen lassen. Alleiniger Geschäftsführer war ein Otto-Ludwig Meier.«

»Otto-Ludwig Meier«, wiederholte Chrissi. »O und L und M: Olm.«

»Sie haben uns sehr geholfen«, bedankte sich Paul bei dem IHK Mitarbeiter.

»Wir haben es geschafft, Paul«, jubelte Chrissi, als sie wieder auf der Straße waren. »Wir haben ihn endlich gefunden.«

»Halblang, Chrissi«, bremste Paul Heiden ihre Euphorie, »wir wissen jetzt, wer sich hinter dem Namen Olm verbirgt, aber wir haben keinerlei Beweise, dass dieser Otto-Ludwig Meier etwas mit dem Mord zu tun hat.«

»Volltreffer, Jan«, sagte Chrissi, als sie in Jan Webers Büro kamen.

»Otto-Ludwig Meier ist nicht gerade ein seltener Name«, sagte Jan Weber, nachdem ihm Paul die Auskunft, die sie bei der Industrie- und Handelskammer erhalten hatten, mitteilte.

»Jetzt fängt die bundesweite Suche von vorn an«, seufzte Chrissi.

»Er hat vor vier Jahren die Firma liquidiert und ist dann aus München weggezogen«, sagte Jan Weber. »Wenn er sich korrekt verhalten hat, dann müsste er bei der Abmeldung seine neue Anschrift angegeben haben.«

»Dann werden wir morgen beim zuständigen Meldeamt für Schwabing auftauchen«, sagte Paul Heiden.

»Eigentlich sollten wir unseren ersten, kleinen Teilerfolg feiern«, sagte Paul, als sie auf dem Weg zu ihrer neuen Wohnung waren.

»Und wo?«, fragte Chrissi.

»Natürlich in Gabis Bistro«, sagte Paul lachend.

Gabi, die Wirtin, stand hinter dem Tresen und zeigte auf zwei leere Barhocker.

»Kann es sein«, fragte sie, als Chrissi und Paul Platz genommen hatten, »dass ich euch in Palma de Mallorca in einem offenen Jeep gesehen habe?«

»Das kann sein«, sagte Chrissi. »Wir waren eine Woche auf der Insel.«

»Es ist eine Sauerei«, sagte Gabi, »ich bin knackig braun zurückgekommen und jetzt sehe ich schon wieder aus wie eine Wasserleiche.«

»Du siehst sehr gut aus, Gabi«, sagte Paul. »Diese vornehme, adelige Blässe steht dir ausgezeichnet.«

Lachend zündete sich die Wirtin eine neue Zigarette an.

»Hast du irgendetwas von Olm gehört?«, fragte Paul, als Gabi die Getränke brachte.

»Merkwürdig«, antwortete Gabi, »alle fragen in letzter Zeit nach Olm.«

»Wer denn noch?«, fragte Chrissi.

»Vor ein paar Tagen war eine Frau hier, die mit ihm ein Verhältnis hatte«, sagte die Wirtin. »Ich nehme an, sie wollte die alte Beziehung wieder neu aufleben lassen.«

»Otto-Ludwig hatte also eine Geliebte«, stellte Paul Heiden fest. »Hat die Frau ihren Namen genannt?«

»Moment mal«, sagte Gabi und sah Paul an, »woher weißt du seinen richtigen Vornamen? Ich war die einzige Person, die ihn Otto-Ludwig nannte. Also jetzt mal heraus mit der Sprache, was für eine Verbindung gibt es zwischen Olm und euch?«

»Es ist eine sehr private Angelegenheit«, sagte Paul schnell, bevor Chrissi antworten konnte.

»Und warum fahrt ihr nicht nach Berlin und besprecht die Sache mit ihm persönlich?«, fragte die Wirtin.

»Weil wir bis vor ein paar Sekunden nicht wussten, dass er nach Berlin gezogen ist«, sagte Chrissi.

»Er ist Hals über Kopf abgehauen«, sagte Gabi. »Drei Wochen, nachdem ihn die Bande aufs Kreuz gelegt hat.«

»Der Schaffelhuber Karli«, sagte Paul.

»Der Schaffelhuber und seine beiden Kumpane«, sagte Hans, der Rechtsanwalt, der gerade das Lokal betreten und die letzten Sätze noch gehört hatte.

»Weißt du wie die beiden heißen?«, fragte Paul.

»Nein«, sagte Hans und lachte meckernd. »Von uns anderen hätte keiner mit denen je gespielt. Ich erinnere mich nur, dass der eine von den beiden Lumpen graue Augen hatte. Kalte, graue Basedowaugen. Er hatte etwas von einem Fisch.«

Hans ging zu dem Tisch, an dem seine Mitspieler schon auf ihn warteten.

»Du kannst dich auch nicht an die Namen erinnern, Gabi?«, fragte Paul.

»Nein«, sagte die Wirtin bedauernd, »dafür waren sie auch zu selten hier. Ich glaube aber, dass einer von denen etwas mit dem Fernsehen zu tun hatte.«

Gabi musste in die Küche, weil Fuad seine obligatorischen Wiener Würstchen bestellt hatte, die er jeden Abend zu essen pflegte.

»Ich gehe mit Dir jede Wette ein«, sagte Chrissi zu Paul, »dass dieser Olm der Täter war.«

»Nicht so voreilig, Chrissi«, sagte Paul Heiden. »Was wir bis jetzt haben, sind alles nur Vermutungen.«

Gabi kam zu ihnen zurück.

»War Olm in letzter Zeit mal wieder hier?«, fragte Paul.

»Ja«, sagte die Wirtin, »er war von einem Urlaub in New York zurückgekommen und hat hier Zwischenstation gemacht.«

»New York«, sagte Chrissi. »Heute morgen ist Frederik nach New York geflogen. Trinken wir einen Schluck auf Frederik.«

»Ich habe vom Finanzamt München II die neue Anschrift von Herrn Meier bekommen«, sagte Jan Weber am nächsten Tag. »Er wohnt in Berlin, in der Mommsenstraße 7.«

»Dass er nach Berlin gezogen ist wissen wir auch seit gestern Abend«, sagte Paul, »aber jetzt haben wir seine exakte Adresse.«

»Wie geht man in einem solchen Fall weiter vor?«, fragte Chrissi. »Bitten wir die Berliner Kollegen um Amtshilfe?«

»Nein«, sagte Paul Heiden, »jedenfalls nicht eher, bis wir stichfeste Beweise haben, dass dieser Olm der Täter ist.«

»Wenn ich die Vorschriften richtig studiert habe«, sagte Chrissi, »dann ist nur das Bundeskriminalamt nicht an Ländergrenzen gebunden.«

»Das ist richtig«, sagte Paul, »aber nichts kann uns daran hindern, Nachforschungen anzustellen. Wenn wir ihn überführen können, ist es letztlich egal, ob ein Berliner oder ein Münchener Beamte ihn verhaftet.«

»Leider muss ich euch mitteilen, dass vorerst keiner von euch weitere Nachforschungen anstellen wird«, sagte Jan Weber. »Ich brauche euch für einen aktuellen Fall. Unsere Personaldecke ist so dünn, dass ich keinen einzigen anderen Kollegen damit beauftragen kann.«

Chrissis enttäuschtes Gesicht sprach Bände.

»Dieser Olm läuft euch nicht weg, Chrissi«, tröstete sie Jan Weber. »Nach über einem Jahr können auch keine Spuren mehr verwischt werden, die entscheidend zur Aufklärung des Verbrechens beitragen würden.«

»Und welcher Fall hat jetzt Vorrang?«, fragte Paul Heiden.

»Ein achtzehnjähriger Schüler ist erschossen aufgefunden worden«, sagte Jan Weber. »Der Wagen des Opfers ist verschwunden. Er hatte ihn erst vor vier Tagen von seinen Eltern geschenkt bekommen.«

»Also, Chrissi«, sagte Paul, »lösen wir diesen Fall, dann heiraten wir und dann kümmern wir uns wieder um unseren Olm.«

»Ihr wollt heiraten?«, fragte Jan Weber erfreut.

»Auf wen soll ich noch warten«, antwortete Chrissi. »Eine bessere Ausgabe der Spezies Mann wird mir nicht mehr über den Weg laufen.

35 Bei ‚Paolo' am Olivaer Platz in Berlin traf sich die Prominenz. Nicht die halbseidene, die in den Klatschspalten der Boulevardblätter auftauchte, sondern hier trafen sich die, die Geld, Macht und Einfluss hatten. Hier wurden legale Geschäfte abgewickelt, wobei man der einhelligen Meinung war, dass legal ein äußerst dehnbarer Begriff sei.

Es gab zwei Tische, die für bestimmte Gäste reserviert waren. Schumann, der größte Baulöwe der Stadt, Weber, der Großgastronom, Mayer-Peine, der über fünfzig Jeansläden besaß, David Feinberg, der Juwelier und Anders, ein Rechtsanwalt, der als Konkursverwalter zu einem großen Vermögen gekommen war, gehörten dazu.

Im hinteren Teil des Lokals saßen die Befehlsempfänger: Männer, die sich beim Geldwaschen auskannten, die Schwarzgelder in die Schweiz oder nach Luxemburg transportierten, die Informationen einzuholen hatten oder als Boten die Briefumschläge überbringen mussten, deren Inhalte Lohn und Anerkennung für hilfreiche Dienste oder vertrauensvolle Hinweise jeglicher Art waren.

Sebastian saß im vorderen Teil des Lokals. Nicht an den beiden Tischen der ganz Großen, aber direkt daneben. Die Herren mochten Sebastian. Sebastian war zuverlässig und verschwiegen, er war immer gutgelaunt und was das Wichtigste war, er war bescheiden. Sebastian stellte nie finanzielle Forderungen. Er begnügte sich mit dem, was man ihm gab. Das brachte ihm die meisten Sympathien ein.

Sebastian war in der Lage, schnellstens für eine neue Geliebte eine Wohnung zu besorgen, für deren Mietzahlungen der Auftraggeber zwar sorgte, die aber nicht offiziell von seinem Konto abgebucht werden durften. Sebastian erledigte solche kleinen Nebensächlichkeiten diskret und ohne viele Fragen zu stellen.

Er wurde zu Hochzeiten eingeladen, zu Taufen, zur Bar Mizwa oder zu runden Geburtstagen. Er war charmant und ein guter Plauderer und der Hausherr und seine Freunde konnten in Ruhe ihren Cognac trinken und eine Zigarre rauchen, weil sie ihre Ehefrauen in bester Gesellschaft wussten. So ganz uneigennützig wie es schien, war Sebastian allerdings nicht. Er nutzte die Nähe dieser ehrenwerten Gesellschaft, um seinen Informationsstand stets auf dem neuesten Stand zu halten. Das war, in den meisten Fällen, so gut wie bares Geld.

Nicht an der Börse, in den Büros der großen Konzerne oder in den Sitzungen der Senatsausschüsse, nein, bei ‚Paolo' wurden die wirklich lohnenden Geschäfte gemacht. Transaktionen, die dort getätigt wurden, gingen nicht an die Presse, blieben der Konkurrenz unbekannt und oft auch den zuständigen Finanzbehörden. Was bei ‚Paolo' besprochen wurde, unterlag stets strengster Geheimhaltung. Wer mit Außenstehenden über etwas sprach, was er bei ‚Paolo' erfahren hatte, verlor die Berechtigung, dieses Lokal weiterhin besuchen zu dürfen. Das war allerdings die geringste Strafe, der man ausgesetzt war. Es gab auch Gäste, die von heute auf morgen spurlos verschwunden waren.

Sebastian kannte die Spielregeln und hielt sich an sie.

Olm hatte ihn vor einem Jahr genau im richtigen Moment angerufen. Das Immobiliengeschäft lief gut, aber Sebastian nervte es, dass er seine Tage fast ausschließlich im Büro oder auf Baustellen verbringen musste. Ihm fehlte eine vertrauensvolle Person, die ihm diese Arbeit abnahm und Olm war genau der richtige Mann.

Nach dem abgebrochenen Betriebswirtschaftsstudium in Saarbrükken war Sebastian nach Berlin gezogen. Mit ihren Steuervergünstigungen lockte die geteilte Stadt zahlreiche Geschäftsleute an. Die Mauer war längst durchlässiger geworden und besonders mit dem Ostteil der Stadt ließen sich gute Geschäfte machen. Sebastian stieg in das Jeansgeschäft ein. Die Nachfrage nach diesen Hosen war in Ostberlin stark. Sebastian engagierte westdeutsche Studenten, die weniger Probleme beim Grenzübergang hatten als die Westberliner. Sie mussten drei oder vier Paar Jeans übereinander anziehen und mit der S-Bahn in den Ostteil fahren. Dort trafen sie sich mit einem Mittelsmann, zogen, bis auf eine, die Jeans aus und kamen nach Westberlin zurück. Manche schafften, an verschiedenen Übergangsstellen, bis zu fünf Tagesausflüge. Devisen waren in der DDR knapp und darum machte Sebastian Kompensationsgeschäfte. Er lieferte die Jeans und bekam dafür Antiquitäten, Meißner Porzellan oder kistenweise russischen Kaviar. Die Waren wurden in Diplomatenautos nach Westberlin gebracht. Das Meißner Porzellan und die Antiquitäten verkaufte Sebastian unter der Hand weiter. Auf diese Art und Weise hatte er auch Schumann, Feinberg und Weber kennen gelernt. Von Mayer-Peine bezog Sebastian seine Jeans. Mayer-Peine war es auch, der ihm den ersten Besuch bei ‚Paolo« ermöglichte.

Als die Mauer fiel, war es mit Sebastians Interzonenhandel vorbei. Der Bauunternehmer Schumann war es, der Sebastian empfahl, ins Immobiliengeschäft einzusteigen. Er besorgte ihm die ersten Aufträge und beteiligte ihn später an allen möglichen Transaktionen. Da wurden subventionierte Fleischtransporte, die aus Belgien stammten, über Polen wieder reimportiert, ganze Eisenbahnwaggons mit russischem Wodka, der zollfrei eingeführt worden war, mussten an Zwischenhändler verteilt werden oder kistenweise Ikonen, die alle mit dem Stempel ‚Ausfuhrverbot' versehen waren, an die entsprechenden Läden weitergegeben werden. Schumann war sehr großzügig, was den Anteil von Sebastian bei diesen Geschäften betraf.

Sebastian lebte allein. Er hatte jahrelang ein Verhältnis mit Susanne Schneider gehabt, die eine seiner Jeansbotengängerinnen war. Als Susanne immer häufiger über das Heiraten sprach, hatte man sich getrennt, aber Susanne nahm sein Angebot, in seinem Immobiliengeschäft als Sekretärin zu arbeiten, an und so blieb man freundschaftlich verbunden.

Sebastians neue, große Liebe war Hilde, die Frau eines Bezirksbürgermeisters. Ihrer beiden Kinder wegen wollte sie ihren Mann nicht verlassen. Seine heimlichen Treffen mit dieser Frau hätten KGB-Agenten ins Schwärmen kommen lassen. Sie hatten eine perfekte Codesprache entwickelt, wenn sie miteinander telefonierten, um sich über Ort und Zeit ihrer Zusammenkünfte zu verständigen. Sebastians Wohnung war tabu, weil in dem Haus ein Parteifreund ihres Mannes wohnte. Deshalb trafen sie sich in den großen Hotels der Stadt. In diesen anonymen Kästen konnte man unauffällig einen der Fahrstühle betreten und in das Stockwerk fahren, in dem Sebastian ein Tageszimmer gemietet hatte. Sie trafen sich morgens um acht Uhr, wenn Hilde ihrer Kinder zur Schule gefahren hatte oder nachmittags, wenn sie angeblich Einkäufe in der Stadt zu tätigen hatte.

Einmal traf Sebastian Hilde zufällig bei einem Empfang des Regierenden Bürgermeisters im Roten Rathaus. David Feinberg hatte ihn zu dieser Veranstaltung mitgenommen. Während Hildes Mann eine Rede über die Bedeutung der dezentralen Machtverteilung in einer Förderation hielt, liebten sie sich auf dem Teppichboden eines Nebenraums. Sebastian hatte zufällig entdeckt, dass die Tür zu diesem Raum nicht abgeschlossen war.

Sebastian hatte alles, was er sich erträumt hatte: genügend Geld, einflussreiche Freunde und eine attraktive Geliebte.

Sebastian Kleinschmid fand, dass er sein Leben gut im Griff hatte.

36 Gegenüber vom ,Paolo' am Olivaer Platz lag das russische Spezialitätenrestaurant ,Durak', was übersetzt nichts anders hieß als Dummkopf. Ein ungewöhnlicher Name für ein Lokal.

Hier traf sich die Russenmafia, die nach dem Fall der Berliner Mauer die Perser, Jugoslawen und Albaner aus der ersten Reihe der kriminellen Vereinigungen verdrängt hatte. Durch die großen Scheiben hatte man einen guten Blick auf das gegenüberliegende ,Paolo'. Man konnte genau beobachten, wer das italienische Lokal betrat und wer es verließ.

Ursprünglich verkehrte im ,Durak' die Soljew-Mafia. Jetzt hatte sich hier die Puschkinskaja breitgemacht. Soljew hatte den Fehler begangen, sich mit der Puschkinskaja anzulegen. Er besaß eine Reihe von Antiquitätengeschäften, in denen hauptsächlich Ikonen verkauft wurden. Diese Ikonen wurden in Russland in Heimarbeit hergestellt und in Berlin mit gefälschten Zertifikaten als alte Originale verkauft. Aber von den Käufen der wenigen Interessenten, die diese Läden betraten, hätte Soljew nicht einmal die Ladenmiete bezahlen können. Doch für die Finanzbehörden machten die Geschäfte einen guten Umsatz, den sie auch ordnungsgemäß versteuerten. In der soljewschen Handelskette verkaufte Laden A an Laden B und Laden B wieder an einen weiteren. Durch dieses Schneeballsystem konnten viele illegale Einnahmen zu offiziellen werden. Aber um die immensen Schwarzgeldmengen, die durch Prostitution, Zigarettenschmuggel und Erpressungen eingenommen wurden, sauber zu bekommen, reichten diese Manipulationen nicht aus. Soljew hatte mehrfach vergebens versucht, mit Schumann ins Geschäft zu kommen, aber die Puschkinskaja, die größte und rücksichtsloseste der Mafiabanden, hatte schon vor ihm diese Idee gehabt.

Die Puschkinskaja kaufte Eigentumswohnungen, die beispielsweise einen Wert von vierhunderttausend Mark hatten für zweihunderttausend und zahlte an die Schumann-Gruppe zusätzlich hunderttausend Mark schwarz. Nach dem Ablauf der Spekulationsfrist wurden die Wohnungen dann zu marktüblichen Preisen verkauft und der erzielte Erlös ordnungsgemäß in der Steuererklärung angegeben. Diese Art der Geldwäsche hätte Soljew auch gefallen, aber leider war Schumann nicht bereit die bestehende Partnerschaft aufzukündigen.

Allerdings ließ sich ein Soljew nicht so schnell aus einem Geschäft drängen. Er nahm Kontakt zur Puschkinskaja auf und es gelang ihm, durch diese Hintertür in den Immobilienhandel einzusteigen.

Schumann durchschaute schnell, dass es eine Verbindung zwischen der Soljew-Gruppe und der Puschkinskaja gab, aber das war ihm letztendlich egal, wichtig war, dass die Geschäfte reibungslos liefen.

Soljew begnügte sich nicht sehr lange mit dem Part des Teilhabers der Puschkinskaja. Sein Schwager, der stellvertretender Leiter eines Energiekonzerns war, hatte durch geschickte Manipulationen mehrere Millionen Dollar zur Seite schaffen können, die auf einem Schweizer Nummernkonto gelagert wurden. Soljew bot Schumann ein Geschäft an, das ohne die Beteiligung der Puschkinskaja abgewickelt werden sollte. Er wollte komplett zwei Wohnblöcke mit je vierzig Wohneinheiten von Schumann kaufen und bot ihm als Bezahlung die Schweizer Dollarbestände an. Diesem Angebot konnte Schumann nicht widerstehen.

Dass die Puschkinskaja Wind von diesem Geschäft bekommen hatte, merkte Schumann erst, als auf seinen Baustellen die ersten Störfälle auftauchten. Brände wurden gelegt, Baumaschinen zerstört und Arbeiter so massiv bedroht, dass sie die Baustellen ohne Kündigung verließen. Jeder Versuch von Schumann, mit der Puschkinskaja Kontakt aufzunehmen und die Differenzen aus der Welt zu schaffen, scheiterte. Er hatte gehofft, die Mafiabande mit einer größeren Geldsumme versöhnlich stimmen zu können, aber wer die Puschkinskaja hinterging, konnte nicht damit rechnen, dass verlorenes Vertrauen wieder zurückgewonnen werden konnte.

Wie brutal die Rache der Puschkinskaja war, sollte Schumann erfahren, als er in der Presse lesen musste, dass Soljew, ein russischer Antiquitätenhändler, erhängt im Grunewald aufgefunden wurde. Die Gründe für den Selbstmord würden völlig im Dunkeln liegen. Durch Soljews überraschenden Tod konnte auch der Verkauf der Wohneinheiten nicht abgewickelt werden. Soljews Schwager hielt es für zu gefährlich, nach Berlin zu kommen, nachdem er von dessen angeblichem Selbstmord erfahren hatte.

Das gescheiterte Geschäft brachte Schumann nicht in finanzielle Schwierigkeiten, aber seine Angst vor dem weitreichenden Arm der Puschkinskaja wuchs. Nervös machte ihn die Tatsache, dass keine seiner früheren Kontaktpersonen auffindbar war. Die Puschkinskaja schien alle Verbindungsleute ausgetauscht zu haben.

Schumann engste Freunde wussten von seinem Problem, aber weder Feinberg noch Weber hatten die Möglichkeit etwas für ihn zu tun.

Auch seine Verbindungen zu höchsten Senatskreisen und den Berliner Polizeidienststellen halfen Schumann nichts.

Jeder wusste von der Existenz der Puschkinskaja, aber sie war nicht greifbar. Sie war wie eine tausendarmige Krake, die sich unsichtbar auf dem Meeresboden aufhielt.

Schumann wusste, dass ihn noch etwas erwartete und seine größte Sorge war, dass er nicht wusste, was die Puschkinskaja vorhatte.

37 Ursula Meier fühlte sich nicht wohl. Die Bräune, die sie sich auf Sylt geholt hatte, war längst wieder verflogen. Sie sah noch blasser aus, als vor ihrer Reise. Sie klagte auch immer häufiger über Magenschmerzen.

»Morgen gehst du zum Arzt«, befahl Olm.

»Zu Befehl, Herr Direktor«, antwortete Uschi.

Sie rief ihn am Mittag des nächsten Tages im Büro an.

»Was hat der Arzt gesagt?«, fragte Olm.

»Er hat mich zum Röntgen geschickt«, sagte Uschi.

»Und wo bist du jetzt?«, fragte Olm.

»Im Krankenhaus Moabit«, sagte Uschi. »Die geben hier Nummern für die Wartenden aus. Vor mir sind noch vierundzwanzig andere Patienten an der Reihe.«

»Soll ich kommen und dir die Zeit vertreiben?«, fragte Olm.

»Nein«, sagte Uschi, »ich werde mir etwas zum Lesen kaufen.«

»Aber ich könnte dich abholen, wenn du alles hinter dir hast«, sagte Olm.

Uschi hatte keinen Führerschein und war immer auf Busse und U-Bahnen angewiesen.

»Nein«, sagte Uschi, »wir treffen uns in meiner Wohnung. Dann werde ich dir berichten, was die Ärzte gefunden haben. Sicher ist es nur ein kleiner Virus, der mich quält.«

Olm war unruhig. Uschi klang ihm zu gewollt optimistisch. Als er abends in ihre Wohnung kam, war sie nicht da. Er suchte sich die Telefonnummer vom Krankenhaus Moabit aus dem Telefonbuch. Es dauerte eine Ewigkeit, bis jemand im Krankenhaus den Hörer abnahm.

»Ich suche meine Frau«, sagte Olm.

»Wir sind kein Fundbüro«, antwortete eine Männerstimme, »aber Scherz beiseite, auf welcher Station liegt sie denn?«

»Auf keiner«, sagte Olm. »Sie müsste vor dem Röntgenraum warten.«

»Nee Männeken«, sagte der Mann am anderen Ende der Leitung, »da wartet keener mehr. Geröntgt werden um diese Zeit nur noch Notaufnahmen. Vielleicht is se noch mit 'ner Freundin Kaffeetrinken gegangen.«

Soll ich ihm erklären, dass Uschi keine Freundin hat, dachte Olm, und dass sie nie Kaffee trinken gehen würde, wenn sie wüsste, dass er Zuhause auf sie wartet.

»Wie heißt sie denn«, hörte er die Stimme des Krankenhauspförtners.

»Uschi«, sagte Olm, »ich meine Ursula Meier.«

»Warten Sie«, sagte der Mann, »ich werde nachsehen. Hier haben wir sie ja schon. Ursula Meier, heute aufgenommen, auf Station II, Zimmer neun. Soll ich Sie verbinden?«

»Bitte«, sagte Olm.

Es wird der Blinddarm sein, dachte er. Sicher eine akute Blinddarmreizung. Uschi hatte das für Magenschmerzen gehalten.

»Hallo«, sagte Uschi.

Ihre warme, dunkle Stimme klang wie immer.

»Was machst du denn für Sachen«, sagte Olm.

»Tut mir leid, Olm«, sagte Uschi, »aber sie haben mich gleich hier behalten.«

»Warum?«, fragte Olm.

Hoffentlich sagt sie jetzt Blinddarm, dachte er.

»Sie haben bei der Röntgenkontrastaufnahme ein Geschwür am Zwölffingerdarm festgestellt«, sagte Uschi. »Das muss genauer untersucht werden.«

»Ich komme sofort zu dir«, sagte Olm.

»Es ist keine Besuchszeit mehr«, sagte Uschi.

»Das ist mir egal«, sagte Olm. »In welcher Straße liegt das Krankenhaus?«

»Ich weiß es nicht genau«, sagte Uschi. »Irgendwo zwischen der Lützow- und der Kurfürstenstraße. In der Kurfürstenstraße sind aber schon Hinweisschilder.«

»Bis gleich«, sagte Olm und legte auf.

Als er an der Pförtnerloge im Krankenhaus vorbeigehen wollte, rief ihn der Mann zurück.

»Wohin wollen Sie?«, fragte er.

»Station II, Zimmer neun«, sagte Olm.

»Um diese Zeit«, sagte der Pförtner. »Die Besuchszeit ist seit einer Stunde vorbei.«

»Meine Frau ist heute Abend eingeliefert worden«, sagte Olm.

»Name?«, fragte der Mann.

»Meier«, sagte Olm ungeduldig, »Ursula Meier.«

»Ach ja«, sagte der Pförtner, »wir haben vorhin miteinander telefoniert. Bei Neuaufnahmen machen wir schon mal eine Ausnahme. Fahren Sie mit dem Fahrstuhl in den zweiten Stock und gehen Sie dann links den Gang runter.«

»Danke«, sagte Olm.

Der Fahrstuhl war nicht da und Olm benutzte die Treppe. Er hasste es, auf Fahrstühle zu warten.

Uschi lag allein im Zimmer, obwohl noch zwei weitere Betten im Raum standen.

»Was machst du denn für Sachen?«, fragte Olm.

Diese dumme Frage habe ich ihr schon am Telefon gestellt, dachte er.

Aber ihm fiel kein besserer Satz ein.

Uschi sah noch zierlicher aus als sonst. Richtig zerbrechlich wirkte sie auf dem weißen Krankenhauslaken. Man hatte ihr eines dieser sackartigen Nachthemden gegeben.

»Ich habe dir deine eigenen Sachen mitgebracht«, sagte Olm und stellte die Tasche neben ihrem Bett ab.

»Wie lieb von dir«, sagte Uschi.

Olm setzte sich so behutsam auf die Bettkante, als läge im Bett eine Frischoperierte.

»Also, erzähle«, sagte er, während er ihre Hand streichelte.

»Da gibt es nicht viel zu erzählen«, sagte Uschi. »Sie haben beim Röntgen eine Wucherung entdeckt. Der Oberarzt hat sich das angesehen und meinte, dass der Chefarzt auch einen Blick auf die Bilder werfen müsste.«

»Eine Wucherung?«, fragte Olm, »wie bekommt man denn eine Wucherung am Zwölffingerdarm?«

Olm bemühte sich, seine Stimme unbekümmert klingen zu lassen.

»Ich weiß es nicht«, sagte Uschi. »Jedenfalls haben sie mich dann eine Kontrastflüssigkeit schlucken lassen und mich ein zweites Mal geröntgt. Und dann waren sie sich sicher, dass es sich um eine Zyste handeln würde.«

»Zyste?«, fragte Olm, »gibt es einen Unterschied zwischen einer Wucherung und einer Zyste?«

Uschi ging auf seine Frage nicht ein.

»Es kann etwas Harmloses sein«, sagte sie.

»Was heißt kann«, sagte Olm, »es ist bestimmt etwas Harmloses.«

»Sie machen morgen eine Radio Isotopenuntersuchung«, sagte Uschi. »Dann wissen wir mehr.«

»Wann?«, fragte Olm.

»In der Früh«, antwortete Uschi. »Man muss bei der Untersuchung nüchtern sein.«

»Ich will dabei sein«, sagte Olm.

»Da gibt es nichts zu sehen«, sagte Uschi lächelnd. »Und Neugierige haben da sowieso nichts zu suchen. Du schimpfst doch auch immer über die Schaulustigen bei Autounfällen.«

»Das ist etwas anderes«, sagte Olm.

»Ich bin ein wenig müde«, sagte Uschi.

»Ich soll also verschwinden«, sagte Olm.

»So war es nicht gemeint«, sagte Uschi.

Olm stand auf.

»Ich werde in deiner Wohnung schlafen. Wenn irgendetwas ist, kannst du mich auch mitten in der Nacht anrufen«, sagte Olm.

»Die Schwester hat mir eine Schlaftablette gegeben«, sagte Uschi und unterdrückte ein Gähnen. »Ich werde bestimmt durchschlafen.«

Olm küsste sie auf die Stirn und ging zur Tür. An der Tür drehte er sich noch einmal um.

»Wir packen das schon«, sagte er.

»Klar«, sagte Uschi und streckte den Daumen ihrer linken Hand hoch, »wir packen das.«

Auf dem Flur traf Olm die Nachtschwester. Hat sie mich mitleidig angesehen, weil ich aus diesem Zimmer gekommen bin, oder bilde ich mir das nur ein, überlegte er.

In Uschis Wohnung goss sich Olm einen dreifachen Whiskey ein. Es war immer noch die Flasche, die sie von Friedrich von Rewentlow zur Hochzeit geschenkt bekommen hatten.

Meiner Uschi darf nichts passieren, dachte Olm. Ohne Uschi könnte ich nicht mehr leben. Sie ist alles, was ich habe. Aufhören, ermahnte er sich selbst, ich darf nicht damit anfangen, mir etwas einzureden. Sicher ist die Sache wirklich harmlos. Sie wird nicht einmal stationär behandelt werden müssen. Uschi muss vierzehn Tage Antibiotika schlucken und ist wieder gesund. Aber warum haben sie Uschi gleich eingewiesen? Wenn es harmlos wäre, hätte sie doch am nächsten Tag zu den Untersuchungen wieder ins Krankenhaus kommen können. Eine reine Vorsichtsmaßnahme, beruhigte sich Olm. Außerdem behalten sie Privatpatienten immer ganz gerne da. Bei denen lohnen sich die Abrechnungen.

Er hatte die Hälfte der Whiskeyflasche ausgetrunken, als er todmüde ins Bett fiel.

Am nächsten Vormittag rief er das Sekretariat des Chefarztes an. Er könnte Professor Hillenbrand um zwölf Uhr fünfzehn sprechen, sagte ihm die Sekretärin, dann lägen auch die Untersuchungsergebnisse vor.

Olm besprach im Büro noch einige Termine mit Susanne Schneider, dann fuhr er in die Klinik.

Der Chefarzt war ein kleiner, rundlicher Mann, der einen vertrauenerweckenden Eindruck machte.

»Sie sind der Ehemann?«, fragte Hillenbrand.

»Ja«, sagte Olm.

»Die Sache ist komplizierter, als wir dachten«, sagte der Professor.

»Was soll das heißen?«, fragte Olm nervös.

»Das heißt, dass wir noch nicht sagen können, ob das Geschwulst gutartig oder bösartig ist«, antwortete Hillenbrand.

»Und wenn es bösartig ist?«, fragte Olm.

»Dann hat ihre Frau Krebs«, sagte der Professor.

Olm spürte, dass ihm schwindlig wurde. Krebs? Seine Uschi sollte Krebs haben? Das war unmöglich. Uschi rauchte nicht, trank selten Alkohol, hatte kein Gramm Übergewicht. Nein, Uschi konnte jede Krankheit haben aber nicht Krebs.

»Beruhigen Sie sich«, sagte der Professor, obwohl Olm kein einziges Wort gesagt hatte. »Wir werden noch termographieren und mammographieren. Und selbst wenn das Geschwulst bösartig sein sollte, müssen die Metastasen keine anderen Organe befallen haben. Dann schneiden wir das Übel heraus und ihre Frau ist wieder kerngesund.«

»Wann werden Sie genau Bescheid wissen?«, fragte Olm.

»Wenn Sie morgen um die gleiche Zeit kommen, wissen wir alles«, sagte Hillenbrand. »Jetzt entschuldigen Sie mich, aber es warten noch Angehörige von anderen Patienten.«

Olm ging zu Uschi.

»Hast du es schon gehört?«, fragte Uschi.

»Ich komme gerade vom Professor«, sagte Olm.

»Es sieht schlecht aus, nicht wahr«, sagte Uschi.

»Unsinn«, sagte Olm, »was redest du da für einen Unsinn? Es ist noch überhaupt nichts geklärt. Wenn die Gewebeproben beweisen, dass das Geschwulst harmlos ist, bist du in ein paar Tagen wieder draußen.«

»Und wenn nicht?«, fragte Uschi.

»Ich verbiete dir, auch nur einen Gedanken an diese Möglichkeit zu verschwenden«, sagte Olm streng. »Eine positive Einstellung lässt viele Krankheiten von allein verschwinden.«

»Meine Mutter ist an Darmkrebs gestorben«, sagte Uschi.

Ihre Augen füllten sich mit Tränen. Aber sie wischte sie ärgerlich mit dem Ärmel ihres Nachthemdes weg.

»Du kümmerst dich so lieb um mich und ich heule dir hier etwas vor«, sagte sie und versuchte tapfer zu lächeln.

»Das ist nur diese verdammte Ungewissheit«, sagte Olm, »diese Ungewissheit belastet dich natürlich, die zehrt an den Nerven.«

»Hast du dir von dem kalten Hühnchen genommen?«, fragte Uschi.

»Nein«, sagte Olm.

»Es liegt im unteren Kühlschrankfach links«, sagte Uschi.

»Ich werde es vielleicht heute Abend essen«, sagte Olm.

»Es sind auch Buletten da«, sagte Uschi.

»Kruzitürk«, sagte Olm, »das heißt Fleischpflanzerl.«

Uschi musste lachen. Es war ein Spiel zwischen ihnen geworden darüber zu streiten, ob bei Frikadellen die bayerische oder die Berliner Bezeichnung die zutreffendere wäre.

»Hast du Sebastian etwas gesagt?«, fragte Uschi.

»Was soll ich ihm gesagt haben?«, fragte Olm.

»Dass ich im Krankenhaus liege«, sagte Uschi.

»Nein«, sagte Olm, »ich habe ihn seit drei Tagen überhaupt nicht gesehen.«

»Gut«, sagte Uschi, »erzähle es auch niemanden. Es geht ja nur dich und mich etwas an.«

Zwei Schwestern holten Uschi zu neuen Untersuchungen ab. Sie rollten Uschi mit ihrem Bett aus dem Zimmer hinaus.

Olm ließ sein Auto vor Uschis Wohnung in der Schaperstraße stehen. Bis in die frühen Morgenstunden zog er durch die umliegenden Kneipen. Seine letzte Station war das Coupé, eine Nachtbar, die er auch manchmal mit Uschi aufgesucht hatte. Olm war selten betrunken. Wenn er nur Whiskey trank, merkte man es ihm auch kaum an. Er wurde nie laut oder ausfallend, nur noch schweigsamer, als er es von Natur aus schon war. Aber im Coupé wurde ihm plötzlich schlecht, ihm fiel das volle Whiskeyglas aus der Hand und er hatte das Gefühl, dass er sich übergeben müsste. Ohne zu bezahlen rannte er aus dem Lokal.

Er brauchte einige Minuten bis es ihm gelang, die Tür von Uschis Wohnung aufzuschließen. Ohne sich auch nur die Schuhe auszuziehen legte er sich auf die Wohnzimmercouch und schlief ein. Er wurde erst um kurz vor zwölf Uhr wach.

Um zwölf Uhr fünfzehn hatte er den Termin bei Professor Hillenbrand. Unrasiert und ungewaschen lief er die Treppen herunter zu seinem Auto und fuhr nach Moabit. Es war zwanzig Minuten nach zwölf, als er an die Tür des Sekretariats klopfte.

»Der Professor hat auf Sie gewartet«, empfing ihn die Sekretärin vorwurfsvoll. »Jetzt hat er einen dringenden privaten Termin.«

»Und Sie können mir nichts sagen?«, fragte Olm.

»Wo denken Sie hin«, sagte die Frau. »Ich weiß auch immer erst Bescheid, wenn ich das Protokoll geschrieben habe. Aber in ihrem Fall hat der Professor es noch nicht diktiert. Abgesehen davon, darf ich sowieso keinerlei Auskünfte geben.«

Olm ging zu Uschi. Vier Ärzte und zwei Schwestern standen an ihrem Bett.

»Soll ich draußen warten?«, fragte Olm an der Tür.

»Nein«, sagte der Oberarzt, »kommen Sie nur herein. Wir sind gleich fertig.«

Eine Schwester nahm Uschi Blut ab und dann verließ die Gruppe den Raum.

»Wie siehst du denn aus?«, fragte Uschi.

»Ich habe verschlafen«, sagte Olm.

»Hast du den Professor noch erwischt?«, fragte Uschi.

»Nein«, sagte Olm. »Ich habe ihn um fünf Minuten verpasst.«

»Das wäre auch nicht nötig gewesen«, sagte Uschi. »Ich kann dir alles erklären. Er hat nämlich lange mit mir gesprochen.«

»Und?«, fragte Olm.

»Bösartig«, sagte Uschi.

Uschi sagte bösartig wie man Guten Morgen oder Guten Appetit sagt.

»Kein Zweifel?«, fragte Olm.

»Nicht der geringste Zweifel«, sagte Uschi.

Woher nahm Uschi die Kraft so zu tun, als würde sie über die Probleme einer anderen Person reden, dachte Olm. Ich muss verdammt noch mal aufpassen, was ich jetzt sage. Ich darf jetzt nichts Verkehrtes sagen.

»Wie geht es weiter?«, fragte er.

»Erst Operation, dann Chemotherapie«, sagte Uschi.

Es war wie ein Keulenschlag. Dieses eine Wort: Chemotherapie. Das Wort der trügerischen Hoffnung auf Heilung.

»Wollen wir nicht noch einen anderen Arzt aufsuchen?«, fragte Olm.

»Der Professor Hillenbrand ist eine anerkannte Autorität auf diesem Gebiet«, sagte Uschi. »Es ist keine vage Diagnose, Olm, die Untersuchungsergebnisse sind eindeutig. Morgen früh werde ich operiert.«

Warum nicht gleich, dachte Olm. Warum lassen sie den Metastasen noch eine Nacht Zeit, um sich auszubreiten? Der Herr Professor hatte einen privaten Termin. Musste er zum Frisör? Hatte seine Frau Geburtstag? Die Haare hätte er sich auch morgen schneiden lassen können und seine Frau hat im nächsten Jahr wieder Geburtstag. Aber hier liegt meine Uschi, meine kranke Uschi, die nicht weiß, ob sie je wieder einen Geburtstag erleben wird.

»Es ist nicht nur der Darm«, sagte Uschi, »Magen und Leber sind auch schon befallen.«

Uschis Stimme klang sonderbar neutral. Nicht wehleidig und nicht weinerlich. Sie kommentierte den Befund sachlich.

»Die Operation ist gut verlaufen«, sagte der Oberarzt am nächsten Mittag, als Olm ihn vor der Tür von Uschis Krankenzimmer traf. »Lassen Sie sich nicht von den vielen Schläuchen und Infusionsflaschen beeinflussen.«

Uschi schlief, als Olm ins Zimmer kam.

»Das ist nicht mehr die Narkose«, sagte die Schwester, die an ihrem Bett stand. »Das ist die Erschöpfung. Ihre Frau war sehr tapfer.«

Olm blieb stundenlang an Uschis Bett sitzen. Einmal kam der Professor herein, warf einen kurzen Blick auf die Patientin und ließ sich von der Schwester die Pulsfrequenz sagen.

»Wir haben das Menschenmögliche getan«, sagte er zu Olm, als er wieder hinausging. »Jetzt heißt es hoffen.«

Einmal öffnete Uschi kurz die Augen. Olm beugte sich über sie.

»Kannst du mich hören, Uschi?«, fragte Olm.

»Ja«, sagte Uschi leise und schlief wieder ein.

Die nächsten Wochen verliefen im gleichen Rhythmus. Vormittags war Olm im Büro, die Nachmittage verbrachte er bei Uschi im Krankenhaus. Uschi erholte sich gut. Sie sprach nicht ein Wort über ihre Krankheit, wenn Olm bei ihr war.

Im Gegenteil, sie sorgte sich, ob Olm auch regelmäßig essen würde, ob er an das Abholen der Wäsche aus der Reinigung gedacht hätte, ob er nicht vergaß, die Standbyschaltung am Fernsehapparat über Nacht auszuschalten. Uschi stellte lauter Fragen. Olm war es recht.

Auch wenn sie wissen will, ob ich mir auch morgens und abends die Zähne putzen würde, dachte er, ich werde ihr alle Fragen beantworten. Die Hauptsache ist, dass sie Anteil am Leben nimmt, an unserem gemeinsamen Leben.

»Der Blumenstrauß ist von Sebastian«, sagte Uschi und zeigte zum Fensterbrett, »du hast ihm also doch etwas gesagt.«

»Ich musste«, sagte Olm. »Die Schneider hätte ihm sonst erzählt, dass ich ein Verhältnis haben müsste, weil ich jeden Mittag bereits das Büro verlassen würde.«

»Wenn ich noch lange hier bleiben muss«, sagte Uschi lächelnd, »dann wirst du bald ein Verhältnis haben.«

»Traust du mir das zu?«, fragte Olm.

»Nein«, sagte Uschi. »Entschuldige, das war eine dumme Bemerkung von mir.«

Wenn ich Uschi verliere, dachte Olm, will ich in meinem Leben nie wieder eine Frau haben. Aber ich werde Uschi nicht verlieren. Uschi ist eine Kämpfernatur. Wenn eine den Krebs besiegen kann, dann ist es Uschi.

»Morgen fangen sie mit der Chemotherapie an«, sagte Uschi.

»Ich weiß«, sagte Olm. »Ich habe den Professor auf dem Gang getroffen. Er hat mir gesagt, dass du eine Musterpatientin sein würdest. Es wäre schon ein kleines Wunder wie du dich erholt hättest.«

»Ich glaube, dass sagt er allen Angehörigen«, sagte Uschi lächelnd. »Denen muss oft mehr Mut zugesprochen werden, als den Patienten.«

»Meinst du?«, fragte Olm.

»Aber natürlich«, sagte Uschi. »Mal abgesehen von denen, die das Ableben ihrer Erbtante herbeisehnen.«

»Du bist schon wieder ganz schön frech«, sagte Olm. »Das ist bestimmt ein gutes Zeichen.«

Uschi lächelte.

Ich habe sie nie mehr geliebt, als in diesen Tagen, dachte Olm. Diese bewundernswerte, tapfere Frau.

Die Tage der chemotherapeutischen Behandlung zogen sich endlos hin. Uschi war noch schmaler geworden. Ihre Wangenknochen ragten spitz aus ihrem Gesicht, die Augen lagen in tiefen Höhlen und ihre Haut schien durchsichtig zu sein. Sie verlor ihre Haare, ihre wunderschönen, schwarzen Haare.

Olm brachte ihr ein Perücke mit. Wenn er sie besuchen kam, dann hatte sie sich immer ein Handtuch wie einen Turban um den Kopf gewickelt. Olm musste sich zur Wand drehen und durfte sie erst anschauen, wenn sie die Perücke aufgesetzt hatte. Er durfte Uschi nur zwischen siebzehn und achtzehn Uhr besuchen. Sie behielt zu oft das Essen nicht bei sich und sie wäre vor Scham im Boden versunken, wenn sie sich vor Olm hätte übergeben müssen.

Man sah Uschi an, dass sie Schmerzen hatte, aber sie klagte nie. Während dieser einstündigen Besuchszeit hielt Olm ihre Hand und erzählte ununterbrochen was sich am Tag und am Abend vorher ereignet hatte. Auch die nebensächlichsten Dinge schienen Uschi zu interessieren.

Vielleicht lässt sie mich auch nur reden, weil für sie das Sprechen zu anstrengend ist, dachte er. Da liegt meine geliebte Uschi im Krankenbett und ich kann nichts für sie tun. Ich kann ihr keine Schmerzen abnehmen, ich kann nichts von meiner inneren Kraft auf sie übertragen. Ich kann nur ihre Hand halten und reden, über Wohnungsverkäufe, darüber, dass Frau Schneiders Bleistiftanspitzer spurlos verschwunden ist, dass die Fahrbahn in der Lützowstraße einseitig wegen Bauarbeiten gesperrt worden war, dass der Berliner Senat weitere Theater schließen will, und dass schon wieder Werbung im Briefkasten lag, obwohl sie ein Schild ‚Bitte keine Reklame einwerfen' an den Kasten geklebt hatte.

Nach einer Woche war die erste Phase der Behandlung abgeschlossen. Die Ärzte wollten feststellen, wie die Krebszellen auf die Chemotherapie reagiert hatten. Es waren wieder Tage zwischen hoffen und bangen. Da Uschi sich nicht mehr ständig übergeben musste, konnte Olm seine Besuchszeiten variabler gestalten. Oft saß er jetzt schweigend an ihrem Bett. Sie sahen sich nur unverwandt in die Augen. Uschi schlief zwischendurch manchmal ein. Wenn sie wieder wach wurde, lächelte sie ihn an und bat ihn, ihr etwas aus der Zeitung vorzulesen.

»Wir haben zwei wunderbare Ballettpremieren verpasst, Olm«, sagte Uschi. »Die Nachtschwester hat mir die Kritiken vorgelesen. Sie waren hervorragend.«

»Die Aufführungen stehen während der ganzen Spielzeit auf dem Programm«, sagte Olm. »Wir werden das Versäumte nachholen.«

»Wenn uns die Zeit bleibt«, sagte Uschi, »wenn uns die Zeit dafür bleibt, mein Liebling.«

Es war ein Dienstagvormittag. Uschi lag nun schon über sechs Wochen im Krankenhaus. Olm hatte ihr Tomaten mitgebracht, dunkelrote, feste Tomaten, die Uschi besonders gerne aß.

»Man muss gezwungen sein, mit der Messerspitze hineinzustechen, um sie aufzuschneiden«, hatte sie früher immer gesagt, »nur dann haben sie den richtigen Biss.«

»Ich werde sie essen, wenn du gegangen bist, Olm«, sagte Uschi, »und bei jeder Scheibe an dich denken.«

Olm nahm ihre Hand und wollte anfangen, zu erzählen, vom Büro, von den Baustellen, von Sebastian und von Frau Schneider, von dem Anruf ihres Bruders, der sie in den nächsten Tagen besuchen wollte.

»In meinem Nachttisch Zuhause liegt ein Umschlag für dich«, sagte Uschi, bevor Olm mit dem Erzählen anfangen konnte.

»Soll ich etwas für dich erledigen?«, fragte Olm.

»Nein«, antwortete Uschi. »Ich habe dir ein paar Dinge aufgeschrieben, über die du Bescheid wissen solltest.«

»Wichtige?«, fragte Olm.

»Was ist wichtig, Olm«, sagte Uschi.

Sie schloss ihre Augen. Olm wusste später nicht mehr, wie viel Zeit vergangen war, als er den Wunsch verspürte, in der Raucherzone im Erdgeschoss des Krankenhauses eine Zigarette zu rauchen. Er machte nur zwei oder drei Züge und ging dann ins Krankenzimmer zurück. Uschis rechter Arm war aus dem Bett gerutscht und Olm nahm ihre Hand, um ihn wieder unter die Bettdecke zurückzulegen. Die Hand war merkwürdig kalt und die Finger steif wie bei einer Gipshand. Olm läutete nach der Schwester. Die Schwester kam sofort, fühlte Uschis Puls und legte ihr Ohr auf Uschis Lippen.

»Ich werde den Arzt holen«, sagte sie dann. »Ihre Frau ist von ihrem Leiden erlöst worden. Mein herzlichstes Beileid.«

Olm brauchte einen Moment um zu begreifen, was geschehen war.

Uschi, seine Uschi war tot. Sie war gestorben, als er sie für höchstens drei Minuten allein gelassen hatte. Sie lag so friedlich da. Olm glaubte, ein Lächeln auf ihrem Gesicht zu erkennen.

Olm schossen die Tränen in die Augen. Er weinte. Otto-Ludwig Meier weinte zum ersten Mal in seinem Leben.

38 Olm saß am Küchentisch in Uschis Wohnung auf einem der neuen Stühle, die sie gekauft hatte, weil sie die alten so unbequem fand.

Was ist in den letzten Stunden passiert, überlegte er. Wo ist Uschi? Liegt sie im Wohnzimmer auf der Couch und hört sich ihre neueste Klassik-CD an? Wie bin ich in die Küche gekommen? Ich saß doch an Uschis Krankenbett und habe ihre Hand gehalten, ihre kalte Gipshand.

Es läutete an der Wohnungstür.

Uschi kommt nach Hause, dachte Olm. Ich habe alles nur geträumt. Uschi kann gar nicht gestorben sein, wenn sie jetzt an der Wohnungstür läutet. Sicher hatte sie ihre Schlüssel verloren.

Er öffnete die Tür und Sebastian stand vor ihm.

»Es tut mir so unendlich leid, Olm«, sagte er und nahm Olm in den Arm.

Die beiden Männer saßen stundenlang am Küchentisch, tranken Whiskey und schwiegen. Olm war dankbar, dass er nicht alleine schweigen musste.

Der Bestattungsunternehmer zeigte Olm am nächsten Tag Kataloge mit Särgen und Totenhemden.

»Den würde ich Ihnen empfehlen«, sagte er und zeigte auf den teuersten Sarg. »Die liebe Verstorben soll doch spüren, was sie uns bedeutet hat.«

Ein teurer Sarg verfault in der Erde genau so schnell wie ein billiger, dachte Olm. Wenn er mit Damast ausgeschlagen ist, hat man die Tote geliebt, nimmt man die Leinenausführung, hat man sie nicht geliebt.

Er bestellte alles, was ihm der Mann vorschlug.

»Ich wäre Ihnen dankbar, wenn Sie die Rechnung vor der Bestattung bezahlen würden«, sagte der Mann.

Was hat er für Erfahrungen gemacht, überlegte Olm. Angehörige, die vor lauter Schmerz am Grab tot umgefallen sind und keiner war da, von dem er sein Geld kassieren konnte? Leider ist man auf diese Typen angewiesen. Es gibt Dinge, die kann man einfach nicht selber machen. Die Hindus legen ihre Toten auf einen Scheiterhaufen, verbrennen sie und werfen die Asche in den Ganges. Eine einfache, billige, saubere Methode.

Olm ging zur Bank, um Geld abzuholen.

»Braucht Ihre Frau das Geld nun doch nicht?«, fragte der Filialleiter.

»Welches Geld?«, fragte Olm zurück.

»Sie hatte ihr Sparbuch gekündigt«, sagte der Mann. »Seit gestern ist der Betrag freiverfügbar.«

Seit gestern ist sie tot, dachte Olm, aber was geht das diesen Bankmenschen an.

»Ich werde mit ihr reden«, sagte er.

»Wir haben im Moment ganz gute Festgeldkonditionen«, sagte der Filialleiter.

»Ich werde mit ihr reden«, wiederholte Olm.

Als er zurück in die Wohnung kam, erinnerte er sich daran, dass Uschi von einem Umschlag in ihrem Nachttisch gesprochen hatte. Er nahm ihn aus der Schublade und riss ihn auf. Es lagen drei kleinere Umschläge in dem großen. Auf dem ersten stand ‚Mein letzter Wille'. Olm las Uschis Testament. Sie hatte ihn als einzigen Erben eingesetzt. Ihr Bruder, Friedrich von Rewentlow, sollte lediglich den angesparten Bausparvertrag bekommen. Im zweiten der kleineren Umschläge lag ein Sparbuch. Hundertsechzehntausend Mark hatte Uschi gespart. Auf dem dritten Umschlag stand nur Olms Name. Es war ein letzter Brief von Uschi.

Lieber Olm,

wenn du diesen Brief liest, gibt es mich nicht mehr.
Uns war nur eine kurze Zeit bestimmt, die wir
unseren Weg gemeinsam gehen durften.
Für mich war es eine wunderbare Zeit!
Ich danke dir für jede Minute.
Vergiss nie, wenigstens in der Zeit, in der du noch
an mich denkst, dass ich dich sehr geliebt habe.
Deine verarmte Gräfin Uschi

Olm fuhr in seine ‚Höhle'. Es gab nicht viel in der Wohnung, was ihm gehörte, außer dem Schachcomputer, seiner Kleidung und drei vollen Whiskeyflaschen. Und natürlich auch die fünfundvierziger Automatik, die er, in einem wasserdichten Plastikbeutel, im Spülkasten der Toilette versteckt hatte.

Mit diesem Gepäck zog Olm in die Schaperstraße.

Die Beerdigung war trostlos. Es regnet und es war für diese Jahreszeit viel zu kalt. Olm, Friedrich von Rewentlow, Sebastian und das Ehepaar Schneider gaben Uschi das letzte Geleit.

Der Pfarrer zitierte aus dem Buch Jesaja: »Die Erde ist entweiht unter ihren Bewohnern, denn die haben das Gesetz übertreten, das Recht verkehrt und den ewigen Bund gebrochen. Darum zehrt ein Fluch an der Erde, und es müssen büßen, die auf ihr wohnen. Darum werden die Bewohner ausgebrannt, und nur wenige Menschen bleiben übrig. An jenem Tag wird man sagen: Seht, das ist unser Gott, auf den wir hofften. Lasst uns jubeln und frohlocken ob seiner Hilfe.«

Olm wäre dem Pfarrer gerne ins Wort gefallen.

Er hätte keine unpassendere Bibelstelle finden können, dachte er. Warum hatte er nicht schlicht und einfach gesagt, dass ein wertvoller Mensch diese Erde verlassen hatte? Selig sind die, die geben, denn ihrer ist das Himmelreich. Uschi hat nur gegeben: Liebe, Vertrauen, Hilfe, Nachsicht und Zärtlichkeit.

Nachdem der Sarg ins Grab gesenkt worden war, gab der Pfarrer ihm die Hand.

»Sie hätten auch Karl Marx zitieren können«, sagte Olm zu ihm. »Sie wissen doch überhaupt nicht, wen sie da gerade beerdigt haben.« Der Pfarrer sah ihn nur verständnislos an.

Olm war froh, dass es in den nächsten Wochen viel Arbeit gab. Schumann war ein Käufer abgesprungen und sie sollten, in seinem Auftrag, je zweimal vierzig Wohneinheiten verkaufen. Ein Gebäude stand in Schöneberg, das zweite in Friedenau. Olm hetzte von Termin zu Termin.

Die Abende verbrachte er in Uschis Wohnung. Er sprach immer nur von Uschis Wohnung und so würde es auch bleiben. Er trank sehr viel. Ohne ein gewisses Quantum an Alkohol konnte er nicht mehr einschlafen. Sebastian lud ihn immer wieder ein, ihn zu Veranstaltungen zu begleiten, aber Olm war nicht nach Gesellschaft zumute.

Obwohl er sie nicht darum gebeten hatte, kam Frau Schneider zweimal in der Woche zu ihm. Sie räumte auf, kaufte das Notwendigste ein und kümmerte sich um seine Wäsche.

»Sie trinken zu viel«, sagte sie regelmäßig, bevor sie die leeren Whiskeyflaschen zum Glascontainer brachte.

»Es wird schon weniger«, sagte Olm. »Ich brauche halt noch ein paar Wochen.«

Aber es wurde nicht weniger, im Gegenteil, er trank mehr.

Meistens saß er bis weit nach Mitternacht im Wohnzimmer, hörte die CDs, die er mit Uschi angeschafft hatte und trank. Manchmal schenkte er auch zwei Gläser ein und prostete Uschi zu, so, als würde sie neben ihm sitzen.

An einem Sonntagabend überlegte er, ob er ins Kino gehen sollte. Er suchte nach den Anzeigen der Filmtheater in der Zeitung. Sein Blick viel auf die Kontaktanzeigen der Liebesdienerinnen. ,Rothaariges Naturereignis kommt auch ins Haus', las er. Olm wählte die Nummer.

»Schaperstraße 24«, sagte er, als sich eine Frauenstimme meldete.

»Eine Stunde oder die ganze Nacht?«, fragte die Frau zurück.

»Zwei oder drei Stunden«, sagte Olm, »vielleicht aber auch die ganze Nacht.«

»Jede angebrochene Stunde kostet zweihundert Mark«, sagte die Frau.

»In Ordnung«, sagte Olm.

»Name?«, fragte die Frau.

»Der spielt doch keine Rolle«, sagte Olm.

»Ach nee, und wo soll ich klingeln?«, fragte die Prostituierte.

»Bei Meier«, sagte Olm, »zweiter Stock.«

»Ich bin in zwanzig Minuten da«, sagte die Frau.

Olm goss sich noch einen Whiskey ein. Ich werde nicht aufmachen, überlegte er, oder ich werde ihr Geld geben und sie wieder wegschicken. Ich werde nicht einen Monat nach Uschis Tod mit einer Nutte ins Bett gehen.

Er legte fünf Hundertmarkscheine auf den Wohnzimmertisch. Es klingelte. Olm hätte die Rothaarige nie für eine Prostituierte gehalten, wenn er sie auf der Straße getroffen hätte. Sie sah sehr gepflegt aus und war angenehm dezent geschminkt.

»Das Geld liegt auf dem Tisch«, sagte Olm.

»Danke«, sagte die Rothaarige, ging zum Wohnzimmertisch und steckte das Geld ein.

Sie sah sich in dem Zimmer um.

»Wo kann ich mich ausziehen?«, fragte sie.

»Lassen Sie uns erst ein Glas trinken«, sagte Olm. »Mögen Sie Whiskey?«

»Gerne«, sagte die Rothaarige. »Ich bin mit dem Taxi gekommen.«

Olm schenkte ihr und sich ein.

»Eine schöne Wohnung haben Sie«, sagte die Rothaarige. »Allerdings sehr feminin eingerichtet. Sind Sie verheiratet?«

»Nein«, sagte Olm. »Nicht mehr.«

»Geschieden?«, fragte die Frau.

»Verwitwet«, sagte Olm.

»Das tut mir leid«, sagte die Rothaarige. »Für die fünfhundert Mark bleibe ich auch die ganze Nacht, wenn Sie es wollen.«

»Leben Sie allein?«, fragte Olm.

»Ja«, antwortete die Frau.

»Und wie lange sind Sie schon im Geschäft?«, fragte Olm.

»Sie meinen, wie lange ich schon auf den Strich gehe?«, fragte die Rothaarige zurück.

»Ja«, sagte Olm.

»Fünf Jahre«, sagte die Nutte.

»Sie sehen gut aus«, sagte Olm, »Sie würden bestimmt auch eine andere Arbeit bekommen.«

Die Rothaarige begann damit, ihre Lebensgeschichte herunter zu leiern. Es war die übliche Hurenbeichte. Sie erzählte von dem unehelichen Kind, das sie bekommen hätte, von der verlogenen Moral der Mitbewohner in der Kleinstadt, in der sie aufgewachsen war und von den bösen Eltern, die sie verstoßen hätten.

Nach dem dritten Glas Whiskey duzten sie sich. Die Frau hieß Jennifer.

»Wenn wir so weiter trinken«, sagte sie, »wirst du keinen Steifen mehr bekommen.«

»Ich muss nicht unbedingt mit dir schlafen«, sagte Olm.

Jennifer erzählte von ihrer Tochter, die angeblich in einem Schweizer Internat erzogen wurde, von dem Geld, das sie das jeden Monat kosten würde und von ihren Zukunftsplänen.

»Wenn ich genug zusammen habe«, sagte sie, »dann mache ich irgendwo einen Kosmetikladen auf. Ich bin nämlich gelernte Kosmetikerin.«

Sie ist eine ganz angenehme Gesellschafterin, dachte Olm.

»Am liebsten würde ich im Schwarzwald leben«, sagte Jennifer.

»Warum im Schwarzwald?«, fragte Olm.

»Da bin ich einmal als Kind gewesen«, sagte Jennifer. »In einem Schullandheim. Aber ich rede und rede und du erzählst gar nichts von dir.«

»Da gibt es nicht viel zu erzählen«, sagte Olm.

Er merkte, dass er leichte Schwierigkeiten hatte sich zu artikulieren.

»Meistens arbeite ich und in meiner Freizeit bringe ich Menschen um«, sagte er.

Die Rothaarige lachte.

»Du bist aber hoffentlich nicht der Nuttenmörder, den die Polizei so fieberhaft sucht«, sagte Jennifer.

»Nein«, sagte Olm, »ich ermorde nur Falschspieler.«

»Da bin ich aber beruhigt«, sagte Jennifer. »Und wie viele hast du schon umgebracht?«

»Zwei«, sagte Olm. »Und es steht nur noch einer auf der Liste.«

Ich bin wahnsinnig, dachte er. Wie komme ich dazu, einer Nutte mein Geheimnis anzuvertrauen?

»Meine Glückszahl ist die Sieben«, sagte die Rothaarige. »Also lasse gefälligst sieben ins Gras beißen.«

Jennifer zog ihre Bluse aus. Sie trug keinen Büstenhalter.

»Mir ist warm«, sagte sie.

Sie hatte unwahrscheinlich große Brustwarzen.

»Es stört dich doch nicht?«, fragte Jennifer.

»Nein«, sagte Olm, »es ist ein schöner Anblick.«

Dann schlief er im Sessel ein. Als er am Montagmorgen aufwachte, war Jennifer verschwunden. Olm zog seine Brieftasche aus der Jackentasche, aber es fehlte nicht ein einziger Schein.

»Sie war eine hübsche Nutte«, sagte Olm halblaut vor sich hin, als er die Kaffeemaschine einschaltete, »eine hübsche, ehrliche Nutte.«

39 Jan Weber und Frederik, der extra aus New York eingeflogen war, waren die Trauzeugen, als Christine Beillant und Paul Heiden sich auf dem Standesamt in der Mandelstraße das Jawort gaben. Jan Weber hatte seinen Personalausweis vergessen, aber die Standesbeamtin akzeptierte auch seine Dienstmarke. Paul hatte die Ringe auf dem Küchentisch in ihrer Wohnung vergessen und Ute Heiden den Brautstrauß im Taxi liegen gelassen, aber das tat der guten Stimmung keinen Abbruch.

Frederik brachte die kleine Gesellschaft immer wieder zum Lachen, weil er durch witzige Zwischenbemerkungen die Ansprache der Standesbeamtin kommentierte. Die Frau sah ihn erst etwas vorwurfsvoll an, ließ sich dann aber von der heiteren Stimmung anstecken und lachte mit.

Jan Weber hatte für eine Überraschung gesorgt.

Vor dem Standesamt standen zwanzig Polizeibeamte Spalier und warfen Mais und Blumen auf das Brautpaar. Ein Mannschaftswagen, der gewöhnlich zum Transport von Häftlingen ins Untersuchungsgefängnis diente, parkte blumengeschmückt auf der Straße. Chrissi und Paul, Jan Weber und Frederik und Pauls Eltern mussten einsteigen. Acht Streifenpolizisten auf ihren Motorrädern fuhren dem Wagen voraus zum Assam Schlössl, einem malerischen Biergarten im Münchener Stadtteil Thalkirchen. Dort warteten bereits Kollegen und Kolleginnen aus dem Präsidium. Mit den Beamten, die auf dem Standesamt Spalier gestanden hatten und den Motorradfahrern waren gut achtzig Gäste anwesend.

»Wer soll das alles bezahlen?«, flüsterte Chrissi Paul zu.

Jan Weber hatte ihre Frage trotzdem gehört.

»Das ist eine Einladung der Wirtin«, sagte er. »Sie ist eine alte Freundin von mir, der ich einmal sehr behilflich sein konnte. Sie wollte sich unbedingt bei mir revanchieren. Und da ich nicht weiß, ob sie die Gaststätte noch hat, wenn mein Sohn oder meine Tochter heiraten, habe ich ihr euch ans Herz gelegt.«

Jan stellte ihnen die Wirtin vor und machte sie dann mit seiner Frau bekannt, einer attraktiven, liebenswürdigen Person, die strahlende blaue Augen hatte.

Zu Chrissis großer Freude waren auch Rosi Steiner und Thomas Brodschat gekommen. Auch Hauptwachtmeister Nigge hatte die Einladung angenommen.

Frederik und Ute Heiden hielten gemeinsam eine Rede. Abwechselnd erzählte Frederik kleine Geschichten aus Chrissis Leben, Ute welche aus Pauls. Die Geschichten waren so pointiert und witzig, dass die Gesellschaft aus dem Lachen nicht mehr herauskam.

Nach altem, bayerischen Brauch wurde die Braut entführt. Thomas Brodschat und Rosi Steiner hatten das übernommen. In einem anderen Lokal, das knapp einen Kilometer entfernt war, warteten sie auf den Bräutigam, der gegen ein Lösegeld die Braut zurückbekommen sollte.

Paul und Jan Weber brauchten nur zwanzig Minuten, bis sie den Ort gefunden hatten, an dem sich die entführte Braut befand.

Rosi Steiner hatte einen spitzen Holzscheit auf den Boden gelegt und Paul musste vor ihr niederknien.

»Du bekommst die Braut nur zurück«, sagte sie, »wenn du drei Gelübde ablegst.«

»Ich werde alles tun, was du verlangst«, sagte Paul. »Aber beeile dich bitte. Es ist eine schmerzhafte Prozedur, der ich hier unterzogen werde.«

»Dann schwöre«, sagte Rosi Steiner, »dass du Chrissi jeden Sonntagmorgen das Frühstück ans Bett bringen wirst.«

»Ich schwöre es«, sagte Paul.

»Lauter«, sagte Rosi Steiner, »du bist ja kaum zu verstehen.«

»Ich schwöre es«, brüllte Paul Heiden.

»Schwöre außerdem, dass du keinen Faschingsball ohne deine Frau besuchen wirst«, sagte Rosi Steiner.

»Ich schwöre es«, sagte Paul so laut er konnte.

»Dann schwöre auch noch, dass du mit strahlendem Gesicht den Champagner bezahlen wirst, den wir hier gerade getrunken haben«, sagte Rosi.

»Ich schwöre«, sagte Paul, erhob sich und massierte seine schmerzenden Schienbeine.

Man trank noch ein Glas Champagner gemeinsam und fuhr dann zum Assam Schlössl zurück. Hier begannen die Kellnerinnen und Kellner damit, bayerische Ente mit Blaukraut und Semmelknödeln zu servieren. Thomas Brodschat saß Chrissi am Tisch gegenüber.

»Ich bin dir sehr dankbar, dass du mich eingeladen hast«, sagte er. »Das beweist mir, dass du mir mein dummes Benehmen von damals verziehen hast.«

»Vorbei und vergessen«, sagte Chrissi.

»Hörst du noch manchmal etwas von Hans?«, fragte Brodschat.

»Nein«, antwortete Chrissi. »Ich glaube auch nicht, dass ich darauf besonderen Wert legen würde.«

Hans Weigel, überlegte sie, wie lange ist das schon her? Nach all dem, was in der Zwischenzeit passiert ist, müssen es Jahre sein.

Nach dem Essen hielt Paul eine Rede.

»Ich weiß nicht«, begann er, »bei wem ich mich zuerst bedanken soll? Hätten meine Eltern nicht den dringenden Wunsch nach Nachwuchs gehabt, würde es diese Feier heute nicht geben. Wären Chrissis Eltern kinderlos geblieben, dann auch nicht. Mein Dank gilt natürlich auch der Wirtin des Assam Schlössl. Ohne ihre großzügige Einladung hätten wir uns ein solch wunderbares Fest gar nicht leisten können. Ihr wisst ja alle wie schlecht Polizisten bezahlt werden.«

Die Gesellschaft applaudierte.

»Ich möchte an dieser Stelle meinen Eltern einmal sagen«, fuhr Paul fort, »dass ich mir sehr bewusst darüber bin, welch schöne Jugend sie mir bereitet haben. Ich glaube, dass viele Verbrechen nicht geschehen würden, wenn die Täter in einem Umfeld aufgewachsen wären, wie ich es erleben durfte. Nahtlos an die Liebe zu euch, liebe Eltern, schließt sich die für meine Chrissi an. Ich muss nicht besonders betonen, dass Chrissi eine wunderschöne Frau ist, das könnt ihr alle selber sehen, aber ihr könnt mir auch glauben, wenn ich euch sage, dass Chrissis innere Werte noch schöner sind, als ihre äußere Erscheinung.«

Die große Runde applaudierte erneut heftig. Chrissi liefen die Tränen die Wangen herunter.

Eine Trachtenkapelle begann damit zum Tanz aufzuspielen.

»Warum sind deine Eltern nicht da?«, fragte Thomas Brodschat, als er mit Chrissi tanzte, »oder habe ich sie noch nicht entdeckt?«

»Meine Mutter ist gestorben«, sagte Chrissi, »und mein Verhältnis zu meinem Vater ist nicht das beste.«

»Ich habe eine ungeheure Begabung, ständig ins Fettnäpfchen zu treten«, sagte Thomas Brodschat entschuldigend.

Chrissi hatte lange überlegt, ob sie ihrem Vater von der bevorstehenden Hochzeit schreiben sollte. Sie hatte sogar Frederik in New York angerufen, um sich seinen Rat einzuholen.

»Möchtest du ihn dabei haben?«, hatte Frederik am Telefon gefragt.

»Ich weiß es nicht«, hatte Chrissi geantwortet. »Egal, was alles geschehen ist, er ist und bleibt mein Vater.«

»Er hat dich gezeugt«, hatte Frederik gesagt, »aber er hat nicht eine der Pflichten übernommen, die er als Vater hätte übernehmen müssen.«

»Und was sage ich den Heidens?«, hatte Chrissi gefragt. »Sie werden sich sicher wundern, wenn niemand aus meiner Familie bei der Hochzeit erscheint.«

»Sage ihnen die Wahrheit«, hatte Frederik geantwortet.

Als Ute und Peter Heiden Paul und sie zum Kaffeetrinken gebeten hatten, weil man dabei die Einladungen für die Hochzeit besprechen wollte, hatte Chrissi ganz offen über ihre Jugend in Düsseldorf und ihr Elternhaus erzählt. Ihre Liebesverhältnis zu ihrem Bruder Christian erwähnte sie nicht. Ute Heiden hatte Chrissi in den Arm genommen und an sich gedrückt.

»Es ist wunderbar, dass du trotz allem so geworden bist, wie du bist«, hatte sie dann gesagt.

Chrissi kam fast nicht mehr von der Tanzfläche herunter. Jeder der männlichen Gäste wollte mindestens einmal mit ihr tanzen. Sie war eigentlich ganz dankbar, als die Wirtin um ein Uhr auf die Polizeistunde aufmerksam machte, aber Jan Weber zog eine Bescheinigung aus der Tasche. Er hatte beim Kreisverwaltungsreferat eine Verlängerung beantragt und natürlich erhalten.

»Du wirst mich auf den Armen nach Hause tragen müssen, Paul«, sagte Chrissi. »Auf meinen eigenen Füßen kann ich keine fünf Schritte mehr gehen.«

»Ich werde dich ein ganzes Leben lang auf den Armen tragen«, sagte Paul Heiden und küsste sie zärtlich.

Der Fall des ermordeten achtzehnjährigen Schülers stand kurz vor der Aufklärung. Ein junger Kroate hatte diesen Mord begangen, um sich das Auto des Opfers anzueignen. Der Mann war in der Stricherszene rund um den Münchener Hauptbahnhof kein Unbekannter. Andere Strichjungen hatten beobachtet, dass der Kroate in einen silberfarbenen BMW gestiegen war. Sie hatten in der Zeitung gelesen, dass ein gleichfarbiger Wagen dieses Modells von der Polizei gesucht wurde. Zwei von ihnen erkannten auf dem Polizeipräsidium den ehemaligen Kollegen auf einem Foto wieder. Slobodan D. war wegen mehrerer Körperverletzungsdelikte bereits in die Kartei straffälliger Personen aufgenommen worden. Die Münchener Behörde bat die kroatischen Kollegen um Mithilfe bei der Fahndung. Zwei Wochen später wurde der mutmaßliche Täter in seiner Heimatstadt festgenommen. Der gestohlene Wagen war ihm zum Verhängnis geworden, denn so auffällige Kraftfahrzeuge gab es wenige in der Kleinstadt. Jetzt saß Slobodan D. dort in Untersuchungshaft.

Es würde bestimmt nicht lange dauern, bis er ein Geständnis ablegen würde, hatte der zuständige Staatsanwalt nach München gefaxt.

»Gute Arbeit«, lobten Jan Weber Chrissi und Paul, als sie ihm die Einzelheiten des Falls schilderten.

»Meinst du, Jan«, sagte Chrissi, »dass wir uns jetzt wieder um diesen Olm kümmern können?«

»Du kannst es«, sagte Jan Weber. »Paul muss ich leider mit einer anderen Aufgabe betrauen.«

»Ich soll alleine nach Berlin fahren?«, fragte Chrissi. »Du kannst doch ein junges Ehepaar nicht schon nach vier Wochen auseinanderreißen.«

»Ich hätte auch ausreichend Arbeit für dich in München«, sagte Jan Weber lachend. »Die Aktenstapel auf deinem Schreibtisch sind nicht kleiner geworden.«

»Ich muss nach Berlin fahren«, sagte Chrissi. »Ich muss einfach endlich die Gewissheit haben, ob sich meine Überlegungen bestätigen oder nicht. Dieser Olm geht mir einfach nicht aus dem Kopf.«

»Ich habe dich bereits avisiert«, sagte Jan Weber und reichte ihr einen Zettel. »Das ist die Telefonnummer eines Kollegen. Rufe da an, sobald du in Berlin bist.«

»Soll ich lieber hier bleiben?«, fragte Chrissi Paul abends in ihrer Wohnung.

»Ich werde dich in jeder Sekunde vermissen, Chrissi«, sagte Paul Heiden, »aber ich weiß, wie wichtig dir diese Arbeit ist und ich wäre noch stolzer auf dich als ich es ohnehin schon bin, wenn sich herausstellen sollte, dass dieser Olm der Mann ist, den wir suchen.«

40 Sebastian tat sehr geheimnisvoll.

»Ich brauche dich heute Abend, Olm«, sagte er. »Im Moment kann ich dir nicht mehr sagen. Ich hole dich um 18 Uhr im Büro ab.«

»In Ordnung«, sagte Olm.

»Und noch eins«, sagte Sebastian.

»Ja?«, sagte Olm und sah ihn fragend an.

»Bitte trinke nichts«, sagte Sebastian.

So weit ist es also schon, dachte Olm. Meiner Umgebung fällt mein hoher Alkoholkonsum bereits auf. Hatte Susanne Schneider Sebastian von den vielen, leeren Whiskeyflaschen erzählt? Beeinträchtigt meine Trinkerei bereits meine Arbeitsleistung? Mit dieser verdammten Whiskeysauferei muss Schluss sein.

Sebastian war auf die Minute pünktlich da, um Olm abzuholen.

»Wohin fahren wir?«, fragte Olm im Auto.

»Zu einem Bekannten«, sagte Sebastian kurzangebunden.

Sebastian fuhr in Richtung Schlachtensee. In der Spanischen Allee hielt er vor einer großen Toreinfahrt an. Obwohl es noch ausreichend hell durch das Tageslicht war, leuchteten riesige Scheinwerfer den Eingangsbereich aus. Die festmontierten Überwachungskameras waren nicht zu übersehen. Sebastian stieg aus und sagte etwas in eine Gegensprechanlage.

Aus einem Lautsprecher ertönte eine Stimme: »Wenn sich das Tor öffnet, fahren Sie bitte weiter, bis Sie zu einem zweiten Tor kommen. Halten Sie nicht an und steigen Sie auf keinen Fall aus ihrem Auto aus. Die frei laufenden Hund sind abgerichtet.«

Das Tor öffnete sich und sie fuhren ungefähr fünfzig Meter bis zu dem zweiten Tor. In einiger Entfernung beobachtete sie ein Mann durch ein Fernglas. Zwei Schäferhunde, die er an der Leine hielt, bellten laut und versuchten sich loszureißen. Jetzt öffnete sich auch das zweite Tor. Ein Mann in einer schwarzen Phantasieuniform stoppte ihren Wagen mit einer Handbewegung. Olm sah, dass er bewaffnet war.

»Steigen Sie bitte aus«, sagte der Mann und zeigte auf eine große Mercedeslimousine, die am Wegrand stand. »Der Fahrer wird Sie zum Haus bringen.«

Sebastian und Olm folgten den Anweisungen des Uniformierten. Der Chauffeur fuhr nur knapp hundert Meter und hielt vor einer schlossartigen Villa. Ein Diener in Livree öffnete die Autotüren. Sebastian und Olm stiegen aus. Ganz oben auf der Freitreppe, die zur Eingangstüre des Gebäudes führte, stand ein Mann. Olm erkannte ihn sofort, denn Schumann war häufig auf Fotos in den Zeitungen zu sehen.

»Das ist Olm«, stellte Sebastian ihn vor.

»Johannes Schumann«, sagte Schumann und gab Olm die Hand. »Kommen Sie herein.«

Das also ist der große Schumann, dachte Olm, der Baulöwe. Unser mit Abstand bester Geschäftspartner.

Die Eingangshalle der Villa glich einem kleinen Saal.

Das sind mindestens vierhundert Quadratmeter, schätzte Olm.

Der Fußboden bestand aus weißen Marmorplatten, die von schwarzen eingefasst wurden. An den Wänden hingen Gobelins. Auf zwei Säulen, die am Aufgang der Treppe, die zur Galerie im ersten Stock führte, standen Köpfe griechischer oder römischer Göttinnen.

»Gehen wir in die Bibliothek«, sagte Schumann.

In der Bibliothek waren die Wände mit Zedernholz verkleidet. Schon an den Buchrücken konnte man erkennen, dass hier wertvolle Ausgaben in den Regalen standen. An einer der Wände strahlten zwei kleine Spots zwei Bilder an.

»Zwei Jagdszenen von William Turner«, sagte Schumann, als er Olms interessierten Blick sah.

Schumann bat sie, auf einer schwarzen Ledergarnitur Platz zu nehmen. Eine junge Frau, mit einem Dienstmädchenhäubchen, kam herein.

Irgendwie hat die Szenerie Ähnlichkeit mit den alten Hollywood Schinken aus den Fünfziger Jahren, dachte Olm.

»Was möchten Sie trinken?«, fragte Schumann Olm.

»Nur ein Glas Wasser«, sagte Olm.

Sebastian warf ihm einen dankbaren Blick zu.

»Sie wissen, worum es geht?«, fragte Schumann und sah Olm ernst an.

»Nein«, sagte Olm.

»Ich habe nicht ein Wort gesagt«, meldete sich Sebastian. »So war es abgesprochen,«

»Gut«, sagte Schumann, »das ist gut so.«

Er klopfte Sebastian auf die Schulter und wandte sich dann wieder an Olm.

»Ich brauche einen Mann, auf den ich mich hundertprozentig verlassen kann«, sagte Schumann. »Sebastian hat mir von Ihnen erzählt und meinte, dass Sie dieser Mann wären.«

»Sebastian kennt mich gut«, sagte Olm.

Schumann machte eine längere Pause und trank dann in einem Schluck sein Cognacglas aus.

»Mein Sohn ist entführt worden«, sagte er.

Er sagte es völlig emotionslos, so, als würde er Olm fragen, ob er nicht doch etwas anderes trinken wolle.

»Das ist ja furchtbar«, sagte Olm.

»Ja«, sagte Schumann, ohne dass seine Stimme diesen gleichgültigen Ton verlor. »Man hat ihn vor vier Tagen nach seiner Tennisunterrichtsstunde gekidnappt.«

»Haben Sie die Polizei verständigt?«, fragte Olm.

»Die Polizei?«, fragte Schumann spöttisch. »Nein, ich möchte, dass er lebend zurückkommt.«

Er schenkte sich einen weiteren Cognac ein.

»Haben sich die Entführer schon gemeldet?«, fragte Olm.

»Ja«, sagte Schumann. »Es war die Puschkinskaja.«

»Wer?«, fragte Olm.

Er hatte diesen Namen noch nie gehört.

Zum ersten Mal machte Sebastian den Mund auf: »Die Puschkinskaja ist eine russische Mafiabande.«

»Was kann ich für Sie tun?«, fragte Olm Schumann.

Johannes Schumann stellte mit Genugtuung fest, dass Sebastian ihm den richtigen Mann ins Haus gebracht hatte. Keine unnötigen Fragen, kein mitleidiges Bedauern. Olm gefiel ihm.

»Ich brauche einen Verbindungsmann«, sagte er, »der die Geldübergabe vornimmt.«

»Ich habe mich sofort angeboten«, sagte Sebastian, »aber die Puschkinskaja verlangt ausdrücklich, dass es niemand aus dem ‚Paolo' sein dürfte.«

»Kann ich mit Ihnen rechnen?«, fragte Schumann und sah Olm an.

Ich bin es schon Sebastian schuldig, dachte Olm. Wir machen lohnende Geschäfte mit Schumann und Sebastian verdanke ich, dass ich auch davon partizipiere.

»Natürlich«, sagte Olm. »Sagen Sie mir, was ich tun soll.«

Schumann griff zu einem Aktenkoffer, der neben seinem Sessel stand. Er stellte ihn auf den Tisch und öffnete die beiden Schlösser.

»Das sind zwei Millionen Dollar«, sagte Schumann und zeigte auf die Geldbündel, die im Koffer lagen. »Sie nehmen den Koffer mit und bleiben die nächsten Tage in ihrer Wohnung.«

»Susanne Schneider hat bereits ausreichend für dich eingekauft«, sagte Sebastian.

Schumann warf ihm einen strengen Blick zu.

Er hat es nicht gerne, wenn man ihn unterbricht, dachte Olm.

»Ein Mann wird Sie anrufen«, fuhr Schumann dann fort. »Sein Name ist Sergej Rasgutschew. Halten Sie sich an seine Anweisungen.«

»Welche Garantie haben wir, dass ihr Sohn tatsächlich freigelassen wird?«, fragte Olm.

»Keine«, sagte Johannes Schumann, »aber wir haben auch keine Alternative.«

Schumann schloss den Aktenkoffer und schob ihn zu Olm.

»Es ist kein Kinderspiel«, sagte er, »das wissen Sie hoffentlich.«

»Natürlich«, sagte Olm.

Schumann erhob sich und begleitete Sebastian und Olm bis zur Haustür.

»Ich werde mich erkenntlich zeigen«, sagte er, als er Olm die Hand zum Abschied gab.

»Das ist nicht nötig«, sagte Olm.

Irgendjemand hatte Sebastians Auto bis vor die Freitreppe gefahren.

Der Mann mit den beiden Schäferhunden öffnete das Tor zur Straße mit einer Fernbedienung und grüßte militärisch, als sie an ihm vorbeifuhren.

»Du bist mir hoffentlich nicht böse, weil ich dich vorgeschlagen habe«, sagte Sebastian.

»Nein«, sagte Olm. »Einer muss es ja machen.«

»Ich verdanke Schumann wahnsinnig viel«, sagte Sebastian.

»Und ich dir«, sagte Olm.

Sebastian setzte ihn in der Schaperstraße ab.

»Pass auf dich auf, Olm«, sagte er. »Ich brauche dich nicht nur als Partner im Geschäft.«

Frau Schneider hatte den Kühlschrank aufgefüllt. Es war alles da, was Olm in den nächsten Tagen brauchen würde. Nur die zwei vollen Whiskeyflaschen, die im Wohnzimmer auf einem kleinen Beistelltisch standen, waren verschwunden.

Zwei Millionen Dollar, dachte Olm, während er den Aktenkoffer auf den Kleiderschrank legte. Mit zwei Millionen Dollar kann man sich schon einen schönen Lebensabend machen. Irgendwo auf Mauritius oder in den USA. Vielleicht lebte Schumanns Sohn schon längst nicht mehr. Man hatte ja häufig gehört, das die Geisel bereits zum Zeitpunkt der Geldübergabe getötet worden war. Schumann ist ein mächtiger Mann, er würde ihn in jedem Winkel der Welt aufspüren, wenn er sich aus dem Staub machen würde. Und wie würde Sebastian dastehen? Uschi gibt es nicht mehr, meine Mutter ist tot, wen habe ich denn noch außer Sebastian?

Zwei Tage lang passierte überhaupt nichts. Zweimal klingelte es an der Wohnungstür, aber es war Susanne Schneider, die ihm in Warmhalteverpackungen das Essen vorbeibrachte. Einmal rief Friedrich von Rewentlow an. Er hätte einen finanziellen Engpass, sagte er am Telefon und bat Olm, ihm für kurze Zeit auszuhelfen. Olm ließ sich seine Kontonummer geben.

Am Vormittag des dritten Tages klingelte das Telefon.

»Ja, bitte«, meldete sich Olm.

»Rasgutschew«, sagte eine Männerstimme. »Ist die Ware da?«

Der Mann sprach akzentfreies Deutsch.

»Ja«, sagte Olm. »Nicht in meiner Wohnung, aber ich kann sofort über sie verfügen.«

Diese Formulierung hatte er sich ausgedacht, weil er befürchtete, dass ein paar Pistolenmänner bei ihm auftauchen und das Geld ohne Gegenleistung mitnehmen könnten.

»Gut«, sagte der Mann am Telefon. »Ich melde mich wieder.«

Sie werden jetzt erst das Umfeld sondieren, dachte Olm. Die Wohnung beobachten, auf parkende Autos achten und genau registrieren, wer das Haus betritt und wer es verlässt.

Er rief Sebastian an.

»Rasgutschew hat sich gemeldet«, sagte Olm.

»Wir wissen Bescheid«, sagte Sebastian. »Er hat sich auch schon erkundigt, wer die Frau ist, die bereits zweimal bei dir war.«

»Gibt es ein Lebenszeichen von dem Sohn?«, fragte Olm.

»Ja«, sagte Sebastian. »Sie haben Schumann ein Video geschickt. Der Junge hält die gestrige Tageszeitung in der Hand.«

Es war kurz nach Mitternacht, als das Telefonklingeln Olm aus dem Schlaf riss.

»Rasgutschew«, sagte der Mann am anderen Ende der Leitung. »Fahren Sie nach Erfurt.«

»Wann?«, fragte Olm schlaftrunken.

»Sofort«, sagte Rasgutschew. »Neben der Marienkirche ist eine Glaserwerkstatt und neben der Eingangstür der Werkstatt befindet sich ein Briefkasten. An seinem äußeren Boden ist ein Umschlag festgeklebt, der weitere Anweisungen für Sie enthält. Führen Sie keine Telefonate mehr, bevor Sie losfahren.«

Rasgutschew hatte aufgelegt, bevor Olm noch irgendeine Frage stellen konnte. Olm duschte, zog sich an, nahm den Koffer und ging zu seinem Auto. Er hatte ein merkwürdiges Gefühl in der Magengrube. Es war keine Angst, aber eine ungeheure Anspannung überkam ihn. Er spürte wieder den Druck auf den Schläfen, der immer das sichere Zeichen dafür bei ihm war, dass er nervös war.

Um fünf Uhr kam er in Erfurt an. Er parkte sein Auto auf dem Neuen Markt. Ein paar Straßenfeger kehrten Abfälle zusammen.

Gestern muss hier Markt gewesen sein, dachte Olm.

Er ging die Stufen zur Marienkirche hoch. Den Koffer hatte er mitgenommen. Es war ihm zu gefährlich, ihn im Auto zurückzulassen. Er fand die Glaserwerkstatt sofort. Eingerichtet zur Restaurierung der Hinterglasmalereien der Kirchenfenster, las er auf einem Schild an der Eingangstür. Der Umschlag war mit Klebestreifen am Boden des Briefkastens befestigt. Olm riss ihn ab. Es waren zwar nur die Arbeiter auf dem Marktplatz zu sehen, aber Olm wusste, dass er beobachtet wurde. Er öffnete den Umschlag. Die Anweisungen auf dem Zettel waren knapp. Dresden, Hotel Hilton, Anruf abwarten, las Olm.

Er ging zu seinem Auto zurück.

»Na, haben Sie ihre Sünden gebeichtet?«, fragte einer der Straßenkehrer, als Olm an ihm vorbeiging.

»Wie meinen Sie das?«, fragte Olm zurück.

»Wer geht denn um diese Zeit schon in die Kirche«, sagte der Mann.

Olm fuhr nach Dresden.

»Meier«, nannte er dem Portier am Empfang seinen Namen.

»Otto-Ludwig?«, fragte der Mann, nachdem er in eine Liste geschaut hatte.

»Ja«, sagte Olm.

Man hatte sein Kommen also bereits angekündigt.

»Zimmer 324 im dritten Stock«, sagte der Portier und überreichte ihm seinen Zimmerschlüssel.

Olm hörte das Telefonläuten schon auf dem Gang vor der Zimmertür. Er schloss auf und ging zum Telefon.

»Olm?«, fragte eine Männerstimme.

Olm erkannte sofort, dass es die von Rasgutschew war.

»Ja«, sagte er.

»Nehmen Sie den Koffer und gehen Sie vor der Frauenkirche an dem Platz vorbei, an dem die abgetragenen Steine liegen. Sie stoßen dann auf die Willsdruffer Straße. Gehen Sie links Richtung stadtauswärts und bleiben Sie immer auf dem rechten Bürgersteig«, sagte Rasgutschew.

»In Ordnung«, sagte Olm.

»Was werden Sie anziehen?«, fragte Rasgutschew.

»Eine schwarze Lederjacke«, sagte Olm.

»Bis gleich«, sagte der Russe und legte auf.

Olm zog sich einen schwarzen Rollkragenpullover an und seine Lederjacke und verließ das Hotel. Er hielt sich exakt an den Weg, den Rasgutschew ihm am Telefon beschrieben hatte.

Ein dunkelblauer Ford fuhr langsam an ihm vorbei und hielt zehn Meter weiter am Straßenrand. Als Olm auf der gleichen Höhe angekommen war, öffnete sich die hintere Wagentür und eine Stimme forderte ihn auf einzusteigen. Der Wagen fuhr sofort los, als Olm auf seinem Platz saß. Es waren drei Männer im Auto. Der Fahrer, ein Mann mit Hut, von dem Olm das Gesicht nicht erkennen konnte, ein Mann, der eine Zigarette rauchte, auf dem Beifahrersitz und neben ihm saß ein vollbärtiger Typ, der eine Maschinenpistole im Anschlag hielt.

»Den Koffer«, sagte der Mann auf dem Beifahrersitz.

Olm reichte den Aktenkoffer nach vorn. Der Mann öffnete ihn und warf einen kurzen Blick hinein. Dann sagte er etwas auf russisch zu dem Fahrer. Der hielt den Wagen an.

»Aussteigen«, sagte der Mann vom Beifahrersitz.

Olm stieg aus dem Wagen. Er erinnerte sich, dass ihm die Stimme des Mannes bekannt vorkam. Es musste Rasgutschew sein.

Der Mann auf dem Beifahrersitz hatte die Autoscheibe heruntergelassen und warf seine Zigarettenkippe auf die Straße.

»Es tut mir leid, dass Sie jetzt einen längeren Spaziergang vor sich haben«, sagte er.

»Ich gehe gerne zu Fuß«, sagte Olm.

In diesem Fall stimmt das besonders, dachte Olm, als der Wagen weiterfuhr. Ich bin froh, dass sie mich gehen lassen. Sie hätten mich auch mit einem Zementblock um den Hals in die Elbe werfen können, um einen unliebsamen Zeugen zu beseitigen.

Er brauchte fast eine Stunde, bis er das Hotel wieder erreicht hatte. Von seinem Zimmer aus rief er Sebastian an.

»Sie haben das Geld«, sagte er.

»Gut«, sagte Sebastian. »Bleibe in Dresden, bis du eine Nachricht von mir erhalten hast. Du musst dich aber nicht ständig auf deinem Zimmer aufhalten.«

Am nächsten Tag besichtigte Olm den Zwinger und das Albertinum und nahm an einer Führung durch die Semper Oper teil. Abends aß er im Hotelrestaurant und ging anschließend in die Hotelbar. Er bestellte sich einen Whiskey.

»Nastrowje«, sagte der Mann, der neben ihm auf dem Barhocker saß und prostete ihm zu.

Es war Rasgutschew.

»Sie wundern sich, mich hier zusehen, nicht wahr«, sagte

Rasgutschew. »Aber ich bin ein anhänglicher Typ.«

»Was ist mit dem Jungen?«, fragte Olm.

»Um 15 Uhr, als Sie in der Semper Oper waren, hat sein Vater ihn wieder in die Arme nehmen können«, sagte der Russe.

Sie lassen mich keinen einzigen Schritt unbeobachtet, dachte Olm.

»Auf eine Nachricht von ihrem Freund brauchen Sie nicht zu warten«, sagte Rasgutschew. »Ich soll Ihnen ausrichten, dass Sie nach Berlin zurückfahren können.«

»Gehören Sie auch zur Puschkinskaja?«, fragte Olm.

»Die Frage kann man nicht mit ja oder nein beantworten«, sagte der Russe lachend. »Manche sagen ja, manche vielleicht und wieder andere wissen überhaupt nichts.«

»Natürlich gehören Sie dazu«, sagte Olm.

»Ich bin nur ein kleines Licht«, sagte der Russe lachend. »Ich bin so eine Art Abteilungsleiter.«

»Von der Abteilung Erpressungen«, sagte Olm.

»Was für hässliche Worte Sie in den Mund nehmen«, sagte Rasgutschew schmollend. »Ich bin weisungsgebunden wie wir alle.«

Was geht mich die Puskinskaja an, dachte Olm. Ich habe getan, was man von mir erwartet hat. Dieser Rasgutschew ist kein unsympathischer Typ. Es ist angenehmer, in Gesellschaft zu trinken.

Der Russe trank seinen Wodka aus und befahl dem Barkeeper, eine Wodka- und eine Whiskeyflasche auf den Tresen zu stellen.

»Ich heiße Sergej«, sagte Rasgutschew nach dem dritten Glas.

»Ich Olm«, sagte Olm.

Rasgutschew küsste ihn voll auf den Mund.

»Nastrowje, Olm«, sagte er.

»Nastrowje, Sergej«, sagte Olm.

Sie unterhielten sich bis in die Morgenstunden über Gott und die Welt. Rasgutschew konnte genau so viel vertragen wie Olm. Als sie nur noch alleine in der Bar saßen, forderte er Olm auf, nach jedem ausgetrunkenen Glas, das Glas über die Schulter nach hinten an die Wand zu werfen. Mit der Bemerkung, dass das nur das Trinkgeld wäre und die Rechnung auf seine Zimmernummer geschrieben werden sollte, hatte er dem Barkeeper einen Tausendmarkschein in die Hand gedrückt. Für diesen Betrag war der Mann bereit, ein paar Scherben wegzufegen, wenn die beiden verrückten Gäste die Bar verlassen hatten.

»Wenn du mal eine andere Arbeit brauchst«, sagte Rasgutschew, als sie endlich im Fahrstuhl nach oben fuhren, »musst du dich bei mir melden. Leute wie dich kann man immer gebrauchen.«

»Woher willst du das wissen?«, fragte Olm.

»Du warst nicht eine Sekunde nervös, als du zu uns ins Auto gestiegen bist«, sagte Rasgutschew. »Man hätte denken können, dass du diesen Job schon hundertmal durchgezogen hast.«

Rasgutschews Zimmer lag direkt gegenüber von seinem.

»Wir nehmen noch einen allerletzten Wodka bei mir«, sagte Rasgutschew, als er seine Zimmertür aufschloss.

»Wenn ich jetzt einen Wodka trinke, falle ich tot um«, sagte Olm.

»Komm schon, Brüderchen«, sagte der Russe. »Es wird sicher auch noch ein Whiskey in der Minibar sein.«

Rasgutschew erzählte von Moskau, den widrigen Lebensumständen im Lande, von der Renaissance einiger kommunistischer Altfunktionäre, von Boris Jelzins politischer Schwäche und den Unruhen, die sich unter den Militärs breit machen würden.

»Nur wer in Moskau über Leichen geht, hat eine Chance, aus dem Dreck rauszukommen«, sagte er.

Rasgutschew merkte, dass Olm immer häufiger die Augen zufielen.

»Gut Nacht, Brüderchen«, sagte er und küsste ihn wieder auf den Mund. »Mich kann man leider nicht erreichen, aber ich habe ja deine Telefonnummer. Wir werden uns wiedersehen, mein Freund, das verspreche ich dir.«

Ich weiß nicht, ob ich dich überhaupt wiedersehen will, dachte Olm, als er todmüde ins Bett fiel.

Als Olm am nächsten Mittag bezahlen wollte, sagte ihm der Portier, dass seine Rechnung schon beglichen wäre.

Die Autobahn Dresden-Berlin war ein einziger, langer Stau. Olm brauchte fast sechs Stunden für die Fahrt.

Sebastian wartete vor dem Haus in der Schaperstraße auf ihn. Er muss eine Ewigkeit dort gestanden haben.

»Das hast du wunderbar gemacht, Olm«, sagte er zur Begrüßung.

»Es war weniger aufregend, als ich es befürchtet hatte«, sagte Olm.

»Schumann möchte dich gerne morgen Mittag bei ‚Paolo' treffen«, sagte Sebastian.

»Gut«, sagte Olm, »aber jetzt werde ich erst einmal zwanzig Stunden durchschlafen.«

Schumann hatte den Platz an seiner Seite für Olm freigehalten. Er stand auf, als Olm das Lokal betrat, ging auf ihn zu und nahm ihn in den Arm.

»Äußern Sie einen Wunsch«, sagte er, als sie sich gesetzt hatten, »er ist Ihnen schon erfüllt.«

»Überschätzen Sie mein Rolle nicht«, sagte Olm. »Ich war ein Bote, nichts weiter.«

»Ich hatte keine andere Reaktion von Ihnen erwartet«, sagte Schumann und nahm ein Päckchen aus der Tasche, das er vor Olm auf den Tisch legte.

»Öffnen«, befahl er.

Olm entfernte das Geschenkpapier. In einer ledernen Schachtel lag eine Herrenarmbanduhr. Ein Curvex Chronograph von Frank Muller. Olm hatte so eine Uhr schon einmal bei David Feinberg gesehen. Vierzigtausend Mark wollte der Juwelier dafür haben. Olm nahm seine Uhr ab und band sich die neue um.

»So ist es gut«, sagte Schumann, »und wenn Sie nur ein einziges Dankeswort sagen, lasse ich Sie aus dem Lokal werfen.«

Sebastian lächelte so glücklich vor sich hin, als hätte er dieses wertvolle Geschenk bekommen. Als Olm sich nach einer Stunde verabschiedete, brachte ihn Schumann zur Tür.

»Wenn Sie irgendwann mal irgendein Problem haben«, sagte er, als er ihm die Hand gab, »werde ich immer für Sie da sein.«

Es waren zwei oder drei Wochen vergangen, als sich überraschend Rasgutschew bei Olm meldete.

»Ich habe Appetit auf Wodka, Brüderchen«, sagte der Russe am Telefon.

Sie verabredeten sich im Coupé.

»Sergej«, sagte Olm, nachdem sie das Begrüßungsglas geleert hatten, »die Puskinskaja verfügt doch sicher über einen guten Informationsdienst.«

»Sicher«, sagte der Russe. »Gegen uns sind die Geheimdienste Amateurvereine.«

»Ich suche einen Mann«, sagte Olm.

Rasgutschew bestellte eine neue Runde.

»Sage mir wie er heißt«, sagte er dann, »und wir werden ihn für dich finden.«

»Sein Name ist Peter Schäffner«, sagte Olm.

»Gibt es noch einpaar nähere Hinweise?«, fragte Rasgutschew, während er sich den Namen auf einem Zettel notierte.

»Er hat in München gelebt, ist dann nach Dresden gezogen und hat dort irgendwelche Geschäfte mit der Treuhand gemacht«, sagte Olm. »Aber ich bin sicher, dass er sich nicht mehr in Dresden aufhält.«

»Weiß er, dass du ihn suchst?«, fragte der Russe.

»Ja«, sagte Olm.

»Weiß er auch, warum du ihn suchst?«, fragte Sergej weiter.

»Ich denke schon«, sagte Olm.

»Gib mir vierzehn Tage Zeit, Brüderchen«, sagte Rasgutschew.

Ich weiß nicht, ob es gut ist, dass ich die Puschkinskaja in diese Sache mit hineinziehe, überlegte Olm. Im Grunde ist es auch völlig egal, ob ich diese kalten, grauen Augen finde. Aber Rasgutschew freut sich, dass er mir einen Gefallen tun kann. Warum sollte ich ihm diese Freude nehmen? Rasgutschew und ich sind Brüder. Er ist bei der Puschkinskaja und säuft unbehelligt im Coupé Wodka und ich bin ein Doppelmörder und saufe unbehelligt meinen Whiskey mit ihm.

»Nastrowje, Sergej«, sagte Olm.

»Nastrowje, Brüderchen«, sagte der Russe.

41 Olm hatte viel zu tun. Baustellenbesuche mit Kunden, Notartermine und Unmengen von Schreibarbeiten im Büro. Oft begleitete er jetzt Sebastian zu den Heimspielen des Berliner Fußballvereins Hertha BSC. Er konnte den Abläufen auf dem grünen Rasen nicht folgen, weil er die Regeln des Spiels nicht kannte, aber die Atmosphäre im Stadion gefiel ihm.

Schumann hatte ihn zur Geburtstagsfeier seiner Frau eingeladen und Olm lernte den fünfzehnjährigen Thomas kennen, für den er das Lösegeld nach Dresden gebracht hatte. Als Olm die Feier verließ, schenkte ihm Thomas eine Nachbildung des Brandenburger Tors, die er aus Streichhölzern selbst angefertigt hatte.

Frau Schneider kümmerte sich weiter um Uschis Wohnung. Wenn Olm sie im Büro nicht brauchte, fuhr sie in die Schaperstraße und räumte auf. Olm hatte ihr den Zweitschlüssel gegeben.

Olm war nach einem Notartermin direkt nach Hause gefahren. Als er in die Wohnung kam, hörte er, dass im Bad das Wasser lief.

»Sind Sie es, Olm«, rief Susanne Schneider aus dem Badezimmer.

»Ja«, sagte Olm.

»Ich hoffe, Sie haben nichts dagegen, dass ich noch dusche«, sagte Susanne Schneider. »Ich war völlig durchgeschwitzt.«

»Das ist doch eine Selbstverständlichkeit«, sagte Olm und ging in die Küche.

»Können Sie mir ein Handtuch bringen«, rief die Schneider. »Sie liegen im Schlafzimmer in der obersten Schublade der Kommode.«

Olm holte ein großes Badehandtuch und ging ins Bad. Susanne Schneider stand noch immer unter der Dusche. Den Duschvorhang hatte sie zur Seite geschoben.

Sie hat eine sehr gute Figur, dachte Olm.

Er kannte sie nur in übergroßen Pullovern und langen T-Shirts, die sie wie Minikleider über den Jeans zu tragen pflegte.

»Das Wasser hat gerade eine angenehme Temperatur«, sagte Susanne Schneider. »Hätten Sie nicht auch Lust zu duschen?«

»Warum nicht«, sagte Olm.

Er zog sich aus und stellte sich zu ihr unter die Dusche.

Olm hatte das Gefühl, als hätte Susanne Schneider seit langer Zeit nicht mehr mit einem Mann geschlafen. Sie küsste ihn mit unglaublicher Gier, saugte sich an seinen Brustwarzen fest und massierte mit der Hand sein steifes Glied. Klatschnass stiegen sie aus der Dusche und legten sich auf den Teppichboden im Wohnzimmer. Susanne krallte ihre Fingernägel in seine Schultern, als er in sie drang. Unter Lustschreien und lautem Stöhnen wälzten sie sich keuchend auf dem Boden. Olm glaubte zu explodieren, als er ejakulierte.

»Jetzt haben wir die Dusche noch nötiger als vorher«, sagte Susanne Schneider. »Oder soll ich uns ein Bad einlassen?«

»Baden wäre nicht schlecht«, sagte Olm.

Während Susanne das Wasser in die Wanne laufen ließ, goss Olm sich ein Glas Whiskey ein.

»Möchten Sie etwas trinken«, rief er in Richtung Badezimmer.

»Ich nehme das, was Sie nehmen«, rief Susanne Schneider zurück.

Olm schenkte noch ein zweites Glas ein. Mit den Gläsern in der Hand ging er ins Badezimmer. Susanne Schneider saß bereits in der Wanne. Olm gab ihr ein Glas und stieg ins Wasser.

»Prost«, sagte Susanne Schneider und hob ihr Glas.

»Prost«, sagte Olm.

Sie tranken und stellten die Gläser ab.

»Entspannen Sie sich«, sagte Susanne Schneider. »Ich werde Sie waschen.«

Sie fing bei Olms Zehenspitzen an und arbeitete sich, sanft streichelnd, nach oben. Als sie sein Glied berührte, spürte Olm, dass es schon wieder steif wurde. Susanne Schneider kniete sich mit dem Rücken zu ihm in die Wanne und Olm nahm sie von hinten. Mit seinen Händen massierte er ihre festen Brüste und knetete ihre Brustwarzen. Susanne kam vor ihm und Olm führte seine Stoßbewegungen noch heftiger aus. Das Wasser schwappte in Schüben über den Badewannenrand. Er stöhnte laut auf, als er in sie hineinspritzte.

»Legen Sie sich aufs Bett«, sagte Susanne Schneider, als sie sich abgetrocknet hatten. »Ich werde Sie eincremen, ihre Haut ist ganz trocken.«

Olm legte sich aufs Bett und schloss die Augen. Susanne Schneider holte eine Flasche Öl aus dem Bad und begann, ihn zu massieren. Olm verspürte eine entspannende Müdigkeit. Er war kurz davor einzuschlafen, als er merkte, das Susanne Schneider seinen Penis in den Mund genommen hatte. Das wird vergebene Liebesmüh sein, dachte er. Aber Susanne Schneider war ausdauernd. Es dauerte nur zehn Minuten, bis Olm ein drittes Mal kam.

Er bemerkte nicht mehr, dass Susanne Schneider die Wohnung verließ, denn da war er bereits eingeschlafen.

Gegen zehn Uhr abends wurde er wach und verspürte ein großes Hungergefühl. Da er keine Lust hatte, sich selber etwas zu kochen, zog er sich an und ging in das chinesische Restaurant an der Ecke, in dem er auch oft mit Uschi gegessen hatte. Der Ober hatte ihm gerade sein Hauptgericht serviert, als Olm eine Stimme hörte, die ihm bekannt vorkam.

»Guten Appetit«, sagte Rasgutschew.

Der Russe setzte sich zu ihm an den Tisch.

»Ist es ein Zufall oder wusstest du, dass ich hier bin?«, fragte Olm.

»Wir wissen immer, wo du bist«, sagte Sergej Rasgutschew lächelnd.

»Werde ich überwacht?«, fragte Olm.

»Nur für kurze Zeit«, sagte Rasgutschew. »Nur so lange, bis Gras über die kleine Transaktion gewachsen ist.«

»Wie geht es dir, Sergej?«, fragte Olm.

»Nicht so gut wie dir«, sagte der Russe grinsend, »ich habe leider keine attraktive Frau Schneider.«

Das gibt es doch nicht, dachte Olm. Hat die Puschkinskaja Wanzen in meiner Wohnung versteckt? Waren irgendwo Überwachungskameras installiert worden?

Rasgutschew schien seine Gedanken zu erraten.

»Du brauchst nicht zu suchen, Brüderchen«, sagte er. »Du wirst nichts finden.«

»Hast du Hunger?«, fragte Olm.

»Wie ein russischer Bär«, sagte Sergej. »Außerdem sterbe ich für Peking Ente.«

Olm rief den Ober und bestellte.

»Hattest du nur Sehnsucht nach mir, Sergej?«, fragte Olm, »oder gibt es noch einen anderen Grund mich aufzusuchen?«

»Beides, Brüderchen, beides«, sagte Rasgutschew lächelnd. »Du wolltest wissen, wo ein gewisser Peter Fiedler steckt. Erinnerst du dich?«

»Schäffner, Sergej«, sagte Olm, »der Mann heißt Schäffner.«

»Er hieß Schäffner«, sagte Sergej Rasgutschew. »Nach seiner Heirat hat er den Namen seiner Frau angenommen und die heißt Fiedler.«

Olms Respekt vor der Puschkinskaja wuchs.

»Tolle Arbeit, Sergej«, sagte er.

»Lobe mich nicht zu früh«, sagte der Russe. »Wir haben zwar schon herausgefunden, dass er von Dresden nach Frankfurt gezogen ist, aber dort verliert sich seine Spur.«

»Ist für euch die Sache damit erledigt?«, fragte Olm.

»Wo denkst du hin, Brüderchen«, sagte Sergej mit einem breiten Grinsen im Gesicht. »Wir werden ihn finden, selbst wenn er sich in einem indischen Gebirgsdorf aufhalten sollte. Die Puschkinskaja findet jeden.«

»Es eilt auch nicht«, sagte Olm.

Warum muss ich Schäffner überhaupt finden, überlegte er. Schäffner oder Fiedler oder wie immer er jetzt auch heißen mag. Ich habe Glück gehabt, dass man bis heute nicht auf meine Spur gekommen ist. Ewig wird dieses Glück nicht anhalten.

»Warum musst du ihn finden?«, unterbrach Rasgutschew seine Gedanken.

Eigentlich könnte ich ihm die Wahrheit sagen, dachte Olm. Die Puschkinskaja hat bestimmt schon mehr als Tausend Leute umgebracht. Rasgutschew sicher einige persönlich. Wenn also jemand Verständnis für mich haben könnte, dann ist es mein russischer Freund. Außerdem kann ich davon ausgehen, dass er längst weiß, warum ich Schäffner suche.

»Sie waren zu dritt, Sergej«, sagte er. »Sie haben mich beim Pokern über den Tisch gezogen. Sie haben mich bloßgestellt, blamiert und lächerlich gemacht. Ich war ein guter Pokerspieler, Sergej, ein anerkannt guter Pokerspieler. Bis zu diesem Abend, bis zu dieser Nacht vom 14. auf den 15. Mai 1990.«

Er wird mich für verrückt halten, dachte Olm. Er kann sich vorstellen, dass man sich an einem Verräter rächt, dass man einen Konkurrenten erschießt oder einen Überfallenen, der sich wehrt. Aber er wird nicht begreifen können, dass jemand sich an betrügerischen Pokerspielern rächen will.

Aber Rasgutschew reagierte völlig anders.

»Schaffelhuber und Neuner haben bezahlt, Brüderchen«, sagte er. »Es ist nur gerecht, wenn der dritte Falschspieler auch die Rechnung präsentiert bekommt.«

Jetzt wurde die Puschkinskaja Olm unheimlich. Wie konnte diese Mafiabande herausfinden, was der Polizei bis heute nicht gelungen war? Wo müssen überall die Spitzel und geheimen Mitarbeiter dieser Organisation sitzen? Vielleicht war ihm die Polizei schon auf der Spur und die Puschkinskaja hatte ihre Informationen direkt von ihr?

»Keiner ist dir auf der Spur«, sagte der Gedankenleser Rasgutschew. »Aber wir sind der Meinung, dass du es nicht übertreiben sollst.«

»Wie meinst du das?«, fragte Olm.

»Die Puschkinskaja wird diese Arbeit für dich übernehmen«, sagte Sergej Rasgutschew. »Dadurch verringert sich dein Risiko.«

»Das kann ich nicht annehmen, Sergej«, sagte Olm. »Es gibt Dinge, die muss man selbst erledigen.«

»Du wirst es annehmen müssen, Brüderchen«, sagte der Russe und stand auf. »Und vielen Dank für die Essenseinladung.«

Mit schnellen Schritten verließ Rasgutschew das Lokal.

Warum will die Puschkinskaja das übernehmen, überlegte Olm. Was

habe ich mit dieser Organisation zu tun? Ich habe das Lösegeld über-
bracht und damit basta. Vielleicht sind sie aber auch daran interessiert,
dass mich die Polizei nicht erwischt, weil sie befürchten, dass ich auch
über diese Geiselnahme sprechen könnte. Wer wegen dreifachen Mordes angeklagt wird, der hat nichts mehr zu verlieren, der kann auch
erzählen, das er zwei Million Dollar der Puschkinskaja gebracht hat,
damit der Sohn von Schumann freigelassen wird. Ich werde Sergej bitten, dass Schäffner nicht umgebracht wird. Ich werde auch selbst niemanden mehr erschießen. Ich werde Wohnungen verkaufen und hin
und wieder mit Susanne Schneider schlafen.

Mein Leben ist wirklich ausgefüllt genug.

42 *In der Ibrahim-Moschee in Hebron tötet 1994 Baruch Goldstein
mit einem Schnellfeuergewehr neunundzwanzig betende Moslems und wird
anschließend von den Palästinensern überwältigt und gelyncht. In der Ost-
see sinkt die Fähre ‚Estonia'. Über neunhundert Menschen ertrinken. Um
den grassierenden Rinderwahn BSE zu stoppen, verhängt die Regierung
ein Importverbot für Rindfleisch aus England. Tausende Kubaner versuchen auf wackeligen Flößen dem bankrotten Regime Fidel Castros zu entflie-
hen. In Ruanda gehen Hutu mit Buschmessern und Keulen auf die ethnische
Minderheit der Tutsi los. Der generalstabsmäßig organisierte Massenmord kostet fast eine Million Tutsi das Leben. Der Gegenschlag der Tutsi-Rebellen zwingt
zwei Millionen Hutu zur Flucht nach Zaire und Tansania.*

Es stellte sich heraus, dass es sich bei dem Kollegen, den Jan Weber
von München aus informiert hatte, um eine Kollegin handelte.

Hauptkommissarin Chlothilde Trenz erwartet Chrissi vor der Pension in der Fasanenstraße, in der Chrissi ein Zimmer reserviert hatte.

»Erspare dir Witze über meinen Vornamen«, sagte sie, als sie sich
vorstellte. »Ich habe bereits über jeden mehrfach gelacht.«

Nachdem Chrissi ihr Zimmer bezogen hatte, gingen die beiden Frau-
en in ein Straßencafé, das der Pension direkt gegenüber lag.

»Warum machst du dir die Mühe, selbst nach Berlin zu kommen?«,
fragte Chlothilde Trenz. »Wir hätten euch doch Amtshilfe leisten können.«

»Wir haben nichts Konkretes in den Händen«, antwortete Chrissi.

»Wir haben nur einen Verdacht.«

Sie begann damit, Chlothilde Trenz alle bisherigen Erkenntnisse, die im Fall des Autobahnmords auf einem Schotterweg bei der Abfahrt Weyarn vorlagen, zu erzählen. Als sie erwähnte, dass das Opfer halbnackt aufgefunden wurde, unterbrach Chlothilde sie.

»Wir hatten vor einem halben Jahr einen Mord, bei dem das Opfer nackt in der Badewanne aufgefunden wurde«, sagte sie. »Vielleicht hast du darüber in der Zeitung gelesen?«

»Nein«, sagte Chrissi. »Aber auch in diesem Fall würde ich davon ausgehen, dass es sich um einen persönlichen Racheakt gehandelt haben muss. Täter, die ihr Opfer erniedrigen wollen, begnügen sich nicht nur damit, sie umzubringen, sondern entwickeln noch ein Interesse daran, dass das Opfer sich in einer lächerlichen, peinlichen Situation befindet, wenn es aufgefunden wird.«

»Von dieser Seite habe ich das noch gar nicht betrachtet«, sagte Chlothilde Trenz.

»Wer war denn das Opfer?«, fragte Chrissi.

»Ein Fernsehproduzent«, sagte Hauptkommissarin Trenz. »Jörg Neuner, einer der bekanntesten in der Branche.«

»Und es gibt keinerlei Hinweise auf den Täter?«, fragte Chrissi.

»Wir wissen nur, dass er mit einer fünfundvierziger Automatik erschossen wurde«, sagte Chlothilde. »Das ist aber auch schon alles.«

»Merkwürdig«, sagte Chrissi nachdenklich, »in unserem Fall wurde auch eine fünfundvierziger Automatik benutzt.«

»Das ist nicht merkwürdig«, sagte Chlothilde, »ich schätze einmal, dass ein paar Tausend davon im Umlauf sind.«

»Ich wäre dir trotzdem dankbar, wenn du die Kugel nach München schicken würdest«, sagte Chrissi. »Eine ballistische Untersuchung könnte Aufschluss darüber geben, ob die Kugeln im Mordfall Schaffelhuber aus der selben Waffe abgefeuert wurden.«

»Kein Problem«, sagte Chlothilde Trenz. »Der berühmte ,Kommissar Zufall' hat schon zu den verrücktesten Ergebnissen geführt.«

Chlothilde gab Chrissi einen Bogen Papier.

»Hier hast du die Privatadresse von Otto-Ludwig Meier und die von dem Immobilienbüro, in dem er arbeitet«, sagte sie. »Die erste Telefonnummer in der letzten Zeile ist meine private, die zweite die Durchwahl zu meinem Büro.«

»Ich hatte angenommen, dass wir uns gemeinsam um den Fall kümmern würden«, sagte Chrissi.

»Ich bin in einer Sonderkommission, die sich mit den vietnamesischen Zigarettenschmugglern auseinandersetzen muss«, sagte Chlothilde. »Ich bin im Dauerstress, aber du kannst mich trotzdem jederzeit anrufen.«

Chrissi mochte die Kollegin. Chlothilde Trenz war ein wenig korpulent, aber das passte zu ihr. Sie hatte rote Haare, die zu Zöpfen gebunden waren und unzählige Sommersprossen auf der Nase. Chrissi fand, dass sie Ähnlichkeit mit Pippi Langstrumpf hatte.

Als Chlothilde Trenz sich verabschiedet hatte, machte Chrissi noch einen Kudammbummel.

Am nächsten Vormittag klingelte sie an der Bürotür des Immobiliengeschäfts. Ein leises Summen ertönte und Chrissi drückte die Tür auf. Die Sekretärin hinter dem Schreibtisch lächelte sie freundlich an.

»Was kann ich für Sie tun?«, fragte Susanne Schneider.

»Ich suche eine Wohnung für meine Mutter«, sagte Chrissi.

»Wir haben noch ein paar Wohneinheiten in Schöneberg und in Friedenau«, sagte Susanne Schneider.

»Ich bin nicht aus Berlin«, sagte Chrissi. »Meine Mutter ist hier geboren und möchte jetzt wieder in ihre Heimatstadt zurück.«

»In Friedenau wohnt man ruhiger«, sagte Susanne Schneider. »In Schöneberg ist man dagegen mehr in Innenstadtnähe.«

»Ich denke, meine Mutter würde die ruhigere Wohnlage bevorzugen«, sagte Chrissi.

»Einen Moment«, sagte Susanne Schneider und griff zum Telefon. »Olm, hier ist eine Interessentin für eine Wohnung in der Friedenau.«

Susanne Schneider legte den Hörer auf die Gabel zurück.

»Sie möchten hereinkommen«, sagte sie zu Chrissi und zeigte auf eine Tür.

Chrissi hatte Mühe, ihre Aufgeregtheit zu verbergen. In wenigen Sekunden würde sie diesem Olm gegenüberstehen. Diesem Phantom, das sie nun schon so lange suchte. Es ist fast ein Jahre vergangen, seit ich diese Akte im Präsidium in die Hand genommen habe, überlegte sie.

Der Mann hinter dem großen Schreibtisch erhob sich, als sie den Raum betrat.

»Bitte nehmen Sie Platz«, sagte er und zeigte auf den Besucherstuhl. »Darf ich Ihnen irgendetwas anbieten? Kaffee, Wasser?«

»Nein, vielen Dank«, sagte Chrissi und setzte sich.

Das war er also, dachte Chrissi. Dieser gutaussehende Mann war Otto-Ludwig Meier. Ich schätze, dass er um die fünfzig Jahre alt ist. Er hat schöne, braune Augen und ein äußerst sympathisches Lächeln. An den Schläfen wurden seine Haare langsam grau. Herbert Steiner hatte auch graue Haare an den Schläfen. Er strahlt sehr viel Herzlichkeit aus, dieser Olm. Dieser Mann sollte ein Mörder sein?

»Meier«, sagte Olm, »aber alle nennen mich Olm.«

»Ein Spitzname?«, fragte Chrissi.

»Ja«, so kann man es bezeichnen«, sagte Olm.

»Beillant«, stellte sich Chrissi vor und im selben Moment fiel ihr ein, dass sie seit zwei Monaten Heiden hieß.

»Sie suchen also eine Wohnung, Frau Beillant?«, fragte Olm.

Chrissi blieb bei der Geschichte, die sie sich auf dem Weg zum Immobilienbüro ausgedacht hatte.

»Ja«, sagte sie, »für meine Mutter. Sie hat ihr Einfamilienhaus in München verkauft und möchte ihren Lebensabend in ihrer Geburtsstadt Berlin verbringen.«

»Sie kommen also aus München«, sagte Olm.

»Ja«, sagte Chrissi.

»Ich habe auch einige Jahre in München gelebt«, sagte Olm.

»Aber Sie sind kein Bayer«, sagte Chrissi, »das verrät ihre Aussprache.«

»Sie sprechen auch keinen bayerischen Dialekt«, sagte Olm lächelnd.

Es ist sehr angenehm, sich mit ihm zu unterhalten, dachte Chrissi.

»Nein«, sagte sie dann schnell. »Ich bin in Düsseldorf bei meinem Vater aufgewachsen. Meine Eltern lebten getrennt.«

»Ich wollte Sie nicht aushorchen«, sagte Olm und lächelte wieder. »Ich bin in Aachen aufgewachsen. Die Städte liegen ja nicht sehr weit auseinander.«

»Sind Sie schon lange in Berlin?«, fragte Chrissi.

»Schon mehr, als vier Jahre«, sagte Olm.

»Entschuldigen Sie«, sagte Chrissi, »aber ich stehle Ihnen mit meiner Fragerei die Zeit. Sicher haben Sie eine Menge zu tun.«

»Es ist sehr angenehm, sich mit Ihnen zu unterhalten«, sagte Olm freundlich.

Er nahm einen Aktenordner, der auf seinem Schreibtisch lag in die Hand.

»Wir haben noch drei Wohnungen in der Anlage Friedenau«, sagte er. »Zwei im ersten und eine im dritten Stock. Natürlich hat das Haus einen Fahrstuhl. Die Wohnung im dritten Stock hat einen kleinen Südbalkon.«

»Das hört sich gut an«, sagte Chrissi.

»Der Preis liegt bei dreihundertachtzigtausend Mark«, sagte Olm.

»Das wäre in einem Rahmen, den sich meine Mutter leisten könnte«, sagte Chrissi zustimmend.

»Ich bin morgen Vormittag auf der Baustelle«, sagte Olm. »Ich denke, Sie würden sich die Wohnung gerne einmal ansehen.«

»Natürlich«, sagte Chrissi. »Um welche Uhrzeit wollen wir uns treffen?«

»Wo sind Sie abgestiegen?«, fragte Olm.

»In der Pension ,Lore' in der Fasanenstraße«, sagte Chrissi.

»Wenn es Ihnen recht ist, hole ich Sie um zehn Uhr dort ab«, sagte Olm. »Das erspart Ihnen eine unnötige Sucherei im Stadtplan.«

»Das ist sehr freundlich«, sagte Chrissi und stand auf. »Also dann, bis morgen um zehn Uhr.«

Er hat wirklich sehr schöne Augen, dachte Chrissi, als Olm ihr die Hand gab.

Am frühen Abend rief Chlothilde Trenz Chrissi in der Pension an.

»Ich sitze in dem Café auf der anderen Straßenseite«, sagte sie.

»Ich bin in einer Minute bei dir«, sagte Chrissi.

Sie hatte ununterbrochen an Olm denken müssen. An diesen gepflegten, höflichen Mann, der eine so sympathische Ausstrahlung hatte.

»Erzähle, was heute alles passiert ist«, begrüßte sie Chlothilde Trenz.

Chrissi berichtete von ihrem Besuch bei Olm und von der Verabredung, die sie für den morgigen Tag mit ihm getroffen hatte.

»Die Kugel aus dem Mordfall Neuner ist schon auf dem Weg nach München«, sagte Chlothilde.

»Wie lange arbeitest du schon in diesem Job?«, fragte Chrissi.

»Zehn Jahre«, antwortete ihre Kollegin. »Warum?«

»Bist du schon mit Tätern konfrontiert worden, denen du die Tat nie und nimmer zugetraut hättest?«, fragte Chrissi.

»Mehr als einmal«, sagte Chlothilde Trenz lachend. »Man darf sich nie von dem Aussehen eines Verdächtigen blenden lassen. Gerade die Typen, die aussehen, als könnten sie kein Wässerchen trüben, haben es oft faustdick hinter den Ohren.«

»Ich bin völlig verunsichert«, sagte Chrissi. »Ich weiß nicht, ob ich mich nur in etwas verrannt habe. Dieser Olm ist beim Pokern betrogen worden, gut, aber er ist nicht der Mensch, der sich durch einen Mord dafür rächt.«

»Hoffen wir in seinem Interesse, dass du recht hast«, sagte Chlothilde. »Aber es gibt keinen Grund, das nicht genau zu überprüfen.«

»Was soll ich machen?«, fragte Chrissi. »Ich kann ihn doch nicht schlicht und ergreifend fragen, ob er den Karl Schaffelhuber erschossen hat?«

»Ich könnte veranlassen, dass wir eine Hausdurchsuchung bei ihm vornehmen«, sagte Chlothilde Trenz.

»Er wird die Mordwaffe nicht als Souvenir im Glasschrank aufbewahren«, sagte Chrissi.

»Das stimmt«, sagte Chlothilde. »Mehr als zwei Jahre nach der Tat kann nur ein Verhör des Verdächtigen Aufschlüsse geben. Man muss ihn mit den Tatsachen konfrontieren und hoffen, dass er sich bei seinen Antworten in Widersprüche verwickelt.«

Chrissi wartete auf der Straße und Olm war pünktlich um zehn Uhr da.

»Haben Sie etwas Schönes geträumt«? fragte er im Auto. »Das, was man in der ersten Nacht in einem fremden Bett träumt, geht in Erfüllung.«

Ich habe von dir geträumt, dachte Chrissi. Ich habe ununterbrochen an dich gedacht, seit ich gestern dein Büro verlassen habe.

»Ich kann mich nicht erinnern, ob ich etwas geträumt habe«, sagte sie laut.

»Man träumt immer etwas«, sagte Olm, »man erinnert sich nur oft nicht mehr daran. Träume arbeiten unsere Vergangenheit, unsere Erlebnisse auf.«

Die Wohnung im dritten Stock war schön. Die gesamte Anlage war sehr geschmackvoll gebaut worden. Sie war nicht eines dieser betonstarrenden Wohnsilos, die man sonst in den Außenbezirken vorfand.

»Ich könnte mir vorstellen, dass meiner Mutter die Wohnung gefällt«, sagte Chrissi.

»Wie stellen Sie sich den weiteren Ablauf vor?«, fragte Olm. »Möchten Sie, dass ihre Mutter die Wohnung erst noch selber in Augenschein nimmt?«

»Könnten Sie das Objekt so lange reservieren?«, fragte Chrissi.

»Für Sie bestimmt«, sagte Olm und lächelte sie an.

»Sind Sie zu allen ihrer Kunden so freundlich?«, fragte Chrissi und erwiderte sein Lächeln.

»Nur zu denen, die mir so gut gefallen wie Sie«, sagte Olm. »Wann werden Sie Berlin wieder verlassen?«

»In ein paar Tagen«, sagte Chrissi. »Ich möchte mich noch mit einigen Freunden treffen.«

»Ich würde Sie heute Abend gerne zum Essen einladen«, sagte Olm. »Natürlich nur, wenn Sie das nicht für zu aufdringlich halten.«

Es kann bestimmt nicht schaden, mehr über ihn zu erfahren, dachte Chrissi.

»Einverstanden«, sagte sie. »Wie wäre es mit acht Uhr?«

»Ich werde pünktlich sein«, sagte Olm.

Er fuhr Chrissi in die Fasanenstraße zurück.

Ich habe nichts Vernünftiges zum Anziehen eingepackt, überlegte Chrissi in ihrem Pensionszimmer. Wer weiß, in welches vornehme Restaurant er mich führen wird?

In einer Boutique in der Bleibtreustraße fand sie ein hübsches, sandfarbenes Kostüm, das einen verführerisch tiefen Ausschnitt hatte.

Wie schon am Vormittag, war Olm auch jetzt pünktlich zur Stelle. Chrissi wollte gerade zu ihm ins Auto steigen, als jemand ihren Namen rief. Es war Chlothilde Trenz. Mit schnellen Schritten überquerte sie die Straße.

»Ich wollte mit dir essen gehen«, sagte Chlothilde.

»Ich bin bereits eingeladen«, sagte Chrissi und zwinkerte ihr mit den Augen zu.

Olm war ausgestiegen.

»Meine Freundin, Chlothilde«, stellte Chrissi die Kollegin vor und zu Chlothilde gewandt: »Das ist Herr Otto-Ludwig Meier. Er hat ein Immobiliengeschäft. Ich habe dir doch erzählt, dass meine Mutter eine Wohnung in Berlin sucht.«

Olm gab Chlothilde Trenz die Hand.

»Das ‚Big Window' ist zwar ein winziges Lokal«, sagte er, »aber wo für zwei Personen Platz ist, kann man auch einen Stuhl für eine dritte finden.«

»Ich nehme ihre Einladung gern an«, sagte Chlothilde Trenz. »Natürlich nur, wenn es dir recht ist, Chrissi.«

»Chrissi«, sagte Olm und sah sie fragend an.

»Ich heiße Christine«, sagte Chrissi, »aber seit meinen Kindertagen rufen mich alle Chrissi.«

»Fahren wir«, sagte Olm, »Ivan, der Wirt, ist es gewöhnt, dass ich pünktlich komme.«

Er hat wirklich einen guten Geschmack, dachte Chrissi, als sie im ‚Big Window' saßen. Das Restaurant hat Atmosphäre und das Essen ist ausgezeichnet.

»Ich bin euch dankbar, dass ihr mich mitgenommen habt«, sagte Chlothilde Trenz, als Ivan das Dessert brachte. »Ich habe nämlich extra meinen Pokerabend abgesagt, um mit Chrissi auszugehen.«

»Sie spielen Poker?«, fragte Olm.

»Leidenschaftlich«, sagte Chlothilde.

Olm schwieg.

»Haben Sie keine Leidenschaft?«, fragte ihn Chrissi.

»Nein«, antwortete Olm, »ich spiele hin und wieder mit meinem Schachcomputer, aber das würde ich nicht eine Leidenschaft nennen.«

Er war es nicht, dachte Chrissi. Er pokert nicht. Es gibt noch einen anderen Otto-Ludwig Meier, den man Olm nennt. Chrissi musste sich selbst eingestehen, dass ihr dieser Gedanke ausgesprochen gut gefiel.

»Sie sind mit ihren Gedanken ganz woanders«, sagte Olm und sah ihr in die Augen.

»Chrissi neigt zum Träumen«, sagte Chlothilde schnell, »das hat sie schon immer getan.«

Man sprach noch über dieses und jenes. Chrissi war froh, dass Chlothilde keine Andeutungen mehr machte, die mit dem gesuchten Olm in Verbindung zu bringen waren.

Olm brachte sie wieder in die Fasanenstraße.

»Ich hoffe, wir sehen uns bald wieder, Frau Beillant«, sagte er, als er sich von Chrissi verabschiedete.

Er winkte ihnen noch einmal zu, als er davonfuhr.

»Hast du dich mit falschem Namen vorgestellt?«, fragte ihre Kollegin.

»Nicht absichtlich«, sagte Chrissi. »Ich habe mich noch nicht daran gewöhnt, dass ich seit zwei Monaten Heiden heiße. Beillant ist mein Mädchenname.«

»Um die Ecke ist eine kleine Bar«, sagte Chlothilde Trenz. »Lass uns noch einen kleinen Drink nehmen.«

Die kleine Bar war ein Stehausschank. Chlothilde bestellte zwei Wodka auf Eis.

»Was hast du für einen Eindruck von ihm?«, fragte Chrissi.

»Ich habe schon Leute verhaften müssen, die aussahen, als wären sie Albert Schweitzer«, sagte Chlothilde Trenz. »Man darf sich in unserem Beruf nicht von der äußeren Erscheinung eines Menschen täuschen lassen. Egal, ob es ein liebenswerter Nachbar, ein guterzogener Kollege oder ein immer hilfsbereiter Bekannter ist, in ihren Kopf oder in ihr Herz kann niemand schauen.«

»Der Mann lebt in guten wirtschaftlichen Verhältnissen«, sagte Chrissi nachdenklich. »Würde ein solcher Mensch alles aufs Spiel setzen, um seine persönliche Rache zu befriedigen? Der Mord geschah drei Jahre nach dem Pokerabend. In der ersten Wut mag man zu so einer Tat fähig sein, aber nach drei Jahren?«

»Wir kennen ihn zu wenig, Chrissi«, sagte Chlothilde. »Vielleicht war das Motiv gar nicht der Verlust des Geldes.«

»Und welches Motiv sollte er sonst haben?«, fragte Chrissi.

»Es wird deine Aufgabe sein, das herauszufinden«, antwortete Chlothilde Trenz.

»Es wird eine verdammt schwere Aufgabe«, sagte Chrissi.

»Wie willst du jetzt weiter vorgehen?«, fragte ihre Kollegin.

»Ich werde erst einmal morgen nach München zurückfliegen«, sagte Chrissi. »Ich habe Sehnsucht nach meinem Mann.«

43 Olm besuchte Uschis Grab. Er hatte eine Friedhofsgärtnerei mit der Pflege beauftragt. Das Grab war mit unzähligen Stiefmütterchen bepflanzt. Auf dem Naturstein, den Olm hatte aufstellen lassen, stand nur Ursula Meier, geborene von Rewentlow, kein Geburts- und kein Todesjahr. Olm wollte nicht, dass andere Friedhofsbesucher sahen, dass Uschi viel zu jung gestorben war. Ein Kiesweg teilte die Grabreihen.

Die rechten Gräber lagen im Schatten unter den Bäumen, die linken in der Sonne.

Gräber sind nicht beheizt, habe ich zu Neuner gesagt, dachte er, aber manche werden von der Sonne beschienen.

Uschis Grab lag auf der Schattenseite.

Olm entfernte kleine Zweige und Blätter, die auf die Blumen gefallen waren und setzte sich dann auf eine Bank, die am Rande des Friedhofweges stand. Er zündete sich eine Zigarette an.

Ein alter Penner, mit einer Plastiktüte in der Hand, setzte sich an das andere Ende der Bank. Er holte ein Stück Brot und eine Salami aus der Tüte und begann, abwechselnd in beides hineinzubeißen.

»Ham' Se Hunger?«, fragte er Olm nach einer Weile.

»Nein, vielen Dank«, sagte Olm.

»Ham' Se hier jemand liegen?«, fragte der alte Mann.

»Meine Frau«, sagte Olm.

»Wenn ick aufn Friedhof jehe«, sagte der Alte, »denn hab ick immer dett Jefühl, dett ich nach Hause kommen würde.«

»Warum?«, fragte Olm.

»Weil dett hier unser aller Zuhause wird«, antwortete der Penner, »früher oda später.«

Er steckte den übriggebliebenen Wurstzipfel in die Tüte zurück.

»Ham' Se een Glimmstegel übrich?«, fragte er Olm.

Olm gab ihm eine Zigarette und Feuer.

»Glauben Sie, dass mit dem Tod alles vorbei ist?«, fragte Olm.

»Klar«, sagte der Alte, »aus eener Knospe entsteht ein Blatt, dett is erst helljrün, dann dunkeljrün, dann färbt es sich braun, dann jelb und dann fällt es ab. Es wird Kompost und Dünger. Der Rejen spült es in den Boden und die Wurzeln des Baums saugen sich die Kraft daraus, die der Baum braucht, damit im nächsten Jahr wieder neue Knospen entstehen können. Dett is een ewiger Kreislauf und bei uns Menschen is dett nich anders.«

»Aber ein Baum lebt weiter«, sagte Olm, »der kann bis zu vierhundert Jahre alt werden.«

»Vierhundert Jahre sind een Wimpernschlag in der Jeschichte«, sagte der alte Mann. »Und denn wird der Baum auch morsch und nimmt den Weg, den die Blätter jenommen haben.«

»Sie sind ein Philosoph«, sagte Olm.

»Nee«, wehrte der Penner ab, »dett bin ick nich.«

»Was haben Sie für einen Beruf gehabt?«, fragte Olm.

»Sie meinen früher?«, fragte der Alte.

»Ja, früher«, sagte Olm.

»Icke«, überlegte der Mann, »eijentlich ha' ick überhaupt nie nich eenen jehabt. Ick hab lesen und schreiben jelernt und een bisschen rechnen, aba dett hat mich och nich weiterjebracht. Ick mach mir lieba meene Jedanken, davon hat man wenigsten was.«

Sie schwiegen einen Moment. Der Penner öffnete eine Bierdose und trank einen Schluck. Dann reichte er sie Olm.

»Woll'n Se?«, fragte er.

»Nein, danke«, sagte Olm.

»Ham' Se sie jeliebt?«, fragte der Alte und zeigte zu den Gräbern.

»Ja, sehr«, sagte Olm.

»Dett is wichtich«, sagte der Mann. »Liebe is mit das Wichtigste im Leben überhaupt. Ick meene ehrliche Liebe ohne Selbstsucht.«

Olm bot ihm eine zweite Zigarette an.

»Tief im Menschen ist eine große Unruhe«, sagte der alte Mann. Er sprach plötzlich reines Hochdeutsch. »Auf Grund dieses inneren Gefühls der Unruhe fühlen sich viele isoliert, werden depressiv und gemütskrank. Gegen diese Unruhe hilft nur die Liebe.«

»Warn Sie mal verliebt?«, fragte Olm.

»Ich bin ständig verliebt«, antwortete der Penner. »Ich bin verliebt in jeden neuen Tag, an dem ich noch aufwache. Egal, wo es ist, ob vor der Tür der Aussegnungshalle oder in einem U-Bahnschacht.«

»Gibt es keine Tage, an denen Sie sich gewünscht hätten, nicht aufzuwachen«? fragte Olm.

»Nein«, sagte der Alte. »Selbst wenn ich Schmerzen von den Frostbeulen habe, die ich mir in der Nacht geholt habe. Schmerzen sind keine wirklichen Leiden. Leiden ist eine Krankheit des Herzens. Man muss die Ursachen kennen, sonst kann man sich nicht heilen.«

»Sind Sie religiös?«, fragte Olm.

»Ich bin eines von vielen Blättern an den Bäumen. Meinen Sie, Gott, Buddha oder Allah hätten mich da hingehängt? Die Erde ist auch nur ein Blatt im Universum. Eines Tages fällt sie ab und wird verkompostiert«, sagte der Mann.

Er nahm wieder einen kräftigen Schluck aus seiner Bierdose.

»Glauben Sie, wir Menschen sind etwas Besonderes, weil wir uns anmaßen zu bestimmen, was gut und böse, Recht und Unrecht ist?«, fragte er.

Er sah Olm an und wartete auf eine Antwort, aber Olm schwieg.

»Wir leben auf einer sehr niederen Bewusstseinsebene«, fuhr der alte Mann fort. »Wir machen uns gar nicht mehr die Mühe, andere Bewusstseinsebenen zu aktivieren.«

Schweigend saßen die beiden Männer einige Zeit nebeneinander.

»Kann ich etwas für Sie tun?«, fragte Olm.

»Ham' Se schon jetan«, sagte der Alte, nun wieder im breitesten Berliner Dialekt. »Se sind nich uffjestanden und wechjegangen, als ick mir hier hinjesetzt habe.«

»Warum hätte ich das tun sollen?«, fragte Olm.

»Die meesten jehn«, sagte der Penner. »Se haben een schlechtes Jewissen, weil se nich wissen, wie se sich verhalten sollen. Bin ick beleidicht, wenn se mir Jeld anbieten oder bin ick beleidicht, wenn se es nich tun?«

»Sind Sie beleidigt, wenn ich Ihnen Geld anbiete?«, fragte Olm.

»Nie und nimmer nich«, sagte der Alte lächelnd.

Olm zog einen Hundertmarkschein aus der Brieftasche.

»Ham' Se es nich kleener?«, fragte der Mann.

»Sie können es ruhig annehmen«, sagte Olm.

»Nee, dett is mir zuviel«, sagte der Penner, »dett is keene Hilfe, dett is ne Belastung.«

»Sie könnten mal ein oder zwei Nächte in einer Pension schlafen«, sagte Olm.

»Ach wissen Se«, sagte der Alte, »wenn Se keenen Rehbraten kennen, dann vermissen Se och keenen. Aba wenn Se ihn eenmal jejessen haben, müssen Se ständig an ihn denken.«

»Ich habe kein Kleingeld«, sagte Olm.

»Lassen Se mir ihre Zigaretten da«, sagte der Mann, »dett reicht.«

Olm warf ihm die Zigarettenschachtel zu und der Penner ließ sie in seiner Plastiktüte verschwinden.

»Sie sind ein interessanter Mann«, sagte Olm.

»Nee«, sagte der Alte, »ick bin een alter Mann, der jeden Tag der Wahrheit een kleenes Stückjen näher kommt.«

»Welcher Wahrheit«? fragte Olm.

Der alte Mann sprach wieder Hochdeutsch: »Es gibt vier edle Wahrheiten. Das Leiden, seine Ursachen, seine Beendigung und den Weg, den man zur Beendigung der Leiden beschreiten muss. Auf dem Weg bin ich schon angekommen.«

»Ich bin sicher noch bei der Ursachenforschung«, sagte Olm.

Der Alte stand auf.

»Wo liegt sie denn?«, fragte er und schaute zu den Grabreihen.

»Unter den Bäumen«, sagte Olm. »Das Grab mit dem Naturstein.«

»Ich werde ab und zu mal mit ihr reden«, sagte der Alte und schlurfte mit seiner Plastiktüte davon.

Auf dem Weg zu seinem Auto fiel Olm ein Lindenblatt vor die Füße. Er hob es auf und steckte es in seine Jackentasche.

44 Christine Beillant wusste nicht warum, aber sie beschloss noch einige Tage in Berlin zu bleiben. Sie rief Olm im Büro an.

»Wenn Sie heute Abend nichts vorhaben, würde ich mich gerne für die Essenseinladung revanchieren«, sagte sie.

»Auch wenn ich etwas vorgehabt hätte«, sagte Olm, »ich hätte es abgesagt.«

»Acht Uhr vor meiner Pension?«, fragte Chrissi.

»Ich freue mich«, sagte Olm.

Warum treffe ich mich mit ihm, überlegte Chrissi. Ich bin doch gar nicht mehr daran interessiert, den Mordfall Schaffelhuber aufzuklären. Warum treffe ich mich mit einem Mann, der mein Vater sein könnte? Er ist charmant, liebenswürdig und man kann sich gut mit ihm unterhalten, aber das ist noch lange kein Grund dafür, dass ich in Berlin geblieben bin. Oder doch? Ich fühle mich auf eine merkwürdige Art und Weise von ihm angezogen. Was ist das für eine Faszination, die von ihm ausgeht? Wie oft habe ich unverständlich den Kopf geschüttelt, wenn Frauen Männer, die im Gefängnis saßen, geheiratet haben. Sie kannten diese Häftlinge meistens nur von Briefen, die sie sich gegenseitig geschrieben hatten. Psychologen wüssten sicher eine Antwort auf diese Frage. Ich sollte meinen Koffer packen und zum Flughafen fahren. Nach München fliegt fast stündlich eine Maschine. In einem Flugzeug würde ich bestimmt noch einen Platz bekommen. Außerdem kann ich das Kostüm von gestern nicht noch einmal anziehen. Was macht das für einen Eindruck, wenn ich im selben Kostüm auftauche?

Chrissi wählte ein schwarzes Kleid aus, dessen Stoff mit großen Mohnblumen bedruckt war, in der Boutique, in der sie auch das Kostüm gekauft hatte.

Olm war, wie immer, auf die Minute pünktlich.

»Ich lade Sie ein«, sagte Chrissi zur Begrüßung, »aber Sie müssen sagen, wohin wir gehen. Ich kenne mich in Berlin nicht aus.«

»Sie sehen zauberhaft aus«, sagte Olm. »Das Kleid steht Ihnen ausgezeichnet.«

Chrissi fand, dass das Kleid zu kurz und der Ausschnitt zu tief war.

»Ich kenne ein Gartenlokal, in dem wir noch draußen sitzen können«, sagte Olm. »Ich habe im Kofferraum eine Lederjacke, für den Fall, dass es Ihnen zu kalt werden sollte.«

»Die Gartenlokale werden bei dem schönen Wetter überfüllt sein«, sagte Chrissi.

»Ich habe einen Tisch bestellt«, sagte Olm lächelnd.

Der Ober führte sie in eine kleine Laube, in der nur ein Tisch stand. Chrissi griff zur Speisekarte.

»Nein«, sagte Olm, »Sie brauchen keine Speisekarte. Ich möchte Sie überraschen. Ich habe sehr genau beobachtet, was Sie gestern Abend mit besonders großem Appetit gegessen haben. Deshalb habe ich bereits ein Menü vorbestellt.«

»Wir essen das, was wir gestern auch hatten?«, fragte Chrissi.

»Natürlich nicht«, sagte Olm. »Aber meine Variationen müssten genau ihre Geschmacksnerven treffen.«

Es gab eine Wildpastete, ausgelöste Wachteln, einen rheinischen Sauerbraten und zum Dessert Birne Helene. Alle Gerichte verrieten, dass hier Spitzenköche am Werk waren.

»Sie haben mich wirklich überrascht«, sagte Chrissi zu Olm, »können Sie immer nach so kurzer Bekanntschaft ihre Mitmenschen einschätzen?«

»Nicht immer«, antwortete Olm, »aber Menschen, die mich interessieren, studiere ich sehr intensiv.«

»Und ich interessiere Sie?« fragte Chrissi lächelnd.

»Ja«, sagte Olm. »Sie interessieren mich außerordentlich.«

Chrissi spürte wie ein kleiner Wärmeschauer durch ihren Körper lief.

Das wird der Wein sein, beruhigte sie sich selber.

»Wenn Sie sich so in mich hineinversetzen können«, sagte sie, »dann ahnen Sie bestimmt auch schon, welchen Beruf ich ausübe.«

Olm sah sie lange an.

Wenn er jetzt Kriminalbeamtin sagt, dachte Chrissi, dann ist der Abend zu Ende.

»Ich könnte mir vorstellen, dass Sie Ärztin sind«, sagte Olm. »Ärztin, Kindergärtnerin oder Krankenschwester. Jedenfalls üben Sie eine Tätigkeit aus, die daraus besteht, anderen Menschen zu helfen.«

»Ich gratuliere Ihnen«, sagte Chrissi, »ich bin tatsächlich Krankenschwester.«

Sie tranken viel Wein, in den drei Stunden, die sie in dem Lokal verbrachten und erzählten von sich, ihren Berufen und verglichen die Städte München und Berlin miteinander.

Ich habe in meinem ganzen Leben noch nicht so viel gelogen wie an diesem Abend, dachte Chrissi.

Woher nehme ich nur die Phantasie, überlegte Olm, ihr diese ganzen Märchen aufzutischen?

Die Wahrheit sagten sie sich nur einmal. Olm erzählte von seiner Jugend in Aachen und von seinem Vater, der die Familie verlassen hatte. Den Grund seines Verschwindens verschwieg er.

»Es ist seltsam«, sagte er, »aber meine Mutter war keine Frau, die Gefühle zeigen konnte. Dabei scheint das doch ein Naturgesetz zu sein, dass selbst Tiermütter ihre Jungen lieben.«

»Ich glaube nicht, dass eine Löwin ihren Nachwuchs liebt«, sagte Chrissi. »Es ist der angeborene Beschützerinstinkt, der sie veranlasst, ihre Jungen zu umsorgen. Liebe ist ein ureigenes menschliches Gefühl.«

Sie erzählte von Anton Beillant und seiner menschenverachtenden Art mit der er seine Frau behandelt hatte.

»Dann haben wir beide unsere Väter gar nicht richtig gekannt«, sagte Olm. »Sie scheinen aber wenigstens ein gutes Verhältnis zu ihrer Mutter zu haben.«

Seit sie tot ist, dachte Chrissi. Merkwürdigerweise hat nicht nur meine Mutter durch ihren Tod den ewigen Frieden gefunden, sondern auch meine Gefühle zu ihr haben sich geändert. Ich denke heute mit viel mehr Verständnis an sie, als ich es früher getan habe.

Irgendetwas stimmt da nicht, überlegte Olm. Sie hatte ein mehr als gestörtes Verhältnis zu ihrem Vater, obwohl sie nach der Trennung der Eltern bei ihm aufgewachsen ist.

Auf der Heimfahrt fragte Chrissi, kurz bevor sie in die Fasanenstraße abbiegen mussten: »Wo wohnen Sie?«

»Zwei Minuten von hier«, sagte Olm.

»Dann könnten wir doch noch zu Ihnen fahren«, sagte Chrissi.

Ich bin verrückt, dachte sie, ich bin völlig verrückt. Nicht nur, dass ich mit einem mutmaßlichen Mörder zum Essen gehe, ich benehme mich auch als Frau völlig daneben. Christine Beillant, nein Christine Heiden, bietet doch einem Mann nicht an, noch in seine Wohnung zu fahren.

Olm parkte in der Schaperstraße, stieg aus und öffnete Chrissi die Tür auf der Beifahrerseite.

»Die Wohnung ist ja tadellos aufgeräumt«, sagte Chrissi, als sie das Wohnzimmer betraten. »Machen Sie das selber?«

»Ich habe eine Frau, die sich darum kümmert«, sagte Olm.

Das hört sich an, dachte er, als wäre Susanne Schneider eine Putzfrau.

»Was darf ich Ihnen anbieten?«, fragte Olm.

»Ich denke, ich sollte beim Wein bleiben«, sagte Chrissi.

»Jetzt haben Sie mich erwischt«, sagte Olm. »Wein ist das Einzige, was ich nicht habe.«

»Was trinken Sie?«, fragte Chrissi.

»Ich werde einen Whiskey nehmen«, sagte Olm.

»Dann nehme ich auch einen«, sagte Chrissi. »Das ist eine Premiere. Es wird der erste Whiskey meines Lebens sein.«

Vieles ist eine Premiere, dachte sie, während Olm Gläser und Eis aus der Küche holte. Ich habe zum ersten Mal gelogen, dass sich die Balken biegen, bin zum ersten Mal mit einem Mann, den ich erst zwei Tage kenne, in seine Wohnung gegangen und habe wahrscheinlich zum ersten Mal mit einem Mörder ein Vier-Gänge-Menü gegessen.

Olm kam zurück. Er füllte die Gläser und stellte sie auf dem Wohnzimmertisch ab. Dann nahm er Chrissi völlig unvorbereitet in den Arm und küsste sie leidenschaftlich. Chrissi war von ihrer eigenen Reaktion überrascht. Sie wehrte sich nicht, im Gegenteil, sie erwiderte seinen leidenschaftlichen Kuss mit gleicher Leidenschaft. Sie schlang ihre Arme um seinen Hals, nachdem sich ihre Lippen voneinander lösten, weil sie beide Luft holen mussten, und drückte sich fest an ihn.

Olm streifte die Träger ihres Kleides von ihren Schultern und öffnete ihren Büstenhalter. Er küsste ihre Brustwarzen, dann wieder ihren Mund, ihren Hals und ihre Schultern. Auf seinen Armen trug er sie zum Bett ins Schlafzimmer.

»Nimm mich, Olm«, sagte Chrissi und immer wieder, »nimm mich, Olm.«

Und Olm nahm sie. Er drehte sie auf den Bauch, hob ihr Gesäß an und drang in sie ein. Er zog sein Glied nach einer Weile wieder heraus, legt sich auf den Rücken und ließ Chrissi rittlings auf sich sitzen, er spielte mit der Zunge mit ihrem Kitzler , während Chrissi seinen Penis mit dem Mund massierte, sie saßen, die Beine jeweils um den anderen geschlungen auf dem Bett, als sie gemeinsam zum Höhepunkt kamen. Olm streichelt und küsste sie mit unendlicher Sanftheit. Dann nahm er Chrissi in die Arme und wiegte sie sanft hin und her, so wie man ein Baby in den Schlaf zu wiegen pflegt.

Als Chrissi aufwachte, lag sie allein im Bett. Sie schlang das Laken um sich und ging ins Wohnzimmer. Aber weder dort, noch im Bad oder in der Küche war Olm. Am Spiegel im Badezimmer war ein Zettel befestigt.

Du hast so friedlich geschlafen, da konnte ich dich einfach nicht wecken. Der Kaffee in der Maschine müsste noch heiß sein. Ziehe die Wohnungstür einfach hinter dir zu. Die Haustüre unten ist von innen immer zu öffnen. Ich rufe dich an, Olm.

Chrissi zog sich an und verließ Hals über Kopf die Wohnung. Unten vor dem Haus fragte sie einen Passanten nach dem Weg zur Fasanenstraße.

Ich ihrem Pensionszimmer warf sie sich auf das Bett und begann hemmungslos zu weinen.

Was habe ich getan, schoss es ihr durch den Kopf. Ich bin seit zwei Monaten verheiratet. Ich bin mit dem besten, verständnisvollsten Mann verheiratet und betrüge ihn nach so kurzer Zeit. Ich habe mit einem Mann geschlafen, den ich nicht einmal liebe. Ich hätte mich nicht einmal in diesen Olm verliebt, wenn ich ungebunden gewesen wäre. Vielleicht hätte ich ein paar Mal mit ihm geschlafen, aber es wäre keine Verbindung auf Dauer entstanden. Ich werde Paul nie wieder in die Augen sehen können. Hans Weigel hat mich mit diesem jungen Mädchen betrogen, aber Hans Weigel hatte mit mir auch nur ein Verhältnis. Wie konnte das gestern Abend passieren? Ich war nicht betrunken, ich war ein wenig beschwipst, aber nicht betrunken.

Chrissi warf ihre Kleider achtlos in den Koffer, bezahlte und fuhr zum Flughafen.

Ich werde diesen Olm nie wiedersehen, dachte sie, ich will ihn nie mehr wiedersehen.

Susanne Schneider kam in Olms Büro.

»Mein Mann geht heute Abend mit Manuel in ein Popkonzert«, sagte sie. »Ich würde gerne zu Ihnen kommen.«

»Es tut mir leid«, sagte Olm, »aber ich habe bereits eine Verabredung.«

Man sah Susanne Schneider die Enttäuschung an, als sie das Zimmer verließ.

Olm rief in der Pension an und verlangte Chrissi.

»Die Dame ist abgereist«, sagte die Pensionswirtin.

Vielleicht ist es besser so, dachte Olm. Diese Beziehung hätte sowieso nicht dauerhaft werden können. Chrissi wäre bestimmt nicht seinetwegen nach Berlin gezogen und wenn er ehrlich zu sich wäre, hätte er es auch nicht gewollt. Uschis Platz würde niemand mehr einnehmen. Gut, er würde hin und wieder mit Susanne Schneider schlafen, aber das würde die Erinnerung an seine geliebte Uschi nicht beeinträchtigen.

Wenn ich diese Christine Beillant beschreiben sollte, überlegte er, dann würden mir bestimmt nicht die passenden Worte einfallen. Sie ist eine rätselhafte, aber überaus faszinierende Person.

45 Es gab Dinge, bei denen sich Susanne Schneider nie richtig entscheiden konnte. In bestimmten Situationen wiederum war sie zielbewusst und ließ sich von ihren Plänen durch nichts abbringen.

Als sie nach Berlin kam, fing sie an, Theaterwissenschaften zu studieren. Nach einem Semester stieg sie auf Germanistik um. Ein Jahr später studierte sie Jura.

Der Studentenschnelldienst vermittelte ihr den Job bei einem Jeansverkäufer. Susanne musste drei Paar Jeans übereinander anziehen und nach Ostberlin fahren. Dort zog sie bei einem Kontaktmann zwei Paar aus und fuhr nach Westberlin zurück. An guten Tagen schaffte sie an verschiedenen Grenzübergängen bis zu vier Fahrten. Pro Paar bekam sie fünfzehn Mark und die Fahrtkosten für die S-Bahn ersetzt.

Ihr Auftraggeber hieß Sebastian und es dauerte nicht lange, bis sich Susanne und er auch privat näher kamen. Sebastian sah gut aus, war ein charmanter Plauderer und sehr humorvoll. Das waren Voraussetzungen, die Susanne Schneider an einem Mann schätzte.

Als das Jeansgeschäft durch den Fall der Berliner Mauer einschlief, eröffnete Sebastian ein Immobiliengeschäft.

Susanne wurde seine Sekretärin und blieb noch für kurze Zeit seine Geliebte.

»Wenn ich dreißig bin, will ich verheiratet sein und Kinder bekommen«, sagte sie häufiger zu Sebastian. Sebastian reagierte nie. Es war, als hätte er diesen Satz nicht gehört. Irgendwann einmal nahm er sie mit auf ein Volksfest in Schöneberg. Er kaufte vierzig Karten für das Riesenrad.

»Wollen wir zwanzigmal hintereinander fahren?«, fragte Susanne.

»Ich muss mit dir reden«, sagte Sebastian.

Das war typisch für ihn. Andere Leute gingen in Lokale oder machten lange Spaziergänge, um sich auszusprechen, bei Sebastian musste es ein Riesenrad sein.

»Ich mag dich, Susanne«, sagte er, als sie gerade in einer Gondel Platz genommen hatten, »aber ich bin einfach kein Mann fürs Heiraten.. Ich würde dich nicht glücklich machen. Eine so wunderbare Frau, wie du es bist, hat etwas Besseres verdient.«

Susanne kannte ihn zu diesem Zeitpunkt schon gut genug, um zu wissen, dass jedes weitere Wort zwecklos wäre.

»Was ist mit meinem Job?«, fragte sie.

»Ich wäre froh, wenn du bleiben würdest«, sagte Sebastian.

Susanne Schneider blieb. In den ersten Monaten tat es noch weh, wenn sie Telefonate von Frauen durchstellen musste, die alles andere wollten, als eine Wohnung zu besichtigen. Aber dann hatte sich Susanne mit der neuen Situation abgefunden. Susanne Schneider war ein realistischer Mensch.

Ihr dreißigster Geburtstag rückte näher, als sie Werner Schneider kennen lernte.

Schneider war Journalist und schrieb hauptsächlich Fernsehkritiken für ein Berliner Boulevardblatt.

Er war nicht der Mann ihrer Träume, aber er imponierte ihr. Sein Name stand jeden Tag in der Zeitung und über seiner Kritik war ein Foto von ihm abgedruckt. Das verschaffte ihm eine gewisse Popularität.

Werner Schneider hatte die Begabung, sich gewählt ausdrücken zu können, was ihm fälschlicherweise den Ruf intellektuell zu sein einbrachte. Auch Susanne brauchte längere Zeit, um zu erkennen, dass dies nicht der Fall war.

Werner Schneiders Heiratsantrag war nicht gerade romantisch. Sie sahen sich gemeinsam die Tagesschau an, in der die Sprecherin die neue Namensgesetzgebung verlas, die die verschiedenen Möglichkeiten für einen gemeinsamen Familiennamen nach einer Eheschließung beinhaltete.

»Wenn wir einmal heiraten sollten«, sagte Werner Schneider, »dann müssten wir uns über unseren Ehenamen keine Gedanken machen, weil wir beide Schneider heißen.«

»Das ist praktisch«, sagte Susanne, »dann heiraten wir doch einfach.«

Ein Jahr später war ihr Sohn Manuel zur Welt gekommen. Werner Schneider hätte gerne noch mehr Kinder gehabt, aber Susanne war schon die Zeit, die sie nach Manuels Geburt nicht arbeiten konnte, wie eine Ewigkeit vorgekommen. Ihr Mann war am Tag nur eine Stunde in der Redaktion. Den Rest des Tages verbrachte er Zuhause. Und da er sich abends immer das Fernsehprogramm anschauen musste, gingen sie auch ganz selten aus. Susanne war froh, als sie nach ihrem Mutterschaftsurlaub wieder bei Sebastian im Büro anfangen konnte.

Eines Tages hatte Sebastian Olm mitgebracht. Er stellte ihn als neuen Mitarbeiter vor, der ihm die Schreibtischarbeit abnehmen würde, damit er sich mehr um neue Geschäftskontakte bemühen könnte. Aber in ganz kurzer Zeit hatte Olm den gesamten Betrieb übernommen. Sebastian ließ sich kaum noch im Büro sehen.

Olm gefiel Susanne Schneider auf Anhieb. Er war gepflegt, hatte eine angenehme Stimme und redete nicht viel, ein Umstand, den sie, nach vier Jahren Ehe mit Herrn Schneider, besonders zu schätzen wusste. Besonders gut gefiel ihr Olms Lächeln. Er bekam ein Grübchen auf der linken Wange, wenn er lächelte.

Susanne Schneider träumte oft davon, wie es wäre, wenn sie mit Olm schlafen würde.

Dass er eine andere Frau heiratete, störte sie nicht so sehr wie die Tatsache, dass das Paar eine zehntägige Hochzeitsreise nach New York machte. Zehn Tage musste sie auf Olm verzichten.

Auf der Beerdigung seiner Frau empfand sie tiefes Mitleid mit ihm. Er sah aus wie ein Junge, der Vater und Mutter an einem Tag verloren hatte.

»Wer kümmert sich denn jetzt um ihn?«, fragte sie Sebastian ein paar Tage später.

»Niemand«, sagte Sebastian.

»Ich möchte es ihm nicht anbieten, weil er es missverstehen könnte«, sagte Susanne Schneider, »aber es würde mir nichts ausmachen, ab und zu in seine Wohnung zu gehen, um aufzuräumen.«

»Du bist eben eine gute Seele«, sagte Sebastian lächelnd. »Ich werde ihm sagen, dass ich dich beauftragt hätte.«

Susanne Schneider putzte die Wohnung, füllte den Kühlschrank auf und brachte Olms Anzüge in die Reinigung.

Olm revanchierte sich rührend. Er spitzte ihre Bleistift an, stellte ihr häufig frische Blumen auf den Schreibtisch und wusch nicht nur seine, sondern auch ihre Kaffeetasse ab. Susannes schönster Lohn aber war sein dankbares Lächeln.

Susanne hatte noch nie in Olms Wohnung geduscht, aber als sie eines Tages beim Aufhängen der Übergardinen sah, dass Olm unten auf der Straße aus seinem Auto ausstieg, hatte sie sich schnell ausgezogen und unter die Dusche gestellt.

Was kann schon passieren, dachte sie. Er würde nicht vor Schreck umfallen, wenn er eine nackte Frau sehen würde. Und gleichgültig bin ich ihm bestimmt nicht, das haben einige Blicke von ihm deutlich verraten.

Dann lief alles noch besser und schneller ab, als sie es erwartet hatte.

Susanne Schneider hatte kein schlechtes Gewissen ihrem Mann gegenüber. Werner und Olm, das waren zwei verschiedene Paar Schuhe. Weder bei Sebastian noch bei Werner wäre sie je auf die Idee gekommen, ihre sexuellen Phantasien so auszuleben. Ja, sie hatte vorher nicht einmal gewusst, dass sie diese erotischen Gelüste in sich hatte. Jedes Zusammensein mit Olm war aufs Neue erregend und spannungsreich.

Es war so etwas Selbstverständliches in ihrem Tun. Sie hatten keine Hemmungen voreinander und sprachen ihre sexuellen Wünsche offen aus.

Wenn Susanne Schneider mit ihrem Mann schlief, lief alles stets im gleichen Rhythmus ab. Er legte sich auf sie, stöhnte kurz auf, wenn er gekommen war und ging ins Badezimmer, um sich zu waschen. Dann kam er ins Bett zurück und schlief ein.

Als sie Olm und seine Frau zum Abendessen eingeladen hatten, gähnte Werner Schneider um dreiundzwanzig Uhr so ungeniert, dass Olm und seine Frau sich veranlasst sahen, sich zu verabschieden. Sicher hatte sie Werner Schneider mit seinem Gerede über die Medienkonstellation außerdem ziemlich gelangweilt.

Susanne Schneider hatte Sebastian gemocht, Werner geheiratet aber Olm liebte sie.

Wenn ich alt geworden wäre, dachte sie oft, und ich hätte ihn nicht kennen gelernt, wäre mein Leben ohne besondere Höhepunkte an mir vorbeigegangen.

Da Werner Schneider seine Abende stets vor dem Fernsehapparat verbrachte, spielte Susanne mit ihrem Sohn Manuel oft Schach oder Backgammon am Küchentisch.

»Du bist oft sehr unkonzentriert, Mami«, tadelte sie Manuel häufig.

Susanne Schneider musste das zugeben. Zu oft kreisten ihre Gedanken um Olm. Olm war die Erfüllung ihrer Jungmädchenträume. Er war ein wichtiger Bestandteil in ihrem Leben geworden.

46 Das Frisörgeschäft in der Fuhlsbüttler Straße in Hamburg Ohlsdorf florierte. Bea Fiedler hatte schon einen Herrenfrisör und drei Frisösen zusätzlich einstellen müssen. Ihr Vorgänger hatte seine Art des Haareschneidens in den letzten zwanzig Jahren nicht geändert und deshalb waren viele Kunden ferngeblieben. Jetzt aber hatte sich schnell herumgesprochen, dass man in diesem Salon auch modische Frisuren bekommen konnte. Besonders die Damenwelt schwärmte von den Künsten der Chefin, die eine absolute Spezialistin im Strähnchenfärben war, eine Modeerscheinung, auf die selbst die biederen Hausfrauen in dieser bürgerlichen Ecke Hamburgs nicht verzichten wollten.

Peter Fiedler, Beas Mann, hatte in dem kleinen Vorraum des Ladens eine Kaffeebar eingerichtet, in der sich die Kunden bei einem Getränk die Wartezeit verkürzen konnten.

Fiedler selbst hielt sich nur immer vormittags im Geschäft auf. Ihre Wohnung lag direkt über dem Laden im ersten Stock. Ab 15 Uhr saß Peter Fiedler vor dem Fernsehgerät und verfolgte die Aktivitäten an der Frankfurter Börse. Fiedler spekulierte. Mit sechshunderttausend Mark war er nach Hamburg gekommen. Vierhunderttausend hatte er davon in den Laden und die Wohnung investiert. Mit dem Rest kaufte und verkaufte er Aktien. Der Sachbearbeiter in seiner Bank hatte sich längst daran gewöhnt, dass Fiedler zwischen 15 und 17 Uhr mindestens viermal mit ihm telefonierte und ihm seine Aufträge mitteilte. Fiedler spekulierte erfolgreich, weil er nie auf den ganz großen Börsengewinn wartete, sondern auch kleine Kurserhöhungen sofort realisierte.

Peter Fiedler wusste schon wie man gutes Geld verdienen kann, als er noch Peter Schäffner hieß. Nach der Hochzeit hatte er den Namen seiner Frau angenommen. Nicht weil ihm Fiedler besser gefiel, sondern aus ganz persönlichen Gründen. Es gab zwei Menschen, vor denen er sich fürchtete. Der eine war ein Staatsanwalt in Dresden, der ein betrügerisches Treuhandgeschäft durchleuchtete, der zweite ein Pokerspieler aus München.

Nach dem Abend in Gabis Bistro hielt es Fiedler für angebracht, München zu verlassen. Er hatte achtzigtausend Mark in der Tasche, die nicht versteuert werden mussten und an die er reichlich problemlos gekommen war.

Viele Glücksritter gingen in die neuen Bundesländer, weil im Osten der Republik schnell gute Geschäfte gemacht werden konnten.

Fiedler fuhr nach Dresden. Ursprünglich hatte er geplant, eine Diskothek aufzumachen, denn der Nachholbedarf der ostdeutschen Jugendlichen nach Popmusik, Laserstrahlen und Phonstärken, nach Punk und Rap war enorm. Aber das Rotlichtmilieu aus Frankfurt und Hamburg benutzte diese Marktlücke bereits, um auch seine anderen Etablissements schneller eröffnen zu können. Mit diesen Leuten war nicht gut Kirschenessen und ein paar wenige, aber deutliche Hinweise reichten Fiedler, um seine Pläne zu ändern. Er überlegte noch, ob er eine Versicherungsagentur gründen sollte, denn es war bekannt, dass man den Ostdeutschen jede Art von Police aufschwatzen konnte, als er Herbert Mager kennen lernte. Mager war ehemaliger Hauptmann bei der Volksarmee und nebenbei noch als inoffizieller Mitarbeiter beim Staatssicherheitsdienst tätig.

Sein Wissen über viele andere Mitarbeiter, die panische Angst vor Entlarvung hatten, wusste er rücksichtslos zu nutzen.

»Die Treuhand sucht einen Käufer für den VEB August Bebel«, erzählte er Fiedler bei ihrem dritten Treffen.

»Was ist der VEB August Bebel?«, fragte Fiedler.

»Ein volkseigener Betrieb, der Damenoberbekleidung herstellt«, sagte Mager.

»Das ist kein Geschäft, das Zukunft hat«, sagte Fiedler. »Man muss in Taiwan oder Südkorea produzieren lassen, um ans große Geld zu kommen.«

»Du sollst ja auch keine Blusen oder Kittelschürzen herstellen«, sagte Mager lachend. »Zu dem Laden gehören dreißigtausend Quadratmeter bestes Industriegebiet.«

»Dann wird die Treuhand auch einiges dafür haben wollen«, sagte Fiedler.

»Wenn die Herren das wüssten, dann bestimmt«, sagte Mager.

»Was willst du damit sagen?«, fragte Fiedler.

»Die kümmern sich doch nur um die großen Projekte«, sagte Mager. »Bei den kleinen Klitschen sind die ganz schlecht informiert.«

»Willst du damit sagen, dass die keine Ahnung davon haben, dass diese dreißigtausend Quadratmeter zu dem Betrieb gehören?«, fragte Fiedler.

»Der Sachbearbeiter ist ein ehemaliger Kollege von mir vom Staatssicherheitsdienst«, sagte Mager. »Der hat mir schon signalisiert, dass ihm erst nach dem verbindlichen Kaufvertrag auffallen wird, dass noch ein paar Quadratmeter zum VEB August Bebel gehören. Natürlich möchte er auch ein wenig von seinem Irrtum profitieren.«

Fiedler, der damals noch Peter Schäffner hieß, erwarb den VEB August Bebel für zweihundertfünfzigtausend Mark. Fünfzigtausend Mark Eigenkapital reichten einer Bank aus, um den Rest des Kaufpreises zu finanzieren.

Fiedler musste sich der Treuhandanstalt gegenüber verpflichten, die Fabrik weiterzuführen, zu modernisieren und mindestens achtzig Prozent der Arbeitsplätze zu garantieren.

Fiedler war gerade als neuer Eigentümer im Grundbuch eingetragen, da begannen Mager und er mit dem Verkauf einzelner Parzellen.

Fiedler war nur ein einziges Mal durch die Fabrikhalle gegangen, hatte ein paar Worte mit dem Betriebsleiter gewechselt und ihm gesagt, das die Produktion vorerst so weiterlaufen sollte wie vor dem Besitzerwechsel.

»Aber unsere Produkte können wir höchstens als Putzlappen verkaufen«, hatte der Mann gesagt. »Sie entsprechen überhaupt nicht der Nachfrage.«

»Bei den Zuständen, die in den neuen Bundesländern herrschen«, hatte Fiedler geantwortet, »werden Putzlappen der große Renner.«

Innerhalb von acht Wochen waren die Grundstücke verkauft und ein Krefelder Tuchfabrikant übernahm die Fabrik für hundertzwanzigtausend Mark.

Jetzt wurde auch die Treuhandaußenstelle Dresden auf diese Transaktionen aufmerksam. Sie forderte eine Annullierung des Kaufvertrages. Der Rechtsanwalt der Treuhand schrieb von arglistiger Täuschung und kündigte an, dass man die Staatsanwaltschaft einschalten würde.

Zu diesem Zeitpunkt hatte Fiedler bereits alle Geschäfte abgewickelt. Mager hatte seinen Anteil bekommen und auch der Sachbearbeiter, dem dieser bedauerliche Irrtum unterlaufen war, hatte seinen Obolus erhalten.

Nach der Rückzahlung des Bankkredits blieben Fiedler etwas über sechshunderttausend Mark Gewinn.

Fiedler hatte in Dresden die Münchner Abendzeitung abonniert und so von dem Mord an Karl Schaffelhuber erfahren. Als er in Potsdam, wo er bei Freunden von Herbert Mager untertauchte, im Fernsehen einen Bericht über die Beerdigung von Jörg Neuner sah, war ihm klargeworden, dass nicht zufällig zwei seiner Mitspieler, mit denen er diesen erfolgreichen Pokerabend erlebte, auf unnatürliche Art diese Welt verlassen hatten. Hinter diesen beiden Morden konnte nur einer stekken: Olm.

Fiedler überlegte, ob er der Polizei einen anonymen Hinweis geben sollte, aber dann hielt er das für zu riskant. Wenn man Olm erwischen würde, dann käme in einem Prozess auch zur Sprache, dass noch ein dritter Mann an diesem Pokerspiel beteiligt gewesen wäre und man würde intensiver nach einem gewissen Peter Schäffner fahnden, als es die Staatsanwaltschaft in Dresden zur Zeit tun würde.

Herbert Mager mit seinen Stasiverbindungen brauchte nicht lange, um die Adresse von Olm herauszufinden. Von Karl Schaffelhuber wusste Fiedler, dass Olms richtiger Name Otto-Ludwig Meier war.

Fiedler rief Olm im Büro an und erfuhr von der Sekretärin, dass Olm auf Sylt ein paar Tage Urlaub machte.

»Es ist dringend«, hatte er zu der Frau gesagt. »Es handelt sich um unsere Mutter. Es geht ihr nicht besonders gut.«

Bereitwillig hatte sie ihm die Telefonnummer von Olms Hotel auf Sylt gegeben.

Nach diesem Telefonat mit Olm war jeder Zweifel verflogen. Für Fiedler stand eindeutig fest, dass Olm der Mörder von Karli und Neuner war.

Wenn er Schaffelhuber und Neuner umgebracht hat, überlegte er, dann wird er nicht lockerlassen, bis er mich auch erwischt.

Er verließ Potsdam über Nacht, ohne auch nur einem Menschen zu sagen, wohin er fahren würde.

In Hanau bei Frankfurt lebte eine frühere Freundin von ihm. Bea Fiedler war Frisöse. Sie hatten in den letzten Jahren immer mal wieder miteinander telefoniert und Bea war hocherfreut, als er sich jetzt bei ihr ankündigte. Bea Fiedler war keine Frau, der die Männer hinterliefen. Sie war knapp einen Meter fünfzig groß, etwas untersetzt und sprach einen breiten, schwäbischen Dialekt, was sie nicht gerade attraktiver machte.

Peter fragte Bea schon in der ersten Woche, ob sie seine Frau werden wollte. Bea Fiedler empfand es als einen besonderen Ausdruck seiner Zuneigung, dass ihr Ehemann darauf bestand, ihren Namen als gemeinsamen Familiennamen zu übernehmen. Peter Schäffner hatte natürlich ganz andere Gründe. Für einen unbescholtenen Peter Fiedler würde sich in der ganzen Republik kein Mensch interessieren.

Peter und Bea Fiedler feierten ihre Hochzeit in Beas Zwei-Zimmer-Wohnung in Hanau mit Kaffee, Käsekuchen und Weinbrand.

Im Immobilienmarkt der Frankfurter Rundschau hatte Peter Fiedler ein Inserat entdeckt, in dem in Hamburg ein Frisörgeschäft angeboten wurde. Seine Frau war begeistert, als er ihr vorschlug, dieses Geschäft zu kaufen und sich damit selbstständig zu machen.

Das Ehepaar Fiedler zog nach Hamburg.

Peter Fiedler fühlte sich sicher in Hamburg Ohlsdorf. Sicherer als in Venezuela oder einer Kleinstadt im amerikanischen Mittelwesten. Er hatte alle Brücken hinter sich abgebrochen. Er hatte einen neuen Namen und ließ sich regelmäßig die dunklen Haare von seiner Frau hellblond färben.

Hier, in der Fuhlsbüttler Straße würde ihn kein Mensch finden, kein Staatsanwalt aus Dresden und kein wahnsinniger Pokerspieler, der durch die Gegend lief und Menschen erschoss.

47 Christine Heiden ging durch die Hölle. Sie war am ganzen Körper schweißnass, als ihr Mann sie am Flughafen in München abholte.

Er wird mir sofort anmerken, dass etwas geschehen ist, dachte sie. Er wird mir Fragen stellen, er wird das Flackern in meinen Augen bemerken.

»Du hast nicht einmal aus Berlin angerufen«, sagte Paul etwas vorwurfsvoll.

»Ich war ununterbrochen beschäftigt«, sagte Chrissi. »Und außerdem finde ich es besser, wenn ich dir meine Eindrücke persönlich schildere.«

»Du hast diesen Olm getroffen, nicht wahr?«, fragte Paul Heiden.

»Ja«, sagte Chrissi. »Zweimal.«

»Und?«, fragte Paul.

»Es steht außer Frage, dass er der Pokerspieler aus Gabis Bistro ist«, sagte Chrissi. »Aber ich bin mir sicher, dass er nichts mit dem Mord an Karl Schaffelhuber zu tun hat.«

»Was macht dich so sicher?«, fragte Paul.

»Mein Gefühl«, sagte Chrissi. »Olm ist ein ruhiger, ausgeglichener Mann, ein Mensch, der nicht zu einem Mord fähig ist.«

»Du scheinst Sympathien für ihn entwickelt zu haben«, sagte Paul lächelnd.

Er weiß alles, dachte Chrissi. Man sieht es mir an. Paul kennt mich zu gut und wird jede Veränderung an mir registrieren.

»Aber wir dürfen uns in unserem Beruf nicht von Gefühlen täuschen lassen«, fuhr Paul Heiden fort. »Was zählt, dass sind nur Fakten.«

Hatte Chlothilde Trenz nicht etwas Ähnliches gesagt, überlegte Chrissi.

»Wie wollen wir nach über einem Jahr einem Täter ein Verbrechen beweisen, wenn wir keine beweiskräftigen Fakten haben«, sagte Chrissi. »Er müsste freiwillig ein Geständnis ablegen.«

»Oder wir müssten die Tatwaffe finden«, sagte Paul. »Eine Gegenüberstellung mit der Barfrau könnte beweisen, dass Meier dieser Herbert Steiner war, der am Tag vor der Tat im Mon Amour Club in Rosenheim war.«

»Was immer noch kein Beweis dafür wäre, dass Olm der Täter war«, sagte Chrissi.

Im Präsidium wurden sie von Jan Weber in Empfang genommen.

»Meine alte Freundin, Chlothilde Trenz hat vor einigen Minuten angerufen«, sagte Weber zu Chrissi. »Ich soll dir sagen, dass die Kugel, die sie nach München geschickt hat, ohne jeden Zweifel aus der selben Waffe stammt mit der Karl Schaffelhuber erschossen wurde.«

»Um was für eine Kugel handelt es sich«? fragte Paul Heiden.

Chrissi erzählte den beiden Männern von dem Mord an dem Fernsehproduzenten Jörg Neuner.

»Ein Beweis mehr«, sagte sie, »dass dieser Olm mit der Tat nichts zu tun hat. Es muss sich um einen geisteskranken Täter handeln, der wahllos Menschen umbringt.«

»Halt, Stop«, sagte Jan Weber, »so einfach geht das nicht. Neuner ist in Berlin erschossen worden und dieser Otto-Ludwig Meier lebt ebenfalls in Berlin.«

»Aber nur der Schaffelhuber steht in einer Verbindung zu Olm«, sagte Chrissi. »Der Neuner hat nie in München gelebt.«

»Weißt du das genau?«, fragte Paul. »Was ist, wenn dieser Neuner einer von den beiden anderen Falschspielern war?«

»Das solltest du auf jeden Fall überprüfen«, sagte Jan Weber. »Jetzt hast du schon so viel Zeit und Arbeit in diesen Fall investiert, da kommt es auf ein paar Tage auch nicht mehr an.«

Chrissi und Paul fuhren in ihre Wohnung.

»Ich wollte nicht mit der Tür ins Haus fallen«, sagte Paul, als er sich und Chrissi einen Martini einschenkte, »aber ich muss morgen für vierzehn Tage nach Madrid. Eine Interpoltagung, auf der über weitere gemeinsame Zusammenarbeiten mit den nationalen Polizeiorganisationen beraten werden soll.«

»Das wird sicher sehr interessant«, sagte Chrissi.

»Du überrascht mich«, sagte Paul, als er ihr das Martiniglas reichte. »Ich hatte erwartet, dass du in Tränen ausbrechen würdest, wenn du nach drei Tagen Berlin erneut vierzehn Tage ohne mich auskommen musst.«

»Ich liebe dich, Paul«, sagte Chrissi, »egal, ob ich in Berlin oder ob du in Madrid bist.«

Paul küsste sie zärtlich.

Hoffentlich will er heute nicht mit mir schlafen, dachte Chrissi. Ich werde noch zehntausendmal mit ihm schlafen, aber bitte nicht heute. Es ist eine glückliche Fügung, dass Paul nach Madrid muss. In vierzehn Tagen werde ich wieder ganz die alte Christine sein.

Paul Heiden ging früh ins Bett, weil er bereits um fünf Uhr am nächsten Morgen aufstehen musste und er hatte Verständnis dafür, dass sich Chrissi noch die Spätnachrichten im Fernsehen anschauen wollte.

»Ich habe in Berlin keine Zeitung gelesen und keine Nachrichten gehört«, sagte Chrissi. »Ich weiß überhaupt nicht mehr, was in der Welt vorgefallen ist.«

Paul wurde am nächsten Tag von einem Kollegen abgeholt mit dem er gemeinsam zum Flughafen fuhr.

Im Präsidium rief Chrissi Chlothilde Trenz in Berlin an.

»Ich bin sauer mit dir«, sagte ihre Kollegin am Telefon. »Du bist noch einen Tag in Berlin geblieben und hast dich nicht bei mir gemeldet.«

»Ich wollte noch ein paar private Dinge erledigen«, entschuldigte sich Chrissi.

»Und was sagst du dazu, dass die Kugel, mit der Neuner erschossen wurde, aus der selben Waffe stammt, mit der dein Schaffelhuber umgebracht wurde?«, fragte Chlothilde Trenz.

»Ist da jeder Irrtum ausgeschlossen?«, fragte Chrissi.

»Zu neunundneunzig Prozent«, sagte Chlothilde. »Eine hundertprozentige Sicherheit gibt es nie.«

»Kannst du mir ein Bild von diesem Neuner nach München faxen?«, fragte Chrissi.

»Ist schon unterwegs«, sagte ihre Berliner Kollegin.

Chrissi starrte auf das Faxgerät in Jan Webers Büro, als würde der Teufel persönlich aus dem Papierschlitz kommen.

Wenn dieser Neuner tatsächlich zu der Pokerrunde gehört hatte, dann gab es keinen Zweifel mehr daran, dass Olm der Mörder war. Dann war sie mit einem Doppelmörder ins Bett gegangen. Die Polizistin Christine Beillant, verheiratete Heiden, hatte mit einem Mann geschlafen, den sie des Mordes zu überführen hatte.

Im Faxgerät erschien das Bild eines Mannes mit einem feisten Gesicht und einer Halbglatze. Auf einem zweiten Blatt hatte Chlothilde Trenz einige biographischen Angaben gefaxt.

Neuner war 1991 nach Berlin gekommen. 1991, das Jahr, in dem Karl Schaffelhuber erschossen aufgefunden wurde, dachte Chrissi.

Am Abend fuhr Chrissi in Gabis Bistro. Die Wirtin begrüßte sie überschwänglich.

»Ich bin immer froh darüber, wenn ich nicht die einzige Frau in dieser Räucherkammer bin«, sagte Gabi. »Wo hast du so lange gesteckt?«

»Ich habe geheiratet«, sagte Chrissi.

»Hoffentlich diesen wunderbaren Paul«, sagte die Wirtin.

»Genau den«, sagte Chrissi.

»Du bist heute Abend mein Gast«, sagte Gabi.

Ich habe diesen wunderbaren Paul geheiratet, dachte Chrissi, und ihn betrogen. Ich hätte für mich selbst die Hand ins Feuer gelegt, dass so etwa wie einen One-Night-Stand nie geben würde. Nicht vor meiner Ehe und schon gar nicht danach. Aber ich habe es getan.

»Wo ist Paul?«, fragte die Wirtin und riss sie aus ihren Überlegungen.

»Er musste für vierzehn Tage nach Madrid«, sagte Chrissi.

Sie griff in ihre Handtasche und zog das Bild von Neuner heraus.

»Kennst du diesen Mann, Gabi?«, fragte sie.

Die Wirtin warf nur einen flüchtigen Blick auf das Foto.

»Klar«, sagte sie dann, »das ist einer von Schaffelhubers Spezln. Das ist dieser Fernsehheini. Der war dabei, als die Olm über den Tisch gezogen haben.«

»Ist jeder Irrtum ausgeschlossen?«, fragte Chrissi.

Ihr war, als hätte ihr jemand in die Magengrube geschlagen.

»Jeder«, sagte Gabi. »Dieses fette Gesicht vergisst man nicht. Er sah immer schmierig aus. Dem hätte ich nicht mal die Hand gegeben.«

Chrissi steckte das Bild wieder in ihre Handtasche zurück.

»Findest du nicht, dass es an der Zeit wäre, mir die Wahrheit zu sagen?«, fragte die Wirtin.

»Wie meinst du das?«, fragte Chrissi zurück.

»Kein Mensch kann mir erzählen, dass Paul und du sich aus rein persönlichen Gründen für den Schaffelhuber Karli und seine Begleiter interessieren.«

Gabi war eine sympathische Person und Chrissi fand, dass sie ein Recht darauf hätte, die Wahrheit zu erfahren. Sie erzählte ihr, dass Paul und sie Kriminalbeamte wären und sich zum Ziel gesetzt hätten, den Mordfall Schaffelhuber aufzuklären. Sie berichtete von ihrem Treffen mit Olm in Berlin und davon, dass die ballistischen Untersuchungen ergeben hätten, dass wahrscheinlich die Kugeln, die Karli getroffen hätten mit der, die in Neuners Leiche gefunden worden war, aus der selben Waffe stammten.

»Das heißt für mich noch lange nicht, dass Olm der Täter ist«, sagte Gabi, als Chrissi geendet hatte. »Für Olm würde ich mir den Kopf abreißen lassen. So viel Menschenkenntnis traue ich mir schon zu, dass ich weiß, wer dazu fähig ist, einen Menschen umzubringen und wer nicht.«

Ich wollte, du hättest recht, dachte Chrissi.

»Sage niemandem, dass wir bei der Polizei sind«, sagte Chrissi. »Die anderen Leute begegnen uns immer mit größter Zurückhaltung, wenn sie wissen, welchen Job wir haben.«

»Keiner wird etwas erfahren«, versprach Gabi. »Bei mir seid ihr Privatmenschen wie jeder andere Gast auch.«

Von ihrer Wohnung aus rief Chrissi Paul in Madrid an.

Sie erzählte ihm von ihrem Besuch im Bistro, und dass die Wirtin Neuner ohne jeden Zweifel als einen der Mitspieler in der Pokerrunde identifiziert hatte.

»Damit steht für mich fest, dass dieser Olm der Täter ist«, sagte Paul. »Jetzt ist der dritte Mitspieler über alle Maßen gefährdet, denn Olm wird den auch nicht ungestraft davonkommen lassen wollen.«

»Aber wie soll ich herausfinden, wer dieser Mann mit den Fischaugen ist?«, fragte Chrissi.

»Eine Hausdurchsuchung bei Olm würde nichts bringen«, sagte Paul. »Der wird mit Sicherheit kein belastendes Material in seiner Wohnung aufbewahren. Außerdem kannte er ja diesen dritten Mann wahrscheinlich nur flüchtig. Aber bei diesem Neuner müsste etwas zu finden sein. Der hat mit dem Schaffelhuber und diesem Peter mit den Fischaugen sicher nicht nur zufällig an diesem Abend zusammen gespielt.«

»Ich werde Chlothilde Trenz anrufen«, sagte Chrissi. »Komm gesund zurück, Paul.«

»Ich danke dir für deinen Anruf«, sagte Paul Heiden. »Und ich habe große Sehnsucht nach dir.«

»Ich auch nach dir, Paul«, sagte Chrissi.

Soll ich Chlothilde anrufen, oder soll ich selber nach Berlin fahren, überlegte sie. Schon die Tatsache, dass ich es in Erwägung ziehe nach Berlin zu fahren, ist verrückt. Was soll ich in Berlin? Ich muss diese Erinnerung an die Nacht mit Olm aus meinem Kopf auslöschen. Ich muss sie so radikal auslöschen, bis ich selber glaube, dass diese Nacht nur ein böser Traum gewesen sein kann.

48 Olm versucht, sich in einem Grundbuchauszug zurechtzufinden. Unzählige Eigentümer waren eingetragen und wieder gelöscht worden, Hypotheken und Grundschulden von einer Bank auf die andere übertragen worden. Allein ein Wegerecht wechselte achtmal den Begünstigten.

Susanne Schneider kam in sein Büro. Susanne hatte am Vormittag ganz überraschend an seiner Wohnungstür geklingelt. Olm hatte ihr im Morgenmantel geöffnet.

»Ich bitte um Entschuldigung«, hatte Susanne gesagt, »aber ich kann einfach nicht länger warten.«

Sie hatte sich in Windeseile ausgezogen und sie hatten sich auf der Couch im Wohnzimmer geliebt. Susanne Schneider war genau so schnell verschwunden wie sie gekommen war.

»Zwei Herren möchten Sie sprechen«, sagte Susanne Schneider.

»Habe ich einen Termin übersehen?«, fragte Olm.

»Nein«, sagte Susanne, »die Herren sind von der Polizei.«

Jetzt ist es also so weit, dachte Olm. Jetzt haben sie mich. Was hat sie auf meine Spur gebracht? Ein Hinweis von Schäffner? Sicher waren sie schon in Uschis Wohnung und haben die Pistole im Spülbecken der Toilette gefunden. Die Waffe wird schon im Labor liegen und von Spezialisten untersucht. Warum habe ich sie nicht in die Spree geworfen? Ich hatte es doch vor.

»Die Herren sollen sich bitte zwei Minuten gedulden«, sagte er zu Susanne Schneider.

Die Sekretärin ging hinaus.

Ich werde keine gute Figur vor Gericht machen, dachte Olm. Man wird keine mildernden Umstände für mich finden. Die Presse wird von einem eiskalten, brutalen Mörder schreiben. Wie werden mich die Journalisten nennen? Die Bestie mit dem As im Ärmel? Den Pokerkiller? Gut, dass Uschi das nicht mehr lesen muss. Sie würde sich zu Tode schämen. Schumann wird mir bestimmt gute Anwälte besorgen. Schumann vergisst nicht, was ich für ihn getan habe.

»Ich lasse bitten«, sagte Olm in die Sprechanlage.

Zwei Männer in Zivil betraten sein Büro.

»Burgmeier«, stellte sich der eine vor, »und das ist mein Kollege Knobel.« Knobel zeigte ihm seinen Dienstausweis.

»Nehmen Sie Platz«, sagte Olm. »Kann ich Ihnen etwas anbieten?«

»Kaffee wäre nicht schlecht«, sagte Burgmeier und setzte sich.

»Zwei Kaffee, Frau Schneider«, rief Olm in das Mikrofon der Sprechanlage.

Sie nehmen Platz und wollen Kaffee, dachte er. Sie sind nicht mit gezogener Waffe hereingestürzt gekommen. Ist das eine Taktik, um mich an unüberlegten Reaktionen zu hindern? Knobel hat eine Hand in seiner Jackentasche. Wenn ich eine falsche Bewegung mache, zieht er seine Pistole und schießt.

Susanne Schneider brachte den Kaffee herein.

»Vielen Dank«, sagten die beiden Beamten fast synchron.

»Was kann ich für Sie tun?«, fragte Olm.

»Es geht um ein Grundstück in Friedenau«, sagte Burgmeier. »Ihre Firma hat dieses Grundstück gekauft.«

Olm erinnerte sich sofort.

»Das ist richtig«, sagte er. »Wir haben es im Auftrag eines Geschäftsfreundes gekauft.«

Schumann hatte sie gebeten, das Grundstück zu erwerben, das unmittelbar neben dem lag, auf dem er gerade einen Block mit vierzig Wohneinheiten gebaut hatte.

»Sie meinen die Parzelle in der Taunusstraße«, sagte Olm.

»Genau«, sagte Burgmeier, »Taunusstraße 38.«

Olm stand auf und holte den entsprechenden Aktenordner aus dem Regal.

»Ist irgendetwas nicht in Ordnung?«, fragte er.

»Die Verkehrspolizei hat eine hilflose Person aufgegriffen«, sagte der Beamte, den sein Kollege als Knobel vorgestellt hatte. »Die Person war total betrunken und hatte einen sehr hohen Bargeldbetrag in der Tasche.«

»Die Person wollte den Kollegen nicht sagen, woher das Geld stammt«, sagte Burgmeier. »Darum haben sie die Person an uns überstellt.«

Burgmeier und Knobel sehen aus wie Pat und Patachon, dachte Olm.

»Entschuldigen Sie«, sagte Olm, »aber ich kann da keinen Zusammenhang erkennen.«

»Nachdem die Person eine Nacht in der Ausnüchterungszelle verbracht hatte, hat sie uns eine abenteuerliche Geschichte aufgetischt«, sagte Burgmeier grinsend.

»Die Person behauptet, sie hätte das Geld von ihrer Firma bekommen«, sagte Knobel.

Olm schlug den Aktenordner auf.

»Wir haben das Grundstück von einer Erbengemeinschaft gekauft«, sagte er dann. Es waren drei Vettern, die erbberechtigt waren.«

»Können Sie uns die Namen sagen?«, fragte Knobel.

»Natürlich«, sagte Olm. »Norbert und Karl Langer und Friedbert Schlüter.«

»Die Person heißt Friedbert Schlüter«, sagte Burgmeier.

Olm blätterte in der Akte.

»Moment, meine Herren, hier steht ein Vermerk«, sagte er. »Herr Friedbert Schlüter bestand auf einer Barauszahlung. Unser Auftraggeber hatte die Kaufpreiszahlung übernommen, deshalb kann ich mich nicht daran erinnern.«

»Wie viel Geld hat denn die Person bekommen?«, fragte Burgmeier.

»Der Kaufpreis betrug 1,2 Millionen Mark«, sagte Olm. »Ich denke, dass jeder ein Drittel davon bekommen hat.«

»Dann gehörten dieser Person die vierhunderttausend Mark wirklich«, sagte Burgmeier zu Knobel.

»Gibt es eine Quittung für diesen Betrag?«, fragte Knobel Olm.

»Sicher wird es eine geben«, sagte Olm, »aber die müsste in den Geschäftsräumen der Schumann AG zu finden sein.«

»Da sehen Sie mal, womit wir uns alles befassen müssen«, sagte

Burgmeier und schüttelte den Kopf. »Für die Aufklärung der wirklichen Verbrechen bleibt uns dadurch viel zu wenig Zeit.«

»Was werden Sie nun machen?«, fragte Olm.

»Wir werden die Person wieder laufen lassen«, sagte Burgmeier. »Die Herkunft des Geldes ist geklärt. Für die Dämlichkeit mit so einem Betrag in der Tasche herumzulaufen, kann man so eine Person nicht belangen.«

Die Beamten bedankten sich für den Kaffee und gingen.

Olm zündete sich eine Zigarette an.

Ich habe noch einmal Glück gehabt, dachte er, aber der Krug geht so lange zum Wasser, bis er bricht. Ewig wird meine Glückssträhne nicht anhalten.

Es sollte noch einen weiteren, überraschenden Besuch an diesem Tag geben.

Kurz vor siebzehn Uhr stürmte Werner Schneider ohne anzuklopfen in sein Büro. In seinem Schlepptau seine Frau Susanne mit hochrotem Kopf.

»Herr Schneider«, sagte Olm, »das ist aber eine Überraschung.«

»Werner weiß es«, sagte Susanne Schneider.

»Welcher Werner?«, fragte Olm.

Er wusste, dass dies eine dumme Frage war, denn außer Werner Schneider war niemand im Büro.

»Was wissen Sie?«, fragte Olm Herrn Schneider.

»Dass Sie ein Verhältnis mit Susanne haben«, sagte Schneider und starrte ihn böse an.

»Verhältnis würde ich es noch nicht nennen«, sagte Olm. »Wir haben zweimal miteinander geschlafen.«

Er wunderte sich über sich selbst. Warum gebe ich das so offen zu? Vielleicht, weil es so eine unwichtige Sache ist? Was ist das Eingeständnis, dass ich mit Susanne Schneider geschlafen habe, gegen den Besuch von zwei Kriminalbeamten in meinem Büro.

»Was passiert ist, ist passiert«, sagte Werner Schneider. »Aber wir müssen eine vernünftige Lösung finden.«

Was meint er mit vernünftiger Lösung, fragte sich Olm.

Laut sagte er: »Seit wann wissen Sie es?«

»Das spielt keine Rolle«, sagte Schneider. »Wichtig ist die Lösung des Problems.«

»Ich habe kein Problem«, sagte Susanne Schneider.

»Ich auch nicht«, sagte Olm.

Werner Schneider sah abwechselnd seine Frau und dann wieder Olm an.

»Macht ihr euch lustig über mich?«, fragte er dann.

»Auf keinen Fall«, sagte Olm, »sicher haben Sie schon einen Lösungsvorschlag.«

»Natürlich«, sagte Werner Schneider. »Ihr beendet euer Verhältnis sofort und ich werde dir, Susanne, diese kleine Entgleisung nicht weiter nachtragen.«

Susanne sah Olm an.

»Was meinen Sie, Olm?«, fragte sie.

»Ihr könnt euch in meiner Gegenwart ruhig duzen«, sagte Werner Schneider.

»Wir duzen uns nie«, sagte Olm.

»Ihr duzt euch nie?«, fragte Schneider und schüttelte ungläubig den Kopf.

»Nein, nie«, bestätigte Susanne.

Werner Schneider schien ein wenig ratlos zu sein.

»Wollen Sie etwas sagen, Olm?«, fragte Susanne Schneider.

»Ja«, sagte Olm. »Ich schlafe sehr gerne mit Ihnen und ich würde es außerordentlich bedauern, wenn ich in Zukunft darauf verzichten müsste.«

Man merkte Werner Schneider an, dass er Mühe hatte, sich zu beherrschen.

»Mir geht es nicht anders«, sagte Susanne Schneider. »Ich werde Olm nicht aufgeben, weil ich ihn brauche.«

»Du brauchst ihn?«, fragte Werner Schneider höhnisch. »Als Chef im Büro und zum Vögeln im Bett?«

»Bitte drücke dich etwas gewählter aus, Werner«, sagte Susanne Schneider zu ihrem Mann.

Olm kam die Situation vor wie ein absurdes Theaterstück. Irgendwie tat ihm der Journalist leid, aber nach dem so glücklich verlaufenden Besuch der Polizeibeamten hatte ihn eine ungemeine Gleichgültigkeit befallen. Dazu kam, dass Werner Schneider mit seinem hochroten Kopf und dem nervösen Zucken seiner Augen einen ausgesprochen lächerlichen Eindruck machte.

»Was erwartet ihr von mir?«, fragte Schneider. »Soll ich so tun, als ob nichts wäre?«

»Das wäre das Beste«, sagte Olm.

Schneider sah ihn böse an.

»Wissen Sie, was Sie da sagen?«, fragte er mit eisiger Stimme. »Ich soll mit meiner Frau zusammenleben, Zuhause sitzen und auf sie warten, obwohl ich weiß, dass sie vielleicht gerade in diesem Augenblick mit Ihnen herumvögelt.«

»Werner«, sagte Susanne Schneider vorwurfsvoll.

»Was findest du an dem Kerl?«, fragte ihr Mann. »Kann er dir sexuell mehr bieten als ich?«

»Ja«, sagte Susanne Schneider. »Das kann er.«

»Und das wagst du mir so einfach ins Gesicht zu sagen«, brüllte Werner Schneider.

»Wir wollen doch nicht die Beherrschung verlieren«, sagte Olm.

Werner Schneider sprang auf und stürmte aus dem Büro.

»Was ist, wenn er sich scheiden lassen will?«, fragte Susanne Schneider Olm.

Was erwartet sie von mir, dachte Olm, dass ich sie dann übernehme,, dass ich ihr einen Heiratsantrag mache?

»Darüber können wir uns den Kopf zerbrechen, wenn das Thema akut wird«, sagte er.

»Wenn er sich scheiden lässt, werde ich finanzielle Probleme bekommen«, sagte Susanne Schneider.

»Eines verspreche ich Ihnen«, sagte Olm, »So lange es mich gibt, werden Sie keine Geldsorgen haben.«

Er stand auf und küsste sie. Dann schob er seine Hand unter ihr T-Shirt und streichelte ihre Brüste. Susanne Schneider trug nie einen BH. Mit der anderen Hand öffnete er die Knöpfe an ihrer Jeans. Olm schob Susanne zum Schreibtisch und löste den Gürtel von seiner Hose. Sie liebten sich im Stehen. Susannes Aufschrei, als sie zum Höhepunkt kam, war so laut, dass Olm befürchtete, die Leute in den angrenzenden Büros könnten ihn hören.

49

Sergej Rasgutschew war in einem der ärmsten Viertel von Moskau aufgewachsen. Die siebenköpfige Familie lebte in einer Zwei-Zimmer-Wohnung. Es gab ein Elternschlafzimmer, in dem auch die zwei jüngsten Geschwister schliefen, und eine Kombination aus Wohnzimmer und Küche. Hier wurden abends die Betten für Sergej und seine beiden älteren Brüder gemacht. Die Gemeinschaftstoilette lag auf dem Flur und wurde von acht Familien benutzt. Dreihundert Menschen lebten in diesem sechsstöckigen Haus, das nach westlichen Maßstäben höchstens der Hälfte Platz bot.

Die Mehrheit der Bewohner dieses Hauses aber stellten die Ratten. Wie anderswo Hunde und Katzen liefen sie ohne jede Scheu durch die Korridore und Wohnungen und für Sergej und seine Brüder war die Rattenjagd das schönste Freizeitvergnügen. Mit dicken Knüppeln in der Hand verfolgten sie die Nager und wer die meisten erschlagen hatte, wurde zum Tagessieger gekürt. Manchmal gab es für den erfolgreichsten Jäger vom Vater ein paar Kopeken als Belohnung.

Der schönste Tag in der Woche war der Freitag. Die Familie Rasgutschew besaß einen Kipjatok, einen Heißwasserboiler, der in der Wohnküche hing. Aus Sparsamkeitsgründen wurde er nur freitags angezündet, denn dieser Tag war Badetag. Nacheinander setzten sich die Familienmitglieder in den Zinkbottich. Es gab immer eine ganz bestimmte Reihenfolge, die strikt eingehalten wurde. Der Vater badete als erster, dann der älteste Sohn und dann die übrigen Geschwister ihrem Alter entsprechend. Als letzte stieg die Mutter in den Bottich.

Der zweitgrößte Luxus der Familie Rasgutschew war eine Datscha, die einem Schwager des Vaters gehörte. Einmal im Monat fuhr die Familie nach Serebrjanyj-Bor und verbrachte das Wochenende dort.

Wenn Sergej und seine Brüder nicht auf Rattenjagd gingen, zogen sie in ihrer Freizeit mit einigen Kindern aus der Nachbarschaft zum Kalinin Prospekt. Dort spazierten viele ausländische Moskaubesucher herum, von denen man die eine oder andere Kopeke erbetteln konnte. Die Amerikaner gaben manchmal sogar einen ganzen Rubel.

Als Sergej, seine Brüder und seine Freunde älter wurden, fanden sie, dass Betteln menschenunwürdig wäre und sie sich ihr Geld auf andere Art und Weise verdienen müssten. Sie spezialisierten sich darauf, Betrunkenen, die in den Parks oder den Hauseingängen ihre Räusche ausschliefen, all die Dinge abzunehmen, die weiterverkauft werden konnten. Für Uhren, Ausweise oder halbvolle Wodkaflaschen gab es genügend Abnehmer. Fanden sie bei ihren Opfern Geld, wurde das gerecht untereinander aufgeteilt. Ein paar Mal wurden sie von der Polizei erwischt, aber die Beamten nahmen ihnen nur die Beute ab und beließen es ansonsten bei Ermahnungen. Sergej wusste, dass die Gesetzeshüter die Ware nicht an ihre rechtmäßigen Besitzer zurückgaben. In Moskau musste jeder sehen, wie er seine wirtschaftliche Lage verbessern konnte.

Politik war im Hause Rasgutschew kein Thema. Ob Nikita Chruschtschow, Breschnew oder Gorbatschow das Sagen hatten, war egal. Das Leben eines Moskauer Arbeiters änderte sich dadurch nicht. Sergejs Vater waren die Ergebnisse der sowjetischen Eishockeynationalmannschaft wichtiger, als Beschlüsse des Zentralkomitees der KPdSU.

Nach der Schulzeit begann Sergej eine Lehre in einer Autowerkstatt. Die Arbeit war sehr unbefriedigend. Er musste die Werkstatt ausfegen, verschlissene Autoreifen zu einer Deponie rollen und die Autos waschen, bevor die Kunden sie abholten. Auch nach zwei Lehrjahren war der Motor eines Wagens für Sergej noch ein Buch mit sieben Siegeln.

Von einem Tag zum anderen sollte sich Sergej Rasgutschews Leben radikal verändern. Er traf einen ehemaligen Klassenkameraden, der ihn zu einem Bier einlud.

»Du musst kein Auto waschen, Sergej«, sagte der Freund, »du musst eins fahren.«

Er zeigte auf einen BMW, der am Straßenrand parkte.

»Das ist mein Auto«, sagte er stolz.

»Eines Tages werde ich auch so ein Auto fahren«, sagte Sergej.

»Eines Tages, eines Tages«, sagte der Schulfreund, »Zeit macht aus einem Gerstenkorn eine Kanne Bier, Sergej, aber du willst doch jetzt ein Glas trinken.«

»Meine Lehrzeit dauert noch ein Jahr«, sagte Sergej Rasgutschew.

»Die Zeiten haben sich geändert, Sergej«, sagte der Freund. »Heute gibt es Berufe, die man vor ein paar Jahren noch gar nicht kannte.«

»Was arbeitest du?«, fragte Sergej.

»Ich bin Beschützer«, sagte sein ehemaliger Klassenkamerad.

»Beschützer?«, fragte Sergej.

»Ja«, antwortete der Freund. »Das ist einer der Berufe, die völlig neu entstanden sind.«

»Und wen beschützt du?«, fragte Rasgutschew.

»Wirte und Geschäftsleute in einem bestimmten Bezirk«, sagte der Freund lächelnd.

»Wo vor beschützt du sie?«, fragte Sergej neugierig.

»Davor, dass ihnen keine Schlägerbanden ihre Einrichtungen verwüsten«, sagte der Freund.

»Solche Banden gibt es?«, fragte Sergej Rasgutschew ungläubig.

»Mehr als genug«, sagte der Schulfreund. »Die arbeiten so geheim, dass die Öffentlichkeit ihre Existenz gar nicht mitbekommt.«

»Und mit dem Beschützen lässt sich Geld verdienen?«, fragte Rasgutschew.

»Glaubst du, ich habe das Auto geschenkt bekommen?«, fragte der Freund zurück. »Das ist ein deutsches Importmodell.«

Es dauerte nicht mehr lange und der ehemalige Schulkamerad hatte Sergej Rasgutschew davon überzeugt, dass ein Automechaniker keine großen Zukunftsaussichten hatte. Er stellte Sergej ein paar Leuten vor und denen schien er zu gefallen, denn sie nahmen ihn in ihre Organisation auf. Er bekam eine Einzimmerwohnung mit eigener Toilette, ein Luxus, der in Moskau einem Lotteriegewinn gleichkam.

Sergej brauchte nicht lange, um zu merken, welchem Verein er beigetreten war. Er begann nicht als Beschützer, sondern gehört zu einem Trupp, den die Bosse der Organisation ‚die Aufräumer' nannten, und deren Aufgabe es war, zahlungsunwillige Geschäftsleute von den Vorzügen einer Schutzgeldzahlung zu überzeugen. Fünf oder sechs Mann drangen, mit Knüppeln bewaffnet, in einen Laden ein und schlugen alles kurz und klein, was in ihre Reichweite kam. Es war im Grunde nichts anderes, als die Jagd auf Ratten, die Sergej als Kind so ausreichend geübt hatte.

Sergej Rasgutschew machte sich keine großen Gedanken über seine Arbeit. Ihm ging es gut. Er hatte seine Wohnung und er fuhr sein eigenes Auto. Noch keinen BMW, aber einen guterhaltenen Lada.

Die Situation im Lande veränderte sich täglich. Die Sowjetunion löste sich auf und die kommunistische Planwirtschaft wurde Schritt für Schritt von der freien Marktwirtschaft verdrängt. Noch war die Marktwirtschaft nicht so frei wie man das in westlichen Ländern kannte, aber findige Köpfe fanden Wege und Möglichkeiten, um sich die nötigen Spielräume zu verschaffen. Jungmanager übernahmen das Bankenwesen, Kolchosebauern bauten Lebensmittelketten auf und ehemalige Volksdeputierte übernahmen Fabriken und Energiekonzerne. Parallel dazu steckten die verschiedensten Mafiaorganisationen ihre

Einflussgebiete ab, wobei es oft fließende Grenzen zwischen der Mafia und den Wirtschaftskreisen gab. Der Kuchen war schon verteilt, bevor die Esser am Tisch Platz genommen hatten.

Nach einiger Zeit wurde Sergej Rasgutschew vom Außendienst befreit. Mit einigen anderen Nachwuchsleuten bekam er Deutschunterricht. Ein deutscher KGB Spion, der kurz vor seiner Entdeckung von Bonn nach Moskau fliehen konnte, unterrichtete sie.

Die Puschkinskaja wurde von vorausschauenden Leuten geleitet, die wussten, dass sich in Mitteleuropa und besonders in Deutschland und seiner Hauptstadt Berlin viele neue Geschäftsmöglichkeiten ergeben würden. Man musste seinen Fuß rechtzeitig in der Tür haben, bevor die Plätze an den Futtertrögen von anderen besetzt waren. Mitarbeiter, die die Landessprache beherrschten, waren eine wichtige Voraussetzung für einen guten Einstieg.

Sergej hatte an sechs Tagen der Woche Unterricht. In seiner Wohnung hörte er sich nur deutschsprachige Kassetten und Schallplatten an, er las Zeitschriften und Zeitungen in deutscher Sprache, die zum Teil schon mehrere Jahre alt waren. Es war ihm strengstens untersagt, sich russisch zu unterhalten. Oft bekam er Anrufe von der Zentralstelle der Organisation mit irgendwelchen Anweisungen. Auch dann musste er deutsch antworten, obwohl er davon überzeugt war, dass ihn die Anrufer gar nicht verstanden.

Nach einem halben Jahr sprach Sergej Rasgutschew die fremde Sprache ausgezeichnet. Sein Deutsch hatte eine kleine hessische Dialektfärbung, die er von seinem Lehrer übernommen hatte.

Die Mauer in Berlin war gefallen und Sergej Rasgutschew gehörte zu der ersten Gruppe, die für die Puschkinskaja in Berlin die Arbeit aufnahm.

In seiner Moskauer Zeit hatte Sergej immer einen Schlagring und später sogar eine Schusswaffe in der Tasche. In Berlin war er unbewaffnet. Ein sicheres Zeichen dafür, dass Rasgutschew in der Hierarchie gestiegen war. Sergej Rasgutschew kam gleich nach den Leuten, die die Führungsspitze bildeten.

Sergej verstand es geschickt, neue Mitarbeiter für die Puschkinskaja zu gewinnen. Gefragt waren allerdings nur Russen. Deutsche wurden höchstens als Informanten oder für Hilfsdienste benutzt.

Einer dieser Deutschen war ein gewisser Olm, der dazu bestimmt war, eine Lösegeldzahlung an die Organisation weiterzuleiten. Sergej Rasgutschew lernte dadurch Otto-Ludwig Meier, den alle nur Olm nannten, kennen. Olm gefiel ihm, ja, er fühlte sich ihm freundschaftlich verbunden.

Das Informationsnetz der Puschkinskaja reichte bis hin zu deutschen Rathäusern, Polizeidienststellen, Finanzämtern und in die höchsten politischen Kreise. Rasgutschew wusste, was er der Mafia schuldig war, und hatte sich von diesen Quellen ausreichend mit Material über Olm eingedeckt. Der Mann war sauber, jedenfalls sauber für die Puschkinskaja. Und mehr noch, dieser Olm hatte Probleme, die er unmöglich allein hätte lösen können. Rasgutschew hatte die Information erhalten, dass im Polizeipräsidium München in einem Mordfall der Name Olm gefallen war. Für diesen Mordfall interessierte sich auch die Puschkinskaja, weil irrtümlicherweise nach der Tat Vermutungen aufgekommen waren, dass die russische Mafia ihre Finger im Spiel gehabt haben könnte. Die Puschkinskajabosse interessierte nicht, wer der wirkliche Täter war, sie wollten erfahren, ob eine Konkurrenzorganisation mit dem Fall zu tun hatte.

Sergej Rasgutschew wusste sehr schnell von dem Pokerabend in Gabis Bistro in München Schwabing. Er wusste auch schon lange vor den Polizeidienststellen, dass Karl Schaffelhuber, Jörg Neuner und Peter Schäffner die Spieler waren, die Olm betrogen hatten. Günter, ein Fahrradhändler, der in München als Informant für die Puskinskaja arbeitete, hatte die nötigen Hinweise gegeben. Er hatte in letzter Zeit im Bistro auch Fremde beobachtet, die sich in auffälliger Art und Weise nach diesem Olm erkundigt hatten.

Als Olm in seiner Gegenwart den Namen Schäffner fallen ließ, lagen für Sergej Rasgutschew die Zusammenhänge auf der Hand. Dieser Otto-Ludwig Meier hatte den Karl Schaffelhuber und den Jörg Neuner erschossen und suchte nun den dritten Mann.

Sergej Rasgutschew hatte andere Moralvorstellungen, als der Rest der Menschheit. Olm war für ihn nicht ein Mörder, der zwei Menschen getötet hatte, sondern Olm war ein Mann, der sich nicht ungestraft betrügen lässt.

Betrug, Verrat oder Denunziation waren für Sergej Vergehen, für die es nur eine Strafe gab: den Tod.

Rasgutschew konnte nicht in Erfahrung bringen, wie weit die Ermittlungen der Polizeibehörden waren, aber ihm war klar, dass ein weiterer Mord das Netz um Olm enger ziehen würde. Olm war sein Freund und Sergej Rasgutschew beschloss, dass die Puschkinskaja Olm die Arbeit abnehmen und die Angelegenheit Peter Schäffner für ihn aus der Welt schaffen sollte. Die Puschkinskaja hatte genügend Mitarbeiter, die speziell für solche Aufgaben ausgebildet worden waren.

50 Werner Schneider saß alleine in seiner Berliner Altbauwohnung. Sein Sohn Manuel spielte mit der E-Jugend der Reinickendorfer Füchse gegen den Erzrivalen Hertha Zehlendorf Fußball. Seine Frau Susanne arbeitete im Immobilienbüro oder lag mit Olm, ihrem Chef, im Bett. Werner Schneider hatte Zeit genug, um über sich und sein Leben nachzudenken.

Er war in Soltau aufgewachsen. Seine Eltern besaßen in der kleinen Stadt im Harz eine Drogerie. Schon als Kind hatte Werner Schneider sehr viel wert auf sein Äußeres gelegt. Bereits als Zwölfjähriger ging er nur im Anzug, mit weißem Hemd und Krawatte zur Schule, was ihm bei den Mitschülern den Namen ,Professor' einbrachte. Werner Schneider war nicht besonders beliebt bei seinen Schulkameraden. Er war ein Streber, der alles daran setzte, seine Position als Primus der Klasse ständig zu untermauern. Anerkennung bei seinen Mitschülern fanden nur seine Deutschaufsätze.

Werner Schneider schmückte sie mit bildreichen Formulierungen und Phrasen aus. In der vorhergehenden Jahrgangsstufe hatte sein Deutschlehrer oft ,zu schwülstig', ,zu abschweifend' oder ,am Thema vorbei' an den Heftrand geschrieben. Dann hatte ein neuer Lehrer dieses Fach übernommen und Werner Schneider verfiel auf einen gutfunktionierenden Trick. Er legte seine phantasievollen Gedankengänge bekannten Schriftstellern und Philosophen in den Mund. Bertrand Russel, Jean-Jaques Rousseau oder Bernhard Shaw schrieb er in Klammern hinter seine banalen Phrasen und keiner seiner Lehrer bezweifelte je die Quellenangaben.

Werner Schneider wollte Theaterkritiker werden. Sein heimlicher Wunsch war es, dass sein Name im gleichen Atemzug wie Jhering, Kerr oder Friedrich Luft genannt würde. Nach dem Studium der Germanistik und der Theaterwissenschaft bewarb er sich bei allen Berliner Zeitungen, aber in keinem Feuilleton wurde ein neuer Kritiker gebraucht. Als ihm der Chefredakteur einer Boulevardzeitung anbot, für sein Blatt die Fernsehkritiken zu schreiben, griff er zu. Das war zwar nicht das Ziel seiner Träume, aber da über seinen täglichen Kolumnen immer ein Foto von ihm abgedruckt wurde, brachte er es zu einer gewissen Popularität, die seine Eitelkeit befriedigte.

Susanne Schneider hatte er während des Studiums als Kommilitonin kennen gelernt, dann aus den Augen verloren und später zufällig in einem Straßencafé am Kudamm wieder getroffen. Sie heirateten sehr schnell und sieben Monate nach der Trauung kam Sohn Manuel auf die Welt. Manuel war gerade abgestillt, als Susanne Schneider ihre Arbeit im Büro wieder aufnahm. Werner hatte begriffen, dass sie ein Zusammensein rund um die Uhr nervte. Da seine Mutter als Babysitter einsprang, war für ihn und Manuel gesorgt. Seine Mutter hatte Susanne nie gemocht und machte daraus auch keinen Hehl.

»Nur hübsche Schmetterlinge werden von den Jägern gefangen«, hatte sie schon vor der Hochzeit zu ihrem Sohn gesagt. »Und schöne Frauen wollen bewundert werden, nicht nur von ihrem eigenen Mann.«

Werner Schneider hatte nichts auf ihre Bemerkungen gegeben. Er war stolz darauf, eine so hübsche Frau zu haben.

Er hatte diesen Olm nur zweimal gesehen. An dem Abend, an dem das Essen in seiner Wohnung stattfand und auf der Beerdigung von Olms Frau. Die Essenseinladung war ein Dankeschön für die T-Shirts, die Olm und seine Frau für Manuel aus New York mitgebracht hatten. Zur Trauerfeier war Werner gegangen, weil ihn Susanne ausdrücklich darum gebeten hatte.

Ihn störte schon seit langem, dass Susanne fast schwärmerisch von Olm erzählte, wenn er sie nach ihrem Arbeitstag im Büro fragte und ein untrügliches Gefühl beschlich ihn, als seine Frau nach Hause kam, an dem Tag, an dem sie zum ersten Mal mit Olm geschlafen hatte. Er überlegte erst, ob er es ihr auf den Kopf zusagen sollte, beschloss aber dann, diese Erkenntnis erst einmal für sich selbst zu verarbeiten. Als sie auch seinen fünften Versuch mit ihr schlafen zu wollen mit fadenscheinigen Argumenten scheitern ließ, war er sich seiner Sache sicher und er entschied sich dafür, Susanne und Olm im Büro zu einem Gespräch zu zwingen. Die Unterredung mit dem Paar verlief anders, als er es erwartet hatte. Mit kaltschnäuziger Arroganz hatten die beiden Ehebrecher auf seine Anschuldigungen reagiert. Hätte Werner Schneider eine Waffe in der Tasche gehabt, er wäre in der Lage gewesen, auf Susanne und ihren Liebhaber zu schießen.

Das Klingeln an der Wohnungstür riss ihn aus seinem Grübeln.

Manuel wird mal wieder seinen Haustürschlüssel vergessen haben, dachte er, als er zur Wohnungstür ging.

Er hatte die rothaarige Frau mit den Haarzöpfen noch nie gesehen, die vor der Tür stand.

Chlothilde Trenz ließ der Fall Olm nicht mehr los. Sie hatte ihn zwei Tage beschatten lassen, aber alles, was die Kollegen zu berichten wussten, war die Vermutung, dass dieser Olm ein Verhältnis mit seiner Sekretärin haben musste, weil die ihn in seiner Privatwohnung besuchte. Am liebsten hätte Chlothilde den Verdächtigen zu einem Verhör ins Präsidium holen lassen, aber sie wollte ihrer Münchener Kollegin nicht vorgreifen. Chlothilde Trenz erinnerte sich, das die Sekretärin von Sebastian Kleinschmid in der Befragung eines Senatsausschusses zum Bauskandal aussagen musste. Sie besorgte sich die entsprechenden Unterlagen. Kleinschmid und dieser Otto-Ludwig Meier waren Partner im Immobiliengeschäft. Chlothilde wusste selbst nicht, was sie sich von einem Besuch bei dem Ehemann dieser Sekretärin erhoffte, aber schon oft in ihrer beruflichen Laufbahn hatten sich aus den unmöglichsten Begegnungen Hinweise auf eine Tat heraus filtern lassen.

»Haben Sie fünf Minuten für mich Zeit?«, fragte sie Werner Schneider und als sie sein offensichtliches Missvergnügen spürte: »Ich bin von der Kriminalpolizei.«

Sie zeigte Schneider ihren Dienstausweis.

Hatte Manuel etwas ausgefressen, dachte Schneider, oder hatten Susanne und Olm etwas Unüberlegtes getan, weil sie keinen Ausweg aus ihrer Situation finden konnten? Nein, überlegte er und verwarf den zweiten Gedanken sofort, Susanne und Olm hatten so abgebrüht reagiert, die neigten beide nicht zu Kurzschlusshandlungen.

»Kommen Sie herein«, sagte Schneider und führte Chlothilde Trenz ins Wohnzimmer.

»Handelt es sich um meinen Sohn?«, fragte er, als Chlothilde Platz genommen hatte.

»Nein«, beruhigte ihn Chlothilde Trenz. »Mein Besuch wird Ihnen sicher merkwürdig vorkommen, wenn ich Ihnen den Grund dafür sage.«

»Wenn Manuel nichts passiert ist und wenn er nichts angestellt hat«, sagte Schneider, »dann entfallen schon die Gründe, die mich beunruhigen würden.«

»Kennen Sie den Chef ihrer Frau?«, fragte Chlothilde Trenz.

»Ich habe ihn zweimal getroffen«, sagte Schneider. »Nein, dreimal. Warum?«

»Es gibt einen Verdacht, dass er in ungesetzliche Dinge verwickelt sein könnte«, sagte Chlothilde Trenz.

»Das ist in der Immobilienbranche doch üblich«, sagte Schneider. »Ich brauche Sie doch nur an den Skandal zu erinnern, der vor einem halben Jahr fast den Senat gestürzt hätte.«

»Es geht nicht um Bestechung und Korruption«, sagte die Trenz, »es geht um Mord.«

Er hat Susanne umgebracht, schoss es Werner Schneider durch den Kopf.

»Der Fall liegt schon einige Jahre zurück«, sagte Chlothilde Trenz.

Werner Schneider hatte sich schnell wieder unter Kontrolle.

»Mord?«, fragte er überrascht. »Ich habe Ihnen bereits gesagt, dass ich den Herrn Olm nur dreimal gesehen habe. Vor ungefähr einem Jahr zum ersten Mal.«

»Natürlich«, sagte Chlothilde Trenz, »aber es ist ausgesprochen schwierig, einen Menschen zu finden, der diesen Olm kennt.«

»Warum sprechen Sie nicht mit meiner Frau?«, fragte Werner Schneider, »die ist täglich mehrere Stunden mit ihm zusammen.«

Und liegt jetzt vielleicht mit ihm im Bett, dachte er.

»Ich möchte nicht, dass Olm erfährt, dass ich Erkundigungen über ihn einziehe«, sagte Chlothilde Trenz.

»Ich kann Ihnen über diesen Menschen nichts erzählen«, sagte Schneider, »dafür kenne ich ihn zu wenig.«

»Drei Begegnungen sind nicht viel«, sagte die Trenz, »aber wenn ich Sie fragen würde, ob Sie diesem Menschen einen Mord zutrauen würden, was würden Sie spontan antworten?«

Werner Schneider zögerte.

»Ich lese regelmäßig ihre Kolumnen«, sagte Chlothilde Trenz. »Aus ihren Kritiken kann man erkennen, dass Sie eine gehörige Portion Menschenkenntnis haben müssen.«

Das Lob tat Werner Schneider gut. Er hatte in der letzten Zeit genügend Prügel einstecken müssen.

»Ich glaube, jeder Mensch ist zu einem Mord fähig«, sagte er dann. »Dieser Olm wird sicher keine Ausnahme sein.«

Diesen Besuch hätte ich mir sparen können, dachte Chlothilde Trenz. Hatte ich erwartet, dass mir der Mann der Sekretärin, die mit Olm zusammenarbeitet, wichtige Hinweise geben könnte? Meine Naivität ist kaum noch zu überbieten. Ich wollte Christine Heiden bei ihren Ermittlungen unterstützen, aber jetzt habe ich vielleicht schon dafür gesorgt, dass dieser Olm gewarnt wird.

»Ich will Ihnen etwas sagen«, unterbrach Schneider ihre Gedanken. »Es kann sein, dass es völlig unwichtig ist, aber meine Frau und der Herr Olm haben ein Verhältnis. Sicher überrascht es Sie, dass ich so emotionslos darüber rede, aber ich denke, dass ein Mensch, der wissentlich eine glückliche Familie zerstört, auch zu anderen Dingen fähig sein könnte.«

Wenn jeder Ehebrecher auch ein Mörder wäre, dachte Chlothilde Trenz, dann hätten wir bald einen noch höheren Frauenüberschuss in unserer Gesellschaft.

»Ich bitte Sie, ihrer Frau nichts von meinem Besuch zu erzählen«, sagte sie.

»Darauf können Sie sich verlassen«, sagte Werner Schneider. »Und ich hoffe inständig, dass Sie diesen Menschen überführen können, wenn er mit dem Verbrechen etwas zu tun hatte.«

Er brachte Chlothilde Trenz zur Tür und verabschiedet sich. Im selben Moment kam sein Sohn Manuel hereingestürmt.

Die E-Jugend der Reinickendorfer Füchse hatte 4:1 gewonnen. Manuel hatte drei Tore geschossen, zwei für die seine Mannschaft und ein Eigentor.

51 Susanne Schneider hatte sich gerade angezogen, da klingelte es an Olms Wohnungstür.

»Wer kann das sein?«, fragte sie Olm.

»Keine Ahnung«, sagte Olm.

»Öffnen Sie nicht die Tür«, sagte Susanne Schneider und wurde blass. »Vielleicht ist es mein Mann.«

»Und wenn schon«, sagte Olm. »Die Fronten sind geklärt.«

Er ging zur Wohnungstür und öffnete sie.

»Entschuldige, Brüderchen«, sagte Rasgutschew, »dass ich dich so unangemeldet überfalle, aber ich muss dir etwas mitteilen.«

Olm bat ihn herein und stellte ihm Susanne Schneider vor. Rasgutschew küsste ihr charmant die Hand.

»Ich freue mich, Sie auch einmal persönlich kennen zu lernen, Frau Schneider«, sagte er höflich.

Susanne sah Olm fragend an.

»Sergej Rasgutschew«, stellte er den Russen vor. »Er ist ein Freund von mir, vor dem ich keine Geheimnisse habe.«

Rasgutschew deutete eine kleine Verbeugung an.

»Willst du einen Wodka?«, fragte ihn Olm.

»Jetzt nicht«, sagte Sergej, »ich bin im Dienst.«

Susanne Schneider verabschiedete sich.

»Ich sehe Sie im Büro«, sagte sie zu Olm und ging hinaus.

»Eine ausgesprochen hübsche Person«, sagte Sergej Rasgutschew.

»Ich habe nicht viel Zeit«, sagte Olm.

»Ich muss nach Hamburg fahren«, sagte der Russe. »Ich soll im Hamburger Hafen eine ankommende Schiffsladung überwachen.«

»Um mir das mitzuteilen bist du sicher nicht gekommen«, sagte Olm ungeduldig.

»Richtig, Brüderchen«, sagte Rasgutschew. »Ich habe mir gedacht, dass ich, wenn ich sowieso in Hamburg bin, auch deine Angelegenheit ins Reine bringen könnte.«

»Ich möchte meine Angelegenheiten selber erledigen, Sergej«, sagte Olm.

»Brüderchen«, sagte Sergej Rasgutschew, »du bist der Richter, der das Urteil gefällt hat, du musst nicht auch noch den Henker spielen.«

»Wann fährst du?«, fragte Olm.

»Sofort«, antwortete der Russe. »Ich habe zwei erfahrene Mitarbeiter im Auto sitzen, die unten auf mich warten.«

»Ich kann die Stadt nicht verlassen«, sagte Olm, »ich habe zu viele Termine. Versprich mir eines, Sergej, unternimm nichts. Ich möchte dabei sein, wenn es so weit ist.«

»Versprochen, Brüderchen«, sagte der Russe und küsste Olm auf den Mund, bevor er die Wohnung verließ.

Wahrscheinlich war das ein Judaskuss, dachte Olm.

»Ihr werdet am Hamburger Hauptbahnhof aussteigen und einen Wagen nehmen, der auf dem Parkplatz steht. Das Auto ist relativ sauber. Es ist erst in der Nacht in Lübeck organisiert worden und hat die Kennzeichen HL-B 878«, sagte Sergej Rasgutschew zu seinen Mitarbeitern Wladimir und Nikolaj. »Ein Stadtplan liegt auf dem Beifahrersitz und außerdem ein aktuelles Foto des Gesuchten. Wenn ihr eure Arbeit erledigt habt, fahrt ihr den Wagen wieder auf den selben Parkplatz zurück, nehmt euch ein Taxi und fahrt zum Fischrestaurant am Hafen. Da werde ich auf euch warten.«

Am Bahnhof ließ Rasgutschew seine Mitarbeiter aussteigen. Wladimir und Nikolaj fanden das unverschlossene Kraftfahrzeug sofort. Mit einem geübten Handgriff schloss Wladimir das Auto kurz und die beiden Russen fuhren in die Fuhlsbüttler Straße.

Wladimir hielt zehn Meter vor dem Frisörgeschäft an. Er ließ den Motor des Autos laufen. Nikolaj stieg aus und ging die wenigen Schritte bis zu dem Geschäft. Es war dreizehn Uhr am Mittag und auf der Straße waren kaum Leute. Eine alte Frau führte ihren Hund spazieren und ein paar Jugendliche standen rauchend vor einer Videothek. Nikolaj betrat das Frisörgeschäft. Im Laden war jeder Stuhl besetzt.

Die Leute nutzen die Mittagspause, um sich die Haare schneiden zu lassen, dachte Nicolaj.

Im Vorraum des Ladens stand eine kleine Theke, hinter der ein Mann gerade Wasser in eine Kaffeemaschine goss. Nicolaj erkannte sofort, dass dieser Mann das Zielobjekt seines Auftrags war.

»Haben Sie einen Termin?«, fragte Peter Fiedler ihn.

Nikolaj warf noch einen Blick in den Laden. Die Kunden und die Angestellten achteten nicht auf den neuen Besucher im Vorraum.

»Haben Sie einen Termin?«, fragte Peter Fiedler ungeduldiger.

»Ja«, sagte Nikolaj.

Er zog die Pistole und schoss zweimal. Die erste Kugel traf Peter Fiedler mitten in die Stirn, die zweite in die Brust.

Ohne besondere Hast verließ Nikolaj den Laden. Wladimir hatte die Schüsse gehört und das Auto langsam vor das Frisörgeschäft rollen lassen. Nikolaj stieg ein und im vorgeschriebenen Tempo fuhren sie davon. Die Jugendlichen auf der anderen Straßenseite waren zu weit entfernt, um etwas mitzubekommen.

Am Hauptbahnhof parkte Wladimir das Auto und mit einem Taxi fuhren die beiden Russen zum Hafen. Es war gerade mal eine knappe Stunde vergangen, als sie sich wieder mit Sergej Rasgutschew trafen.

Rasgutschew fragte nicht, ob alles programmgemäß abgelaufen wäre. Mitarbeiter der Puschkinskaja erledigten ihre Aufgaben präzise, pünktlich und ohne Spuren zu hinterlassen.

Hilde, die Frau des Bezirksbürgermeisters, war erkältet und hatte Sebastian die Premierenkarten zukommen lassen, die ihr Mann regelmäßig erhielt. Sebastian hatte Olm gebeten, ihn zu begleiten.

»Premieren sind ein gesellschaftliches Muss«, sagte Sebastian. »Das Foyer ist in der Pause wie der Kontakthof in einem Bordell.«

Sie begrüßten das Ehepaar Schumann, Feinberg mit seiner neuesten Freundin und Meier-Peine in Begleitung eines jungen Mannes, der im rechten Ohr einen Ring trug. Sebastian stellte Olm die Frau des Regierenden Bürgermeisters vor, eine natürliche, sympathische Person.

Schillers Räuber standen auf dem Spielplan. Es war eine kompakte Inszenierung, die auf modische Effekte verzichtete.

Wer bin ich von den beiden, dachte Olm während der Aufführung, der Franz oder der Karl Moor? »Blut und Tod soll mich vergessen lassen, dass mir jemals etwas teuer war«, hatte Karl gerade gesagt. Dann bin ich Karl Moor, denn diesen Satz kann ich nachvollziehen. Karl ist ein edler Verbrecher. Man kann eben Täter nicht alle über einen Kamm scheren.

»Das Recht wohnt beim Überwältiger, und die Schranken unserer Kraft sind unsere Gesetze«, hörte er Franz Moor sagen. Ich habe mir das Recht des Überwältigers genommen, also bin ich doch eher der Franz.

»Zwei Menschen wie ich würden den ganzen Bau der sittlichen Welt zugrunde richten«, sagte Karl Moor. Vielleicht sind er und ich diese beiden Menschen.

Karl stellt sich der Justiz, Franz begeht Selbstmord. Was wirst du einmal machen, Olm? »O, über mich Narren, der ich wähnte, die Gesetze durch Gesetzlosigkeit aufrecht zu halten. Ich nannte es Rache und

Recht. Es steht nicht in meiner Macht, die Vergangenheit einzuholen. Es bleibt verdorben, was verdorben ist«, sagte einer der Brüder. Sie bereuen, dachte Olm, sie sehen die Sinnlosigkeit ihres Handelns ein. Ich bin weder Karl, noch Franz Moor. Ich bin ein rachsüchtiger Mörder, der aus gekränkter Eitelkeit heraus zwei Menschen erschossen hat. Das ist mit Sicherheit das primitivste aller Motive.

Aber ich werde meine Strafe bekommen. Ich werde keinen schmerzfreien Tod haben. Ich werde langsam sterben. Zwanzig oder dreißig Jahre lang, in einer winzigen Zelle im Hochsicherheitstrakt einer Justizvollzugsanstalt.

Wer des Blutes schuldig ist, wird durch das Blut umkommen, so steht es im Buch Moses.

Olm ging nicht mit zur Premierenfeier, zu der der Intendant des Schiller Theaters nach der Vorstellung eingeladen hatte. Zu Fuß machte er sich auf den Heimweg zu Uschis Wohnung.

Ich werde Sergej bitten, überlegte er, nichts gegen Peter Schäffner, Fiedler oder wie immer er jetzt auch heißen mag, zu unternehmen. Die kalten, grauen Augen würden mit der ewigen Angst leben müssen, dass ich irgendwann einmal auftauche.

Ich werde Rasgutschew eindringlich bitten, wenn es nicht schon zu spät sein sollte.

52 Chrissi rief Jan Weber im Präsidium an.

»Ich fliege nach Berlin«, sagte sie. »Paul meint, dass man bei der Hinterlassenschaft des ermordeten Jörg Neuner eventuell Hinweise auf den dritten Mann finden könnte.«

»Ich glaube nicht«, sagte Weber, »dass die Rechnungsstelle dafür einen Flug genehmigt.«

»Dann zahle ich ihn aus der eigenen Tasche«, sagte Chrissi.

»Du kannst doch Chlothilde Trenz bitten, die sichergestellten Unterlagen durchzusehen«, sagte Jan Weber.

»Bekomme ich zwei freie Tage, Jan?«, fragte Chrissi ungeduldig. »Man kann sie mir von meinem Urlaubsanspruch abziehen.«

»Du bist so störrisch wie ein Maulesel«, sagte Weber am Telefon. »Also. In Gottes Namen, fliege.«

Chrissi hatte schon längst mit Chlothilde Trenz telefoniert. Es gab

nicht viele Unterlagen, die nach dem Mord an Jörg Neuner sicherge-
stellt worden waren. Das aufschlussreichste war möglicherweise ein
Notizbuch mit privaten Telefonnummern. Die meisten dieser Nummern konnten Schauspielerinnen, Schauspielern, Regisseuren, Kame-
raleuten und Redakteuren zugeordnet werden. Von den sieben verbleibenden gab es einen Namen, bei dem der Vorname Peter stand.
Chlothilde Trenz hatte versucht, in Leipzig diesen Peter Schäffner anzurufen, aber erfahren, dass diese Telefonnummer schon seit mehr als
zwei Jahren einer Schnellreinigung gehörte. Außerdem war im Ein-
wohnermeldeamt kein Peter Schäffner eingetragen.

Christine Heiden ging es auch nicht um diesen Peter, der Fischaugen haben sollte und mit großer Wahrscheinlichkeit der dritte Falschspieler bei der Pokerrunde in Gabis Bistro war. Chrissi wollte Olm sehen. Sie wollte ihm, Auge in Auge, gegenübersitzen und ihn mit den
Tatsachen konfrontieren, die unumstößlich waren. Sie konnte sich nicht
erklären, warum sie das wollte. Sie war sich auch klar darüber, dass sie
im Begriff war, gegen ihre Pflichten und ihre Verantwortung als Poli-
zeibeamtin zu handeln. Aber ihr Verstand hatte sich ausgeschaltet, er
hatte sich von ihren Gefühlen in den Hintergrund drängen lassen.

Chrissi konnte diese Gefühle nicht beschreiben. Sie waren einfach
nicht zu beschreiben. Sie hatte sich nicht in diesen Olm verliebt, sie
hatte kein Mitleid mit diesem Mann, der beim Pokern betrogen worden war, sie hatte kein Verständnis dafür, dass ein solcher Mensch sich
auf so eine brutale Art und Weise gerächt hatte. Aber es musste irgendeine Seelenverwandtschaft bestehen, die sie mit diesem Mann verband.
Eine, nicht zu definierende, Gemeinsamkeit, die sie veranlasste, so zu
handeln wie sie es tat.

Es war einer dieser strahlenden Sonnentage, die München noch schöner machten, als es ohnehin schon war. Auf der Leopoldstraße flanier-
ten die Spaziergänger und in den Straßencafés waren alle Stühle besetzt. Sogar von der Autobahn aus, die zum Franz Josef Strauß Flughafen führte, konnte man in der Ferne die Gipfel der Alpen sehen.

Vom Flughafen aus rief Chrissi Olm an.

»Ich lande um 16 Uhr«, sagte sie. »Kannst du mich abholen?«

»Kein Problem«, sagte Olm.

Chrissi hatte nur eine kleine Sporttasche als Handgepäck mitgenommen. Sie sah Olm schon in der Wartehalle, als sie an den anderen Fluggästen, die am Gepäckförderband standen, vorbeiging.

»Geht es um die Wohnung für deine Mutter?«, fragte Olm, nachdem er Chrissi zur Begrüßung rechts und links auf die Wange geküsst hatte.

»Nein«, sagte Chrissi.

»Du bist doch nicht etwa meinetwegen nach Berlin gekommen?«, fragte Olm lächelnd.

»Doch«, antwortete Chrissi, »ich bin nur deinetwegen gekommen.«

»Hast du Hunger?«, fragte Olm. »Wollen wir zum Essen gehen?«

»Nein«, sagte Chrissi. »Lass uns in deine Wohnung fahren.«

Er wird glauben, dass ich nichts sehnlicher wünsche, als mit ihm ins Bett zu gehen, dachte Chrissi während der Fahrt.

Sie sprachen kaum miteinander. Erst als Chrissi im Wohnzimmer auf der Couch Platz genommen hatte, kam so etwas wie eine Unterhaltung zustande. Erst waren es nur Allgemeinplätze: Fragen nach dem Befinden, nach einem Getränkewunsch und dem Wetter in München. Dann bat Chrissi Olm, sich in einen der Sessel zu setzen.

Chrissi kam Olm unglaublich fremd vor. Gut, er kannte sie auch nur flüchtig, aber die eine Nacht, die sie miteinander verbracht hatten, war leidenschaftlich und zärtlich gewesen. Olm hatte ein ungutes Gefühl.

»Ich muss mit dir reden, Olm«, sagte Chrissi, als Olm sich gesetzt hatte.

»Es muss etwas Wichtiges sein«, sagte Olm lächelnd. »Du machst so ein ernstes Gesicht.«

»Ich habe dir nicht die Wahrheit gesagt, als wir uns kennen lernten«, begann Chrissi. »Ich habe nie eine Wohnung für meine Mutter in Berlin gesucht. Meine Mutter ist vor sieben Jahren gestorben.«

»Und warum bist du zu mir ins Büro gekommen?«, fragte Olm.

»Ich bin Kriminalbeamtin«, sagte Chrissi und sah zum Fenster hinaus. »Ich beschäftige mich mit der Aufklärung eines Mordes, der auf einem Schotterweg in der Nähe der Autobahnabfahrt Weyarn verübt wurde.«

Sie schwiegen. Es schien Chrissi, als würde dieses Schweigen Minuten dauern. Olm sah sie unverwandt an. Er lächelte, obwohl er urplötzlich wieder den Druck auf die Schläfen verspürte.

Vielleicht ist es ein Lächeln der Erleichterung, dachte Chrissi. Vielleicht ist er froh, dass jetzt alles vorbei ist, dass er mit dieser ungeheuren Belastung nicht mehr alleingelassen wird.

»Wie bist du auf mich gekommen?«, fragte Olm nach einer Weile.

Seine Stimme klang nicht ängstlich, nicht überrascht. Er fragte es in einem sachlichen Ton mit ernstem Gesicht.

»Die Pokerrunde«, sagte Chrissi. »Die Pokerrunde in Gabis Bistro. Schaffelhuber, Neuner, ein gewisser Peter und du, ihr habt in Gabis Bistro gepokert.«

»Neuner ist auch gestorben«, sagte Olm. Das Lächeln war in sein Gesicht zurückgekehrt.

»Er ist erschossen worden, Olm«, sagte Chrissi. »Auch Neuner ist von dir erschossen worden.«

»Du weißt, dass sie mich betrogen haben?«, fragte Olm.

»Ja«, sagte Chrissi, »aber es ist für mich unvorstellbar, dass das ein Motiv für diese Morde war.«

Olm begann zu reden. Er sprach ohne Punkt und Komma. Es war, als würde er vor Gericht eine Verteidigungsrede halten. Er erzählte Chrissi jedes Detail. Er erzählte von seiner Kontaktarmut, von seiner Hemmschwelle, sich anderen Menschen gegenüber zu öffnen, von Karin Gross, dieser Verbindung, die nichts mit Liebe und Gefühlen zu tun hatte.

»Das einzige Erfreuliche in dieser Zeit, war für mich das Pokern«, sagte er. »Über das Pokerspiel fand ich zu mir selbst. Ich merkte, dass ich bestimmte Fähigkeiten hatte, dass ich nicht irgendeine Durchschnittsperson war, wie sie zu Tausenden herumlaufen.«

Chrissi unterbrach ihn nicht. Sie hörte schweigend zu und nahm nur ab und zu einen Schluck aus ihrem Wasserglas.

Olm fuhr fort. Er erzählte von Sebastian, von Uschi, ihrer Heirat, ihrer Reise nach New York und ihrem Tod.

»Als mein Leben einen neuen Sinn bekommen hatte«, sagte Olm, »kam dieser Tag, an dem ich einen Gast aus dem Bistro zufällig in Berlin traf. Von ihm erfuhr ich, dass Schaffelhuber und seine Kumpane mich betrogen hatten.«

Zum ersten Mal nach längerer Zeit sagte Chrissi etwas.

»Es waren drei Jahre nach diesem Abend vergangen«, sagte sie. »Drei Jahre, Olm. Man rächt sich doch nicht nach drei Jahren und wenn, dann nicht auf eine so grausame Art.«

»Du wirst mir nicht glauben«, sagte Olm, »aber ich wollte es nicht. Ich wollte Karli Schaffelhuber nicht erschießen, als er halbnackt vor mir stand. Ich wollte es nicht bis zu der Sekunde, in der ich abgedrückt habe. Jörg Neuner war mir völlig gleichgültig. Er lag in der Badewanne, fett und hässlich. Er hatte vor Angst Gänsehaut am ganzen Körper. Er war im Grunde schon tot, bevor ich auf ihn geschossen habe.«

»Was ist mit diesem Peter?« fragte Chrissi.

»Peter Schäffner lebt in Hamburg«, sagte Olm. »Er nennt sich jetzt Fiedler.«

»Wo bist du vor zwei Tagen gewesen, Olm«? fragte Chrissi.

»Hier in Berlin«, antwortete Olm. »Warum?«

»Hast du Zeugen dafür?«, fragte Chrissi.

Olm überlegte einen Moment.

»Natürlich«, sagte er dann, »meine Sekretärin. Außerdem war ich vorgestern Abend mit meinem Geschäftspartner im Theater.«

»Ich habe es auf dem Flug nach Berlin in der Zeitung gelesen«, sagte Chrissi. »In Hamburg ist ein Mann in einem Frisörgeschäft erschossen worden. Das Opfer hieß Peter Fiedler.«

Rasgutschew, dachte Olm, mein russischer Freund hat sich nicht an unsere Abmachung gehalten.

»Ich habe ein Alibi«, sagte Olm. »Aber spielt das überhaupt noch eine Rolle? Ist es nicht egal, ob man zwei oder drei Menschen umgebracht hat?«

Es trat wieder eine Pause ein.

Ich sollte zum Telefon gehen und die Berliner Kollegen anrufen, dachte Chrissi. Der Täter hat ein Geständnis abgelegt. Der Rest ist jetzt nur noch Formsache. Aber Chrissi ging nicht ans Telefon.

»Wo ist die Tatwaffe, Olm?«, fragte sie.

»In einem Plastikbeutel im Spülbecken der Toilette«, sagte Olm.

»Es gibt zwei Möglichkeiten«, sagte Chrissi. »Du stellst dich der Polizei und gestehst alles. Dieser Schritt könnte dir seelische Erleichterung bringen, er würde den Druck, der auf dir liegen muss, von dir nehmen.«

»Und die zweite Möglichkeit?«, fragte Olm.

»Du lässt sofort die fünfundvierziger Automatik verschwinden«, sagte Chrissi. »Sie ist das einzige Beweismittel, das wir gegen dich haben.«

Ich bin wahnsinnig, dachte Chrissi. Ich mache mich zur Mitwisserin eines Verbrechens und versuche, die Aufklärung zu verhindern.

»Ich habe keine Alibis für die Tatzeiten«, sagte Olm. »Die Barfrau im Mon Amour Club, der Würstchenbudenbesitzer, der Hotelportier in München, der Hausmeister, der das Haus betreut, in dem Neuner gewohnt hat, sie alle würden mich bei einer Gegenüberstellung wiedererkennen.«

»Aber du hast ein Alibi für die Zeit, als es den Dritten im Bunde erwischte«, sagte Chrissi. »Du kannst also mit der Ermordung dieses Fiedlers nichts zu tun haben.«

»Ich könnte jemanden damit beauftragt haben«, sagte Olm.

»Das würde nicht in das Raster passen«, sagte Chrissi. »Offensichtlicher scheint zu sein, dass diese Falschspielerbande noch andere Opfer gefunden hatte. Vielleicht stammte eines dieser Opfer aus einer kriminellen Vereinigung und diese Organisation hat Rache geübt.«

»Warum tust du das für mich?«, fragte Olm.

Chrissi wusste, dass sie ihm diese Frage nicht beantworten konnte. Sie fand nicht die geringste Begründung für ihr Verhalten.

Vielleicht sind wir uns ähnlich, dieser Olm und ich, dachte sie. Vielleicht wusste er wirklich nicht, warum er seine Opfer umgebracht hatte. Ich kann auch nicht sagen, warum ich mit ihm geschlafen habe. Ich kann nicht verstehen, warum ich meine beruflichen Ideale, in die ich so viel investiert habe, über Bord werfe.

»Bleibst du über Nacht?«, fragte Olm.

»Nein«, antwortete Chrissi, »ich fliege kurz nach zwanzig Uhr zurück.«

»Soll ich dich zum Flughafen bringen?«, fragte Olm.

»Ich werde ein Taxi nehmen«, sagte Chrissi.

Olm begleitete sie auf die Straße. Er winkte einem Taxi, das vor ihnen anhielt.

»Wie wirst du dich verhalten, Olm?«, fragte Chrissi.

»Ich werde eine Nacht darüber schlafen müssen«, sagte Olm lächelnd.

Er küsste sie nicht auf die Wangen und sie gaben sich nicht die Hand, als Chrissi in das Taxi stieg.

Wenn er sich der Polizei stellt, dachte Chrissi, wird er nicht mit einem Wort meinen Besuch erwähnen, da bin ich mir hundertprozentig sicher. Er wird auch in einem Prozess nicht aussagen, dass er mit der ermittelnden Kriminalbeamtin ins Bett gegangen ist. Sie sah Olms lächelndes Gesicht vor sich.

Aber werde ich meinen Beruf weiterhin ausüben können? überlegte sie. Wie oft habe ich während des Studiums den Satz gehört: »Sie dürfen sich nie von persönlichen Gefühlen beeinflussen lassen.«

Nicht das Wie meines Handelns verwirrt mich, sondern das unerklärliche Warum. Olms Motiv war die Rache, die Wut über das Vorgefallene, die ihn nicht mehr los ließ. Aber was ist mein Motiv?

Chrissi konnte sich nicht mehr an den Flug und an die Rückfahrt zu ihrer Wohnung erinnern, als sie sich in der Küche eine Flasche Wasser aus dem Kühlschrank nahm. Alles schien irgendwie automatisch abgelaufen zu sein. Wie im Trance hatte sie die letzten Stunden erlebt.

Paul war nicht auf seinem Zimmer im Madrider Hotel, als Chrissi anrief.

In zwei Tagen wird er zurückkommen, dachte sie, und diese zwei Tage werde ich nur weinen.

Wie eine Sturzflut schossen ihr die Tränen aus den Augen.

53 Ich habe gewusst, dass dieser Augenblick einmal kommen würde, dachte Otto-Ludwig Meier. In diesem Moment ist mir auch klar, dass ich darauf gewartet habe. Diesen Traum, mit Neuner als Staatsanwalt, mit Sebastian als Richter, ich hätte ihn immer wieder geträumt. Die Rollen wären vertauscht worden, der kopflose Verteidiger hätte ein Gesicht bekommen mit kalten, grauen Augen, Susanne Schneider hätte als Zeugin der Anklage gegen mich ausgesagt, aber der Traum hätte sich in regelmäßigen Abständen wiederholt.

Olm setzte sich an den kleinen Sekretär, an dem Uschi so oft die Kritiken über Ballettabende ausgeschnitten hatte, die sie in Klarsichtfolien aufbewahrte. Er schrieb einen Scheck über fünfzigtausend Mark aus und steckte ihn in einen Umschlag, den er an Friedrich von Rewentlow adressierte. Er hatte seinen Schwager nie besonders leiden können, aber das spielte jetzt keine Rolle mehr. Er kannte Susanne Schneiders Kontonummer bei der Berliner Commerzbank, weil er ihre Gehaltszahlungen abzeichnen musste. Er füllte eine Überweisung über den Rest seines Geldes, eine sechsstellig Summe, aus. Er würde den Beleg bei seiner Bank in den Briefkasten werfen.

Olm ging durch Uschis Wohnung. Er berührte jedes Möbelstück, jedes Bild und jedes Kleidungsstück von Uschi mit der Hand. Uschis

Wäsche, ihre Kleider und Kostüme lagen und hingen noch so in den Schränken wie an dem Tag, als Uschi ins Krankenhaus zum Röntgen ging, das sie erst in einem Sarg wieder verlassen sollte.

Olm nahm ein Bild von der Wand. Es war ein Aquarell, das eine karge Gebirgslandschaft zeigte, die Sebastian immer an die Eifel erinnert hatte. Sein Vater hatte dort eine Jagd und den Sohn oft übers Wochenende in die Jagdhütte mitgenommen.

Olm fuhr ins Büro. Unterwegs hielt er bei seiner Bank und warf den Überweisungsbeleg ein und an einem Postbriefkasten den Umschlag, der an Friedrich von Rewentlow adressiert war.

Im Büro war niemand. Wenn nicht ganz aktuelle, dringende Verkäufe zu tätigen waren, blieb das Immobiliengeschäft am Samstag geschlossen.

Olm legte das Aquarell auf seinen Schreibtisch und klebte mit etwas Tesafilm einen Zettel an den Rahmen. ‚Für Sebastian' schrieb er auf das Papier.

Vor einem halben Jahr hatte er sich einen Mercedes Sportwagen gekauft. Genau dasselbe Modell, das Karli gefahren hatte. Rasgutschew war von diesem Wagen begeistert und Olm hatte ihm eine Probefahrt über den Berliner Autobahnring erlaubt, aber Otto-Ludwig Meier sah keine Möglichkeit, um ihm den Wagen zukommen zu lassen.

Er ließ seinen Wagen vor dem Bürogebäude stehen und ging zu Fuß zu dem chinesischen Lokal, das Uschis und sein Lieblingsrestaurant war. Er bestellte sich Pekingente.

Er dachte an Karin Gross und ihren weißen Teppichboden, an Gabi, an Andy, den Kroaten, der ihm beim Pokern fast ebenbürtig war. Er sah das spöttisch grinsende Gesicht des Herrn Schulz vor sich. Mit seinem Besuch im Münchener Büro hatte alles angefangen.

Wenn ich das Geld nicht genommen hätte, überlegte er, wäre es nie zu diesem Pokerabend gekommen. Ich wäre gar nicht auf die Idee gekommen, mit Karli, dem Arschgesicht Neuner und diesem Peter, mit den kalten, grauen Augen, zu spielen. Der Teufel muss mich geritten haben und der Teufel hatte einen Namen: Zweihundertvierzigtausend Mark.

Olm dachte an Christine Beillant. Diese Frau gehörte zu den Menschen, die man zum ersten Mal in seinem Leben trifft und bei denen man trotzdem sofort das Gefühl hat, man würde sich schon seit Jahrzehnten kennen. Dass sie miteinander geschlafen hatten, war eine ganz logische Konsequenz. Was mochte sie dazu bewogen haben, ihn zu warnen? Eine junge Kriminalbeamtin, die sich die ersten Lorbeeren in ihrer beruflichen Karriere hätte verdienen können.

Karin Gross war meine emotionsloseste Partnerin, Susanne Schneider die unkomplizierteste, Chrissi sicher die schönste, aber Uschi konnte keine von ihnen das Wasser reichen.

Ich bin ein merkwürdiger Typ, schoss es ihm durch den Kopf, ich denke an Uschi, an Karin Gross, an Andy und sogar an diesen Herrn Schulz, aber wenn ich an Karl Schaffelhuber, Jörg Neuner oder Peter Schäffner denke, dann nur in Verbindung mit diesem Pokerabend. Spätestens jetzt wäre der Zeitpunkt gekommen, sich daran zu erinnern, dass ich es war, der ihr Leben beendet hat. Ich, dem das schlechte Gewissen Kopfschmerzen verursachen müsste. Ich, der Reue zeigen sollte oder zumindest Bedauern.

Aber Olm hatte kein schlechtes Gewissen und er verspürte auch keine Reue.

54 Es war ein früher Sonntagmorgen, als ein joggender Versicherungskaufmann am Ufer des kleinen Wannsees eine Männerleiche liegen sah.

Neben dem Toten lag eine fünfundvierziger Automatik.

Die Polizei brauchte nicht lange, um herauszufinden, dass es sich bei dem Selbstmörder um Otto-Ludwig Meier, einem Immobilienhändler aus Berlin, handelte.

****

Horst Jüssen

wurde am 10.1.1941 in Recklinghausen geboren und wuchs in Husum (Nordsee) auf. Nach dem Wirtschaftsabitur machte er eine zweijährige Banklehre, bevor er zum Schauspielstudium nach Berlin ging.

1963 engagierte ihn Erwin Piscator für das Nachwuchsstudio der Freien Volksbühne, Berlin. Dem ersten Theaterengagement folgten weitere am Hebbel Theater, Berlin, Renaissance Theater, Berlin, Ernst Deutsch Theater, Hamburg, Komödie am Max II, München Theater am Holstenwall, Hamburg, Theater in der Briennerstraße, München, Theater an der Kö, Düsseldorf und am Theater am Schiffbauerdamm in Berlin. Seit 1976 machte Jüssen 21 Theatertourneen, auf denen er von modernen Zeitstücken, Boulevard, Kriminalstücken bis hin zu Klassikern von Moliere und Shakespeare alles spielte. Bei rund zwanzig Theaterinszenierungen zeichnete Jüssen als Regisseur verantwortlich.

Von 1969 bis 1972 holte ihn Sammy Drechsel an die Münchner Lach- und Schießgesellschaft.

Zahlreiche Fernsehspiele und Serien machten ihn außerdem einer breiten Öffentlichkeit bekannt. DIE LIEBEN VERWANDTEN, CONNY SCHAFFT ALLES, HIMMLISCHE TÖCHTER und die legendäre KLIMBIM SHOW sollen hier nur stellvertretend angeführt werden Gastrollen in DERRICK, MORDKOMMISION oder auch FLORIDA LADY gehörten zu den Fernsehauftritten wie auch die Moderation der Quizshow FABULATOR beim Bayerischen Rundfunk.

JESCHUA

VON HORST JÜSSEN

Dieses ist die Geschichte des Wanderpredigers **JESCHUA**, der vor zweitausend Jahren im Vorderen Orient eine beispiellose Karriere machte. Perfektes Management und gekonnte Öffentlichkeitsarbeit machten aus einem Unbekannten ein Idol seiner Zeit, vergleichbar nur mit den Pop-Stars unseres Jahrhunderts. Seine Mitarbeiter bedienten sich einer psychologischen Strategie, die man zu Beginn unserer Zeitrechnung nicht erwartet hätte. Unter anderen Umständen hätte sich seine Karriere über Jahre erstrecken können, aber die damaligen Machthaber beendeten seinen kometenhaften Aufstieg schon nach zwölf Monaten. In zwei spektakulären Schauprozessen verurteilten sie ihn zum Tode. Wie auch in der jüngeren Geschichte solcher Prozesse ließen sie dem Angeklagten keine Chance.

In diesem Buch kommen zum ersten Mal auch die Manager des Jeschua zu Wort, und es wird deutlich, daß sie ihre ureigensten Interessen verfolgten.

Saulus, der nichts anderes als seine eigene Karriere im Kopf hatte. **Jakobus**, der seine schriftstellerische Begabung ausleben konnte. **Mattäus**, der seine Abenteuerlust befriedigte. **Bartholomäus**, dessen Stärke seine Phantasie war und **Judas Ischariot**, der rein materielle Interessen verfolgte. Dieses Team passte hervorragend zusammen, da jeder das Aufgabengebiet übernommen hatte, das seinen Talenten und Begabungen entsprach.

Als die Erfolgsstory des **Jeschua** abrupt beendet wurde, nutzen Mattäus und Bartholomäus ihr Wissen um die Ereignisse und machten als angebliche Jünger des Jeschua im Römischen Reich und in Griechenland Karriere...

ISBN 3-932069-07-2 • www.betzelverlag.de

Weitere Bücher in der
Betzel 📖 **Bluebook**
Krimi-Reihe

DER AUFTRAG - MORD IN BERLIN
von Alfred Bekker & Marten Munsonius

Haben Sie schon einmal getötet?
Was sich aus dieser Frage entwickeln kann, erfährt man in diesem Buch. Sogar in Berlin kann diese Frage gestellt werden. Und als ehemaliger Fremdenlegionär ist man vielleicht gar nicht so beeindruckt. Die kriminelle Energie der Gangster, die Russenmafia und auch schöne Frauen sind jedoch Zutaten, die auch einem gestandenen Draufgänger manchmal die Suppe versalzen können.

ISBN 3-932069-09-9 • www.betzelverlag.de

DAS GROSSE GEHEIMNIS
von Thomas Pfanner

Die Detektivin Katja Preuß wird beauftragt, ein 15-jähriges Mädchen zu suchen. Sie findet die Waise mit der mysteriösen Vergangenheit, die jetzt unter einem anderen Namen in einem Internat lebt. Obwohl der Auftraggeber die Aufgabe für erledigt erklärt, recherchiert Katja weiter, denn sie ist inzwischen dem grossen Geheimnis auf der Spur. Mächtige Gruppierungen haben jedoch davon erfahren und wollen verhindern, dass das grosse Geheimnis gelüftet wird und die Geschichte der Religionen umgeschrieben werden muss. Dadurch gerät nicht nur das Leben des Mädchens in Gefahr, sondern auch die Detektivin wird gezwungen, eine fundamentale Entscheidung zu treffen...

ISBN 3-932069-11-0 • www.betzelverlag.de

WENN JEDE MINUTE ZÄHLT
von Marcus Hünnebeck

Ein Junge wird von einem Psychopathen entführt. Kommissar Peter Stenzel bleiben nur fünf Tage Zeit, das Leben des Kindes zu retten. Während die Stunden verrinnen, spitzen sich die Ereignisse dramatisch zu. Nach und nach wächst in Stenzel der Verdacht, dass sich der Täter mit diesem Verbrechen an ihm persönlich rächen will. Doch das wahre Ausmaß des teuflischen Plans offenbart sich ihm erst als es fast zu spät ist ...

ISBN 3-932069-10-2 • www.betzelverlag.de